让世界了解中国文学

中国文学国际传播论坛
暨第六次汉学家文学翻译国际研讨会文集

Let the World Understand Chinese Literature

The Speeches at the International Communication Forum on Chinese Literature and the 6th International Sinologists Conference on Translating Chinese Literature

中国作家协会外联部 编

图书在版编目（CIP）数据

让世界了解中国文学 ：中国文学国际传播论坛暨第六次汉学家文学翻译国际研讨会文集 / 中国作家协会外联部编 . -- 南京 ：南京出版社，2024.7

ISBN 978-7-5533-4739-4

Ⅰ. ①让… Ⅱ. ①中… Ⅲ. ①中国文学一当代文学一文学翻译一文化传播一国际学术会议一文集 Ⅳ. ①I046－53②I206.7－53

中国国家版本馆 CIP 数据核字（2024）第 082546 号

书　　名　让世界了解中国文学：中国文学国际传播论坛暨第六次汉学家文学翻译国际研讨会文集
作　　者　中国作家协会外联部
出版发行　南京出版传媒集团
　　　　　南 京 出 版 社
　　　　　社址：南京市太平门街 53 号　邮编：210016
　　　　　网址：http：//www.njcbs.cn　电子信箱：njcbs1988@163.com
　　　　　联系电话：025-83283893、83283864（营销）　025-83112257（编务）

出 版 人　项晓宁
出 品 人　卢海鸣
责任编辑　冯展君
装帧设计　石　慧
责任印制　杨福彬

排　　版　南京布克文化发展有限公司
印　　刷　南京玉河印刷厂
开　　本　710 毫米×1000 毫米　1/16
印　　张　23.25　　**插页**　18
字　　数　310 千字
版　　次　2024 年 7 月第 1 版
印　　次　2024 年 7 月第 1 次印刷
书　　号　ISBN 978-7-5533-4739-4
定　　价　60.00 元

用微信或京东
APP扫码购书

用淘宝APP
扫码购书

目 录

在中国文学国际传播论坛暨第六次汉学家文学翻译国际研讨会开幕式上的致辞

胡邦胜

胡邦胜，中国作家协会党组成员、书记处书记。中国人民大学哲学学士、硕士，中国传媒大学国际传播博士。著有《中国国际传播概论》等。

尊敬的铁凝副委员长，尊敬的各位汉学家、各位作家：

大家上午好！

今天，我们在世界文学之都南京，举办中国文学国际传播论坛暨第六次汉学家文学翻译国际研讨会，来自24个国家的32位汉学家和40余位中国作家欢聚一堂，深入交流如何更好推动中国文学走向世界。我代表中国作家协会，向各位新老朋友表示热烈欢迎，向江苏省和南京市表示衷心感谢！

从2010年第一次汉学家文学翻译国际研讨会举办至今，汉学家与中国作家共同分享中国文学创作和翻译的丰硕成果与艰辛努力，不仅为中国文学的海外传播积累了丰富经验，还通过作品译介成了朋友，建立起了亲密的联系，即使远隔重洋，也仿佛比邻而居。

相较于其他艺术样式，文学更能凝结心灵、沟通世界。今年6

月，习近平主席在文化传承发展座谈会上指出，中华文明具有五个突出特性，即连续性、创新性、统一性、包容性、和平性。作为中华文明的重要载体，中国文学也具有上述显著特性。中国文学始终保持海纳百川、胸怀天下的胸襟和气魄，中国作家始终以开放、包容的态度吸纳、借鉴世界各国文学的精华，世界文学经典作品在中国有着广泛而持久的影响力。随着中国开放的大门越来越宽，中国作家的眼界也越来越广阔，文学观念与创作方法的探索从未停止。在兼容并蓄之中，中国文学获得了不竭的生命力。

当今世界正在发生深刻变化，文学更能促进世界各国人民的心灵交往。中国作家会当今之变、采众家之长，胸怀世界、放眼全球，向全世界讲述中国故事，彰显中国审美旨趣，加深了各国人民的彼此理解和珍贵情谊。

开展文学交流，翻译家至为重要。文学翻译需要扎实的语言翻译功底，对文学作品的思想内涵、艺术特色、文化背景要有深刻的理解和把握，还要与作家建立密切的关系、开展深入的交流，以便准确传达作家的思想和情感，保持原著的魅力。无论是忠实原著还是创造性翻译，翻译家打破了不同语言文字之间的隔阂，促进了不同族群的思想交流和文化交融。在此，我们向各位汉学家表示深深的敬意！

一部优秀译著的产生，是作家、译者、版权代理、出版机构共同努力的结果。在互联网传播的背景下，文学译著面临很多新挑战。我们期待国内外文学出版社携起手来，在选题策划、翻译出版、营销推介等环节，充分运用现代传媒手段，推动中国文学作品被更多国家的读者阅读和喜爱。

近年来，中国作家协会积极支持广大作家深入生活、扎根人民，书写跌宕起伏的人物命运，塑造丰富多样的人物形象，表现波澜壮阔的时代巨变。我们牵头成立“一带一路”国际文学联盟，在海外建设中国文学读者俱乐部，在国内建设汉学家工作坊，支持更多的中国青年作家走向世界，组织丰富多彩的国际文学交流活动，中国文学的“国际朋友圈”越来越大。

我们希望，通过这次论坛，各位作家和汉学家能够深入交流、加深友谊，中国作协将为大家提供各种便利，助推中国文学更好地走向世界！

祝各位汉学家在中国期间生活愉快、旅途顺利、吉祥如意！

谢谢大家！

在中国文学国际传播论坛暨第六次汉学家文学翻译国际研讨会闭幕式上的总结讲话

（根据录音整理）

毕飞宇

毕飞宇，1964年1月生于江苏兴化，1987年毕业于扬州师范学院中文系。现任中国作家协会副主席、江苏省作家协会主席、南京大学文学院教授。20世纪80年代开始文学创作，著有《毕飞宇文集》。代表作有短篇小说《哺乳期的女人》《地球上的王家庄》，中篇小说《青衣》《玉米》，长篇小说《平原》《推拿》等。已出版小说讲稿《小说课》、非虚构作品《苏北少年堂吉诃德》、对话录《小说生活》。曾获茅盾文学奖、鲁迅文学奖、英仕曼亚洲文学奖。2017年获由法国文化部授予的“法兰西文学艺术骑士勋章”。作品被译成20多种文字出版。

女士们，先生们：

大家好。这两天会开得特别好，不管多么好，都到了一个道别的时候。在此，我特别愿意代表江苏省作家协会，代表南京，衷心感谢中国作家协会，感谢你们信任我们，在南京举办这样一个会。

大家都知道，南京在2019年成为为世界文学之都，当时我们很高兴。成为世界文学之都之后，我们江苏的作家、南京的作家有更多机会走上国际文学舞台。走上舞台是非常令人欢欣鼓舞的，但其实我们内心也有遗憾，为什么？因为我们渴望有更多国外的朋友、中国的朋友来南京，但我们一直没有如愿，当然这里面首先是因为疫情。现在疫情过去了，中国作协如此重要、如此华美的舞台给了我们，来自全中国的那么好的作家，来自全世界的那么好的翻译家、汉学家，一起走到了这个舞台上，这让我倍感自豪。我们内心开心极了，所以我们很爱你们。

我还要感谢翻译家。刚才林恪先生站在这儿代表大家做总结，我和林恪先生关系特别好，我们有非常长的友谊，我们在荷兰见面，在上海见面，在北京见面，但是给我印象最深刻的一次见面在南京，为什么呢？因为我和林恪先生从荷兰分别的时候，say goodbye 的时候，林恪先生他的很帅的模样深刻地印在我的脑子里——很浓密的头发，刮得发青的下巴。

等有一天晚上在南京，我们约好喝啤酒，我在路边等着的时候，一个男人向我走了过来，他说你好，我不知道那人是谁。过了一会儿，我发现那是林恪。为什么我没能把他认出来呢？因为他的头发没了，胡子长了。我说，兄弟，你怎么在那么短的时间变化那么大？他十分疲惫地说了一句话，“我在翻译《红楼梦》”。我知道这句话对他来讲意味着什么。多么沉重，多么复杂，多么艰难。可我是个作家，我心里想，你翻什么《红楼梦》啊，翻译我的不就完了嘛，这个话我没好意思讲出来，但这个话题非常有意义。

林恪是我的好朋友，我们都年轻，我们都健在，他那个时候没有翻译一个比曹雪芹年轻得多的一个作家，而把他的眼光跨越了200 多年，选择了一个叫曹雪芹的作家，这给了我一个巨大的启示：作家着急不得。

我做过新闻记者。当南京发生了什么事情的时候，我们的部主任讲，小毕（那时候我还很年轻）赶紧去，赶紧去赶紧去。他为什么要说赶紧去？因为时间是新闻的敌人。当一个新闻记者没有在第一时间赶到现场的时候，时间，也许 24 个小时，会让这条消息丧失它所有的价值。可我们是写小说的，时间永远不是我们的敌人。时间永远是我们的朋友，也许是我们最好的朋友。因为这个朋友存在，林恪的目光跨越了毕飞宇，找到了那个叫曹雪芹的人，时间赢了。所以我们写作的人，完全没有必要着急。像是我今天写了一个小说，我明天登上世界，我后天在世界上就完全跟世界融为一体了，然后中国的文学如何如何如何……

我个人非常热爱第六次汉学家会。为什么热爱？我参加过第一次、第二次、第三次，当时，无论是我们的汉学家、翻译家，还是我们的作家，比今天更加充满了自信，更加充满了激情。我们感觉这个世界明天就是我们的。几年过去了，尤其是三年疫情过去了，我在朋友们的发言当中，尤其是在林恪先生刚才引用了我们许多作家朋友的那些谈话当中所说到的一些事情中看到，中国的作家也许比多年之前要成熟得多。因为我们冷静了，我们知道了一件事情，无论是中国文学走向世界，还是中国文学成为世界文学的一个部分，时间也是参与者，时间也是一名裁判，所以把一切交给时间，也许比把一切交给我们自己和交给我们的翻译家朋友更好。最起码我们在努力的过程当中，不能忘记有时间这样一个要素。

最后我还要说，我想用一个小故事来作为我发言的结尾。生活真是可爱，会议也非常可爱。中国的作家和汉学家、翻译家一起，度过了两天的时间，我们都觉得生活非常美好。我们可以预期，明天比今天更好，这是生活的逻辑。但我们同时也不能忘了，真正让我们更加热爱这个生活的，除了逻辑之外，也有意外，有时候意外比逻辑来得更让人惊喜。

昨天上午，亲爱的莉亚娜，我们第一次见面，按照礼仪，我们得拥抱。令人欣喜的事情发生了，因为我拥抱的时候业务不熟悉，肩膀抬得过高了，在我左边的肩膀上留下了一个口红印。我非常开心，生活给了我这样的惊喜。当然，作为一个有生活常识的60岁的男人，我也知道这件事回家之后对我来说意味着什么，所以我中午就向我的太太做了汇报。我说，我们的会开得好极了，一切都很好，顺着逻辑往前走，但是我也遇到了一些惊喜，我的肩膀，我的白色的衬衣上有了墨西哥女翻译家的口红。我的太太为我高兴，她为生活的惊喜而高兴，她亲切地对我说，等你回来再说。

在中国文学国际传播论坛暨第六次汉学家文学翻译国际研讨会的总结发言

［荷兰］林　恪

林恪（Mark Leenhouts），荷兰翻译家。荷兰莱顿大学汉学博士，全职中文译者，文学评论家。曾在荷兰莱顿大学、巴黎第七大学、南开大学、北京大学等院校学习。主要译作包括钱钟书《围城》，韩少功《马桥词典》《爸爸爸》《女女女》《鞋癖》，苏童《米》《我的帝王生涯》，毕飞宇《青衣》，白先勇《孽子》，以及鲁迅、周作人、沈从文、史铁生等作家的长、中、短篇小说和散文。著有《中国现当代文学史》和《以出世的状态而入世——韩少功与中国寻根文学》。2012 年获荷兰文学基金会翻译奖。荷兰文版《红楼梦》译者之一，2021 年凭此书获 Filter 翻译奖。

大家好！

今年研讨会的主题有两个，一个是让世界了解中国文学，另一个是世界视野中的中国文学。世界文学的概念，我们昨天在分组讨论的时候也谈到了，让我想起 2010 年我参加中国作协举办的第一次汉学家文学翻译研讨会时，我在发言中也提到了世界文学的概念。给大家念一下我当时发言稿中的一句话："目前所谓的世界文学在很大程度上可以说是'英美文学'，英美文化作为世界的主流文化，很深地影响着世界各地的文学和电影艺术，甚至形成了英美小说和电影的模式。”这是我13年前说的话，现在我想中国文学能不能走向世界这个问题，其实是中国文学能不能抵抗这种趋势的问题。

在昨天的开幕式上，各位老师也都提到了走向世界的问题。刘震云老师昨天说到，“中国文学到底走向世界了吗?”阿来老师甚至说了，“我们对走向世界的愿望是不是过于天真?”曹文轩老师也提出了类似的问题，他说“如何让世界了解中国文学?如何消除世界对中国文学的隔膜?”这些问题来自哪里呢?

在2010年的研讨会上，我还讲到了英国作家蒂姆·帕克斯(Tim Parks)的一个概念。他在一篇文章中讲到，当前世界文坛上的一种新现象叫“全球小说”。在他看来，目前的所谓世界文学的小说，越来越多是一种语言朴素、通俗易懂的小说。他还特别举了日本作家村上春树的例子，虽然村上春树的作品有他独特的文化背景，但是凭借他的语言风格，他的小说极具社交力，可译性很强。

全球小说的叙述方式是一种很适合世界各地读者阅读的叙述方式。但中国文学恰好不一样，它不是这样的，因为中国文学的传统和英美文学的传统毕竟不一样。引用《路灯》杂志一位编辑说的话，英语和汉语文学之间的叙述结构相当不同，翻译中国文学的一个很大的挑战是传达真正外来的叙述结构，即使年轻一代的作家也都受到了中国传统文学特有的叙述方式和结构模式的影响。我想起阿来昨天在开幕式上说的一句话，他说中国文学不需要被另一套好文学的标准挑战，而需要以自己的好文学的标准走向世界。那么，这一套标准都是什么?

在我昨天参加的小组讨论中，来自芬兰的翻译家劳诺分享了他开始翻译中国文学的驱动力来源。他说在读大学的时候，他看到了芬兰社交媒体上推荐的中国作家都是从中国移民到国外的、用英语或法语写作的作家。这些作家的作品虽然有它们的价值，但是这些作家有资格代表中国吗？我想，这些文学作品的影响力不仅是来自它们使用的语言——我们叫作世界通用语言，而且还因为作者的叙述方式受到了世界主流文化的影响，更容易被国外的读者接受。我想我们真的不能低估，也不要低看，这种文学传统之间的区别和差异。

韩东老师在分组讨论的时候提到，“没有外国文学就没有我的写作”，但是他同时也说中国古典文学的影响依然是潜意识的。陈楸帆说科幻小说可能更是英美文学主导的文学领域，他说他在跟翻译的沟通中，经常和译者讨论各种文学性的问题，比如怎么解决一些对西方读者产生干扰的因素。德国译者郝慕天也跟我们分享了她经常跟德国出版社编辑“吵架”的经历。据她说德国的编辑也越来越受英美出版界的影响，想改变中国小说关于叙述方面的很多风格和内容，但都被她坚定地拒绝。她认为尊重作者的风格是非常重要的，令我非常感动。

我觉得只能通过多翻译、多介绍中国文学，西方读者才能适应丰富的、真正的而非肤浅的文化多样性。我们可以通过译作向他们介绍一种不同于西方文学的叙述方式、艺术思维和人生观。当然这也跟世界的总体变化有关。世界各地的人比较喜欢看英美小说这一现象，并不是因为这些小说本身比别的国家的小说好看，而是因为英美国家在经济政治上的优势，才导致这种世界主流文化的英美化。所以随着中国的崛起，世界文化也许会发生改变，尽管我仍然认为会是一个很漫长的过程。

在这里，我想代表在座所有的汉学家、翻译家，首先感谢中国作协和南京市举办了这次会议，给我们提供了一个难得的交流机会。我还要代表他们感谢在座的作家，他们这两天多次强调了他们对我们翻译工作的承认和鼓励。毕飞宇主席昨天说翻译是爱的工作，韩东老师说翻译是无用之用的工作，这两句话都给我留下了很深的印象。

最后我还想感谢毕主席帮我们解决了一个头疼的问题。他知道大部分外国人不喝咖啡就会头疼，所以他给我们安排了南京最好喝的咖啡，使这次会议开得更加成功！谢谢大家。

让世界了解中国文学

[保加利亚] 思　黛

思黛（Stefan Rusinov Rusinov），保加利亚翻译家。普罗夫迪夫大学中国文学兼任讲师，索非亚大学中国文化兼任讲师。主要译作包括莫言《檀香刑》《火烧花篮阁》，刘慈欣《三体》三部曲，余华《活着》等。《檀香刑》保加利亚语译本获得保加利亚文化部国家图书奖最佳翻译提名。

这个题目带有一定的话题性。它的意思虽然很明显，但仍然值得讨论，而且会是很有意思的讨论。所以我想围绕这个题目谈谈一些看起来不用去谈的问题，比如说什么叫“世界”，什么叫“中国文学”，什么叫“了解”，什么叫“让”。

让世界了解自己

“中国”和“世界”不是两个分开的单位，中国是世界的一部分，所以世界想要了解自己，自然而然要了解中国。就像《国语》里说的“声一无听，物一无文，味一无果，物一不讲”，我们可以说“文一无世”，真正意义上的世界文学是所有国家的文学，缺一不可。

“世界文学”是歌德最早提出的一个概念。现在有很多普通读者和学者都觉得自己既然选择了通过文学去了解世界，那么就应该尽可能地扩展自己的阅读和研究范围。这是非常重要的一个趋向，也赋予我们翻译家很大的使命——我们必须给读者和学者提供世界各个地方的好故事。作家萨拉马戈说过：“作家用其语言创造一个国家的文学，世界文学则由译者造就。”有积极的翻译家，才会有真正意义上的世界文学，才会有真正的文学交流。人类的世界是一个身体，它的器官相通，身体才能健康。

当时萨拉马戈就是看到中国文学和波斯文学而提出“世界文学”这个概念。所以目前我们需要各个地方的文学——秘鲁文学、尼日利亚文学、亚美尼亚文学……为了扩展我们的视野，为了达到世界意识，为了更深入地理解人类共同的灵魂。就像残雪所写的：“灵魂的文学超越了国界，属于全人类。不论何种种族，灵魂的结构全是一样的，面对的矛盾也是相同的。”这样就能实现科幻作家刘慈欣的文学理想：把人类看作一个整体。

让世界了解来自中国的声音

“国家文学这个概念已经没有意义了，世界文学的时代到了。”歌德说。

但是什么叫“中国文学”？是文学史专家放在中国文学课本里的作品，还是外国出版人和翻译家选的作品？那什么叫“了解”？翻译一部作品？翻译全部中国经典文学作品？有哪个国家做得到吗？做不到。比如说，谈到中国当代作家的话，在保加利亚只有那么几个，余华、刘慈欣、莫言、路内、北岛、乌青……这能称得上“了解中国文学”吗？我觉得不能，最多是了解一点点。但是我还觉得也没有必要设定这个目标。我觉得了解来自中国尽可能多的声音就够了。因为文学的最重要特点是它是个性的，有的时候它能代表其原地的主流文化，但是还有非主流的声音。对我来说，文学的一个可贵之处就是它有时候能有一定的破坏性，破坏一些固定的、死板的理念。所以诺贝尔文学奖获得者莫言也是中国文学，布克国际奖获提名者残雪也是中国文学，废话体诗人乌青也是中国文学，都是来自中国的声音，都是能促进世界交换故事的项目。因为各个国家的不同情况，还有因为各个翻译家的不同特点，其实每个国家了解的中国文学都不一样，也就是说不同国家眼中的中国文学是不同的。也应该是不同的，这才是文学的魅力。

翻译家让世界了解中国文学

也许我们可以做这样的一个问卷调查：今年参加这届研讨会的翻译家中，有多少是专职翻译家？我估计不会有几个，大部分的要么教书，要么有别的什么主要工作，翻译只是一个爱好，一个比较难以持续的业余事业。如果真的是这个调查结果，就意味着翻译这个专业几乎不存在，也就是说我们没有专门做世界故事交换这个工作的，即使有，也可以说是危急状况的专业。一方面这是自然而然的事情，另一方面这是我们一起要面对的问题。

特别是要翻译比较陌生的文学的时候（就像中国文学在保加利亚），翻译家的任务不限于文本的翻译，他们首先要阅读大量的作品，要找出版社（这点每次都是很费力的事），还要做作家的代理，作品出版了以后还要做推广，这显然不是一个人能做好的事，所以如果单独做翻译的话，在目前的市场情况下很难做得好。比如说，把中国当代文学介绍到芬兰这并不是一件自然而然发生的事情，而是有人为此付出了很大努力的。这个过程中除了快乐，还有冒险和牺牲，有不断的

“不知道把这个事情能做到什么时候”的感觉。

当然，从某个角度说，这个情况是很正常的，其实很多作家也处于同样的处境，很久以来这种以文字为业的人都在想办法怎么维持这个事业，或者说爱好。我个人就是这样，无论如何，我都会继续翻译中国文学，只是翻译的量会比较少。

然而，如果我们想让文学翻译达到其理想的目的，它需要支持，需要促进。最重要的是可以设立一个比较方便的申请翻译资助渠道（中国作家协会现在的一年一次申请、一年一次出结果的模式确实不太方便）；可以让翻译家申请去中国拜访他们正在翻译的作品中的地方，并和作品的作者一对一见面，谈谈一些在翻译过程中遇到的问题和不清楚之处，同时可以把握机会举行一些译者和作者公开的面谈活动；还可以策划一些驻留项目，让翻译家到中国住一段时间，足够完成一篇初稿，这期间当然可以举办一些活动，可以让翻译家参加本地的文化生活。保加利亚就有一个这样的小房子，专门给作家和翻译家驻留，它确实很小，但是很安静，很适合翻译家，一般是让几个翻译保加利亚文学的外国译者来保加利亚住一个星期到一个月的时间，承担他们所有的费用（费用其实也不大，就是住宿费和一点生活费），提供与翻译有关的资料和帮助，当然还安排译者和作家见面，同时可以让译者参加一些当地的文化活动，但最重要的就是让译者在原文的环境工作一段时间。我觉得这个形式是非常好的，也比较好安排，对翻译工作有极大的帮助。如果有这个机会，在中国待几个星期做翻译，我个人在翻译期间肯定还会去正在翻译的作品中描述的具体地方，因为这点对翻译是非常有用的。

当然，中国作家协会举行的这个研讨会也是非常有意义的，让我们翻译中国文学的人觉得是共同体的一部分，是很大的鼓励。它鼓励我们继续把中国文学介绍到世界各地，继续为世界故事交换这个重要事业做出努力。

中国作品在伊朗的翻译

［加拿大］孟　娜

孟娜（Elham Sadat Mirzania），加拿大籍波斯语翻译家。毕业于德黑兰贝赫什提大学中国语言文学专业、北京大学中国现当代文学专业，获博士学位。现任于约克天主教教育局、多伦多都市大学。主要译作有《中国当代文化》及童书九本、赵丽宏《疼痛》、徐则臣《跑步穿过中关村》。参与编辑《波斯语教程》《波斯语三百句》《汉语乐园》《中国地理常识》《中国历史常识》《中国文化常识》等。著有《波斯人笔下的中国》《精选汉语波斯语词典》。

文学像一扇窗或一面镜子，最能够显示一个民族的真正文化。文学作品是了解一个国家的主要途径之一。通过阅读国外文学作品，我们可以直接学习一个民族的精神和文化信仰。文学作品甚至能向我们展示历史书籍上读不到的内容。因此，认识一个民族，离不开了解和研究他们的文学作品。

20世纪末，伊朗国内翻译了少数跟中国有关的作品。这些作品一部分是西方作家所著，另一部分是西方人转译的中国经典作品。20世纪下半叶，美国记者埃德加·斯诺和作家赛珍珠的作品向伊朗人民提供了一些有关中国社会状况的信息。赛珍珠被译成波斯文的作品包括《北京来信》（1967）[①]、《龙种》（1972）、《大地》（1972）、《母亲》（1977）、《东风：西风》（1984）等。至今，伊朗国内已经翻译出版了赛珍珠的 30 多篇小说，这体现了伊朗人民对有关中国社会作品的兴趣。

近 30 年里，伊朗国内对中国作品的翻译越来越多，主题涉及很多方面，包括历史、哲学、文化、文明、政治、经济、宗教、美术和文学等，也包括在中国的旅途见闻。中国的经典作品，如《论语》（1984）、《庄子》（1989）、《孙子兵法》（1989）、《道德经》（1984）、《易经》（1997）等，各有几种波斯语译本。目前关于孔子的大概有 30 多本波斯语图书，大部分是西方人研究和翻译的作品。我找到的最早的一个版本是一位伊朗诗人所著。他把孔子的学说写成了波斯语诗歌，1960 年发表于德黑兰。作者姓名为易卜拉欣·哈瓦里（Ebrahim Khavari），他把自己的著作叫作《孔子一百五十句》。在书的序言中作者解释道，他在《宗教之智慧》这部翻译著作中看到了"孔子教义"部分，于是把每一个学说写成了一行诗。穆罕默德·黑夹子（Mohammad Hejazi）所译的波斯文的《宗教之智慧》，有可能是有关孔子和中国哲学的最早的波斯语资料。在中国古典文学方面，最早有简略版的《红楼梦》（1991）和《西游记》（1995）的波斯语翻译版。在中国现代文学作品方面，有老舍的《茶馆》，它是在 1990 年被翻译成波斯语的。

21 世纪初，伊朗慢慢出现了一些中国现代文学作品，像鲁迅的短篇小说集《阿 Q 正传》（1999）和老舍的《我这一辈子》（2011）。当时还出版了关于中国的科学、哲学、文化和文明方面的《中国哲学史》《中国文明史》和《中国文化史》，这些图书都有好几种译本。政治方面的书则包括中国不同革命时期和事件，以及主要的政治人物介绍和

① 括弧里的年份，是笔者找到的该书的最早版本。

他们写的作品，如最近翻译出版的习近平的《中国梦》和《习近平谈治国理政》等。这些作品大部分还是从各种西方语言译的，因此与原文多少有点区别。

2017 年至 2018 年是中国当代文学作品传播在伊朗的一个转折点。2017 年，一批中国当代诗人和作家访问了伊朗，与伊朗观众，以及各种文化和出版单位负责人见面交流。这些活动从不同方面展开了伊朗与中国的文学、文化和学术交流。当年，伊朗作为主宾国参加了北京国际图书博览会。那一次，伊朗 100 多位著名的出版商、作家、艺术家和插画家携 1 000 多种图书参展。书展期间，伊朗以“丝绸之路上的五彩梦”为主题举办了各种文化活动。伊方还参观了中国的多个出版社，也有机会跟中国的文学家和出版商进行交流。就这样，翻译一系列中国当代文学作品的项目在伊朗开始了。

2019 年，中国是德黑兰国际书展的主宾国，中国 94 家出版单位和 20 多名作家、插画家和诗人参加了该书展。书展期间举办了各种面对面的交流和文化活动。这一年，就是 2017 年打下好基础的收获时间。几本中国的诗集和小说在伊朗被翻译成波斯语出版。书展期间，出版社举行了新书发布会，作家和译者有机会跟读者见面交流，也跟他们分享了自己的体会和感受。那年，徐则臣的《跑步穿过中国村》、赵丽宏的《疼痛》和陆文夫的《美食家》在书展上发布了。这是中国文学作品在伊朗国内第一次直接从中文被译成波斯语出版。

近几年来，越来越多的中国当代文学作品被译成波斯语。目前在伊朗读者可以读到的作品中，莫言的作品最多。《牛》和《十三年前的一次长跑》（合并为一本）于 2014 年翻译并出版。之后，《师傅越来越幽默》（2015 年）、《红高粱》（2016 年）、《生死疲劳》（2019 年）、《檀香刑》（2020）、《变》（2021）、《天堂蒜薹之歌》（2022）和《蛙》（2022）在德黑兰出版。余华的《许三观卖血记》（2018）与《活着》（2018）也有波斯语翻译版本。麦家的《解密》(2018)、《暗算》（2019）

和《人生海海》(2022)，以及刘震云的《一句顶一万句》（2021）和《一地鸡毛》（2021）也已经被翻译成波斯语。中国少儿读物目前有曹文轩的作品，包括《羽毛》（2019）、《桂花雨》（2021）和《草房子》（2021）等。通过阅读这些文学作品，伊朗读者可以加深对中国文化的认识和了解。

目前，伊朗的4所大学设有中文专业。在这些大学学习中文有关专业的学生最关注中国作品在伊朗的发表。近几年来，随着在伊朗翻译和出版的中国文学作品数量有所增加，有的大学的中文系举办了各种跟中国文学相关的讲座和研讨会。每当有新的国外文学作品出版后，伊朗媒体也会报道新书消息，让读者知道有更多的中国方面的材料可以去学习和研究。这也是让更多人了解中国文学作品的一个途径，也会鼓励和加强伊朗汉语专业学生对中国文化的兴趣。值得注意的是，将来的大部分中国文学作品的译者，可能是伊朗国内中文专业的毕业生或者在中国继续学习的伊朗留学生。他们将来可以把伊朗的西式汉学慢慢转为一种本地的学科，建造伊朗式的、完全依靠自身的体会和感受来认识中国汉学的方法。我们需要比较系统地来组织这领域的人才，专门培养能够翻译中国优秀作品的专家，从而加速推动中国文学作品走出去的进程。

几年前我有机会翻译徐则臣的《跑步穿过中关村》这篇小说。故事发生在北京大学附近的中关村地区。我后来发现，我和徐则臣大概是在同样的时间段在北大学习硕士专业，也有可能一起上过同样的课程。读这个小说的时候，一些情节对我来说非常熟悉，就好像我正在读自己在北大附近生活时发生的一些故事。特别是小说的女主人公旷夏所住的地方叫“芙蓉里”，而这就是我当年在北大小西门附近租房子的小区名。我后来就觉得翻译这部小说真是缘分，我非常享受翻译的过程。

目前我正在翻译王蒙的《这边风景》。这部小说发生在新疆地区。

我在北大学博时，就曾到新疆的几个城市旅游，当时就发现那边的民族文化和建筑风格跟我们伊朗有很多相似之处，甚至我们的语言也有很多类似的词汇，还有很多类似的乐器，文字也很像波斯语。我现在很高兴我们伊朗读者将来有机会能读到这本小说，因为接近的文化会很容易被接受，读者会很快地将自己跟故事联系起来。

20 世纪，赛珍珠以写小说的方式，在把中国精神介绍给全世界人民方面做了贡献，今天我作为一名中文译者，有责任继续赛珍珠所建的道路。希望以后我有机会把更多中国的优秀作品翻译成波斯语，让更多伊朗人有机会了解中国人独特的智慧。

让世界了解中国文学

[捷克] 红佩佳

红佩佳（Petra Martincova），捷克翻译家。捷克奥洛穆克帕拉基大学文学院中英文语言文学硕士。现为捷克技术大学语言系教师。主要译作包括余华《许三观卖血记》《活着》《兄弟》《第七天》，李浩《短篇小说集》。现正在翻译余华的《文城》。

我来自捷克——欧洲中部的一个小国，实际上这是与中国完全不同的国家和文化。捷克国土面积 78 865 平方公里，比江苏省小五分之一，人口约 1 000 万，仅比南京多 200 万[①]。语言、文化、地理、气候、历史发展——所有这些都截然不同。

然而，17 岁那年，我在电视上看到了一部关于黄河和黄河周边生活的中国纪录片，与此同时，我在我父亲的书房里发现了几本中国作家鲁迅的散文集和短篇小说集。当时，也就是我高中的最后一年，我决定除了学习语言学、文学和英语外，还要学习汉学。也就是从那时起，我开始逐渐熟悉中国文学。

幸运的是，汉学和中国文学翻译在捷克有着悠久的传统。中国文

① 编者注：2023 年末南京市常住人口达 954.7 万人。（来源：南京市统计局）

学从19世纪末开始被翻译成捷克语，20世纪初，翻译就更多了。一批优秀的中国古典文学作品，如《论语》《诗经》《道德经》，以及重要的明清小说，如四大名著《红楼梦》《西游记》等均被译介过来。捷克汉学创始人普实克（Jaroslav Průšek）翻译中国传统和现代文学，同时他是鲁迅的好朋友，作为一位重要的导师，他在中国学系培养了一批重要的捷克汉学家。20世纪60年代，重要的布拉格汉学派在布拉格成立，其成员除了翻译中国经典书籍外，还翻译了一些现代作家的作品，包括鲁迅、茅盾、郭沫若、丁玲等 。

但对我来说最重要的是遇到了一位名叫余罗俊的学生。当时我在江西财经大学教英语，我们的师生关系发展成了友谊，经常一起讨论文学。他第一次给我介绍了一位叫余华的作家，还送了我他的书《许三观卖血记》。我立刻就爱上了他简单而准确的写作风格。

我获得把余华的书翻译成捷克语的机会是很偶然的。当时我在酒吧和一个刚认识的人聊天，把我刚读完的《许三观卖血记》的内容讲给对方听。我告诉他我想把这本书翻译成捷克语，也许我撒了一点谎，说自己已经翻译了几章。后来我才得知，我的讲述对象是一家相当大、很重要的出版社总编。他告诉我，如果我可以把试译的章节发给他，他们会考虑出版。我们真的成功了，2007年这本书出版了。

著名作家余华的友好态度也极大地激励了我。2004年，我刚毕业，在去西藏的路上，我给余华发邮件，询问我们是否可以在北京见面。尽管我只是一个寂寂无闻的学生，但他还是同意和我见面。一起吃饭的时候，他给我带了一大袋他的书，甚至还有亲笔签名。他说相信我能很好地完成翻译。

我的大部分翻译都与捷克Verzone出版社有关。我的朋友、同学，同样也是一位优秀的汉学家、文学翻译家李素在这家出版社，从事翻译和出版中国当代文学的工作。自2012年以来该出版社共出版了20本书左右，其中包括余华的5本长篇及短篇小说集《世事如烟》。李素为翻译者提供了一个相对自由的空间，每个人都可以选择自己想要翻译的书。所以，刘震云、宁肯、张爱玲、莫言、残雪、盛可以等中国当代作家的书也都出版了。

我不是专业翻译，可以说，翻译余华的书对我来说是一种爱好。如果我是一名作家，我想像他一样写作——使用简单、直接的语言。他对世界的看法也和我很接近。

虽然余华的语言算得上很简单，不过我在翻译过程中也遇到一些问题。我想提两个我曾遇到的问题。

第一个问题是，名字应该翻译吗？相对于中国名字，捷克名字根本没有任何意义。余华小说中一些人物的名字表明他们的命运或性格，例如小说《活着》主角名叫“福贵”，这个名字描述了书中主角以前的经济状况，并讽刺地描述他现在的经济状况。甚至其他人物的名字也能描述他们的本性、命运等。有的翻译家翻译人物的名字，有的则不翻译。这不是一个容易的决定。例如莫言小说的译者爱理（Denis Molčanov）选择翻译名字。我大部分的时候不翻译，为什么？因为那样会给人物带来讽刺的感觉，他们会变成可笑的人物，但我认为余华的小说是现实的，他小说中的人物是现实的，绝不是可笑的，我想为他们保留一些尊严，我不希望他们成为有着有趣名字的可笑人。我只是有时给孩子翻译名字，例如在小说《第七天》中有一个人叫“杨飞”，他的父亲为他选择了这个名字的原因是因为他的出生方式。当他还小的时候，我叫他“Padáček”，捷克语是“小降落伞”的意思，但是当他长大后，人们叫他“杨飞”，我不翻译他的名字。《活着》中有一个孩子，他的祖父给他取名“苦根”，因为“他生下来没有了娘”。为这个孩子选择捷克语名字很困难，因为“苦根”在捷克语中听起来很奇怪，不够自然，所以我决定叫他“Kořínek”——“小根”，使用“根”这个词的缩写，听起来像一个适合孩子的名字，但中文含义的一部分不可避免地丢失了。

另一个问题是，是否需要解释有时未知的文化现实，特别是中国的事物，例如食物、衣服、厨房用具、假期、文化仪式等。英语国家一直与中国有更多的接触，通过传教士，依托海上贸易路线，淘金热时代早期移民到美国、上海和香港发展，因此产生一些音译词，例如旗袍、点心、杂碎等，但这些词在捷克语中没有，需要解释。在翻译余华的一些文章的名称时，常常需要找一个单词，一个精确且富有内涵的词，具有相同的消极或积极含义，但是很难找到。其中一个名字是中文单词“领袖”，英文中的“Leader”是一个非常准确的翻译，但捷克语中的“领袖”一词却有一个非常不好的含义，它与希特勒有着非常密切的联系。捷克语“领导者”一词无疑是合适的。然而，在捷克语中，目前很少使用“领导者”一词（例如“登山向导”）。在中文中，“领袖”这个词的含义扩展到团队或公司领导者中具有超凡魅力和影响力的人物，捷克人更喜欢借用英语单词。因此，虽然余华在文章名称和全文中只使用了“领袖”一词，但我交替使用这两个捷克语单词，因为两个都不是很精确。另外一个就是“草根”一词。事实上，它是英语的直译词，所以当然有一个非常精确的英语翻译是“grassroots”。我和其他译者讨论了这个词的翻译，其中一些人会使用英语单词“grassroots”，但我不喜欢在文学中使用英语单词。此外，余华在他的文章中对“草根”一词的含义略有改变。对他来说，草根是社会下层的一群非常贫穷、没有很大影响力的人，但他们却非常勇敢、勤奋，有进取心，是中国经济奇迹背后的奋进者。不幸的是，捷克语中所有表示低社会阶层的词都具有负面含义，因此不能在这里使用。所以最终我决定使用捷克语单词“菌丝体”——蘑菇的地下纤维。这个词在捷克语中有两个意思：一是菌丝体，但这个词也可以用来比喻某物可以生长良好、可以成功的空间，也可以将其用于社会中低级的、可能稍微隐蔽的、但非常重要且富有成效的部分。

我认为把中国当代文学翻译成捷克语是一项非常重要的任务，因为中国和捷克，不仅在地理上，而且在文化、语言、历史、经济等方面都距离很远。因此，捷克国内存在着很多偏见和误解。媒体提供的有关中国的新闻大多是肤浅的、不准确的、歪曲的。而中国当代文学提供的中国形象更加现实，捷克读者有机会通过各种故事深入了解中国，了解中国人民的思想、文化和传统。

在丹麦推广中国文学

[丹麦] 达墨革

达墨革（Peter Damgaard），丹麦翻译家。哥本哈根大学中国文学博士，现为哥本哈根大学中国学讲师。主要译作包括鲁迅《呐喊》，莫言《生死疲劳》《红高粱家族》《天堂蒜薹之歌》，东西《篡改的命》等。著有《语流与像流：把莫言翻译》《我们之间隔了的厚障壁：中国文学的城乡冲突》等。正在翻译刘慈欣《三体》，编辑《中国文学三千年》。

丹麦是一个小国家，文学市场也很小，流行的文学体裁以小说为主。大部分出版物要么是用丹麦文写的，要么是主要从北欧语言或英文翻译过来的。

这种情况对译成丹麦文的中国文学带来至少两个问题：一是读者是一个分散的、不连贯的群体，通常对中国文学和文化没有任何广泛知识；二是翻译和研究中国文学的学者极少。

尽管如此，与过去相比，中国文学的发展在丹麦还算是欣欣向荣。出版的中国文学作品比以前任何时候都多——不仅包括具有广泛吸引力的著名作品，也包括读者有限的实验性作品。这一发展主要由中小型出版社推动，而且依赖公共或私人资金。

上述两个问题造成某种译文与读者之间的不一致——中国小说出版得越多，小说缺乏“上下文”的情况也就越明显。换句话说，一部中国文学作品常常是在没有文学语境的情况下孤立地到达读者手中，从而使作品的各个方面隐藏在视野之外。这些方面就是典故、比喻、语段关联性等。

举个很简略的例子，一部当代中国小说，除了其他当代作品和历史社会因素之外，很可能也会直接或间接地引用志怪小说、四大名著以及五四小说的某些经典典故或潜在主题，让丹麦的一般读者认出所有或者部分的文学典故，根本是不切实际的。虽然大多数作品确实能够独立存在，但如能理解其文学和文化上下文，读者的阅读感受肯定也会更丰富。

因此，除了用不同语言阅读产生的不同体验之外，还有对上下文理解这个主要差异：一般的中国读者会在有上下文的状况下阅读中国文学，丹麦读者却没有这个上下文。在中国读者眼中很清楚的典故或比喻，对丹麦读者来说却显得奇怪、不透明或难以理解。由于这个原因，读者就没有办法和作品产生密切关系，因此作品仅仅是一种神秘物品。

在这种情况下，我认为最有效的解决方法就是直接制作一本通俗易懂的中国文学“指南”。

《中国文学三千年》就是上述那些思考的结晶。在过去的差不多5年里，我跟同事魏安娜一直致力于编写这本书，该书将于2024年由丹麦一家较大的出版社出版。

这本书一半是文学史，一半是选集。它介绍过去三千年以来中国文学最有影响的一些作品，并且指出它们之间的关系、连接。书分为4部分。首先，一个引言介绍中国文学的独特性，而其后的4节是：古典基础、诗歌传统、散文小说、近代中国。每一节都有自己的专门引言，介绍了文体和历史时期的特点，但焦点还是几个关于具体作家和著作的小节。小节包含介绍作家和著作的短文以及著作的翻译。诗歌、短篇小说等一般有全文，而像长篇小说的则有 5 至 10 页的摘录。

第一节，古典基础，包括从公元前约 10 世纪至公元 1 世纪中国文学的基本作品和概念。除了《诗经》《楚辞》之外，也有儒家、道家的哲学著作，以及司马迁的历史巨著《史记》。哲学作品属于传统的文学概念，但它们也塑造了接下来的两千年讨论文学的方式。两本诗集显然包含了中国诗歌的最早形式。《史记》很明显具有文学价值，而且也可以连接到许久之后才确实建立的小说文体。

第二节，诗歌传统，讲述了从 1 世纪至 13 世纪的诗歌发展，介绍了诗、赋、词等不同文体。收录了陶渊明、李白、杜甫、苏东坡等众多名家的作品。这一节也重视诗歌在社会中占有的特别位置以及诗歌与个人意识的关系（“诗言志”等）。

第三节，散文小说，包含从 8 世纪至 19 世纪的作品，介绍了从口头传统、历史写作和志怪小说到更具有艺术性的唐宋传奇和明清小说的演变。大多数中国读者对明清小说很熟悉，但由于其篇幅和难度，把它进行无缩略形式的翻译可能性不大（迄今为止只有《金瓶梅》被译成丹麦文），因此这些作品的摘录自然也包括在内。《浮生六记》作为本节的结尾——既是古典中国文化的“生活美学”的代表作，也可以当作现代私人叙事的前奏。

第四节，涉及从 20 世纪初至今的现代中国，将这一发展与前三节的古典写作联系起来。例如，在本书的广泛背景下，鲁迅和徐志摩虽然都反抗古典传统，但也可以说他们是古典传统的继承者。在中国文学受外界影响越来越多的同时，古典传统仍然在各种各样的文学作品中得以体现——从张爱玲的现代“传奇”小说到毛泽东的诗词。第四节以刘慈欣的《三体》指向未来中国作为结束。

当然，仅仅一本书绝对不可能涵盖中国文学传统中所有的重要作品，而且出于对篇幅和连贯性的考虑，无数作品和某些文体（例如戏剧）也不幸被排除在外。

为了协助中国文学在丹麦的推广以及提供上述那种“上下文”，我坚信《中国文学三千年》这种书的出版对此将十分有益。它会打开大多数读者一般根本无法进入的通往中国文学广阔世界的大门，让读者将某个作品放在更大的框架里，因而能够把握中国文学遗产之间的多种联系。

读者可以把《中国文学三千年》可以当作文学史从头到尾阅读，体会中国文学传统的逐步积累；也可以把它当作参考书，随意查阅有关资料。无论如何，丹麦读者都会广泛了解古典和现代的文学典故、比喻、语段关联性等，因而对许多作品都有更深入的欣赏。

“上下文”的加入，将使人们在阅读被译成丹麦语的中国文学时，感受更丰富，这本书大概也会激发丹麦读者对其他作品的兴趣，并有助于中国文学在丹麦的发展。《中国文学三千年》中有关已经有丹麦文译本作品的摘录，会鼓励读者阅读整部作品；而有关尚未全面出版的作品，也许会因此引起出版社的注意而终获出版。

总而言之，《中国文学三千年》这种书将带来多方面的好处：丰富阅读体验、激发阅读兴趣、鼓励更多出版。它会促进中国文学在丹麦发展，而从这个意义上说，对丹麦文学本身也具有巨大的价值。

让世界了解中国文学

［埃及］阿齐兹

阿齐兹（Abdel Aziz Hamdl），埃及翻译家。埃及爱资哈尔大学语言与翻译学院中文系主任、教授。主要译作包括《艾青诗选》，曹禺《日出》《原野》，老舍《茶馆》，郭沫若《蔡文姬》，沈从文《边城》《丈夫》《萧萧》《虎雏》，田汉《名优之死》《咖啡店之一夜》，鲁迅《狂人日记》《孔乙己》《阿Q正传》，铁凝《永远有多远》《哦，香雪》《谁让我害羞》《阿拉伯树胶》，莫言《蛙》，余华《第七天》《活着》《现实一种》，陈河《红白黑》等。

“汉学家文学翻译国际研讨会”从2010年首次举办，到现在的第六次会议，我有幸参加了5次，经历疫情的阻断，时隔5年再次与各位作家和翻译家相聚，重逢老朋友，再结新伙伴，喜悦之情难以言表！对作家协会每次的盛情邀请我都有无尽的感激！每次研讨会的主题都为我提出了一些值得认真思考的问题，让我静下来回顾、总结或展望。这次也不例外。“让世界了解中国文学”，这个主题让我感到，在中国文化走出去的道路上我们又将迈进一个新的阶段。对我们这些中国文学翻译者来说是否又有了一个新的目标呢？想一想，一个国家的文学作品走出国门，走向世界，从被越来越多的人认识、了解，到逐渐被喜爱，再到真正成为他们精神食粮的一个组成部分，这是一个多么令人振奋的前景啊！而文学翻译家，作为实现这一前景的关键力量，我们应该怎么做呢？我本人又可以为此做些什么呢？

我想，就先大概回顾一下自己从事中文著作阿拉伯文翻译工作所走过的30多年历程吧，然后再来想想前面的路该如何走下去，对我未来的翻译工作来说，这是一个台阶还是转折点呢？

我的第一本译著是曹禺先生的剧本《日出》，出版于1988年，至今已过去了30多年。如果将这些年间的主要译著列一个清单，大致可看到自己向阿拉伯语世界翻译介绍中国文化的思考脉络。我翻译出版的阿文译著，按出版的时间顺序排列有：《日出》、《现代中国人》、《茶馆》、《中国和美国——对手还是伙伴》、《艾青诗歌》、《中国思想发展史》、《二十世纪中国文学》、《沈从文小说选》、《原野》、《中国文化要略》（2012年）、《铁凝小说选》、《活着》、《第七天》、《唐代诗歌选》、《鲁迅悲剧小说选》、《论语》（修订翻译再版）、《现实一种》、《河边的错误》、《道德经》、《朝觐途中》、《致命的远行》、《红白黑》等。

上面所列书目的出版和翻译完成的时间并不完全一致，原因在后面我会提到。但总体上可以看出，2012年以前的翻译，是一个向阿拉伯世界全面介绍中国和中国文化的阶段，同时也是我自己深入认识、了解中国的阶段，也可以说是在较为抽象地介绍中国和中国文化的阶段。而从翻译出版沈从文的小说开始，可以说我进入了翻译介绍中国文化的第二个阶段：通过对中国现当代小说的翻译，让阿拉伯语世界的读者更具体、生动地了解中国。如果说历史书上看到的只是一些脉络，我想小说则可以提供无数历史的细节。人们通过小说的生动描述来了解这个国家的真实社会图景、风土人情、人性善恶……才能开始真正地去感受和了解这个国家的一切，了解它的文化风俗、历史变迁、社会发展、人民的悲欢。但是应该说，这一阶段我的文学作品翻译仍然是围绕着向阿拉伯世界介绍中国和中国文化这个目的，只是以一种更感性的形式。所以，这一阶段我在选择翻译作品时还是广泛取材。

所选作者从当代到现代、从老一辈到新一代都有，作品也是内容各异、风格不同，力求内容上对中国社会文化涵盖的面积越大越好，可以让读者看到中国社会的方方面面、中国人的形形色色。

以上是对过去工作的一个回顾总结，那么，在本次论坛的主题下，我未来对中国文学翻译的方向是否要有所调整呢？我在考虑：阿拉伯语世界的读者准备好了吗？因为他们多数才刚开始认识中国，文学作品目前还只是他们认识和了解中国的一个窗口，如果说在艺术层面上来欣赏中国文学作品，他们有这样的需求吗？有多大的需求？以我所偏居的埃及这阿拉伯世界的一隅来看，目前的形势还是比较乐观的。我是从以下几方面来估计的：

1. 埃及现在的所有公立大学院校几乎都有中文系了，而且学生还在扩招，埃及的孔子学院，据我所知就有 3 所，还有无数的孔子课堂和汉语培训班，也就是说潜在的读者群在扩大。另外，一年前埃及教育部已经批准了埃及 12 所公立中学把汉语列为第一外语，并派了专门的教师，我想，如果在中学生的阅读教材中选择适当的文学作品以激发年轻一代对中国文学的兴趣，他们将是未来更有可能的读者群。

2. 中企在埃及也越来越多，必然潜移默化地传播着中国文化，那么，其埃及员工也可能成为中国文化的喜爱者，成为中国文学的潜在读者。

3. 这些年中国大使馆和文化中心对中国文化的宣传非常积极，也会吸引一些中国文学爱好者。

然而，要让潜在的读者群成为真正的读者群，还有很多实际工作要一步一步去做。我个人可以做到的，是在翻译作品的选择问题上做相应的调整。关于这一点，在前几次的研讨会上，有一位作家说的话我很赞同，他说：“在翻译中国当代作品时，选择者的目光既要看到作品中的政治体制、意识形态、价值体系，更要看到在这种作品中的文学价值。”他还说到选择翻译的标准问题，认为无论选择者“对作品的欣赏角度和兴趣爱好如何，有一点最基本的工作就是对当代中国文学有个整体的把握和梳理”。我觉得在今天这个“让世界了解中国文学”的主题下，这个观点尤为切实。但是，我作为一个翻译“个体户”，在当代中国文学的整体把握和其他一些问题上显然是力不从心的，只能尽力而为。所以，我就有了以下几个不成熟的想法，也可以说是心愿：

1. 中国作家协会能否从中国当代文学的整体出发，分阶段给出一个文学作品的翻译目录？我觉得这对译者和读者都是一件非常有益的事。当然每位译者完全有自主选择翻译作品的权利。

2. 充分发挥中国文化中心在中国文学译介工作中的独特作用，尤其是推介工作。多举办一些狭义上的文化相关的活动，比如说，中国文学讲座、译者与读者的见面交流会等。并希望请来真正的专家学者，请来真正的中国文化爱好者、真正的读者。物以类聚，人以群分，志趣相投的人聚在一起才能进行切实有益的交流，才能不断培养出大批中国文学的读者。

3. 版权问题到底怎么办？这是我一直以来的一个痛，太多的时间浪费在这个问题上了。自从有了版权经纪人，这个问题就更恶化了。你找作者，作者让你找经纪人，你去联系经纪人，永远没有回复，你再去找作家，作家还让你联系经纪人。如此反复以至无穷！有的作品我已经译完几年了，因为拿不到版权而无法出版。当然，我完全拥护作者的版权和他们的经济利益，只是作为第三世界国家的译者有无法言说的苦！衷心希望有关单位能具体问题具体解决。版权问题在我的译作出版上是一个难以逾越的障碍，很多想翻译的作品不敢翻。

4. 加强当地（埃及）公立图书馆和各大院校、中学图书馆对现有阿文译著的收藏，增加对中国文学作品的捐赠收藏，这显然也不是个人力量所能达到的。图书资源在其他国家也许不是问题，但在埃及，确实严重缺乏中文书籍和有关中国的阿文研究资料。有不少学生和埃及学者向我打听在哪儿可以找到这些书籍。我本人的所有译作和阿文著作，在出版后都会赠给亚历山大图书馆两三册收藏，那里有收藏我个人作品的一角。希望不久的将来埃及的图书馆都有属于中文书籍的一片天空。另外，我觉得可以推荐一系列优秀的中国文学作品作为大学汉语专业的阅读教材。大学现有教材里的阅读材料也亟须更新。

在今天研讨会的主题下，我断断续续地想到以上这些。真的非常感激中国作协为我们提供的这个交流合作的平台，在这里大家可以畅所欲言，为着一个共同的目标：让世界了解中国，让世界了解中国文学。

我与“中国文学”的故事

［埃及］白　鑫

白鑫（Ahmed Sayed），埃及翻译家。2006年毕业于埃及爱资哈尔大学。埃及希克迈特文化集团总裁，宁夏大学民族学博士，宁夏外专局语言专家及文化顾问。主要译作包括《鲁迅精选小说集》，王小波《黄金时代》《爱你就像爱生命》，刘震云《我不是潘金莲》《一日三秋》，李佩甫《生命册》等。获第九届中华图书特殊贡献奖、中国出版集团图书“走出去”贡献奖。

今年是我来中国的第13年，我和中阿出版打了13年的交道，但是我对中国文学的喜爱却已有20多年了。我2001年开始学习中文，我对中国文学的认知起始于中国著名作家鲁迅先生。

埃及有一位著名作家叫塔哈·侯赛因。他在整个阿拉伯国家文学界都是一位举足轻重的作家、学者。他著述丰富，是个多产作家。他不仅对文学，而且对历史、哲学等方面都有精深的研究，成为一代“文宗”，被人们誉为“阿拉伯文学泰斗”。在中国，当学者们在研究阿拉伯文学提起塔哈·侯赛因时，同时一定会提及鲁迅先生。他们的生活年代及经历都有着高度的相似之处，他们都通过笔下的文学作品抒发着他们对彼时社会现状的认识和批判。所以，我一开始学习中文，在了解中国文学时，鲁迅先生便以潜移默化的方式进入了我的视线。在之后，随着我的中文学习越来越深入，我对鲁迅的文学作品有了进一步的了解，鲁迅作品中如同黑夜的焰火似的文字让我愈发沉迷。我试着从我们当地的网络中或图书馆中去搜索更多关于鲁迅先生的文学作品以及他的生平，但相关信息却少得可怜。所以，当时我就想，如以后有机会一定要亲自翻译一些鲁迅的作品。没想到，“念念不忘，必有回响”。在我开始从事中阿出版工作后，2016 年，我有机会接触到《鲁迅小说选》这本书。这本书原来是有阿拉伯语版的，但是版本很早了，是 1974 年由外文出版社出版的，已经不知道译者是谁了。后来，我就将这本书重新进行校对和润色，虽然这不是我翻译的第一本中国文学作品，但却是对我影响很深，并且让我终生难忘的一本中国文学作品，因为它承载和见证了我对中国文学的热情。在中国正发生翻天覆地变化的当下，“鲁迅”已经不再是一个已故作家的名字，而是成了一种民族精神的象征。在我们已经翻译出版过作品的中国作家中，如莫言、余华、刘震云等人，都多多少少受到鲁迅文学的影响。

鲁迅文学伴随我的中文学习成长之路，而王小波的作品则真正影响了我对中国文学的认识。他，是我最喜欢的中国作家。我阅读并翻译过很多中国文学作品，王小波在我心中的地位却是最为重要的。他的作品所具有的那种以人为本的精神，对历史的独到思考与把握，以及荒诞跳脱的叙事风格，都让我感受到了深深的灵魂震撼。在阅读他的作品时，我会游走于现实与精神世界的边缘，时而是一个观察者，时而又成为一个被审视的人。这种阅读与精神畅游的乐趣，我想与更多的读者去分享。所以，在我有机会能翻译出版《黄金时代》阿语版时，我内心的雀跃是无法言说的。这也是王小波第一部被翻译成阿语的作品。《黄金时代》阿语版出版后在阿拉伯地区获得了很不错的影响。埃及《金字塔报》《阿拉伯独立报》、阿联酋新闻网等多家媒体都对这本书进行了推荐。黎巴嫩作家、翻译家阿卜杜·瓦森也在媒体上发表了题为《王小波——一个满腹哲学和浪漫主义的中国卡夫卡》的评论文章向读者推荐这本书。

在我成为出版人的第 13 年，已见证且经手了百余本中国文学走向阿拉伯国家之路。这条路比我想象的艰难，却也充满挑战和乐趣。在我开始以兴趣为基础介绍中国文学作品到阿拉伯国家时，我发现这是一件非常艰难的事情，因为个人的力量很小且很容易受到质疑。但是在我逐渐成长为一名大家口中的“汉学家”“出版人”，逐渐有了一些名气，且随着我们做的书籍越来越多之后，大家开始认可并且愿意主动来了解中国文学了。

近五年，是我在做中国文学翻译出版后收获最多的五年。2017 年，《小饼干与围裙妈妈》阿文版获开罗国际书展“最佳儿童文学翻译奖”；2022 年，《给梦一双透明的翅膀》阿文版、《每一点光都闪亮》阿文版两本儿童文学获 2022 年开罗国际书展“最佳儿童文学翻译奖”；2023 年，《念书的孩子》阿文版获开罗国际书展“最佳儿童文学翻译奖”；2023 年，《中国当代文学史》阿文版入围埃及文化部国家翻译中心 2022—2023 年度的“贾伯·阿斯福文学与批评研究翻译奖”提名。这些奖项都在证明着中国文学不仅已经进入到阿拉伯国家读者的视野中，更说明了中国文学目前在阿拉伯国家是有受众的、被认可的。

2020 年，我们出版了一本由埃及知名文学评论家穆尼尔·赛义德·穆罕默德·阿提巴花费三年时间写的《中国文学评论》。这本书收录了他在阅读由我们公司安排翻译并出版的莫言、王小波、刘震云、迟子建、周大新、陆文夫、徐则臣等 15 位中国知名作家代表作品后的解读与评价。这本书的出版对于中国文学作品在阿拉伯国家的传播有着重要意义。对于中国文学而言是一次传播之旅的成果见证，对阿拉伯国家的读者来说则是打开中国文学阅读之路的指南针。而这本书对于我而言，又是一种工作成果的见证，是我致力于中国文学走向阿拉伯国家的成果汇编。2021 年，我们又收到了穆尼尔·阿提巴先生写的《中国儿童文学评论》，这本书包含了他所阅读的由我们出版的 42 本中国儿童文学的评论。

让中国文学走入阿拉伯国家，是我学习中文后的一个梦。现在，我的梦变成了我的工作。我所走的每一步，都是在让这个梦变得更具体化、更实际，让它从梦中走出来。

截至目前，我们已经翻译出版了大量中国作家的文学作品，例如：王小波的《黄金时代》，余华的《许三观卖血记》《在细雨中呼喊》，阿城的《棋王》，刘震云的《一句顶一万句》《我叫刘跃进》《塔铺》《单位》《我不是潘金莲》《手机》《温故一九四二》，王安忆的《三恋》，迟子建的《群山之巅》《额尔古纳河右岸》，苏童的《另一种妇女生活》，麦家的《解密》，周大新的《银饰》《湖光山色》《安魂》，吉狄马加的《身份》《我，雪豹》，李敬泽的《青鸟故事集》，徐则臣的《北上》《跑步穿过中关村》《啊！北京》《北京西郊故事集》，叶梅的《最后的土司》，次仁罗布的《祭语风中》，冯唐的《北京，北京》、唐樱的《南方的神话》，阿舍的《飞地在哪里》，等等。

2023 年，我们有幸翻译出版了第十一届茅盾文学奖获得者、新疆作家刘亮程的《捎话》阿语版，并于 4 月在阿布扎比国际书展上进行了新书首发，同步在阿拉伯世界 22 个国家推广发行。我们邀请了刘亮程老师、本书译者叶海亚·穆赫塔尔，以及阿拉伯知名评论家穆尼尔·阿提巴教授面对面交流中国文学作品，活动现场交流热烈，台下聆听交流的观众们当场联系我们后台的工作人员，想要和刘亮程老师及他的《捎话》阿语版合影留念，而我的梦就在以这样最实际、最踏实的情景实现着。

很多中国出版界的老朋友们会称我为“中国通”，我想那一定不是因为我讲中文有多么标准、多么优秀，而是我在学习中文之初，中国文学作品就为我学习中文打开了一个美妙的天地，让我学习中文不再变得困难。文学作品是不同于其他经济、科学、历史等种类的书籍，其承载着中国人的所知、所想、所悟、所感、所信，是以故事性的语言向阿拉伯读者们介绍中国最本真的状态，所以我认为中国文学作品比其他类型作品更能传播中国声音，更容易让世界读者接受。同时，从我们每月统计的已经翻译出版的译著种类来看，中国文学作品的销量是远高于其他非文学作品译著的，从侧面也印证了这一点。

未来，我们还将陆续翻译出版更多优秀的中国文学作品，也将通过一系列务实的方案去推广宣介中国文学作品，让更多的中国文学作品走进阿拉伯世界的千家万户，让世界了解中国文学。

我的汉语和阿拉伯语翻译之旅

［埃及］ 雅拉 · 艾尔密苏里

雅拉·艾尔密苏里（Yara El Masri），埃及翻译家。毕业于埃及艾因·夏姆斯大学中文系。埃及作家协会会员。长期致力于将中国优秀的文学作品翻译成阿拉伯语。主要译作包括苏童《1934 的逃亡》《妻妾成群》《另一种妇女的生活》，平原《风往北吹》，陆文夫《美食家》，毕淑敏《世界上最缓慢的微笑》，莫言《放鸭》，余华《两个人的历史》，乔叶《五分钟和二十年的爱情》，谈歌《桥》，以及海子、冯至、北岛、芒克、舒婷、王小妮、多多、西川、翟永明等的诗歌。凭借翻译陆文夫小说《美食家》获《文学消息报》翻译大赛一等奖。2019 年获第十三届中华图书特殊贡献奖青年成就奖。2021 年获“谢赫哈马德翻译与国际谅解奖”翻译一等奖。

翻译是语言、居所和效果

首先，我认为译者是在其母语中的另一种语言的叙述者，从这个意义上说，我将中国文学翻译成阿拉伯语的工作意味着我是阿拉伯语中汉语的一名叙述者，也就是说，我是一个用外语来展示中国文学的人。这是我在埃及和中国热爱并学习的一项任务，目的是要掌握它。每次翻译了一本书，我都会积累一些经验，同时也经历了翻译的乐趣和艰辛。

我常说，翻译意味着生活在母语以外的语言文化中。我从事中文翻译工作，无论是在文学创作方面还是在中国的生活模式中，我都一定是生活在中国文化中的人之一，体验中国文化所具有的巨大多样性、多层次性、古老与现代性。作为一名翻译工作者，中国文化对我个人最大的影响，正是我们在阿拉伯语中也说到的“毅力”，即在工作中的强大毅力，努力掌握、磨炼，并以最好的方式发挥它。

11 年 16 本书

我对中国文学的热情始于大学时期，当我在学习期间获得了一定程度的汉语知识时，我经常在中文网站上阅读故事、诗歌和其他文本。在此之前，我在父亲的书房里读过一些被翻译成阿拉伯语的中文作品。2012 年，当我开始把翻译作为我生活的一个主要方向时，我已经翻译了几部短篇小说，并阅读了更多的中国文学作品。在 11 年的时间里，我翻译了 16 本书，包括小说、短篇小说和诗歌。我翻译这些书花费几个月到 1 年，甚至更长的时间，这取决于书的性质和字数。例如，我花了 1 年多的时间翻译残雪的《新世纪爱情故事》，花了不到 1 年的时间翻译陆文夫《美食家》，二者都是中篇小说。然而，我花了 3 年的时间翻译韩少功的小说《马桥词典》，最近很快将会出版，这是中国当代文学史上一本独特的书，在中国乃至世界范围内都是如此。下面我可以简单地谈一谈这本书，以及我翻译的其他一些文本。

《马桥字典》中的词语

众所周知，“词典”是与译者和翻译距离最近的词汇之一。没有一本或几本字典，就没有翻译。《马桥词典》这本书，虽然是以“词典”的形式写成的，但在这里，它是一个复杂的网，通过它，我们可以看到中国南方一个村庄里人们的生活。这是一部包含 115 个“词”的“小说”，由一位知识青年讲述，从 1950 年到“文化大革命”结束，他来到农村，参与农业生产，又加入保卫边境的部队。虽然作者从社会、政治、文化、生活和人类维度的故事中提取了一些词汇，但其中一些词汇是作者虚构的，如“晕街”一词。

作为一名翻译家，我在这里学到的经验是，《马桥词典》中的词语是基于事件发生地，即这个村庄的方言，而不是我们在官方普通话词典中找到的标准。因此，我意识到，人们所说的语言的词汇具有文化和历史根源，超越了我们作为译者所使用的词典。阅读《马桥字典》，我们可以看到政治元素、其他与民间传说和习俗有关的元素，以及日常的农村生活。叙述者被不同时期的画面包围，以词典的叙事形式讲述所隐藏的故事，反映了马桥人的生活，他们的历史、文化、思维方式和村庄的地理。

这就是为什么我花了 3 年时间来翻译这本书的原因，当然这也是一部长篇小说，阿拉伯语译本超过 630 页。艰苦地寻找阿拉伯语中合适的单词及其对等词的含义，这本身就是一项艰巨的工作，需要花费很多的时间。

《美食家》中的美食

如果“词”是作家韩少功《马桥词典》的基础，那么“食”就是作家陆文夫《美食家》的基础。《马桥词典》是一部史诗般的长篇小说，而《美食家》是一部中篇小说，但这两部小说都揭示了中国社会与革命和变革的关系。

小说中的事件发生在中国南方的苏州市，这座城市以其自然美景、文化艺术和丰富的民间美食而闻名。这部小说讲了一个爱吃美食的富人和一个努力实现目标、避免铺张浪费的革命者之间的关系。通过12章的篇幅，作者勾勒出一个跨度大约40年的历史时期，从国共内战开始，经过大饥荒，然后是“文化大革命”的爆发及其后续。小说通过这些历史事件反映了中国社会的状况，提出食物和餐馆革命问题并将其与这些事件相结合，进而对此进行了深入的文学探讨。

语言、避难所与中国现代主义文学

诗人北岛在《蓝房屋》一书的序言中说：“写作的人是孤独的。写作在召唤，有时沉默，有时叫喊，往往没有回声。写作与孤独，形影不离，影子或许成为主人。”

如果写作是这样的话，北岛在其中把自己描述为一个“归来的陌生人”，就好像一个人在其中成长的语言将是他逃离世界的最后避难所。他对全世界说：

告诉你吧，世界
我——不——相——信！
纵使你脚下有一千名挑战者，
那就把我算作第一千零一名。

事实上，他谈到了自己多年来与祖国的疏离感，以及他的母语汉语是如何成为疏离感的避难所的，但面对包括中国人民在内的各国人民所经历的转变，母语会成为他们的避难所吗？

我的回答是：是的，面对变化，母语是一个避风港。这是文学所承担的任务，尤其是在表达一个民族的集体情感方面。作为一名汉语译者，我选择翻译中国文学最突出、最现代的作品，也就是 20 世纪末的作品。基于这一点，我翻译了《海子诗选：抱着白虎走过海洋》《欧阳江河诗选》《西川诗选》《北岛诗选》，我也翻译了格非短中篇小说集《褐色鸟群》，还有苏童的 3 部作品。即将出版的译作有《马桥词典》（韩少功）、《北京：城与年》（宁肯）、《美食家》第二版（陆文夫）。

我如何看待中文翻译

当然，我并不是唯一一个努力将中文翻译成阿拉伯语的人，因为我们有老一辈的杰出学者和翻译家，我们也有年轻一代很努力在从事翻译的人。我无法了解所有被翻译的中国文学作品，但我相信我们大家都在努力向阿拉伯语读者呈现并继续呈现传达中国文化和思想的中国文学的重要作品。就我而言，我尽我所能翻译中国当代作家的作品，尤其是 80 年代以后作家的作品，我认为这些作品具有重要的创作意义。在这里，我想指出中国相关机构向阿拉伯语读者介绍中国文学的热情，以及这些机构对将中文翻译成阿拉伯语的支持。

毫无疑问，世界上所有的文献都有共性，因为它们最终都是表达人类问题的作品。就中国文学和阿拉伯文学而言，它们是古老的文学，是延续时间的鲜活遗产。即使在现代性的视野中，中国和阿拉伯文学也共同表达了已经发生并正在影响中国和阿拉伯社会的变化。因此，对于中国和阿拉伯世界之间的文明、文化、创造性和人文交流来说，很有必要持续关注和重视中阿文学互译项目。

中国与阿拉伯世界

我相信中国文化和阿拉伯文化有很多相似之处，比如这两种文化都是建立在悠久历史的基础上的，尤其是诗歌。还有，家庭和家庭观念在两种文化中都十分重要。我们不要忘记，阿拉伯世界过去和现在都是文明和文化相互交融的地区，其中就有中国文化，就像过去的丝绸之路一样，是一座沟通文化、商贸的桥梁。此外，中国和阿拉伯世界都在寻求实现社会现代化的路径，并像过去一样为人类文明做出贡献，这在阿拉伯文学和中国文学中都有这样或那样的反映。

最后，我一直很高兴也很荣幸能成为一名翻译工作者，将中华文化和文明译介到阿语世界，促进中华文化与阿拉伯文化这两种让各自的人民引以为豪的文明的沟通互鉴，这让我感到很骄傲。

翻译家之直觉

——我如何在小国家变成全职中芬文学翻译家

［芬兰］劳　诺

劳诺（Rauno Antero Sainio），芬兰翻译家。毕业于坦佩雷大学，现居爱沙尼亚。主要译作包括余华《许三观卖血记》《活着》，格非《隐身衣》，迟子建《额尔古纳河右岸》，麦家《暗算》《解密》，刘慈欣《三体》《球状闪电》《白垩纪往事》，阿乙《下面，我该干些什么》等。

2018 年，我很荣幸地在贵阳参加第五次汉学家文学翻译国际研讨会。我跟刚认识的、来自世界各地的翻译家聊天的时候发现，他们大多数不是全职翻译家。

我自己那时也不是。那时我是记者，也是广告文案撰稿人，而翻译中国文学对我来说更像个业余爱好。我的工作日一般包括 6 至 8 个小时的写作工作，工作文章写好了才有时间去翻译一两页余华或麦家的长篇小说。

大家都知道，这里没有什么很不寻常的。因为翻译收入普天下相当低，所以不管翻译家来自哪里，翻译中国文学这个工作一般是离不开某种“外部资助”的。所谓“外部资助”，可能是来自工资比较高的伴侣、亲戚或其他人，也可能是公共或私营资助等。

最常见的外部资助当然是翻译家自己从事的、工资比较高的“真正工作”。这种很遗憾的现象对于出版质量高的“世界文学”来说，是有百害而无一利的。文学如果是晚上下班以后翻译家已经很累的时候才翻译的，那么这些中国的经典大作到底能不能被翻译好呢？还有，在这种情况下，翻译一部长篇小说到底要花多长时间呢？1 年，还是更多？

如果翻译家没有机会完全专注于翻译工作，那我们怎么能让世界更好地了解中国文学？

我是从 2014 年开始翻译中国文学。从 2020 年开始，我能自称全职中芬文学翻译家，而且是能保持收支平衡的一位。这种成功是怎样获得的？

对一位想成为全职文学翻译家的人来说，芬兰这个国家提供的条件有好有不好。芬兰是个很小的国家，人口只有 500 万。人口少，出版市场自然也小，而翻译世界文学或包括中国文学在内的所谓边缘文学的环境也是极具挑战性的。

就积极的一面而言，在芬兰这个小国家里翻译文学一般很受读者们的欢迎，而且在我看来，对世界文学的需求这几年在稳步增加，越来越多的芬兰读者也渴望通过文学来更好地了解中国。

除此以外，芬兰还有一些其他的好处。在我们那里，一小部分出色的翻译家的工作也会被一些公共或私营基金会、机构支持。在这方面，我的情况这几年是挺好的。2023 年，我第一次得到了整年的“给艺术家的拨款”，意思是 2024 年我可以用 12 个月完全专注于翻译工作而基本上不用担心钱的问题。

另外，更多的外部资助是通过芬兰强大的图书馆系统与相关的版权使用费提供的。一位翻译家出版的译本越多，图书馆里的译本就越多，图书馆版权使用费也越高。2022 年我收到的版权使用费已经很不错了，大概相当于翻译一部不太长的长篇小说的翻译费。

虽然各种收费和资助都很重要，但对我的职业前景来说更重要的还是这一点：我必须不断地翻译中国文学。如果停止翻译的话，以后我也不会收到翻译费、得到翻译拨款，每年收到的图书馆版权使用费也会减少。

对芬兰来说，中国文学像一个挤满珍品的宝库，而我们芬兰人刚开始发掘这个宝库。在当下这个年代，每年被翻译的中国作品还是少之又少，可能只有两三部吧。情况既然这么差，那么一位翻译家是不是应该能不断地、一部接一部地去翻译这些还没翻译过的作品呢？

很可惜，情况并不是这样。芬兰的出版界对中国文学几乎是一无所知，找到值得翻译的作品完全是翻译家的任务。好书找到以后，还得找个愿意出版该书的出版社。这就是说，在我们那里，翻译家可以说是书与出版社之间的“媒人”。问题是，各家出版社虽然意识到中国这个大国的存在，但它们并不积极地找中方合作。

不言而喻，为了能够给各个出版社找一个或几个中国“对应方”。中芬翻译家必须不断地阅读中国文学。看书很重要，但这几年我发现，除了看书以外，一样重要甚至更重要的还是翻译家的一种“直觉”。跟媒人一样，翻译家需要通过自己的直觉来判断哪部作品适于做哪家出版社的“对应方”。做到这里，翻译家才能开始工作，芬兰读者们才会有机会享受新的中国译本。

这就是说，除了了解中国有哪些值得翻译的作家和作品以外，翻译家还必须了解芬兰出版界的情况，要知道各个出版社一般出版的到底是怎样的文学。

举个例子：这次研讨会结束以后，我会马上开始翻译萧红的《呼兰河传》。这是因为今年 6 月我认识了一位出版人，她把焦点集中在“有趣的而被世界忘记的女作家”上，还有一点，这些女作家的作品必须已经进入公版领域。她一提起这些要求，我就联想到萧红。我的直觉马上告诉我，萧红对这个出版社是个完美得不能再完美的中国对象。我给她推荐萧红以后，合同果然很快就签订了。

再举一个例子：2023 年初，我得知有家初创的出版社把焦点集中在儿童文学和推想小说。我就把 3 部我认为值得翻译的长篇小说推荐给她们，其中两部是科幻，1 部是儿童文学，我们又很快签订了合同，我马上开始翻译台湾作家纪大伟的科幻小说《膜》。希望之后我也能翻译已经向她们推荐的曹文轩的《青铜葵花》《草房子》等儿童小说。

刘慈欣的《三体》三部曲，还有《球状闪电》《白垩纪往事》这些科幻小说在芬兰大受读者们的欢迎。我与出版刘慈欣的 Aula 出版社的合作富有成果，从 2016 到今天，他们已经出版了我翻译的 15 部中文作品。我跟 Aula 先生第一次见面时已经知道他是个不可救药的科幻迷，所以他想出版《三体》是理所当然的。

比科幻更受芬兰读者们的欢迎，就是犯罪小说。所以 Aula 愿意出版中国犯罪小说大师阿乙的《下面，我该干些什么》，也是理所当然的。

可以说，我以上简简单单描述的这种直觉是翻译中国文学的芬兰翻译家的命脉。翻译家这个“文学媒人”要有两只眼睛，而这两只眼睛都是探照灯：一只一直在找中国文学宝库里的宝货，另一只目不转睛地看着芬兰出版界的情况和新风。

中国当代文学走向世界

——以金宇澄《繁花》为例

[德国] 郝慕天

郝慕天(Martina Ulrike Hasse),德国翻译家。主要译作包括莫言《生死疲劳》《蛙》《丰乳肥臀》,贾平凹《极花》,刘慈欣《三体》,熊育群《己卯年雨雪》等。正在翻译金宇澄的《繁花》。

我非常高兴今年终于又可以参加这个对我们翻译家来说特别重要的国际研讨会,尤其是自疫情以来大家又可以面对面交流,这是我们翻译家非常看重的交流机会。

跟三十年前相比,文学读者的习惯和爱好变化很大。目前,全世界的小说读者越来越少,阅读小说似乎变成了我们这些老古板的习惯。作为一个来自德国的翻译家,我经常发现大多数德国人——也可以说是大多数西方人——非常不了解中国,觉得中国很陌生,连作品中人物的名字都会感觉到头昏脑涨,没办法记住。那么,翻译家在不能改动原著的前提下,怎样才能完成一个可读性强的译本,来吸引读者阅读作者所有的精彩文字呢?

我们的世界已经变成了地球村(global village)。网络让我们跟同行、作者、研究机构的交流变得更为便利。我们不了解的事情，能够从网上查询或咨询别人获知。德国叫“KI”，中国叫“人工智能”，这也许无法帮我们解决问题，但可以在有限的范围内帮助我们。尽管如此，我们仍然需要依靠自己的努力，为了更好地翻译中文原文，需要预备各个领域里尽可能多的德语词汇。

这几天，我偶然读了一段在 Spotify（德国最常用的流媒体，最近几年德国出版机构都在 Spotify 上推广图书）发表的盛可以的短篇作品。译文里把“红烧鱼”翻译成了“烧成‘红色’的鱼”，连这么普通的菜肴都能错译成这样（这还不是唯一的错译）。这位译者还很出名，去年担任了德国文学翻译基金委员会的评审专家，也是翻译专业的教授。我认为犯这么低级的错误实在令人尴尬，翻译行业的人不能沦落到这个地步。而且，编辑看见这奇怪的德文译文居然没有改过来，实在不明白是怎么回事。

我翻译过莫言和刘慈欣的作品，目前正在翻译金宇澄的《繁花》。我认为，中国文学走出去最大的挑战，是如何能够让翻译家做到翻译出来的译本令人可信又易懂。

一个中国文学作品的好译本，其先决条件有三个：一是优秀的译者；二是足够的时间，因为准确的翻译需要时间；三是足够的翻译费，让译者得到更好的回报。

以上谈的是译文的准确性。好的译本还要求充分保留作者的写作风格和小说的构造方式。这也属于翻译工作的一部分，不仅要求我们深刻了解中国文学作品和中国读者的喜好和习惯，也要求我们从目标语言中能找到恰好的相应物。有的小说在这方面对翻译家的要求不高，但我目前在翻译的《繁花》要求就比较高。

《繁花》的作者金宇澄曾经说过，文学有种种禁忌，环境的禁忌、个人的禁忌……文学没那么高大上，他只不过记录了时代的某一面，让你知道，你对生活的信心，要靠一个个微小的个人——自己来承受。文学能保存过去的东西，就是一种推动[①]。我个人认为，金宇澄的文字是隐忍的，在那些看似不动声色的白描里，往往隐含着人物的深沉感情，平铺直叙里偶尔写上一句人物情绪，便叫人心里一动，一痛[②]。另一篇解读《繁花》的文章指出，《繁花》的写法就是破碎感、电影感和时代感[③]。我认为的确如此，《繁花》语言的密度感很重，用的语言是改良的上海话，还有一些苏州话、温州话、苏北话等方言，透出“很上海”的味道。

第一，上海从前的租界区里马路的名称都是外文的。这些原来的外文名称，对一个外国人来说有很特殊的吸引力。书翻译成德文，这种由外文（大部分是英文、法文）的感觉造成的特殊气氛，尤其是法文的调调，好听又浪漫。在翻译过程中，这种标准上海的感觉是值得保留的。

第二，小说采取的章回式比较特别。对话特别多，对话没有标点符号，用“名字”再加上一个“说”字来标记。这是因为从前的章回小说是说书人以口述的方式讲的，不是用来看的。标点符号只能读不能听。这种感觉值得保留，但是放到德文里会比较复杂。

第三，小说的另一个特点是，对话在应该有人回答的时候，常常出现一个“某某人不响”。这是上海人的一种解决问题的方式，有“非常上海”的气氛。我认为北大陈晓明的分析很到位：

> 【“不响”的多种多样的用法】……探讨的重点并不在“不响”的叙述功能，而在于它的功能背后隐含的时代意蕴。也就是说，这种功能实际上表明了什么样的历史依据。在特定的叙述语境中，60年代的叙事场景中的“不响”，背后却是有历史在沉浮。90年代的“不响”却只是个人的情境，或有性格心理，或有文化韵致，但总归是对话情境。简要而言，在60年代的叙事中，“不响”总

① 参考自网络。
② 参考自网络。
③ 参考自网络。

是具有现实与历史的及物性，也就是说它们的内涵有历史和现实的意义；在 90 年代以来的叙事中，“不响”只有个人化的意义，其功能和效果只是限定于叙事学意义。小说题辞中那一句“上帝不响，像一切全由我定”，出自春香和小毛讲她的第一次婚姻经历那一场景。这句话其实包含着无尽的辛酸，包含着那个时代一个女工无奈而凄凉的命运。①

第四，原文里的“某某人说”，中文不过两三个字，但德文会变得很啰唆，这是因为用拼音印出来的中文名字不好读又占地方，容易让读者分心，何况德文还得在对话的前后各加引号，这样下来对话内容甚至都被掩盖住了。我本打算保持原样，只是不加引号。但我的编辑不喜欢，一定要我加上标点符号，尤其不喜欢这种前面是名字、后面是口头说出来的话的“古板德语”。我也不喜欢在德文的引号后面接着逗点，再接着说出口的话，再来一个点，然后再来引号。读者会很烦，不专心看小说，不像作者原来的笔风。我觉得中文版读起来刚好是相反的效果，特别流利，对话很有活力。所以我决定不加上人名，而是用其他的方式标明，让读者理解谁在讲话。表面上看我改了格式，但其实译文更接近金宇澄原文要达到的效果。我的编辑希望在对话当中换人讲话时每次新起一行。我表示反对，因为我想要保持语言的密度，这个特点一定要显现出来，最后决定都写在一起，而没有分行。我认为这样最像金宇澄的笔风。金宇澄用上海话来写小说，目的是让小说变得“很上海”，翻译成德文方言当然不会有这个效果。因此，德文本身要达到这个“很上海”的效果，只需要表达出金宇澄的写作风格就行。他的那种特别的幽默和语言的快速感，尽量用标准德文准确表达出来，也就不用刻意翻译成方言了。

---

① 陈晓明．“不响”里的当代史：《繁花》里的两个时代及其美学[J]．岭南学报，2017(2)：41—67．

„Kommt jetzt!“, zog Todo seine Freunde Sa-Poa und Ho Sang mit sich fort. Alle vier gingen runter ins Foyer. Dort brannte nur noch ein schummriges Nachtlicht. Die Rezeption war nicht besetzt. Die Eingangstür war mit zwei Vorhänge-Rundschlössern verrammelt. Todo drückte gegen die Tür. „Rezeptionist bitte!“, rief Geschäftsführer Fan. Nach einer ganzen Weile unermüdlichen Rufens öffnete sich einen Spalt breit die Tür neben dem Empfangstresen. Man hörte eine Frau sich auf Suzhou-Chinesisch beschweren: „Wer macht hier solch Geschrei? Es ist längst Mitternacht!“ „Ich will nach draußen!“, antwortete Todo. „Aber wozu solch lautes Geschrei?!“ „Nun öffnen Sie endlich die Tür. Ich möchte hinaus!“ „Hinein- und Hinausgehen durch diese Tür ist hier um Mitternacht verboten, es sei denn, es brennt. Hier in dieser Gegend gibt es gesetzliche Bestimmungen.“ „Blödsinn! In einem Hotel kann man die Tür auf- und wieder zuschließen. Öffnen Sie schnellstens die Tür und hören Sie auf, solchen Mist zu reden!“ „Was ist das bei Ihnen für eine schmutzige Ausdrucksweise?! Hüten Sie Ihre Zunge und lassen Sie diese schmutzigen Worte!“ „Warum sollte ich?“ „Wissen Sie denn nicht, dass Sie hier ein Hostel für Inländer bewohnen?“ „Jetzt lassen Sie mal das unnütze Geschwätz“, mischte sich Geschäftsführer Fan mit seinem nordchinesischen Akzent ein: „Wir haben es eilig und müssen hinaus. Öffnen Sie die Tür!“ „Ist ja auch egal, wir lassen's sein!“ „Sa-Poa, wieso egal? Geschäftsführer Fan muss noch nach Hause. Es muss aufgemacht werden!“, knallte Todo mit der flachen Hand auf den Tresen. Er rüttelte an der Tür und begann nun richtig Krach zu machen: „Jetzt öffnen Sie die Tür! Tür auf! Wird's jetzt mal! Tür auf! Ich will raus hier! Ich will raus!“ Aber hinter dem Türspalt hüllte sich alles in Schweigen. Geschäftsführer Fan mit seinem nordchinesischen Akzent bekam einen

Wutausbruch: „Was ist das hier für eine Servicequalität?! Marsch jetzt! Öffnen Sie die Tür! Jetzt knallt's! Na warte, deine Mutter zieht dir die Ohren lang! Wenn du nicht aufmachst, trete ich die Tür ein!" Ho Sang und Sa-Poa machten einen riesen Radau. Nach einer Weile sickerten gemächlich ein paar Sätze durch den Türspalt. Es klang wie der Singsang einer Geschichtenerzählerin aus Suzhou mit einer Prise Klageweiber-Geheul der Zhu Yingtai an Liang Shanbos Grab von Hou Lijun gesungen: „Wenn ihr die Tüüüüür aufhaaaahaaa-haaaben wollt, geht das jahahahaha wohl. Wehehehenn ihr erst draußen seiheiheiheit, könnt ihr aber nicht mehr zurück und wieder herherherein, verstanhahahahahaden?" „Verdammte Stimme, egal zu welchen Bedingungen, mach auf jetzt!", antwortete Todo. Es herrschte einen Moment Stille. Dann hörte man Geräusche eines Schlüsselbunds und eine Frau mit toupierten Haaren schlurfte auf Schlappen zur Tür und öffnete sie. Die Vier schwärmten hinaus。①

---

① 作品原文：

陶陶说，走。

陶陶拉了阿宝，沪生，四个人走到楼下大堂，灯光暗极，总台空无一人，走近大门，已经套了两把环形锁，陶陶推了推门。

范总说，服务员，服务员。

招呼许久，总台边门掀开一条缝，里面是女声，讲一口苏白，吵点啥家，成更半夜。

陶陶说，我要出去。服务员说，吵得弗得了。陶陶说，开门呀，我要出去。女人说，此地有规定嘅，除非天火烧，半夜三更，禁止进出。陶陶说，放屁，宾馆可以锁门吧，快开门，屁话少讲。女人说，倷的一张嘴，清爽一点阿好。陶陶说，做啥。女人说，阿晓得，此地是内部招待所。范总讲北方话说，少废话，我们有急事出门，赶紧开门。阿宝说，还是算了。沪生说，不对呀，范总要回去吧，要开门吧。陶陶拍台子，摇门，大吵大闹说，开门呀，开门呀开门呀开门呀，我要出去，我要出去呀出去呀。门缝再无声息。范总大怒，讲北方话说，什么服务态度，快开门，妈拉个巴子，再不开门，老子踹门啦。阿宝与沪生，仗势起哄。吵了许久，门缝里慢悠悠轧出一段苏州说书，带三分侯莉君《英台哭灵》长腔说，要开门，可以嘅，出去之嘛，弗许再回转来哉，阿好。陶陶说，死腔，啥条件全部可以，快点开呀。静了一静，一串钥匙响，一个蓬头女人，拖了鞋爿出来，开了门。四人鱼贯而出。

我还有一件想跟大家探讨的事情，到目前还没完全决定下来，就是关于书里苏北话的翻译方法，特别希望能跟法国同行交流这个话题。我可能要译成北德的方言，这些文字游戏刚好很合适。一般来说，文学翻译家比较严谨，会尽量避免用方言，但这次我可能会用，因为实在是很适合：

Im Erdgeschoss unter ihnen befand sich der Friseursalon ihres Gängeviertels. Der Laden war schmal und lang. Auf der linken Seite war ein Gang freigelassen worden, damit man durchgehen konnte. Auf der rechten Seite standen in einer Reihe fünf altmodische Friseurstühle, die im Allgemeinen immer von Kunden besetzt waren. Xiao Mao betrat den Laden. Der vertraute Duft von parfümierter Seife, Körperpuder und Diamantschliff-Haarwachs hüllte ihn ein. Das Radio spielte die Shaoxing Oper „Den Gatten suchen“（盘夫索夫），die Geschichte von Zeng Rong（曾荣）und Yan Lanzhen（严兰贞），danach kam eine Blumen-Trommel-Oper（花鼓戏），dann das Duett aus der Jiangxi-Opernmusik „Auf der Blumenterrasse“（照花台），dann das Duett aus der Yue-Oper „Der Petroleumverkäufer“（卖油郎坐青楼），*im schwarzen Turm sitz ich und sehe einer fein herausgeputzten Schönen zu. Welch hübsches Mädchen aus gutem Hause sie doch ist, sie schmachtet, ich stöhne*. Friseurmeister Wang sah, dass Xiao Mao in seinen Laden kam, seinen Nord-Jiangsu Dialekt konnte er nicht unterdrücken: „Do kiekst du ook mal wedder in!“ „Genau!“ Der Friseur griff sich ein Handtuch: „Dann komm man her, ich wasch dir dein Gesicht! Siehst ja schlimm aus!“ Xiao Mao ging zu ihm und ließ sich von Meister Wang sein Gesicht waschen. Der justierte die

Haarschneidemaschine nach, denn er rasierte seinem Kunden den Nacken aus. Dabei folgte er [wie beim Schafe scheren] mit der Maschine dem Nackenverlauf und scherte langsam nach oben. Meister Li sprach auch Nord-Jiangsu Dialekt: „Xiao Mao, de Gas-Koker (Gaskocher) ist ausgegangen. Wenn du zwei Flaschen upkoken Water (温津) machen könntest. Würde das gehen?"

Xiao Mao ging mit zwei Korb-Thermoskannen in der Hand zum Nachbarn Tigerherd(老虎灶), dem Laden für abgekochtes Heißwasser, rüber. Im Friseursalon hieß das abgekochte Wasser upkoken Water, ein Hocker hieß Breddstohl (摆身子), die Seife hieß de Seep (发滑), die Waschschüssel hieß bei Meister Zhang Lechtmaan (Vollmond, 月亮), den Frauen Zöpfe flechten hieß Zoppen flechten (Strappen ziehen, 抽条子), Ohrenschmalz entfernen hieß de Pütt schummeln (den Brunnen sauber machen, 扳井), der Ohrenkratzer hieß Ohrenschrabber(小青家伙), das Rasiermesser hieß Langschwert (青锋), Rasiermesser-Schleifpapier hieß Schleifschlange (auf der Schneide tanzen, 起锋). Ich weiß noch, wie Xiao Mao eines Tages mit drei Thermoskannen Heißwasser, die er mit abgekochtem Wasser befüllt hatte, hereinkam, der Friseur Zhang ihn auf Huaiyu-Sprache zu sich rief, aber Xiao Mao mit Schweigen antwortete. Friseur Li drehte ein „Schwungtuch" zu einer festen Rolle. Schwungtuch nannten sie so einen heißen, feuchten Waschlappen, und Friseur Li wollte gerade damit beginnen, das Gesicht für die Rasur vorzubereiten und einzuschäumen. „Komm mal rüber, Xiao Mao!" „Was gibt's denn

Meister Zhang?“ „Komm her, los jetzt! “ ①

把中文翻译成德文，一定要注意，到底给译文读者展现现在时、过去时还是其他时态。这不是翻译家可以独断决定的，而是需要根据原文整个故事和相关剧情来做判断。在德文里，时态是很有规矩的，不可以乱变。不过我认为，在某一种情况下，可以为了加强语气而特意选择某种时态。比如我决定把“不响”在所有情况下都译成现在时，而小说原文里是过去时。

综上，对我来说，中国文学走出去，就是一个文学译本保持可信的问题。中文翻译成西方文字的工作特别复杂，需要做很全面、很完整的工作，不可以乱改，不能为了能在西方国家出版而改变自己的本来面貌。这是很难做到的，因为不同语言的差别非常大。最好的翻译会保持作家的笔风，尽量维持作者母语的感觉、小说的格式和所有的特点，不可以因为要走出去而迁就、退让。我觉得好书就是好书，一定要把好的地方翻译出来。

---

① 作品原文：

小毛家底楼，是弄堂理发店，店堂狭长，左面为过道，右面一排五只老式理发椅，时常坐满客人。小毛踏进店堂，香肥皂的熟悉气味，爽身粉，金钢钻牌发蜡气味，围拢上来。无线电放《盘夫索夫》，之后是江淮戏，一更更儿里嗳呀喂，明月啦个照花台，卖油郎坐青楼，观看啦个女裙钗，我看她，本是个，良户人家的女子嗳嗳嗳嗳。王师傅见小毛进来，讲苏北话说，家来啦。小毛说，嗯。王师傅拉过一块毛巾说，来吵，揩下子鬼脸。小毛过去，让王师傅揩了面孔。王师傅调节电刨，顺了客人后颈，慢慢朝上推。李师傅讲苏北话说，小毛，煤球炉灭掉了，去泡两瓶“温津”好吧。小毛拎两只竹壳瓶，去隔壁老虎灶。理发店里，开水叫“温津”，凳子，叫“摆身子”，肥皂叫“发滑”，面盆，张师傅叫“月亮”，为女人打辫子，叫“抽条子”，挖耳朵叫“扳井”，挖耳家伙，就叫“小青家伙”，剃刀叫“青锋”，剃刀布叫“起锋”。

记得有一天，小毛泡了三瓶热水进来，张师傅讲苏北话说，小毛过来。小毛不响。李师傅绞一把“来子”，就是热手巾，焐紧客人面孔，预备修面。张师傅说，小毛来吵。小毛说，做啥。张师傅说，过来，来。

学者的使命：
拓宽文学之桥，与世界紧密相连

［德国］ 吴漢汀

吴漢汀（Martin Woesler），德国翻译家。欧洲科学院院士，湖南师范大学特聘教授、博士生导师。致力于中国文学对外传播，先后将曹雪芹、鲁迅、周作人、许地山、郁达夫、朱自清、冰心、巴金、钱钟书和王蒙、张洁、刘再复、贾平凹、张炜、余秋雨、韩少功等一大批中国作家的作品翻译到欧洲。与赖纳·施瓦茨（Rainer Schwarz）共同翻译完成了中国古典长篇小说《红楼梦》，是首部完整的《红楼梦》德译本。2024 年 3 月被中国翻译协会评为“翻译中国外籍翻译家”。

当今世界，国界这一概念正逐渐被淡化。这一趋势的原因复杂多样，一方面是因为国界在旅行、互联网、国际化（例如制定国际标准和联合国等机构）、西化和现代化，以及全球化劳动力市场的影响下变得越来越模糊。但并不仅仅是这些积极的融合因素使得这一范畴逐渐式微，全球化带来的一系列问题也在提醒我们不能再仅仅从国家的角度思考全球性的问题，而需要以全人类为着眼点来思考。

现在我们所处的时代仍有战争，仍有贫富差距等社会问题造成的一系列苦难和矛盾。所以要解决这些难题更加重要的是，需要我们每个人承担自己的那份责任。我们每个人作为独立的个体，都要付出应有的一己之力，不论是应对全球气候变化，反对歧视、贫困、社会分化，还是反对战争等，我们都应该为这些问题贡献自己的力量。

无论是国际旅行、数字互联，共建国际标准、合作机构，又或是全球性问题，都已经将我们紧密连接在一起，所以我们必须同舟共济，我们的责任就是超越国界，跨越种族，关注人类整体，为全球的环境保护、社会发展和人类福祉等贡献自己的力量，共同努力推动全球的可持续发展。

如今，以民族、国家或族群为单位的思维方式，似乎不再具有政治正确性，因为它容易歧视其他民族或族群的人。此外，战争往往是由于民族和国家滥用爱国主义和种族主义而发生的，这就导致国民要为了国家或民族所谓的“事业”在战争中伤害他人，甚至牺牲生命。当爱国主义和民族主义被滥用到极端时，其危险性不亚于其他极端的意识形态所导致的问题。

然而，我们必须纵观全局去考量，我们必须考虑到人类历史上长期存在的文化交流和资源互通。比如，我们可以从动植物的贸易交流中找到证据，这些贸易活动后来被认为是“海上丝绸之路”的一部分。在过去的大约 13 000 年里，像小麦这样的农作物在美索不达米亚被栽培，然后被运往欧洲和中国。随后，马和牛也被人类驯养、运输。大约 11 000 年前，中国驯养的猪和鸡也已经被运往美索不达米亚和欧洲，这就促进了文化和资源的交流。后来很多的文化产品和故事的原型也以类似的方式从美索不达米亚传入了中国，接着又从中国传出去。这个例子启示我们，文化交流是双向的，并非强势的单向输出。所以，在当下，仍然很有必要向世界推广中国文学，让世界了解中国的文化底蕴。作为学者，以包容和开放的心态，积极推动文化交流，促进世界文学的健康交流，这就是我们应当做的努力。

于我而言，我的责任和使命就是翻译中国文学作品，让博大精深的中华文化被德国甚至是世界有一个更全面的了解。

早在学生时代，我就已踏上了翻译之路。我有幸成为第一部《红楼梦》德译本的翻译者之一，在我和施瓦茨先生的努力下，第一部完整的德语版《红楼梦》付诸出版发行。此外，我还将鲁迅、周作人、郁达夫、巴金、冰心、钱钟书、王蒙、贾平凹等一系列作家的散文译成了德文和英文，让它们跨越语言界限，走向世界。

2009 年，中国成为法兰克福书展的主宾国。从那年起，每年大约有 5 本中国文学作品被翻译成德文。也就在那个时候，我也更加重视我的翻译工作，并且为之不懈努力，以期增加这一数字。皇天不负苦心人，在 50 多位译者的协助下（其中大部分是就读于德国不同大学的“中国语言与文学”专业的毕业生），我成功地将这一数字增加了近一倍。

在我翻译的过程中，一般情况下，我会与中国的合作出版商协商，会考虑他们的意愿或选择来确定翻译哪位作者的哪部作品，并申请翻译资助。正是在这些合作伙伴的支持下，我才有机会将余秋雨、张炜等作家的作品带到德语读者面前。另外，像奇维出版社（Kiepenheuer & Witsch）这样的大型出版社也主动联系我，邀请我翻译作品。当然，还有一些翻译项目是出于我纯粹的热爱，比如王蒙的文集《中国天机》、韩寒的小说《光荣日》。尽管这些项目并没有获得资金支持，但因为那份极致的热爱，我不计报酬地把它们翻译成了德语版。

在我与中国文学打交道的过程中，有一些和中国学者的交流也令我记忆犹新。有一年，诗人杨炼和学者顾彬（Wolfgang Kubin）在德国举办了一场读书会，我是那场读书会的主持人，同时也是杨炼的翻译。那次读书会上，我与他结下了友谊，他还为我当时尚未出生的女儿取了中文名字。

还有一年，在柏林，我接待并采访了作家顾城。顾城是中国达达主义的代表人物，也是朦胧派诗歌的代表。他的诗风以一种轻盈、看似天真的风格而广受赞誉，其中《月光下的小土豆》就是他的代表作之一。他的独特之处还体现在他的服饰上，他常戴一顶上面开放的、类似管状的帽子，这顶帽子实际上是用一条牛仔裤的裤腿剪制而成的。他的诗歌常常在一种狂喜状态下创作，有时他自己都无法亲自书写下来，因此需要他的妻子来记录这些珍贵的诗篇。我曾有机会采访了他，我很欣赏他的文采，然而后来发生了令人痛心的事情。我为他感到非常惋惜。

作家王蒙是我接触中国文学后认识的第一位知识分子。王蒙对 20 世纪 80 年代的中国文学做出了重要贡献，他很早就以意识流风格写作，如《夜的眼睛》。他的小说《活动变人形》等也值得一读，我尊敬的已故同事乌尔里希·考茨（Ulrich Kautz）已将其译成德文。我在学生时代就认识了他，在北大时还和同学们一起翻译了他的怪诞作品《坚硬的稀粥》。有一年，在哈佛大学做访问学者时，我再次见到了他。还有一年，我在科隆见到他时，他正在德国联邦议院做客，我被联邦议院议长获准正式向他提出几个问题，并有机会在科隆的“德国之声”采访他，我曾在“德国之声”实习，也曾作为自由职业者工作过，所以这次的采访令我非常难忘。我的本科和硕士毕业论文都是关于他的，在我关于中国现代散文的论文中，也有一章是关于他的。王蒙是中国伟大的作家之一，可以说，王蒙的作品一直伴随着我的求学之路和职业生涯。

过往的点点滴滴，历历在目，皆是见证我与中国文学打交道的印记。我想强调我们对文学和文化的热爱超越了国界，超越了民族。正如我在之前所提到的，我们正处在一个全球化、互联网和多元文化并存的时代，在这个时代，文学的力量越来越能够跨越语言和文化的障碍，打破先前的界限，使我们更紧密地联系在一起。

中国文学是世界文学宝库的一部分。它蕴含着悠久的历史和深刻的智慧。通过翻译和传播中国文学作品，我们为全球读者呈现了这一宝藏，并让他们能够感受到其中的魅力。这不仅仅是文字的传递，更是一次文化之旅、一次思想的碰撞、一次心灵的启发。我深信，通过文学，我们可以更好地理解彼此，共同面对全球挑战，共同追求和平、公正和可持续发展。让我们继续倾听不同文化的声音，继续用文字和故事搭建桥梁，让世界更加多元、丰富，充满爱与理解。

谢谢大家对中国文学的热情支持。让我们共同努力，使文学成为连接我们的纽带，让文化交流成为世界的常态。

在匈牙利推广中国当代文学取得的成功与成就

[匈牙利] 克拉拉

克拉拉（Zombori Klára），匈牙利翻译家。毕业于罗兰大学中文系，中国当代文学博士，现为匈中友好协会主席。主要译作包括莫言《蛙》《秋水》，姜戎《狼图腾》，韩少功《爸爸爸》，余华《命中注定》《十八岁出门远行》《世事如烟》《活着》《许三观卖血记》，苏童《妻妾成群》《米》，刘震云《一地鸡毛》《我不是潘金莲》，颜歌《我们家》，于丹《论语心得》。正在翻译刘震云《吃瓜时代的儿女们》、余华《文城》、路内《少年巴比伦》等作品。此外还翻译了《大红灯笼高高挂》等7部电影剧本。2015年，获中华图书特殊贡献奖青年成就奖。

作为一名文学翻译，我经常会花几个月的时间和一本本的书籍同呼吸、共命运，因此这些书籍对我而言已经不仅仅是工作，而是创作与创造，是我心爱的“孩子”，我觉得要对它们的生命负责。与图书有关的每一个小细节我都十分感兴趣，文本、编辑、校对，以及封面和排版的样式；出版社是否知名和具有良好的声誉；成书的宣传力度是怎样的，在哪个书店有多少本书进行陈列，是否在橱窗里进行展示；

是否有人为其写了评论、评价，人们对它感兴趣的程度如何；等等——我会持续地对它们进行关注。

一本好书，仅仅拥有优秀的作家、高质量的翻译和高品质的出版是不够的，它还必须被送到读者手中！欧洲通常会给中国文学贴上“遥远”“异域”和“陌生”的标签，因此，想要为这些书籍铺平道路并被读者接受是一项不小的挑战。由于地理距离和文化差异，在匈牙利，必须投入大量的注意力和精力，才能让最好的当代中国作品不会消失在茫茫书海中。

之前我也曾在论坛中提到过，尽管我们是一个小国，但是在翻译中国文学方面也取得了一定的成果，这要归功于一代汉学家。他们大多曾留学中国，幸运的是我也曾是他们的学生，如 Csongor Barnabás（陈国）、Tökei Ferenc（杜克义）、Galla Endre（高恩德）、Kalmár Éva（姑兰）、Polonyi Péter（鲍洛尼）、Miklós Pál（米白）、Józsa Sándor（尤山度）。在50—80年代，他们尽最大努力将许多名著和现代中国文学作品直接或者借助其他外语翻译成了匈牙利语，包括：唐代诗人选集，如《李白选集》《白居易选集》《杜甫选集》；经典名著，如《红楼梦》（德译匈），《水浒传》《西游记》《儒林外史》和《金瓶梅》（德译匈）；哲学著作，如《道德经》《论语》《老子》《孟子》等；其他名家著作，如鲁迅、老舍、茅盾、曹禺等的作品。因此匈牙利有中匈翻译传统，也有接受中国文学、哲学和其他类型作品的习惯。然而中国当代文学作品的翻译情况却没有那么乐观，尽管相比过去有了一些显著的变化，即在过去十年中每年都会有一些中国当代文学作品出版，但是与中国大量激动人心的优秀作品相比，这些只是沧海一粟。

推广书籍有很多传统和创新的方式，涉及费用、时间和精力的问题，其中也许最重要的是，中国当代文学必须被引入到中东欧，当然匈牙利也位列其中。但是相当不幸的是，在匈牙利出版的中国当代作品还很少，即使是受过高等教育的读者，对于中国文学知识的了解也相当不完善。这意味着我们必须通过各种论坛和多种方式给读者提供帮助和线索，以便他们能摆正位置并深入理解中国作品，了解中国作家，领略他们特殊的写作风格。所以要通过长期和耐心的工作，努力“创造”机会，吸引感兴趣和愿意了解的观众和读者群。

很高兴能在这里展示一下我在过去几年中取得的具体成果：

1. 创建了“当代中国作家数据库”，网站收录了近150名作家及其作品，目前还在尽我们所能持续更新。(www. kinaiirodalom. hu)

2. 推出了“3K”（中国书库）商标，旨在对优质中文图书进行标记，并对其进行统一宣传。(www. kinaiirodalom. hu/3k/)

3. 在中国作家协会的特别支持下，与布达佩斯中国文化中心持续地每年多次联合举办“中国文学读者俱乐部”活动。（www. kinaiirodalom. hu/konyvklub/)

4. 与匈牙利著名的文学机构和文学翻译组织合作，参加首都的文学活动（并在之后计划参与全国性活动）。（https://www. buda-pest-konyvfovaros. hu/)

5. 在社交媒体上举办线上诗歌朗读会。(www. kinaiirodalom. hu/1 - kolteszet - vilagnapja - 2023/)

6. 在Facebook上聚集了一批对中国当代文学感兴趣的人。

下面我将会详细介绍：

1. 当代中国作家数据库网站。为了方便引导匈牙利读者，我很早便计划建立一个网站，来帮助匈牙利读者在“浩瀚如海”的中国文学中寻找方向，为他们提供有关中国作家及其作品的参考。在疫情期间，对我来说唯一一个积极的收获便是在出行和旅游受限的那段被动的日子里，我终于实现了，或者说开始逐步实现我曾经酝酿已久的宝贵计划——推出“中国当代作家数据库”网站，收录了150位中国作家的信息，其中包括作家生平，在匈牙利出版的作品书籍封面、评论、博文链接、电子版书籍节选等。作家介绍以中国文化译研网创建的“100

位中国当代优秀作家”合集为基础，但是数据是实时更新的，并且在持续地进行拓展。现在有一位非常热心的刚毕业的大学生帮助我收集和上传资料。这个网站自然有它的局限性，但是我还是为已经上传的大量资料和数据感到自豪。现在网站的流量越来越好，这也意味着在需要某种关于当代中国文学的信息时，会有越来越多的人使用这个数据库。

2. 商标。还有一件很重要的事情，也与当代中国图书推广有关。我和我的一些匈牙利及中国的翻译朋友（我们也鼓励更多译员加入），在 2022 年创建了“3K”，即“中国书库”商标，共分为 3 个子列别：①中国当代经典文学作品；②中国诗人作品库；③中国研究人员书库。其目标之一是希望能在匈牙利图书市场上将不同出版商出版的书籍统一管理，以保证作品出版质量。我们的座右铭是“高水平—高质量—高集中化—高知名度—高凝聚力”。这 3 个字母“K”组成的商标是由匈牙利图形文字艺术家 Horváth Janisz（雅尼斯）设计。这项倡议还在起步阶段，但日后会有更多绝佳的机会。

3. 中国文学读者俱乐部。近年来推广中国文学最大的成功毫无疑问是“中国文学读者俱乐部”的成立，迄今已成功举办 5 场活动，场场爆满。该俱乐部是在中国作家协会建议和支持下发起的，自成立以来一直与布达佩斯中国文化中心共同举办活动，旨在进一步拉近中国作家及作品与匈牙利读者的距离，并提供一个就相关主题进行专业性和非正式讨论的空间。地点位于布达佩斯深受文学界热爱的书店咖啡馆——播种者咖啡馆（Magvetö Café）。

我从一开始便不想仅仅只做一两期活动，而是定期举办一系列活动，并为其建立相关网站、社交媒体、博客文章、线上活动等。通俗地讲，我开始便想建立一个品牌，并具备所有要素：持续性发送相关消息、具有品牌商标、设立品牌形象、尽可能多地投放广告等。

从 2022 年 9 月 15 日到 2023 年 5 月 18 日的 5 场活动，我们邀请了业界有名的嘉宾，现场还播放了中国作家们录制的视频，包括图书推荐、作品朗读等内容。这 5 场活动的主题分别为：

2022 年 9 月 15 日：余华及其作品匈语译本介绍。

2022 年 12 月 1 日：广东文选三卷本新书发布会。

2023 年 2 月 9 日：探讨文学之趣——就文学翻译中的问题研讨会。

2023 年 3 月 30 日：张炜《蘑菇七种》小说介绍会。

2023 年 5 月 18 日：余泽民《纸鱼缸》小说介绍会。

当然，我们还有更多的计划和主题：莫言、刘震云、苏童、鲁敏、路内、吉狄马加、刘慈欣等作家及作品都会包含其中。2023 年 10 月的读书会将会变得与众不同，不是与著名的嘉宾探讨作家作品，而是邀请 4—6 位年轻人一起分享他们的阅读经历和最喜欢的书，从而让观众了解年轻一代阅读的中国作品，以及他们对作品的分析和推荐。

让我们感到最高兴的是，活动举办的效果全部超出预期，5 场活动都来了非常多的听众，并且从业界和观众口中得到了非常良好的反馈。活动的成功举办显然与许多因素相关，在此列举出几项：①邀请著名专业出版人、文学家、汉学家作为嘉宾参与活动，并且从多种角度出发进行探讨，努力贴近每一个主题、每一本书；②受到观众对余华老师视频致辞热烈反响的启发，每期活动我们都请作家录一段视频，配上匈牙利语字幕后播放给观众——例如广东文选的 12 位作家录制了简短的视频，张炜老师在较长的视频中对小说进行了探讨，向我们揭开了幕后的秘密；③活动地点播种者咖啡馆举办活动专业、文学氛围浓厚、地理位置优越，而且咖啡馆还在自己的网页上对活动进行宣传；④每次活动都可以吸引非常多的文学爱好者、学识渊博的读者参加，使文学俱乐部成为高水平的社交活动，图书推荐会结束时许多人便期待下一次活动；⑤最大化地将活动宣传到位，如纳入国家项目、与高校和大学合作发送邀请函、在熟人关系网中互相推荐、通过赠送书籍和其他礼物等方式鼓励提前预约活动等；⑥宣传物品的准备，例如带有商标的帆布袋、冰箱贴、贴纸以及宣传单等；⑦2023 年上半年开展了一些重要的合作，例如与布达佩斯翻译协会共同举办了翻译研讨会，举办“布达佩斯 150 周年——2023 图书之都”活动等；⑧我们的支持者让活动能高水平地得到开展，感谢他们。

4. 社交媒体。在 21 世纪，想要吸引年轻人，社交媒体是必不可少的，它在打造“知名度”上扮演着重要的角色，为项目和活动吸引观众，为图书和项目进行推广，建立社交群体，有助于让大家了解我们。我们目前在 Facebook 上进行宣传，希望日后也在其他论坛上发布信息。

在中国作家协会的支持下我们还有更多的计划，例如开通博客、参加布达佩斯国际书展、组织线上活动（在世界诗歌日我们已经组织了一次线上朗诵会，还会开启不同类型的文学活动，扩大合作，增强媒体影响力，参与更多的线上论坛等）……这些想法是无穷无尽的。我们承诺将会最大化地利用各种资源，将中国当代文学作品带给更多的人。

中国当代文学作品在伊朗翻译出版的现状

［伊朗］ 艾　森

艾森·杜思特·穆罕默迪（Ehsan Doostmohammadi），伊朗翻译家。西南大学历史文化学院外籍专家，西南大学伊朗研究中心研究员。长期从事中国文化研究和翻译。将《习近平用典》（负责翻译古文及部分校对）、《孟子》《大学》《中庸》《弟子规》，以及莫言《初恋》、路内《慈悲》等翻译成波斯文并出版。2023年获中华图书特殊贡献奖。

伊朗是中国“一带一路”倡议的重要合作国，中国是伊朗的全面战略伙伴。近年来，中国和伊朗在政治、经济、文化等领域的交流与合作不断扩大和深化。基于习近平总书记在亚洲文明大会上提出的重要倡议，为推动中伊文明交流互鉴，两国于2021年3月16日签署了《中华人民共和国国家新闻出版署与伊朗伊斯兰共和国伊斯兰文化联络组织关于经典著作互译出版的备忘录》。根据备忘录，中伊双方约定在未来5年内，共同翻译出版50种两国经典著作。就近几年发展的趋势来看，中国图书在伊朗出版的种类和数量明显增加，但许多原因如出版成本上涨、营销难度上升、伊朗人均阅读量低、专业翻译人才缺少等，制约着中国主题图书在伊朗的发展进程。

一、伊朗出版行业基本情况

1. 伊朗图书出版情况。截至2019年，伊朗全国有1.4万家出版社，超过整个欧盟出版社的数量，其中只有4000家出版社每年至少出版一本图书，剩下的1万家出版社出版量约为零[①]。根据伊朗图书之家网的年报告，2019年，伊朗全国共出版图书10.5万种，较2018年增长3.9%。其中，新版图书57 884种，同比下降5.7%；重版、重印刷图书47 701种，增长20.5%；著作类图书75 644种，同比下降0.3%；译著类图书29 941种，增长19.2%；书总印数1.48亿册，增长6.8%[②③]。近年来伊朗出版图书的数量仍继续保持上升趋势。根据2019年的报道，伊朗图书定价总金额达到2 700亿土曼（1人民币=3 900土曼），同比上升50%，其中辅助教材占40%的市场[④]。

2. 伊朗电子出版物基本情况。（1）飞迪波（Fidibo）：是伊朗第一家电子书发行平台，成立于2013年3月。飞迪波用户可以通过无线网络使用网站或客户端购买、下载和阅读电子书、报纸、杂志及其他电子媒体。一般而言，该网站的电子版图书比纸质版的便宜30%～50%。飞迪波已经有5万本电子书、400家合作出版社、120万用户。（2）踏歌澈（Taaghche）：是伊朗比较活跃的电子书发行平台，成立于2015年，已经有5.5万本电子书、报纸和杂志，以及50多万用户。（3）除了以上平台以外，更多公司开始开发电子书平台，其中包括：课塔博拉赫（Ketabrah）拥有1万多本电子书和100万用户；超书（faraketab）拥有1.1万本电子书和2.7万用户；素乐梅和（Sooremehr）拥有

① 数据来源：伊朗图书新闻网《伊朗出版社数量超过欧盟》。

② 数据来源：伊朗图书之家官网《出版报告》，2021年6月9日。

③ 数据来源：伊朗图书新闻网《2018年出版报告》，2019年4月10日。

④ 数据来源：伊尔纳新闻《去年出版了105 000多本书，价格翻了一倍》，2020年6月19日。

2 571 本电子书和 5 000 用户；卡特卡呢（Khatkhan）拥有 2 000 多本电子书和 4 000 用户。伊朗电子书行业的营业收入和利润总额尚未公开信息，但从近年发展的趋势来看，伊朗电子书市场发展迅速，也出现了大批电子书发行企业。

3. 伊朗出版行业面临的问题。近年来，伊朗出版业的发展规模萎缩，大多数小出版社面临着生存挑战，甚至有部分出版社和书店已经倒闭了①。伊朗出版行业面临的一系列问题在一定程度上与伊朗多年的国际制裁有关。诸多问题如图书出版成本的提高、缺乏出版原材料、读者阅读率下降等，导致伊朗出版业的基本参数呈下降趋势。这些基本参数主要表现在出版和发行数量下降、读者阅读率下降和印刷业发展规模萎缩。这些问题也导致图书的价格逐年攀升，例如 2019 年图书的定价较 2017 年增长 98%。随之而来的影响是在此期间，伊朗人的图书总体消费水平呈现较明显的下降趋势。

二、 中国文学类图书在伊朗翻译出版概况

通过检索伊朗国家图书馆资料，截至 2020 年，在伊朗出版的中国文学译著共为 33 余本。如表 1 数据显示，英文版的图书占大多数。截至 2018 年，笔者通过 8 年时间已将《论语》《老子》《大学》《中庸》《黄帝内经・素问》等中国古籍翻译成波斯语，但至今尚未有出版商愿意出版。虽然近 5 年间中国文学译著在伊朗的出版取得了某些进展，但因为绝大多数译者不懂中文，只能选择英译版图书为母本进行再翻译。这种“再翻译”，虽然在短时间内能够对中国图书在伊朗的传播起到一定的应急作用，但因为英文版和中文原版的图书相比，本身就存在译者理解不一致的问题，加之伊朗的波斯文化和英语系国家的文化

---

① 数据来源：每海尔新闻《很多出版社已经倒闭了》，2020 年 6 月 9 日。

又存在着一定的差异，英译版本身也存在翻译标准难以统一等现象，所以波斯语译本必然存在着质量难以保障的问题，一旦误译，难免会造成以讹传讹的恶果。因此，在保障质量的前提下，为了促使中国图书翻译在伊朗长期、健康发展，培养和组织一支中波文专业翻译队伍已经迫在眉睫。

一直以来伊朗出版社不注重版权问题，有时同一本书在短时间内通过多家出版社出版，但仅有一家出版社有版权，甚至是没有版权。例如表 2 中莫言的图书同时通过不同译者和出版社出版，但均未有中国出版社的授权。绝大多数中国出版社在版权输出方面，更加注重中国图书走出去。伊朗出版社一方面需要提高版权意识，另一方面要更积极地与中国出版社建立联系。

三、 中伊翻译队伍的特点与不足

目前中国有 11 所高等院校开设波斯语专业，其中包括北京大学、北京外国语大学、上海外国语大学、石河子大学、西安外国语大学、天津外国语大学、对外经济贸易大学等。近些年来，开设波斯语专业的院校明显增加，这一趋势显示中国高度重视培养小语种人才。中国图书外译作为中国文化传播的桥梁，必须依靠高质量翻译人才队伍的建设。截至 2020 年，伊朗全国有 4 所高等院校开设中文专业，包括德黑兰大学、伊斯法罕大学、阿拉梅·塔巴塔巴伊大学、沙希德·贝赫什提大学。与其他外语专业相比，中文专业的招生率偏低，且绝大多数毕业生会选外贸翻译作为就业方向。

中国文学作品蕴含深厚的中国文化和中国人思维方式，一名合格的译者需要对中文和中国文化都有一定的了解，才可能确保准确地传递中国文化的内涵。此外，由单纯的语言界人士承担的翻译，很难保

表 1　中国文学图书波斯文版出版情况[①]

分类	中文书名	波斯文书名	译者	伊方出版社	中文版出版社	出版年份	原文语言
当代文学	《三脚马》郑清文	اسبسه‌پا	Sanan Sedighi	Ghoncheh 出版社	远流出版公司	2015	英文
	《师傅越来越幽默》莫言	ایام خوشی	Baharak Baharestani	马什哈德 Zarin Kalake Aftab 出版社	作家出版社	2016	英文
	《碧奴》苏童	بزرگ بینودیوار	Tahora Ayati	德黑兰 Ketab Pagarc 出版社	重庆出版社	2020	英文
	《变》莫言	تغییر	Simin Zargaran	德黑兰 Chesmeh 出版社	海豚出版社	2019	英文
	《牛》莫言	دو استقامت گوساله دونده	Asghar Nori	德黑兰 negah 出版社	民族出版社	2019	法文
	《牛》莫言	گاو نره	Mona Abasnezhad	德黑兰 solar 出版社	民族出版社	2016	英文

① 数据来源：伊朗国家图书馆。

续表

分类	中文书名	波斯文书名	译者	伊方出版社	中文版出版社	出版年份	原文语言
当代文学	《变》莫言	تغییر :از گمنامی به شهرت	Naser Kohgilani	Arman-e-Roshd 出版社	海豚出版社	2019	英文
	《咪子的家》熊喵	خانواده می زی	Ebrahim Amel Mehrabi	德黑兰 Danesh Negar 出版社	天天出版社	2019	英文
	《草房子》曹文轩	خانه حصیری	Ebrahim Amel Mehrabi	德黑兰 Vida 出版社	天天出版社	2020	英文
	《许三观卖血记》余华	خون فروش	Ziba ganji	德黑兰珠宝出版社	上海文艺出版社	2018	英文
	《水与墨的故事》梁培龙(图)，李青叶(文)	مرکب داستان آب و	Ali khakbazan	德黑兰 Chekeh 出版社	浙江少年儿童出版社	2019	英文
	Gens de Pékin(《北京人》)老舍	من داستان زندگی	Elham Darchinian	德黑兰 Ghatreh 出版社	不详	2016	法语

续表

分类	中文书名	波斯文书名	译者	伊方出版社	中文版出版社	出版年份	原文语言
当代文学	《暗算》麦家	در تاریکی	Mehrdad Vosoghi	德黑兰凤凰出版社	五洲传播出版社	2020	英文
	《师傅越来越幽默》莫言	بردار مسخره بازی دست از این	Babak Tabaraie	德黑兰 Cheshmeh 出版社	作家出版社	2017	英文
	《跑步穿过中关村》徐则臣	پکن خیابان های دویدن در	Elhamsadat mirzania, Rezvan Zeinali	Cheshmeh 出版社	重庆出版社	2019	中文
	《红高粱》莫言	ذرت سرخ	Sedigheh Jokar	德黑兰 Joya 出版社	浙江文艺出版社	2016	英文
	《红高粱》莫言	ذرت خوشه ای	Asad Rokhsarian	德黑兰 Paniz 出版社	浙江文艺出版社	2014	英文
	《红高粱》莫言	ذرت سرخ	Naser Kohgilani	德黑兰 Cheshmeh 出版社	浙江文艺出版社	2017	英文
	《年月日》阎连科	سال ها روزها، ماه ها،	Mahmod Godarzi	德黑兰 Hirmand 出版社	新疆人民出版社	2016	法语
	《花豹母女》沈石溪	گرگ تنها رویای یک	Ali Khakbazan	德黑兰 Chekeh 出版社	明天出版社	2020	英语
	《活着》余华	زیستن	Mehri Ghobraie	德黑兰 sales 出版社	作家出版社	2018	英语

续表

分类	中文书名	波斯文书名	译者	伊方出版社	中文版出版社	出版年份	原文语言
当代文学	《穿堂风》曹文轩	سفر باد	Ebrahim Amele-brahimi	德黑兰 Daneshnegar 出版社	不详	2019	英语
	《三脚马》郑清文	رودخانه سوییت	Sanan Sedighi	德黑兰 Ghoncheh 出版社	远流出版社	2015	英语
	《三体》刘慈欣	سه جرم کیهانی	Shahnaz Saali	德黑兰 Ketabsareye Tandis	重庆出版社	2019	英语
	《慈悲》路内	شفقت	Ehsan Doostmo-hammadi	德黑兰 Mehregane Kheraad 出版社	人民文学出版社	2018	中文
	《生死疲劳》莫言	مرگم نیست طاقت زندگی و	Mehdi Ghobraie\ Sahar Ghadimi	德黑兰 sales 出版社	浙江文艺出版社	2019	英语
	《春蚕》茅盾	ابریشم بهاری کرم های	Naser shoshtariza-deh	德黑兰 Kelke Baran 出版社	二十一世纪出版社	2016	英语
	《解密》麦家	کشف رمز	Hamed vafaie	德黑兰凤凰出版社	五洲传播出版社，北京十月文艺出版社	2018，2019	中文
	《檀香刑》莫言	صندل مرگ چوب	Naser Kohgilani	德黑兰 Arman Roshd 出版社	浙江文艺出版社	2020	英文

续表

分类	中文书名	波斯文书名	译者	伊方出版社	中文版出版社	出版年份	原文语言
当代文学	《美食家》陆文夫	مزه شناس	Marziye Behradfar	德黑兰凤凰出版社	江苏凤凰文艺出版社	2019	中文
	《非常采访》劳马	انگیز مصاحبه شگفت	Arnvaz Safari	德黑兰 Hoze Noghreh 出版社	人民大学出版社	2019	英文语
	《我不是潘金莲》刘震云	نکشتم من شوهرم را	Arash Rahmati	德黑兰 Hezareh Ghoghnos 出版社	长江文艺出版社	2020	英文
	《豹子哈奇》李迪	صحبت کردن کسی برای	Ebrahim Amele-brahimi	德黑兰 V:da 出版社	作家出版社	2020	英文
	《一句顶一万句》刘震云	پلنگ کوهستان	Majid Jafarieghdam	德黑兰 Anapol 出版社	长江文艺出版社	2020	英文
古代经典	《论语》	کنفسیوس مکالمات	Kazemzadeh Iran-shahr	德黑兰 Elmi va Farhangi 出版社	不详	2007	德文
	《庄子选集》	فایده است این کتاب بی	Alireza Tonekaboni	德黑兰 Karevan 出版社	不详	2005	英文

续表

分类	中文书名	波斯文书名	译者	伊方出版社	中文版出版社	出版年份	原文语言
古代经典	《道德经》	دائو ده جینگ	Moji Asefi	德黑兰 Kalamsheyda 出版社	不详	2015	英文
	《道德经》	تائو ته چینگ	Ardalan Atapour	德黑兰 hameh 出版社	不详	2014	英文
	《道德经》	دائو ده جینگ	A-pashaie	德黑兰 negahe moaser 出版社	不详	2006	英文
	《道德经》	چینگ کتابتائوت	Farshid Ghahremani	德黑兰 sales 出版社	不详	2015	英文

证专业知识传达的准确性；由单纯的专业界人士承担的翻译，其语言水准也很难尽如人意。这些不定因素都可能造成译著质量的不确定性，只有“中文＋波斯文＋中国文化”的复合型人才才能承担起中国文学中波文的翻译工作。伊朗作为中东地区大国和“一带一路”沿线重要国家，不能仅靠英译版来推广和发展中国图书。为了拥有完整准确的中国文学图书，伊朗需要培养既掌握中国文化，又有扎实中文功底的波斯文人才。

四、伊朗读者对中国文学类图书的反馈

伊朗发行图书主要分为：出版单位自办发行系统，一般通过自己的官网或旗舰店进行销售；批发图书发行系统，出版社出版的图书通过批发商分配到民营书店和网络销售平台；民营书店和网络销售平台书发行系统，通常与批发商或出版社合作并做零售；电子书发行平台。

因为绝大多数网络销售平台、出版社官网和电子书发行平台未显示销售量，另外伊朗出版社和批发商的销售量一般不对外公开，因此我们无法查到读者准确的反馈。

表 2　伊朗读者对中国文学图书的反馈

中文书名	平台与读者反馈数据	印次与印数
《三角马》	不详	不详
《师傅越来越幽默》	fidibo. com，3 人，3. 3 分 taaghche. com，8 人，2. 6 分	3 次，500 册
《碧奴》	不详	不详
《变》	不详	1 次，500 册
《牛》(Negah 社)	fidibo. com，3 人，4. 7 分 ketabrah. ir，2 人，5 分 taaghche. com，2 人，2. 5 分 iranketab. ir，5 人，3. 6 分	2 次，1 500 册

续表

中文书名	平台与读者反馈数据	印次与印数
《牛》(Solar 社)	不详	1 次，500 册
Mimi's home	不详	不详
《草房子》	不详	不详
《许三观卖血记》	不详	不详
《水与墨的故事》	不详	1 次，1 000 册
《北京人》	不详	不详
《暗算》	不详	1 次，1 100 册
《跑步穿过中关村》	iranketab. ir，5 人，3.4 分	1 次，1 000 册
《红高粱》	不详	不详
《红高粱》(Cheshmeh 社)	fidibo. com，2 人，3 分	2 次，500 册
《红高粱》(joya 社)	不详	2 次，500 册
《年月日》	iranketab. ir，6 人，3.8 分 digikala. com，2 人，4.5 分	不详
《花豹母女》	不详	不详
《活着》	iranketab. ir，11 人，4.3 分 taaghche. com，5 人，3.8 分	1 次，1 000 册
《三体》	iranketab. ir，5 人，3.9 分	不详
《慈悲》	不详	1 次，1 000 册
《生死疲劳》	taaghche. com，9 人，3.8 分	1 次，1 100 册
《春蚕》	不详	不详
《解密》	fidibo. com，4 人，4 分 digikala. com，1 人，4 分 iranketab. ir，5 人，3 分	1 次，1 000 册 2 次，1 100 册
《檀香刑》	不详	1 次，300 册
《美食家》	ketabrah. ir，2 人，5 分 fidibo. com，2 人，5 分	1 次，1 000 册

续表

中文书名	平台与读者反馈数据	印次与印数
《精彩的采访》	bahook. com，5 人，2 分	1 次，1 100 册
《我不是潘金莲 》	ketabchi. org，无 30book. com，无	1 次，1 100 册
《豹子哈奇》	不详	不详
《一句顶一万句 》	不详	1 次，500 册

五、 中国图书对外翻译出版政策对中国图书在伊朗传播的作用

实行中华文化“走出去”的政策方略，离不开图书对外翻译，而图书对外翻译，更离不开国家政策的扶持和引导。目前中国共推出 18 个涉及图书对外翻译出版资助、出版发行渠道扩展等方面的项目。其中，图书翻译资助类项目包括中国图书对外推广计划、中外图书互译计划、经典中国国际出版工程、中华学术外译项目、中国当代作品翻译工程、丝路书香出版工程、图书版权输出奖励计划 7 个政策项目①。“丝路书香出版工程”是新闻出版业唯一进入国家“一带一路”倡议的重大项目，对于“一带一路”沿线国家的出版行业而言是一个历史性的机遇，并存在广阔的商机。

近年来，中伊交往日益频繁，愈来愈多的伊朗人想从不同角度了解中国，但是中国文学类的图书在伊朗仍较为稀缺。从近几年波斯文图书入选翻译资助类项目的数据来看，入选率最高的为“丝路书香出版工程”，其中文学图书的入选率较低。因此，中国图书在伊朗的发展需要两国出版机构更加积极地建设和组织中伊翻译队伍，推动中国优秀出版物出版。

---

① 邹婷，《图书对外翻译出版政策研究》，湖南师范大学硕士论文，2019 年，第 28 页。

浅谈中国文学在意大利的现状

［意大利］ 玛利亚

玛丽亚（Maria Giuseppina Gottardo），意大利翻译家。意大利贝加莫大学外国语言文学和文化学院中国语言文学副教授。毕业于威尼斯大学东方语言文学专业，曾在复旦大学、北京大学留学。长期从事中国文学翻译。主要译作包括老舍《二马》，张爱玲《色，戒》《红玫瑰与白玫瑰》《沉香屑第一炉香》，张洁《无字》，苏童《我的帝王生涯》，刘震云《我不是潘金莲》，毕飞宇《推拿》《玉米》《虚拟》《大雨如注》，姜戎《狼图腾》，王刚《英格力士》等中国现当代作家作品。

苏珊·桑塔格曾说过，翻译是世界文学的循环系统。这个很有象征意义的隐喻赋予了翻译很大的力量，但同时也将它置于更广泛的体系当中：循环系统是人体的一部分，为了保持身体健康，它必须与其他系统协调一致。抛开隐喻而谈，正如翻译研究者自 20 世纪 90 年代起充分证明的那样，翻译深深扎根于目标文化的现实，并受其深刻影响。目标文化对源语文化的了解水平和开放程度可以促进或阻碍翻译作品跨国传播能力。

2000 年，我刚开始从事翻译工作的时候，就亲身感受到了这一现实。我满怀幼稚的、巨大的热情准备投身于这项工作。当时我相信，在 20 世纪末大量翻译中国新时期文学的作品，以及根据这些作品改编的电影在意大利所引起的广泛兴趣的推动下，意大利出版界会对中国文学更加关注，他们的出版计划中会定期增加新的翻译作品。不幸的是，事实并非如此。虽然当时几位伟大中国作家的作品终于超越了狭窄的汉学圈子，为中国当代文学打开了意大利的大门，然而，这股翻译热潮并没有完全克服出版界和读者对中国文学的陌生感。21 世纪初，中国小说在意大利的传播仍然具有局限性，尚未融入意大利读物丰富的外国文学格局中。因此，推荐新作家和新的翻译作品仍然面临困难。

为什么中国小说难以在意大利读者群中产生广泛的共鸣？在我看来，主要有两种原因。第一，主要涉及公众舆论中的中国形象。中国，无论是被钦佩还是被畏惧，仅被视为一个在全球地缘政治局势中扮演越来越重要角色的经济和技术强国，而其文化方面往往被忽略，除非是以充满东方主义的方式提到它辉煌的过去。因此，中国当代小说也被介绍及理解为中国国内社会和政治状况的记录文件，其艺术价值被相对边缘化。第二，意大利读者实在很难深入了解中国小说的故事和背景，他们没有历史和文化的参照，无法想象相关的景色和情境，无法理解人物的行为和反应，从而也无法与人物产生共鸣。

这两个问题是相关的，有共同的根源，即对中国缺乏真正的了解。早在 60 年代，在讨论翻译的一次演讲中，张爱玲就将东西方难以交际归咎于彼此之间的了解不足，或者更确切地说，彼此了解局限于成见和刻板印象。张爱玲得出的结论是，“有限的视野导致了有限的兴趣”。我认为在一定程度上这些话仍然可以描述意大利当时的情况。

那么，这意味着什么？中国小说太具有本地和文化特色，以至于难以被欣赏吗？中国作家必须淡化作品的描述和语言的特异性，以便使其容易被翻译并走向世界吗？我认为不是，我想读者接触外国文学是为了探索他者的生活世界，甚至于可以说文学翻译的最大动力就是为了满足读者对不同环境、不同故事和不同叙述方式的渴望。然而，正如卡尔维诺所说，除了独特性之外，为了跨越界限，一部作品还必须具有超越本地特定背景的普遍性。因此，在提高意大利读者对中国了解的同时，把中国小说推向市场时也要突显其艺术价值的普遍性，突显人类经验的共通性，以及共通的阅读愉悦感。在差异中找到共同点和阅读的乐趣，我认为这才是吸引读者的关键。

从这个角度看，最近几年意大利情况也有一些改善。

首先，与21世纪初相比，对中国有更直接和客观了解的读者数量大幅增加。这要归功于大学和高中中国语言、文学和文化教育水平的不断提升。当然也要归功于中国为意大利公民安排的许多文化活动，以及因各种原因与中国建立直接联系的人数增加。此外，不可低估的是在意大利的中国移民的贡献。他们的商业、文化和出版活动在意大利人的日常生活中变得越来越引人注目，发挥着在两种文化之间的中介作用，传播着有关中国物质和文化的实况知识。

其次，随着读者数量的增加，出版界也发生了一些变化。最近几年，由汉学家协助的小型出版社以及一些专门从事特定文类的出版社，开始比大出版社更勇敢、更灵活地出版中国各种文类的小说。他们的出版作品迎合了新读者们对中国阅读的不同口味和兴趣，逐步改变了中国文学在意大利人眼中的单一形象，展示了当代中国创作的多样性。有些文类引起了出版商的特别关注，也受到读者的欢迎，其中有科幻和奇幻小说、侦探小说、黑色小说、儿童文学等。属于这些文类的作品，其风格和叙事格式在一定程度上是跨文化的，陌生元素融入读者所熟悉的认知和叙事模式中，因此更容易被解读和欣赏，甚至于陌生元素会赋予这些文类新的阅读魅力。或许可以说并非所有这类作品都具有高度的艺术价值，但通过专业编辑的精选，高质量的小说已被引入意大利。它们似乎能够减少读者对中国文学的陌生感，从而激发对其他文类更广泛的兴趣。

再次，为了全面推广中国文学，有必要朝多个方向努力，其中非常重要的就是提高中国文学史在意大利的知名度。对于非常重视历史和传统的意大利人来说，为了了解并欣赏外国文学的价值，能够将当代作品置于该国的文学历史中是很重要的。中国文学是全世界最悠久、最优秀的文学之一，但在意大利相关的翻译作品却很少。幸好，最近有些出版社开始填补这一空白。不仅将中国一些伟大的作家的小说纳入他们的世界文学经典系列中，而且计划系统持续地进行这一必要的工作。目前，意大利出版界主要关注 20 世纪上半叶的文学作品，因为这是中国文学与欧洲文学最接近的时期，更容易被意大利读者解读，希望中国四大名著等传统作品很快也能有意大利语译本。当代小说并不是在荒漠中突然出现的，通过引用、模仿、互文，传统也常常浮现在其中。因此，为了充分欣赏中国的现在，意大利读者也需要对过去有所了解。

最后，译者的群体也在扩大，许多年轻人积累了丰富的知识和技能。翻译不是一个机械活动，译者当然也有自己的文学喜好、文学兴趣和文学敏感性。因此为了更好地翻译不同年龄作家的不同年代和不同文类的作品，也需要译者们处于不同年龄、具有不同阅读经验和不同生活经历。在意大利，译者之间这种多元化一定会为中意翻译带来更多益处。

总之，最近几年，中国文学的意大利读者群扩大了，翻译作品也更加多样化，发展前景比以往更好。然而，中国文学仍然是比较边缘化的，为了继续当前的向好趋势，我认为还是需要加强中意双方之间的合作，共同制定一项能够逐步培养更广泛兴趣的出版政策。这种合作应该包括作家、译者和两国的出版社。为了达到这一目标，我认为要考虑以下几点：

1. 汉学家和译者应与两国出版社合作，共同挑选能够吸引非专业读者兴趣的作品，同时也要挑选能够帮助读者了解中国的作品。自然而然，不同读者拥有不同的阅读喜好和知识储备，因此需要根据目标读者量身定制多样化和系统化的出版计划。

2. 中国作家和出版社与意方合作者要建立直接联系，减少与外国出版商和代理商的中介联络。后者往往基于英美市场进行推广并提供信息，但这两个市场与意大利市场有着一定的差异。

3. 出版后在推广图书方面的合作至关重要。推广活动是必不可少的，推广可以确保图书受到关注，不会立即从书店下架。此外，由于意大利大、中、小出版社迄今为止在出版中国小说方面基本上都缺乏系统性的计划，意大利读者很难在这些出版物中进行搜索，找到自己感兴趣的小说。目前，已经有一些网站收集了已出版书目和简要介绍，然而并不够，我认为通过增加新工具来扩展搜索，并加强这类平台建设，可能是推广中国文学的一种绝佳方式。

4. 翻译是读者欣赏外国小说的关键因素，翻译策略对译文交际功能的实现非常重要。目前，翻译中国小说时，译者首先必须尊重原文风格和传达其语言特色，但同时也应考虑到读者对中国文学的陌生感，避免与标准意大利语产生过多的不和谐，否则译文变得过于难读，失去其交际功能。这意味着译者必须保持归化与异化之间极为微妙的平衡，有时不得不痛苦地牺牲语言的准确性和一些微妙细节的表达，以免使译本变得过于尴尬和烦琐。这些选择非常精细，必须基于原文的特点和目标读者的情况进行处理，绝对不要采用间接翻译的做法。不幸的是，有些出版社仍然根据英文译本将中文作品翻译成意大利文，而这种“翻译的翻译”方式对译文质量一定会产生负面影响。

我们应该隐形吗？
从事一门“不可能”艺术的曲折

［意大利］ 李　莎

李莎（Patrizia Liberati），意大利翻译家。毕业于伦敦大学中文系，中央戏剧学院戏剧戏曲学专业硕士。《路灯》意文版编辑总监之一。主要译作包括莫言《檀香刑》《生死疲劳》《变》《蛙》《四十一炮》《战友重逢》，刘震云《我叫刘跃进》，贾平凹《老生》，韩少功《马桥词典》（与米塔合译），李洱《花腔》，金庸《射雕英雄传》（1、2 册，主编）等。目前待出版作品包括莫言《晚熟的人》（与米塔合译）、刘震云《吃瓜时代的儿女们》、金庸《射雕英雄传》（3、4 册）、《中国赛博朋克》科幻小说集（主编）。正在翻译刘震云《一日三秋》《一句顶一万句》《刘震云中短篇小说集》，王小波《黄金时代》（主编）等。曾获意大利普罗契达-艾尔莎·莫兰黛翻译奖（2009）、意大利国家特殊翻译奖（2013）、中华图书特殊贡献奖（2023）。

意大利作家伊塔洛·卡尔维诺（Italo Calvino）曾经说过：如果没有翻译，我可能最多只能游走在自己国家的边界。翻译是我最重要的盟友，他带我认识世界。

大家怎么说

人们对翻译的探讨有很多，都很有深度和启发性。在这里，我想谈谈其中一些观点。

英语动词“translate”（翻译）植根于拉丁语“translatus”，意思就是跨越。事实上，生活在两种语言边缘的译者必须将文字的意味摆渡于充满无限可能的沸腾大海。在这样做的过程中，我们会面对怀疑、批评甚至更糟的反馈。尤其是当典故被误解时、当幽默变得平淡无奇时，大家也会想起意大利语的说法“traduttore，traditore”（翻译即背叛），这是意大利人对但丁的法语翻译的指控。

因此有人说翻译的“完美词汇等效性”是一个乌托邦式的、无法实现的理想境界，从而宣布翻译的“不可能性”。

从事翻译工作的人认为它是一门艺术或者至少说是一门手艺，译者像工匠一样在完成一件工艺品。阅读一部作品的译本时，你应该知道它已经不是原作品，而是两位作者的产物：原作者和译者。译者必须读懂、解释并再次赋予文本生命，使得它在语言上，尤其是意味上，具有可读性和感染力。由此我们可以理解，翻译就是写作。译者在某种程度上相当于在重写文学作品，书也就不再是同一本书了。译者生的是这本书的兄弟，但并不是它的双胞胎。

在2023年6月刚结束的北京国际图书博览会期间，在长篇小说《花腔》意大利文版新书分享会上，作者李洱说过，《花腔》的意大利文版是我和李莎两位作者的新生孩子。

从译者的角度来分析这一项事业，可以说翻译提供了一个宝贵的机会，促使译者用以前从未想过的方式去思考自己的语言。所以一个翻译的失败，不意味着你对源语言了解得不全面、理解得不透彻，而意味着你在目标语言中不是一个足够强大的作家。

尽管如此，译者仍然也要以原著为出发点，必须锐化自身的灵敏度，拥有高度的敏感性和直觉，需要机灵、充沛精力。因为原作语气的细微差别非常重要，弄清楚原作语言的“腔调”是十分关键的。译者必须具备对风格的深刻理解，确定句子的语速，跟着节奏走，识别令人注目的词汇选择。因为译者的目的也是要让读者想继续阅读，让原著的“魔力”在另一种语言里再次发生。

总结上述所说的想法，有些人认为翻译应该关注揭示文本的内在意义，即使这意味着偏离原文。这种目标的追随者就在“违背”作家弗拉基米尔·纳博科夫所提到的“奴性之路”的理论，即强调译者是作者的仆人，不应该离开原作分毫。这也让我们想起由来已久的争论：忠诚性和适当性之间的紧张关系。一派认为，我们必须严格遵守原著的含义；另一派则认为，风格是文本固有的、不可或缺的一部分，而译者的工作仅是传送它的“旋律”。实际上，我们通常尝试做的是追求真实性和可读性之间的平衡。翻译必须给予目标语言的读者与源语言的读者相同的乐趣。

我们已经意识到没有翻译版本是固定的、终极的。我也承认，我的任何译本出版以后，我再也没重新读过它。因为原著永远是“年轻”的、“新鲜”的，而翻译会过时，必须不时地更换或更新。并且根据一位译者逐年累加的经验，总会有更好的方法来翻译一些东西。

当我们确定了翻译中总是会丢失某些东西，那么我们也要问：在翻译过程中也会有一些东西使得文本更加丰富吗？我们将译者视为作者的创意合作伙伴，因此我们意识到一些最精美的翻译之所以成功，是因为译者的个性也在通过译作闪耀着光芒。读者在阅读翻译文本时，常常称赞语言的丰富，一些描述的巧妙、隐喻的机智，似乎忘记了是在谈论一部翻译作品。人们会说“就好像这本书是直接用意大利语写的”。这通常是给予译者的夸赞，译者通常也视这样的评价为一种褒奖。

当然，也不是每一个人都这样想，有人认为“这是一本翻译作品，听起来也应该像翻译过来的才对”。在批评一部翻译作品时，经常要按照“归化”和“异化”两种模式的特点来进行分析。这两种策略都有其独特之处和值得运用的价值。“归化”是将作者带向读者，“异化”则是让读者靠近作者。“异化”使翻译作品更有趣、更有异国他乡的味道，从而引人入胜；“归化”则是提供更容易解读的文本，使读者想要进一步阅读。然而最佳的方式还是不要趋于简单的两极化，从而避免盲从翻译理论日益抽象的概念。

从中文翻译更难

上述只提到一些对翻译的常见看法，但为了能够理解从事中外文学翻译工作的队伍日复一日所面对的困难，我们可能有必要探讨一下汉语本身的特殊特征。

在北京语言大学的课堂上，在我给学生准备的《译气相投，智意同行》翻译课程当中，我选择介绍了莫言的《檀香刑》、李敬泽的《利玛窦之钟》、刘震云的《我叫刘跃进》、王朔的《动物凶猛》、徐皓峰的《师父》、冯唐的《麻将》、贾平凹的《天狗》几部作品的意大利文翻译片段。我的主要视角是强调比较这些作品的语气差异和整体风格，认清每个文本体裁的规格和它们所在语言域的不同特点。在试图教授这些概念时，我再次意识到中意两种语言语法之间的巨大差异会导致译者永远处在孤航天海的情境当中。

在为对外经济贸易大学的学生举行的《脱下外套，挽起袖子》翻译工作坊中，我感受到了强调两种语言之间的距离，可能导致原作对翻译文本具有侵入性。汉语十分有感染力，所以在翻译过程当中更加应该注意。我告诉学生：这里没有人牵着你的手走。因为在翻译其他相近的语种时，原文能够给予译者提示、指明方向。但是中意两种语言之间的距离，在增加译者权力的同时也加重了其中的责任，译者必须学会控制、管理这种在语言上绝对的权力。要做到这一点，译者需要对自己在最大程度上严格要求。一旦你做出了一个选择，那就必须将这个选择坚持到最后。举例来说，当你选择动词时态时，需要保证这一选择贯彻全文。大家应该永远不会想到，动词时态的混乱竟然是最常见的错误之一，也是当我给别人的翻译进行修改时，发现这是对于翻译的人来说最困难的部分。

每次被邀请谈论翻译时，我总是强调“别人的孩子（即他人的作品）不能截肢”，文本片段不能仅仅因为译者认为它太难理解而被省略，这种投机取巧的方式只会让文本变得十分扁平。每个成语虽然看似难以理解，但是都必须解释清楚。面对这些困难时的指导思想应该是：要接近读者的文化但不能失去原作的特性，要保持异国情调及其魅力；要远离但保证文本必须可信，能够与读者产生共振和共鸣。我们是在研究共同生活在地球上的人类的不同表达方式，而不是在介绍外星物种。

在翻译贾平凹著作《老生》的过程中，每次遇到从《山海经》摘录的段落，我为了能够为意大利读者提供阅读原作的相同体验，便决定发明一些新的词汇来极尽可能地传达原文的“神态”。有时是遵循中文单词的原始含义，有时将中文单词以字来分开翻译，我一直在试图创造令人回味的词汇组合。不得不说，为了能够介绍有趣的、奇妙的神话中的动物和植物，我还是冒了一定风险的。目标是能够让我的意大利读者对这些动物和植物产生一定的共鸣，让这些新的名词也能够在他们认识和了解的文化里、在他们集体的想象中产生共振。

在翻译李洱的著作《花腔》时我遇到了一个“不可能性”难题：如何使属于另一种文化的当代读者掌握中国历史、文化和政治话语的引用？李洱的杰作里白圣韬、阿庆、范继怀三个人物身处不同时代（即中华人民共和国成立前、“文化大革命”时期、改革开放后的2000年），为了享受和欣赏此书，意大利读者有必要了解中国三个时代的历史、文化和政治背景，这三个时代不同的语言、人们不同的梦想，甚至还有不同的幽默。我发现，解决这个“不可能性”难题的唯一方法是添加备注。最后我一共加了近500个备注，大量的备注意味着意文版几乎是李洱原著长度的一倍。在这种情况下，我们还要扪心自问《花腔》的意文版与原作之间的关系发生了什么样的变化。因为我们经常说：备注是译者的失败。如果译者诉诸引用备注，说明他/她投降了，他/她服输了。的确，这种对理想和“不可能性”的追求，意味着翻译的过程中译者要在一个和世界一样大的拼图当中不断寻找碎片和线索。

上面所说的一些对翻译的想法，以及汉语这种语言本身的特殊特征，都是为了说明每个译者都是原文的合作者、评论者和重写者。他/她可以建立联系并增强跨语言和跨文化的知识流动，是原作文化背景的积极代言人和解释者。他们可以通过含义的多元性为读者导航，陪同目标语言的读者参观原文的文化，并在一个不同文化中感到舒适。

在这种情况下，中国作家协会每两年举办一次的研讨会、我们隔两年相遇的机会也就越来越重要、越来越有价值。因为这是为我们提供新知识和拓宽视野的机会，也是向我们重申——作家们一直在关注和重视我们译者的角色和工作。

让世界了解中国文学

［日本］ 泉京鹿

泉京鹿（Izumi Kyoka），日本翻译家。毕业于日本费利斯女学院大学日文系。曾留学北京大学，留学期间开始翻译中国当代文学。曾担任中国外文局《人民中国》杂志日文版专家，并在多所日本高校教授翻译、中国文学、中国语言等课程。现在日本慈惠会医科大学、立教大学作为兼课讲师教授中文和中国文学。主要译作包括余华《兄弟》、王跃文《大清相国》、田原《双生水莽》、安妮宝贝《告别薇安》、林奕含《房思琪的初恋乐园》等。

日本集英社旗下文学杂志《SUBARU》2023 年 6 月号出版后很快售罄并迅速再版，这是今年日本文坛最值得关注的话题之一。

据说，不仅日本从事中国文学研究的专家，而且许多平时并不太关心中国文学的人，也都想买这一期杂志。这一期转眼之间被抢购一空，一书难求。有一段时间二手书在网上高价出售，因为这些原因，出版社决定再版。

这里涉及的特刊专题，是对中国文化有感情的绵矢莉莎女士向编辑部提出建议后制作的。作家绵矢莉莎的《欠踹的背影》，2004 年获得第 130 届芥川龙之介奖，当时她年仅 19 岁。在中国广为人知的是，她与金原瞳（当时 20 岁）的《裂舌》同时获奖，成为非常热门的话题。由于家人工作调动，绵矢莉莎目前居住在北京。本期刊载的她的短篇小说《Pakki Paki 北京》非常生动地描绘了与北京的景色、中国人及中国文化邂逅后出现的化学反应。她用细腻的笔触精心描绘了意想不到的视角和感觉，让人心潮澎湃。这是我最近看的小说里最喜欢的作品之一。

该专题以绵矢女士与在日本也很受欢迎的中国奇幻小说作者，以及从事广播剧监制工作的括号先生之间的三人对谈讨论为主要内容。小说是以中国古代为背景，已有戏剧化和动漫化的改编，受到日本读者的喜爱。

近年来，日本文学杂志的出版情况并不理想，大多数杂志单期发行量只有几千册或 1 万册左右，还有一些文学杂志停刊或休刊。不少杂志更新或改变了发行形式，如从月刊改为季刊，在出现社会关注某个主题的时候，才再版相关杂志。

例如，河出书房新社的文学季刊《文艺》，2020 年冬季号最初印数为 1 万册，发行后第二天又加印了 1 万册，再以后又加印了 5 000 册，总印数达到 25 000 册，此后该杂志还出了书籍。这一期的特辑专题是“韩国、女性主义与日本”。韩国文学在日本一开始时仅仅是个“热潮”，现在已经成为有日本读者的固定热销内容了。

《文艺》2020 年春季号的特辑“中国、科幻小说与革命”虽然没有增刊，但后来以书籍形式出版了。这可能是因为该特辑现在有望拥有稳定的读者群。这期杂志还介绍了刘宇昆（Ken Liu）、阎连科、李翊云（Yiyun Li）、Jenny Zhang 等的作品。此外，杂志还收录了介绍大中华地区科幻小说作家的文章，如立原透耶、藤井大洋，以及阎连科与平野启一郎的对话《将超越大海发生爆发的现实主义》等。

仅以《SUBARU》和《文艺》为例，相关特辑（主题）的成功，以及在日本拥有稳定读者群的中国作家与日本作家的对话，都非常有效地组织了话题，激起日本读者对中国文学新的兴趣。这种形式的特辑效果值得注意，今后日本在利用这些形式方面可能还有更多的工作需要做。

前几年，我个人因家人工作调动，在美国洛杉矶生活。当时一直都处在疫情时期。疫情自始至终搅乱了我的生活。彼时在洛杉矶外出就餐几乎完全不可能，而且也很少有室内场所可以去，在这种情况下，在逛书店的过程中，我注意到了美国书店和日本书店的不同之处。

在日本书店里，你会发现中国文学等外国文学的书架和日本文学的书架是明显分开的。如果你不站在那个书架前，就几乎看不到中国文学方面的作品。只有当新书刚刚出版时，它可能会被放在显眼的地方，让更多人能够看到它，但这只是在很短时间内的情况。除了《三体》等少数畅销的科幻小说之外，在书店里寻找中国文学作品并不容易。

当我试图在洛杉矶的巴诺书店（Barnes & Noble）寻找“日本文学”和“中国文学”时，却无法立即找到，因为书架上没有将它们分开。无论作家来自哪个国家，属于哪个民族，所有翻译成英文的作品都是按照作家姓名，从 A 开始按字母顺序排列。不过，由于小说就是小说，散文就是散文，无论作者来自哪里，也无论翻译前用哪种语言写作，许多读者拿起一部作品时，并不会强烈意识到作者的国籍或翻译前写作时的语言。

不过，最近中国科幻小说和中国推理小说的翻译作品在日本陆续出版，随着作品数量的增加，书架的空间也在增加，摆放位置也有所改善。

芥川奖获奖作家金原瞳的父亲金原瑞人先生是日本广为人知的英美文学翻译家，也是一位在日本热情、积极地介绍翻译文学作品的翻译家。他出了一本名为『BOOKMARK』的小册子，介绍国外的翻译作品，尤其是他希望年轻人阅读的作品。同为英美文学翻译家的三边律子女士作为编辑合作者参与了此事，但出版费用由金原先生个人承担，小册子免费发行，没有企业赞助。这本小册子发送到了全日本各地的书店、诸多的咖啡馆和公共图书馆，目前已出到第 20 期。我非常感谢能应邀为第 19 期的“厚重有趣的书籍”特刊撰写我个人翻译余华《兄弟》情况的文章，该特刊是关于英语世界以外的书籍的特刊。当时，《兄弟》一书已经绝版，很多读者一书难求，非常巧合的是，日本群星出版社（Astra House）决定再版《兄弟》。

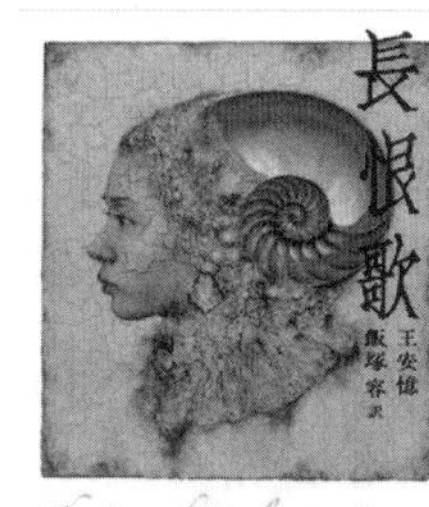

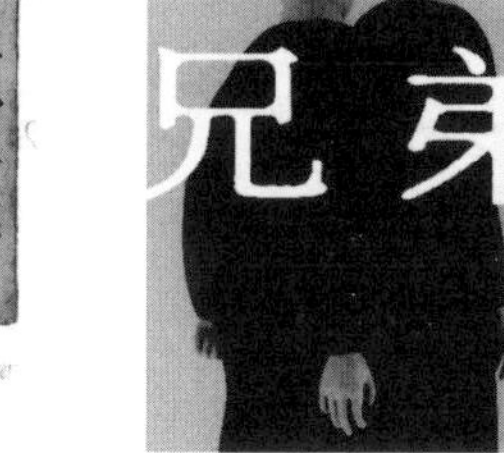

这本『BOOKMARK』最近开始出单行本，金原先生和三边女士通过在书店举办讲座、对话等宣传活动，为增加外国文学的读者人数做出了切实辛苦的努力。

日本群星出版社不仅能够再版余华的《兄弟》，而且从 2020 年出版余华的《在细雨中呼喊》开始，在不到 3 年的时间里，先后出版了 7 部中国文学作品。

日本群星出版社编辑和田千春女士说：“如果有越来越多的图书进入日本市场并赢得更多读者，相互理解和文化交流就能够得以加深。遗憾的是，在日本文学书籍的世界里，人们几乎只关注日本国内作家，只有少数高知名度的外国作品获得了读者。因此外国文学便成了‘为极少数受过教育有修养的爱好者服务的小众市场’。换句话说，外国作品很不好卖。”日本在出版中国文学作品的同时，也在努力扩大外国文学的读者层，尝试在国内推广韩国文学，法国、英国或美国的推理作品等。

除了出版余华、格非、王安忆等久负盛名的作家代表作之外，日本群星出版社还希望率先向日本介绍新鲜出炉的中国青年作家的作品，目前已出版了李娟、申赋渔、陈春成等青年作家的很有个性的作品。

对于金原先生这样的个人或日本群星出版社这样的小型出版社来说，要继续开展上述活动并非易事。由于日本出版业不景气，许多译者在经济困难的情况下继续从事文学翻译工作。这种情况下，最近越来越多的人呼吁，在文学翻译家之间建立超越语言的联合组织。作为一名翻译家，我从年轻时就受益于日本大型出版社相对较大的发行量和各种促销活动，但为了让更多的日本读者了解中国作家和作品，必须同时支持个人和杂志的活动。相关的支持不仅提供给大型出版社，还应提供给中国文学以及其他各种语言的中小出版社和翻译家。

我希望中国作家协会与中国作家、世界各地的翻译家能够合力举办相关活动，这种活动不仅要有中国文学翻译家参加，还应该让其他语言的翻译家也加入进来，共同探讨我们能做什么、该做什么，让中国文学进一步走向世界，让世界更加了解中国文学。

从墨西哥，从拉美，译中国

［墨西哥］ 莉亚娜

莉亚娜（Liljana Arsovska），墨西哥翻译家。本科毕业于北京语言大学，研究生毕业于墨西哥学院。现任墨西哥学院亚非研究中心教授及研究员。主要译作包括老舍《茶馆》，张爱玲《倾城之恋》，王蒙《坚硬的稀粥》《阿米的故事》，莫言《白狗秋千架》，刘震云《我不是潘金莲》《一句顶一万句》《我叫刘跃进》《吃瓜时代的儿女们》《一日三秋》，贾平凹《极花》，阿来《蘑菇圈》，徐则臣《跑步穿过中关村》，乔叶《取暖》，陈染《私人生活》等。2019 年组织翻译出版了《隔离期的阅读：中国当代小说选》。2014 年获中华图书特殊贡献奖，2021 年获墨西哥维拉克鲁斯大学成就奖章。

了解一个国家、一个民族的方式有很多。毫无疑问，教学和学术研究或许是最有效的途径，但不是绝无仅有的，还有文学，已经并继续传递着国家、地区、民族和文化的宝贵密码。

我们今天所说的第一世界国家最先开始系统地研究中国，汉学应运而生。也就是说，正是那些过去想入侵中国的国家，如英国、美国、日本、德国、荷兰、俄罗斯、法国等，对中国的历史和现实进行了大量研究，且成果颇丰。我绝不是想贬低这些成果的价值，只是想说，特定利益之后才是相关认知，而入侵国家与被入侵地的利益不可能一致。但我们应该承认，不管是过去还是现在，是欧洲和美国的历史、考古和人类学家塑造了中国、古埃及、印度、拉美和非洲在西方世界的形象。

从20世纪后半叶至今，后殖民理论和研究如雨后春笋般破土而出，从曾经的殖民者的角度重写历史。然而，世界各地都将这一理论探讨纳入研究生课程内，鲜少渗透到小初高教育中，而这恰恰是世界大部分人口的学历水平，影响着他们对于周围世界的看法和判断。

我们在初高中都修过“世界文学”，课上讲的基本都是欧洲和美国文学。在基础教育和高等教育阶段，我们这些西方人读过多少本亚非作家的小说呢？

但我们不必过于反躬自责……在书店和图书馆里，中国乃至亚洲的文学作品并不多，非洲的就更少了，仅有的也是从英语、法语或德语翻译过来的。而这些译本大部分代表了西方发达国家的立场，他们秉持欧洲中心主义，多年来一直认为世界上所存在的一切都最先出现在欧洲，也因此开始无数次尝试翻译道、阴阳、五行、仁，以及一些不曾存在于西方思想中的主要哲学概念。

接下来我们聊聊中国文学。

1949年，中华人民共和国成立。约莫50年代起，第一批外国语大学建立，外语出版社也随之诞生，开始用西班牙语发表一些关于中国的文章。也就在那时，有些图文并茂的中国儿童故事、中国的经典或现代小说开始出现在拉美市场。尽管政府、学术机构和出版社殚精竭虑地推广，这些译本也未能在拉美激起太大的水花。一方面，译文枯燥乏味；另一方面，也是更重要的一点，鉴于中国当时的政治生态，源于中国的信息被视为意识形态“蛊惑”。

到了70年代末，随着改革开放，中国发生了翻天覆地的变化。在

GDP 增长率连续几年达 10%后，中国政府开展文化外交，举办大量文学、艺术等文化活动，以提高国家软实力，向世界展现新的中国形象——鲜活健康、生机勃勃，为中国乃至全人类谋福祉。此后，中国当代文学孕育了大量不同体裁的作品，催生了一场场文学思潮。

铁凝、张洁、史铁生、李敬泽、阿来、刘震云、麦家、贾平凹、苏童、余华、徐则臣、刘庆邦等作家都创作了许多优秀的文学作品，这些作品斩获了国内国际大奖，并被翻译成了多种语言。他们的小说传递着中国当代的宝贵信息，有时甚至比学术文章更包罗万象、发人深省。

曾经的发达国家正加倍努力理解中国这个亚洲巨人——用不到半个世纪的时间创造了“经济奇迹”，一跃成为世界主要经济体。发展中国家也同样越发热切地想要认识其数一数二的贸易伙伴。拉美、非洲和亚洲国家开设了研究中心并制定研究计划，以解读中国的经济增长，这是其融入 21 世纪全球政治、经济和文化的前提。

当然，从古至今，富人和穷人因处境、需求、看法的不同，对文学作品的理解并不相同，也不会相同。因此，英国人和墨西哥人读《跑步穿过中关村》会有不同的领悟和共鸣；法国人和委内瑞拉人读《我叫刘跃进》也会有不一样的解读和体会。因此，拉美机构应加大力度，借一手资料，了解、研究和翻译中国——这条亚洲巨龙同时也是许多拉美国家的第一或第二大贸易伙伴。

幸运的是，一些学术机构，如墨西哥学院、墨西哥国立自治大学新设的语言、语言学与翻译学院，以及一些出版社，如墨西哥二十一世纪出版社、智利罗姆出版社等，正尝试出版由西班牙和拉美学者、译者直接从中文翻译过来的中国当代文学作品。

我作为一名中国当代文学的译者，将为向拉美地区传播优秀的中国文学作品而不懈努力。

中国文学翻译和我与中国的不解之缘

［蒙古］ 其米德策耶

其米德策耶（Menerel Chimedtseye），蒙古翻译家。毕业于蒙古国立大学中文系，语言文学博士。蒙古国立大学教授、博士生导师，蒙古国立大学孔子学院顾问、翻译研究中心主任，蒙古中国友好协会副会长，蒙古中国翻译协会蒙方会长。主要译著包括《习近平谈治国理政》三卷，冰心《远来的和尚……》，张洁《最后高度》，铁凝《永远有多远》《哦，香雪》《火锅子》等。曾获蒙古国国家翻译最高奖“金羽毛”奖、世界孔子学院先进个人奖等。2015 年获中华图书特殊贡献奖。2019 年获中国—蒙古国友好贡献奖。

文明因交流而多彩，文明因互鉴而丰富。蒙中两国之间的文化交流源远流长，蒙古国汉学研究和文学翻译有着悠久的历史。据有关文献记载，1307 年，儒家经典《孝经》用蒙古文被翻译出来了。目前，北京故宫博物院藏有蒙古文翻译的汉蒙合璧本《孝经》。

蒙古国的“中国文学热”其实要追溯到 20 世纪 50 年代，那时有许多蒙古人到中国学习汉语。1957 年，蒙古国立大学在蒙古国首次开设汉语课程，开启了蒙古国汉语教学、汉学研究、中国文学翻译历程。

这60多年的历程大体上可以分为三个发展阶段：

第一个阶段（20世纪50—60年代）：蒙古国立大学首次开设了汉语课程，培养出蒙古国最早一批汉语人才。同时蒙古国许多青年到中国多所大学留学，学习汉语，研究中国文化，了解中国文学，涌现出一批汉语人才。这一时期，蒙古国汉语教学规模进一步扩大，同时翻译出版了不少中国现代文学作品，主要有：茅盾的《子夜》（1957）、周立波的《暴风骤雨》（1954）、巴金的《家》（1960）、《郭沫若文选》（1958）、鲁迅的《长明灯》和《狂人日记》（1962）、老舍的《骆驼祥子》（1965）等等，这些作品在汉学研究以及让蒙古国人民了解中国方面都发挥了不可代替的重要作用。

第二个阶段（20世纪70—90年代）：1973年，蒙古国立大学恢复了被中断了几乎十多年的汉语课程，汉语教学在蒙古国逐步发展，师资力量也日益成熟。随着蒙中两国文化交流的飞速发展，汉语和英语一样成为蒙古国最热门的外语。这一时期，又涌现出一批优秀汉语专家及翻译家，使得许多中国现当代著名作家的著作亮相蒙古国，如：《鲁迅作品集》（1985）（包括《祝福》《孔乙己》《阿Q正传》《药》《一件小事》《故乡》等），还有《老舍作品集》（1973）、《中国诗集》（1989）、《诗经选集》（1999）等等。

第三个阶段（从20世纪90年代至今）：这是蓬勃发展的阶段，“中国文学热”在世界各国不断升温，蒙古国也不例外。1993年，蒙古国立大学正式成立中文系。随着蒙中两国睦邻友好关系的迅速发展，两国在政治、经济、文化、教育、科技等各个领域合作也日益加深。蒙古国已掀起一股中国文学翻译热潮，规模也在不断扩展，文学翻译发展呈现日新月异的态势。

“国之交在于民相亲，民相亲在于心相通。”蒙中两国文化交流日益频繁，从而进一步增进了两国人民的相互了解，拉近了彼此间的距离，让两国睦邻友好的理念更加深入人心。越来越多的蒙古国读者能够读到原汁原味的中国文学作品，从而了解原作中包括语言、文化在内的方方面面。

长江后浪推前浪。随着文学交流的日趋活跃，蒙古国掀起了中国图书热，蒙古国中蒙文翻译家队伍日益壮大，涌现出一批年轻有为的翻译家、专家。蒙古国翻译家翻译出版的图书内容越来越丰富，从古典名著、经典哲学作品、现当代著名作家的优秀作品，到儿童读物等，应有尽有。这一时期，翻译出版的作品有：《习近平谈治国理政》（第一卷、第二卷）、《摆脱贫困》、《中国·新长征》、《中文典籍译丛·四书》（《论语》《大学》《中庸》《孟子》）和《孙子兵法》《孔子和他的弟子们》《老子与道家》《四大名著》《鲁迅文学奖获奖作品译丛》《中国现当代女作家优秀短篇小说精选》，以及莫言的《酒国》《生死疲劳》《变》，余华的《活着》《许三观卖血记》，麦家的《暗算》，徐则臣的《跑步穿过中关村》，姜戎的《狼图腾》，张贤亮的《男人的一半是女人》，等等。

我是一名汉学家、翻译家，与中国结缘已经 30 多年了。30 多年来，我的工作一直和中国有关，一直从事汉学研究，经典、文学翻译和蒙中友好工作。我经常思考的是如何宣传中国文学和传统文化。文化包含一个民族的价值观念、思维方式、生活样式和信仰习惯等，跟一个国家的历史和传统密切相关。在当今世界，文化的开放和交流势不可挡，文明多样性与经济全球化一样已成为不可逆转的事实。不同文明之间的对话和交流将是维护世界和平、推动世界发展、加深世界各国人民相互理解的一种重要方式。

与中国结缘 30 多年来，我一直都没有离开过汉语，没有离开过中国文化、中国文学翻译。我在蒙古国出版了“中文典籍丛书”，翻译出版了《论语》《大学》《中庸》《孟子》和《孙子兵法》等中华传世名著的蒙文译本，“四书”的蒙文译本首次在蒙古国问世。最为荣幸的是用蒙文翻译出版了中国著名作家铁凝的《永远有多远》《哦，香雪》《六月的话题》《火锅子》等优秀短篇小说。

虽然翻译中文经典是介绍中华文化和哲学思想很重要的方面，但是仅仅依靠对经典的翻译还是不够的，因为经典典籍距离人们的日常生活比较远，理解起来有些困难。于是为了让广大蒙古国读者进一步了解中国的文化、思想和文学，我从一位汉学家的角度，用蒙古语编写了一本专著——《我们知道的又不知道的中国：思维和文化》。此书从出版发行以来，受到了广泛的好评。

作为一名汉学家、翻译家，我最为荣幸的是自2015年以来，同中国外文局、外文出版社合作，率蒙古国翻译团队成功翻译出版了《习近平谈治国理政》第一卷，完成了《习近平谈治国理政》第二卷、第三卷汉译蒙任务。目前，蒙古国翻译团队正在准备翻译《习近平谈治国理政》第四卷。

2012年，我与中国少年儿童新闻出版总社合作，翻译出版了《遥远的白塔》和《最后落下的一片叶子》等。2019年和2022年，与中国书籍出版社合作，在蒙古国翻译出版了《孔子和他的弟子们》《老子与道家》等。2020年，与山东友谊出版社合作，翻译出版了《图说孔子》。2022年，翻译出版了莫言的《父亲的画像》，收到了读者的好评。

2022年，我率蒙古国翻译团队同北京语言大学和江苏凤凰教育出版社合作，在蒙古国翻译出版了一部兼具专业性和可读性的中国文化普及读物——《中国文化知识辞典》蒙古语版。可以说，这样综合性、专业性的中国文化普及读物在蒙古国翻译出版，是前无古人的。

中国文学是世界文学的重要组成部分，是人类文明的瑰宝之一。曾经有人说过，如果你想了解一个民族，最好的办法就是去读它的文学。

翻译不仅是一门独立的科学，而且是一种不同语言间转换的语言艺术，更是一种文化的语言交际活动。从文化研究角度来讲，翻译是将原语文化信息转换成译语文化信息，因此，在语言翻译中必须考虑如何处理原语文化与译语文化差异。正如中国著名学者王佐良先生曾经指出的那样，“翻译里最困难的是什么？就是两种文化的不同。在一种文化里有一种不言而喻的东西，在另一种文化里却要费很大力气加以解释”。

经历六七年的努力，由我翻译的《论语》终于在2004年问世，并立即引起各方高度关注，有关专家和媒体都称蒙语版《论语》不仅蕴含着深奥的哲学思想，还有极高的文学价值。蒙语版《论语》已再版多次，2005年8月，我获得了蒙古国国家翻译最高奖——“金羽毛”奖。

蒙语版《孙子兵法》问世后就成为蒙古国畅销书之一，被蒙古国图书馆、国防大学收藏，并被列为蒙古国立大学、人文大学等的必修作品。目前已第6次再版。许多蒙古学者、读者都认为中国的传统文化是巨大的财富，渴望从中汲取营养，可见蒙古国人开始对孙子这位哲人有了更深的了解，对中国文化有了更深的看法。

2015年，我获得了第九届中华图书特殊贡献奖。获得中国国家级奖项，对我来说是一个很大的鼓励，更是一股强大的动力。

2018年，我获得了中国作家协会“中国文学之友”证书，证明中国高度评价各国汉学家、翻译家的文学翻译事业。

今天回顾自己的生涯时，我心里在想此生我是离不开汉语，更离不开中国文化和中国文学。我和汉学、中国文学翻译的故事其实也是其他很多汉学家、翻译家的故事。我热爱汉学研究、文学翻译，这个事业让我有机会接触不同文化，感受不同文明。虽然我可能只是沧海中的一滴水，但非常荣幸能为蒙中两国文化交流、文学翻译奉献自己的力量。

让世界了解中国文学

[缅甸] 杜光民

杜光民（Kaung Min），缅甸翻译家。毕业于仰光第一医科大学，现居仰光。主要译作包括《论语》，钱钟书《围城》，莫言《蛙》《红高粱家族》《生死疲劳》《酒国》，余华《活着》《许三观卖血记》《第七天》《文城》，苏童《妻妾成群》等。曾获2008年缅甸国家文学奖翻译奖，2015年中华图书特殊贡献奖青年成就奖等。

我认为翻译中国文学的翻译家，不仅需要掌握好语言，更需要对中国文化有一定的了解，至少需要对自己要翻译的作品的历史背景、文化背景有一定的了解，同时也需要对作家所经历的历史背景、文化背景有一定的了解。中国文化博大精深，是我们一辈子学之不尽的。关于中国文化，我认为也需要学懂一些中国的方言，尤其是自己要翻译的小说的背景文化和方言。

我前不久看到一位吃播博主在厦门的一家餐厅吃海鲜自助餐时和服务员对话的视频。这位显然不是厦门人的博主和他的伙伴们吃了一大堆海鲜之后，对服务员说“你好，帮我翻个台”。这时服务员好像没听懂他说什么，所以他就再补了一句“就是收拾一下”。他的意思是请服务员把餐桌重新收拾并放置新餐具好让他“下一波进货”。这里的“翻台”为餐饮服务类用语，在一般词典里可能找不到，只有透过和当地人交流，或者多看看反映时代的文艺作品、影视作品才会明白。看过这个短视频之后，我明白了一个道理，即便是普通话，有时候在方言地区可能不会被直接理解，需要加以解释。同时也要进一步加深了解中国的南北文化差异。

有时候，受到方言发音的影响，有些词汇被讹传、误记。举个例子，“舍不得孩子套不住狼”中的“孩子”，其实是指“鞋子”。因为“鞋子”在一些方言中不读作“鞋子”，而是读作“孩子”。久而久之，这句谚语因受到方言发音的影响也就写成“舍不得孩子套不住狼”了。从这里，我明白了一个道理，一些汉语词汇，有时候是不能只按普通话的意思去理解，而是要用方言的意思去理解；有一些汉语词汇，有时候是不能用普通话的发音去读，而是要用方言的发音去读。

还有一个令我印象深刻的中文词汇，就是“土豆”。我第一次看到“土豆”这个词汇的时候还曾理解为“花生”。我记得那是在20世纪90年代，有一天我在一份报刊上无意间看到了一个介绍中文词汇的栏目，当中有一个中文词汇“土豆”。当时作为一个十岁出头的小孩子，我虽然知道“马铃薯”的意思，但还不知道“土豆”是马铃薯的通称。我猜想“土豆”该不会就是“花生”吧？因为如果把“土豆”逐字翻译成缅甸语：土＝မြေ，豆＝ပ，缅甸语“မြေ ပ [mjèbɛ́]”的意思就是“花生”。当然，我知道这样翻译是不对的。另外，我也想“土豆”该不会是用闽南语写的吧。因为在闽南语“塗豆”（习惯写为“土豆”）的意思就是“花生”。然而，刊物里“土豆”旁边写的缅文却是“အာ လူး [ʔàlú]”（马铃薯）。当时我是完全没有把“土豆”与“马铃薯”联想起来的。后来我才知道，原来“土豆”就是马铃薯的通称。如果是福建闽南语方言的话，“土豆/塗豆”的意思则是“花生”。甚至在有的地区，“土豆”就是落花生的俗称。由此，我明白了一个道理，有时候一个词语是不能被直接翻译的，首先得需要弄明白对方的文化。

在把中国文学作品翻译成缅甸语的过程中，还有一个有趣的事情，就是翻译小说人物的名字。由于缅甸至今还没有一个关于将现代汉语转写成缅甸语字母的标准规范，所以译者在翻译中国小说中的人物名字的时候，相对比较有自由发挥的空间，可以根据中文名字的发音（通常是根据现代汉语，即普通话发音），译出能够反映小说人物的性格特征的名字。这一点和外国人名的中译方式有些相似，例如：英文名字“Johnson”如果用中文写的话，有人会写“约翰逊”，也有人会写“强森”“强生”“詹森”等。同样，“Macbeth”如果用中文写的话，有人会写“麦克白”，也有人会写“马克白”。中文里有一音多字，缅甸语里则有“一音多拼”，就是说同一个发音可以用不同的拼法拼写出来，它们各自所代表的意思也就不同了。所以，译者有时候可以利用这种方式译出小说人物的名字，从而反映出该人物的性格特征，也可以避免出现一些翻译成缅甸语之后在缅甸文化看起来、读起来不合适的字。

有时候，我们需要把小说中的一些词汇进行音译，而且有些地方甚至需要根据小说故事背景的方言发音来译。例如，在余华《文城》小说中，林祥福是听到年轻女子所说的“给小人穿”的声音之后，才在他记忆里出现了当初小美对他说过的“那时候这衣裳里面有一个小人了”，从而觉得他在寻找的文城就是溪镇。在这里，与其只是把“小人”的意思翻译出来，不如也将它音译会更好。因为作家已经在小说中把“小人”的意思定为“孩子”了，而小说中林祥福听到的“小人”是溪镇方言里的“小人”。如果只是把“小人”的意思翻译的话，可能就不会把作者想要表达的意思充分地翻译出来了。这时候采取音译的方式才能让读者充分地明白“溪镇人把孩子叫作小人”这句话的意思。而且音译的时候，最好是根据小说背景的方言发音来译，这样才会把作者想要表达的意思充分地翻译出来。

基本上，我翻译的作家和作品都是我自己喜欢的。我喜欢一位作家、喜欢一件作品的原因其实也很简单，是因为他们感动了我。在我看来，喜欢一个人或一件事，其实是不需要很多理由的。对于我个人来说，一部作品最重要的就是能够触动人心。到目前为止，我翻译过最多的中国当代文学作品是莫言和余华的作品。《蛙》是我翻译的第一部莫言的长篇小说，《活着》则是我翻译的第一部余华的长篇小说。从这两部作品中我深深感受到无论是在哪一个国家，每个时代都需要有像“姑姑”这样的政策执行者，还有像“福贵”这样活着并且还仍然记得自己所经历过的时代，然后肯把自己经历过的这一切说给别人听的，像活生生的一部史书一样的人物。

我们翻译出来的作品，必须要有温度、有心跳、有生命，这样才能感动读者。用最能接近原著作者感动原著读者的方式去感动阅读翻译作品的读者的翻译作品，可以算是好的翻译作品了。译者是需要了解作者的，在翻译过程中，译者不仅需要掌握好语言，还需要去想象作者当初创作这部作品时的心情，想象当时的环境背景等，十分投入地、很“入戏”地去翻译。翻译文学作品的时候，译者像一名在拍电影的导演，也更像是一名演员，演员要把剧本里的角色完美地演出来。译者要先忘掉自己，把自己想象成文学作品的作者，然后把这部作品用目标语言准确地写出来，翻译出来。

翻译可以比喻成在不同的文化之间架设一座桥梁，翻译家们在架设好这座桥梁的过程中可以发挥很大作用，这样各国之间才会文化互通、文明互鉴、民心相通。作为翻译出版中国图书的翻译家，应该把中国文学、中国文化更加丰富、完整、准确地介绍给自己本国的读者，促进中国与各国之间的相互理解、相互尊重、相互信任，这样才能最好地让世界了解中国文学。

世界文学视域中的《马桥词典》

［荷兰］林　恪

林恪（Mark Leenhouts），荷兰翻译家。荷兰莱顿大学汉学博士，全职中文译者，文学评论家。曾在荷兰莱顿大学、巴黎第七大学、南开大学、北京大学等院校学习。主要译作包括钱钟书《围城》，韩少功《马桥词典》《爸爸爸》《女女女》《鞋癖》，苏童《米》《我的帝王生涯》，毕飞宇《青衣》，白先勇《孽子》，以及鲁迅、周作人、沈从文、史铁生等作家的长、中、短篇小说和散文。著有《中国现当代文学史》和《以出世的状态而入世——韩少功与中国寻根文学》。2012 年获荷兰文学基金会翻译奖。是荷兰语版《红楼梦》译者之一，2021 年凭此书获 Filter 翻译奖。

著名小说《马桥词典》于 1996 年春天出版不久，作者韩少功恰好在荷兰。那年 6 月，他从巴黎赶来，为刚问世的《爸爸爸》和《女女女》荷语版做宣传。我们坐在荷兰布雷达市中心广场的露台上（布雷达是他的荷兰出版商 De Geus 的所在地），"老韩"（韩少功）给了我一份新出的《小说界》杂志，里面发表了他的词典体作品，并谦虚地说："这部小说篇幅可能有点大，也可能有点实验性，不是典型的小说，不过，我想这正是我喜欢的写作方式。"

我之后才发现，在《马桥词典》的 100 多个词条中，韩少功描述了马桥这个虚构的南方山村的地方语言，既是散文又是故事，既是反思又是叙述，在每一页都有他自己的影子。而后者，这种个人风格，无疑确保了这本书的根基，并成功地激起了一些甚至远在中国国界之外的人的兴趣。韩少功当时可能还没有料到，这个山村语言的缩影多年来会持续被翻译成各种语言。我本人是在布雷达露台那天交谈之后就开始逐步翻译这本书的，这也成为我关于韩少功文学作品的博士研究的一部分。2002 年，荷兰语译本出版，蓝诗玲颇具影响力的英语译本紧随其后，我们两个人还交流过翻译心得。2021 年，米塔和李莎的意大利语译本出版了，而阿拉伯语、俄语译本也即将出版，到目前为止，译本数量达到了包括越南语和韩语在内的 10 多本，对于这样一部非主流、非情节驱动、非西方的作品来说，已经很不错了。

人们对《马桥词典》的兴趣，可以从各国报刊的书评中读到，但对于我自己来说，我会经常想起这本书在美国俄克拉荷马州的反响。2011 年，韩少功在那里获得了俄克拉荷马大学纽曼奖，我有机会作为研讨会发言人参加了这次庆祝活动。除了颁奖仪式、演讲和新闻报道，这部小说还成为大学生和中学生活动项目的焦点。其中包括为“青年作家”举办的写作比赛，这些中学“小作家们”要从《马桥词典》中的一些词条汲取灵感。例如，15 岁的获奖者埃莉诺·孙（Eleanor Sun）写了 5 篇关于她所在的“北方中学”（North High School）的词条，其中包括一篇关于“North”（北方）这一词的颇具“马桥”风格的思索，在她这篇作文中，中学的名字“North”（地名）和“北方”的原有含义都发挥了作用。

或者以俄克拉荷马大学讲师兼翻译家和诗人石江山（Jonathan Stalling），带领韩少功本人和大学生们的讨论为例，石江山显然为讨论小组选择了一些非常合适的词句。韩少功在书中提出的一个问题是，为什么有时候文字会有如此巨大的力量，可以决定一个人的一生。比如，马桥少年盐早的故事。盐早是一个悲剧人物，他的父亲是个“汉奸”，他被永远打上了汉奸的烙印。由于他的出身问题，村里人一般让他干村里最苦的活，比如喷洒杀虫剂。结果，盐早对毒药习以为常，自己也成了一个“毒人”，“他朝面前的蚊子吹一口气，就可以让那小杂种立即昏头昏脑栽下地来”，这简直让他成了一个“不可接近的人”。中国评论家有时会想，韩少功这部小说对于西方读者来说是否过于实验性和“过于中国化”，但假如他们能够参加这次研讨会，他们就可以看到盐早这个被排斥在群外的、孤立的人，对美国大学生产生了怎样强烈的共鸣。

我们可以试问：《马桥词典》的实验性究竟体现在哪里？应该说不在于词典体裁，因为这种形式在世界文学上并不罕见。韩少功本人翻译的昆德拉的《不能承受的存在之轻》部分是词典体小说，以色列作家格罗斯曼的《证之于：爱》这部小说同样有词典体部分。对韩少功自己来说，这部小说的实验性主要是散文与叙事的混合，是他认为中国文学传统中极具吸引力的那种“松散”而“自由”的形式。他曾在荷兰《文火》杂志的一次采访中告诉我，为什么写作非要把叙事和反思区分开？对他来说，小说最重要的元素是“感情”，即出于感情的写作方式，小说模式是次要的。值得注意的是，在西方的评论中，《马桥词典》的“松散性”实际上是唯一的绊脚石，正如西方评论家经常会说，即使是较为传统式的中国小说，也缺乏结构或连贯性。然而，在我的博士研究中，我确实看到了《马桥词典》的整部结构：词条有明确次序，小说有明确的开头和结尾。只不过，这个结构可以说是来自中国传统文学的一种结构。

在这方面，我在我的博士论文中引用了美国汉学家浦安迪（Andrew Plaks）的一些概念和见解。在他对《红楼梦》和中国传统文学的研究中，浦教授指出了东西文学的一些有趣的差异，他认为，“西方叙事的重点是一系列事件”，就是说，“西方的文学文明倾向于从时间上连续不断的事件来构想人类的经验”，而“中国传统在构想人类的时间经验时，往往同样重视事件的重叠和事件之间的间隙，实际上是把非事件与事件并列起来”。在中国传统里，“人类经验的总和，不是一个单一的历史发展过程，而是一个无始无终的不断变化的过程”。在西方，情节是小说的重要结构手段，而在中国，小说的结构主要是通过各种对立的关系，即动和静、悲与喜、兴与衰、分与合的不断交替而实现的。这个概念，浦教授回溯到中国的基于阴阳二元论的“关联思维倾向”。

在《马桥词典》中，我们不但可以看到其叙事的非单向性，而且还可以看到韩少功特有的、表现在对各种对立的有效性的质疑上的相对性思维。此外，就像在《红楼梦》中一样，韩少功在小说的开头已经暗示了一种真假对峙，并在结尾又回到了原点。据浦安迪说，这种周期结构也属于中国传统小说“持久的美学形式，为中国文学体系提供了连贯性和延续性”。那么，韩少功的杰作到底是传统的常规小说，还是现代的实验性的小说呢？而且，是什么让“马桥”在世界文坛上传播，到达这么多不同国家的读者那里去呢？

在位于美国南部深处的俄克拉荷马市，有一次共进晚餐的时候，我决定向“老韩”寻求这个问题的答案。在我看来，韩少功所谓的“感情的写作方式”，不也是上面所说的那种个人风格，或者说，作者贯穿整本书的个人眼光吗？毕竟，韩少功对盐早这个人物的关注，也始终与他自己作为一个来自城市的知青、在乡村社会中的“局外人”角色相关联，甚至可以说，这种里与外、熟悉与陌生之间的对立也是本书的重要主题之一。作者不仅在小说更有故事性的部分中，甚至是在更直接对语言文字做解释的部分中，不断地在加入自己的疑惑和独特的假设。

韩少功提醒我说，中国的民族学家曾给他写过信感谢他的宝贵见解，他也曾在书店的“词典”专区看到过自己的书，这让他觉得有趣。他说，也许西方读者对这种个人风格更有感应，传统上，这种以“我”

为主的写作方式，在西方小说中比在中国小说中可能更为常见。在西方，小说实际上源于古希腊的戏剧独白，而戏剧独白又源于祈祷、对神的祈求，后来转为与神的一对一的对话或忏悔。在中国，这种文化发展完全不同，对许多中国读者来说，小说中的“我”，可能是更为现代的东西。

我有同感，在中国传统文学中，目光更多朝外，而非向内，自我似乎没有外在世界那么“重要”，我在当代小说中还能看到这种传统的延续。如果说《马桥词典》从内容和结构上是很“中国”的，那么，它的实验性可不可以说是在于这部小说中的这个“我”，因为这个自我，而使这部很“中国”的小说具有世界性的吸引力呢？

如何让世界了解中国文学?

[波兰] 倪可贤

倪可贤(Sarek Katarzyna),波兰翻译家。波兰克拉科夫雅盖隆大学东方学院日本学和汉学系助理教授。曾就读于南京师范大学。主要译作包括王小波《黄金时代》《革命时代的爱情》,余华《活着》《文城》,曹文轩《青铜葵花》,徐则臣《如果大雪封门》,张楚《良宵》,残雪《黄泥街》等,还翻译过鲁迅、沈复等的作品。

如何让世界了解中国文学?首先,让世界开始阅读中国文学。

过去十年,我一直是中国文学的教师、翻译者、研究者。十年来,每逢开学,我都会问新生,他们对中国文学的联想是什么,答案通常是悲哀的,没有任何联想——无聊、陈旧、共产主义——连汉学系学生对中国文学都是这样的评价。幸运的是,这种评价会在他们的学习过程中发生变化。那么,我们可以假设,其他波兰读者的看法也大致类似。

为什么波兰年轻人读日本和韩国文学,而不读中国文学?为什么波兰出版日本和韩国的流行小说,而不出版中国的流行小说?为什么中国作为文化创造者的地位没有随着中国在国际舞台上的崛起而提高?

作为一个外国人,我不想也无法告诉中国作家应该写什么和怎么写，我既没有权利也没有资格这样做，我也不确定我的观点就是唯一正确的，我只能作为一个翻译家和热心读者说几句话，希望中国文学在波兰不再被认为枯燥乏味，并开始流行起来。

当然，中国文学在波兰不受欢迎的原因并没有一个简单的答案，但我可以列举一些使中国文学在波兰不受欢迎的关键问题。

首先，值得考虑的是，是什么让出版商决定出版某部小说。对于从所谓的小语种（在波兰，这指的是除了英语、德语和法语之外的任何语种）翻译过来的文学作品，出版商要承担比出版知名英语作家作品更大的经济风险——一个名不见经传的作家，对于出版商来说推广难度更大、成本更高；对于当地读者来说，书的内容可能过于深奥；市场上的译者很少；此外，波兰也没有懂中文并能评估翻译质量的编辑。因此，一些国家建立了图书推广机构，并通过补贴等各种方式支持出版商，使出版商愿意承担将新作者推向市场的风险。这样的机构负责制定针对特定国家的推广计划，在市场调研后选择一些他们认为可能成功的小说，并设法让出版商对这些小说感兴趣，因为并不是每部小说都有可能在每个国家取得成功。例如，在波兰，日本作家村上春树非常受欢迎，他的小说的波兰语译本比英语译本出现得更早，但除了他之外，没有其他日本作家能达到如此受欢迎的程度。

因此，在我看来，需要一个机构或一个资助项目来建立一个英文网站，将推荐的书籍分为小说、非小说、漫画、儿童文学等类别，并附有简短的说明，最好还附有译成英文的作品样章。从这个网站，外国出版商可以了解到哪些书籍可以获得资助，以支付部分出版费用。有了这样的举措，出版商可以更容易地找到有价值的作品，也不至于那么担心风险。目前，中国出版商大多都是自己向外国客户推销图书，但由于中国出版商数量众多，图书出版量巨大，外国出版商往往无法接触到符合其出版要求的图书。

值得考虑的是读者为什么会选择某本书、他们的动机和期望是什么，以及他们在书中寻找什么。他们想寻找知识吗？想拓宽视野吗？还是只想要娱乐——想读一个有趣的故事，让自己从日常生活中解脱出来，让故事带自己远行？

波兰和世界其他地方一样，青少年文学目前非常流行，而最大的读者群是年轻女性。年轻女性喜欢读什么书呢？从波兰的畅销书排行榜来看，她们要看的是与她们的经历有某种联系的故事——她们找的是关于成长、爱情、友谊、职场、与父母和同龄人之间的问题等主题的当代故事。同样受欢迎的还有奇幻小说，在这些小说中，在想象的现实中，这些主题都得到了处理。波兰读者还喜欢侦探小说，除了有趣的推理之外，这些小说还展现了其他国家的现实，北欧国家、英国和美国的侦探小说多年来一直很受欢迎，日本的侦探小说也出现在波兰市场上。

另一个重要问题是要将在海外推广中国文化的组织的目标定得更明确。目标是让中国小说像斯蒂芬·金的惊悚小说或乔乔·莫耶斯的爱情小说一样成为畅销书吗？还是要推广具有很高艺术水平的小说？这类小说不会成为畅销书，但会得到评论家的赞扬，赢得奖项，并进入文学经典。想让世界看到怎样的中国形象？是想展示中国的国力和优于世界其他国家的地位，还是想展示一个和其他国家一样在各种问题中挣扎的国家？是想展现中国的整体性和单一性，还是想展现中国的多样性和个体性，尤其是让其他国家的读者可以认同的个体？在这方面，同样重要的是要选择适合在外国市场上出现的图书，并认识到哪些主题会吸引波兰读者，哪些主题会吸引英国或法国读者。

与英语国家不同，波兰出版了大量从外语翻译过来的文学作品。2022年，波兰出版的书籍中有68%为波兰语，32%为外语翻译。书籍主要译自：英语（占译本的61%）、法语（10%）、德语（6%）、日语（5%）和意大利语（4%）。波兰读者喜欢阅读外国小说，并习惯于以外国现实为背景的情节，因此异域性并不是障碍或问题。

过去几年来，越来越多的中国小说在波兰出版。2022 年，波兰出版了 16 部中译作品。这个数字可能不高，但与十年前每年出版两三本书相比，已经是很大的进步了。这主要归功于译者，他们大多自己选书，并说服出版社出版。目前，波兰大约有 10 位中国文学翻译家，其中一半是大学教授，他们因为职业原因无法投入太多时间从事翻译工作。总之，合格的翻译人才仍然短缺，如果没有出现新的译者，市场上每年出现的中国文学作品不会超过目前的十几部。

贾平凹在一篇文章中写道，中国文学分为两种类型——火文学和水文学。前者炽热、猛烈，一见倾心；后者缓慢、沉着、低沉。火给人激情，水给人幽思。火容易吸引人靠近，为之兴奋；而一旦靠近水，水则更具诱惑力，魅力持久。水火两种文学形式，构成了整个中国文学史，也各自产生了伟大的作品。诚然，缓慢、沉静的故事更容易经受时间的考验，但随着当下生活节奏的加快，读者追求的是短平快、不复杂、不需要太专注、通勤时也能阅读的小说。无论我们喜欢与否，这类书籍现在都是畅销书。

波兰读者经常说，他们在阅读中国小说时很难分清谁是谁，而且会迷失在细节描写中。中国的出版商通常希望在国外推广那些在中国取得成功的图书，例如获得某种奖项、销量惊人的图书。这类书籍在国外市场往往没有机会，尤其是多卷本的巨著，中文原著长达近千页——出版这样一本书的成本太高，翻译本身至少需要一年时间，因此出版商避而远之。

如果我们想让世界了解中国文学，首先要做的就是多出版中国文学作品。只有这样，读者才能选择适合自己的中国作品，无论是古代、现代、长篇、短篇、言情、侦探，还是艺术散文。如果波兰每年出版的中国小说不是 16 部，而是 50 部或 100 部，那么每个读者都能发现自己感兴趣的图书，就会有更多的讨论、评论，并基于这种阅读多样性的了解，通过中国文学来了解中国。

葡萄牙书店里的中国文学

［葡萄牙］ 丁南柏

丁南柏（Tiago Nabais），葡萄牙翻译家。毕业于雷利亚理工学院、澳门理工大学、北京语言大学联合培养的中文葡萄牙语翻译专业。现在科英布拉大学攻读中国文学专业博士学位。长期从事中国当代文学作品翻译。主要译作包括余华《许三观卖血记》《活着》等。正在翻译《余华短篇小说集》。

近几十年来，中国当代文学逐步登上了世界舞台，一些作家在国际市场上获得了很高的知名度。然而，在葡萄牙，这一趋势增长相对缓慢。尽管中国和葡萄牙之间有着长期的商业和文化联系，尤其是通过澳门，但在过去的几十年里，葡萄牙对中国文学的兴趣似乎并没有同步发展。在这篇综述中，我将总结中国现当代文学在葡萄牙发展的主要事件，并分析与这一进程相关的几个因素。

2000 年之前，葡萄牙出版界的中译本数量稀少。许多被选中的作品都是现代文学经典，如丁玲的《太阳照在桑干河上》、鲁迅的《狂人日记》等，不过不确定是否直接从中文翻译的。1967 年出版的茅盾短篇小说集是一个重要的例外：该书不仅出版于葡萄牙 1974 年革命之前，而且是由曼努埃尔·德·西布拉（Manuel de Seabra）利用中文资料翻译而成。

2000 年以后，翻译成葡萄牙语的中文作品略有增加。不仅有几部作品采用间接翻译——主要是通过法语或英语的译本，而且还出现了直接从中文翻译的作品。首先来看间接翻译。卫慧的《上海宝贝》于 2001 年出版；莫言有两本书被译成葡萄牙语，沿用了葛浩文（Howard Goldblatt）译的英文版；姜戎的《狼图腾》，通过英译版，于 2009 年出版；张洁的《无字》，通过意译版，于 2010 年出版。除了莫言的小说，上述其他作品并未引起公众的普遍关注。

中葡直译也是这个时期开始的，在出版领域具有重要意义。2007 年，翻译家安东尼奥·巴伦托（António Barrento）将苏童的《我的帝王生涯》译成葡语，由 Cavalo de Ferro 出版社出版。2017 年至 2021 年间，我从中文直接翻译了余华的《许三观卖血记》《十个词汇里的中国》《活着》和阎连科的《炸裂志》，均由 Relógio D'Água Editores 出版。2021 年，刘慈欣的《三体》在同一家出版社出版，译者分别是马宝乐（Telma Carvalho）（第一部）和埃乌热尼奥（Eugénio Graf）（第二部）。

引发这种文学热情的关键因素之一是葡萄牙教育系统最近十年开设了中文专业。雷利亚理工学院于 2006 年开设了中葡翻译专业的四年制学士学位，其中两年在中国留学。米尼奥大学于 2004 年开设了三年制亚洲研究学士学位，包括汉语和日语课程。里斯本大学开设了包括中国研究在内的三年制亚洲研究学士学位课程。现在，许多其他教育机构也开设了非学位的中国语言或文化课程。这些教育机会让更多的年轻专家将中国语言和文化带入了多个领域，包括教学和翻译。毫无疑问，我也受到了教育因素的直接影响，经过在雷利亚、澳门和北京的四年学习，我于 2011 年完成了我的中文和翻译学位。

当然，近几十年来，中国的国际影响力与日俱增，这也是葡萄牙人对中国小说产生兴趣的一个重要因素。莫言获得诺贝尔文学奖也有助于引起人们对中国文学的关注。

经济因素也需要考虑，尤其是对葡萄牙这样一个小型出版市场而言。尽管葡萄牙语也是巴西、安哥拉和莫桑比克等国的共同语言，但其出版市场却完全独立。因此，对巴西市场的概述将显示出不同的图景。

这些因素固然重要，但并非决定性的。以余华为例，我们可以看到，事实上葡萄牙读者对中国文学有着浓厚的兴趣。余华的作品在葡萄牙出版后，他于 2018 年 6 月访问了里斯本。访问期间，余华在大学和书店参加了多场演讲和新书推介会。在出版社的帮助下，访问得到了媒体的广泛报道，包括国家电视台和不少的文化报刊。结果，大多数葡萄牙读书圈都认识了余华，图书销量也挺好。

总之，中国文学在葡萄牙出版市场还有很长的路要走，但我认为，作家访问将是帮助推广中国图书的一个极其重要和有效的方式。

关于翻译行为的一个观点：译者要走在理论与实践之间的边界线上

［葡萄牙］ 马宝乐

马宝乐（Telma Carvalho），葡萄牙翻译家。毕业于里斯本大学，获翻译硕士学位，曾在西安外国语大学留学，现在里斯本大学攻读比较文学（中国文学方向）博士学位。主要译作包括《三体》（第一部）、《三体Ⅱ：黑暗森林》（中葡校对）和陈村短篇小说集《死亡》（待出版）等。

翻译的历史和实践……向我展示，无论自己的观点如何……，在每个翻译体中，译者都必须有一个翻译观念，或者更确切地说，都必须有翻译行为的实践意识。

——约翰·巴伦图《巴别之井》

在这篇文章中，我打算简要讲下我对翻译行为的想法，这依托于我的学术生涯中与翻译研究的接触，以及我的职业生涯中的翻译实践。翻译中，理论和实践两者都不可或缺。在我看来，对于翻译的反思总是需要理论性和实践性的一体两面：如果译者自己不去解决翻译过程中的问题，学过的翻译理论基础就无用；如果译者没有与翻译理论的互动交融，经验性的知识就孑立无依。正如法国翻译理论家安托瓦纳·贝尔曼所说，“在翻译作为体验中”，理论和实践两个领域的结合构成了翻译的现实。

贝尔曼指出，对于海德格尔来说，体验某事是“让它来到我们这里，让它影响我们，让它降临在我们身上，让它把我们变成另一个人”。在翻译过程中，译者是行动的主体，同时也成为他要翻译的原文的客体，要观察和吸收其文本内外的特点。实际上，这部分的体验就始于翻译的一个关键阶段，即译者第一遍阅读原文的时候。原文包含多个层面，而优秀译者的任务是识别出这些层面。除了词汇现象，还应仔细了解文本所包含的一切，如作者的意图、非语言因素、语义动态、多重解释、多样的文化和语言习惯。正如许多作家指出，翻译家是作品最好的读者。翻译过程中的第一步也是最重要的一步，即译者和原本互相理解。

随后，译者沉浸于源语言之中，在语义和参考之间波浪般起伏，并且意识到源语言其中的特点和挑战。同时，译者也在自己的语言中为跨越语言边界做好准备，提前寻找解决方案和表达形式。译者希望向读者展示这次探险的所有奇迹——虽然无法完全成功，因为自己的经历总是无法传达给他人。尽管如此，译者试图引导读者，让一本书成为一条散步的路，类似于译者试图向读者展示自己最喜欢的地方，这样读者能够欣赏风景，而没有译者曾经前往目的地的重负。

19 世纪德国哲学家施莱尔马赫提出，翻译的任务就是在读者和作者轴上寻找权衡：“译者要么尽量让作者保持安宁，让读者前来迎接，要么尽量让读者保持安宁，让作者前来迎接。”翻译理论家劳伦斯·韦努蒂进一步深入探讨了这个问题，警示翻译中的民族中心倾向，以及通过异化翻译来开放向他者的改变，翻译的任务就要抵抗这些民族中心倾向。翻译理论家乔治·斯坦纳将翻译对象与拓扑学研究放在一起，其中一个对象在变换过程中仍然保持不变的属性，也就是说，翻译的文本也有一种不变的属性，跟具体的语言无关。提到这个属性的特点，我就想起来中国翻译家傅雷的话，“翻译应当像临画一样，所求的不在形似而在神似”。葡萄牙翻译家米格尔·塞拉斯·佩雷拉提到“无人之语”的说法，指的是源语言和翻译语言之间存在一种公共空间。葡萄牙翻译家约翰·巴伦图提出的原文和译文之间的“第三声”也是翻译过程中的相似寓意。这些生动的描写也都为翻译者做好了充分的准备，让译者意识到翻译中的所有含义。这些说法阐明了翻译过程中所存在的复杂性。

然而，我认为翻译研究中的不同理论和策略并不是为译者自己做僵硬的选择，不要基于译者自己对世界的看法。多种多样的理论都构成了一系列方法，不仅仅是为译者选择，而尤其是为原文本身选择：翻译对象的特异性决定翻译过程的方向。因此，在不同类型的翻译中，如科学文章、文学作品、儿童文学故事、商业合同、电影字幕等等，可以应用不同的思维和方法。巴伦图对诗歌翻译的观点很好，其实这对于文学翻译也非常有用：“学习翻译和教授翻译诗歌的课程并没有先验的理论。但是，确实有一些原则和策略，这些原则和策略是从一种始终相似但每种情况都不同的实践中得出的。由此可见，要想翻译一位诗人（的作品），并不需要拥有任何理论，但肯定需要找到一种方法，找到一条自己的道路——走来的时候，最好是更适合他人走而不是自己。”

我认为，了解这些理论问题对于翻译实践是必不可少的。理论知识不仅补充实践方面，更重要的是，理论让译者意识到译文中看不见却起决定性作用的内容，从而改善译者自己的翻译实践。

论最近几年中国文学在俄罗斯传播的情况

[俄罗斯] 罗季奥诺夫

罗季奥诺夫（Aleksei Rodionov），俄罗斯翻译家、中国文学博士。现任俄罗斯圣彼得堡大学东方系常务副主任、教授、博士生导师，在2004—2022年间，召集了十届远东文学研究国际学术研讨会，分别以巴金、鲁迅、郑振铎、陆游、郭沫若、老舍、茅盾、韩愈、蒲松龄、白居易为主题。在2003—2023年间，翻译了25篇中国现当代小说，包括老舍、贾平凹、冯骥才、韩少功、阿来、毕飞宇等的作品。策划出版了33部中国现当代小说译文集，也任这些文集的责任编辑。2021年以来，负责协调俄罗斯的中国文学读者俱乐部的活动。

俄罗斯人爱读书，根据GfK 2017年的调查，在阅读方面俄罗斯位居世界第六位，29%的俄罗斯人有每天读书的习惯[①]。根据NOP World Culture Score Index，俄罗斯在世界读书排名占第7位，俄罗斯人每周在阅读上平均花7个小时6分钟[②]。值得注意的是，俄罗斯人的读书兴

① 引自statista网站文章：*Frequency of Reading Books in Selected Countries World-wide in 2017*。

② 引自contentblvd网站文章：*Which Country Reads the Most? Average Books Read Per Year by Country*。

趣并不局限于俄罗斯文学，而是对世界文化持有开放的态度，对外国文学译作非常热衷。比如，2023 年上半年出版最多的 20 位作家当中有 12 位是外国人（金、克里斯蒂、奥威尔、雷马克等），而只有 8 位是俄罗斯人（陀思妥耶夫斯基、托尔斯泰、果戈理、布尔加科夫、阿库宁等）。另外，2020—2022 年位居第一名的作家是美国人斯蒂芬·金，而俄罗斯作家陀思妥耶夫斯基才排名第二。从整体出版情况来看，2022 年外国图书译自 106 种语言。另外，外译版本占图书市场的份额连续几年上升：2019 年为 15.7%，2020 年为 16.1%，2021 年为 16.9%，2022 年达到 18.2%。[①] 这一趋势证明外国文学对俄罗斯人的吸引力不断增加，其在俄罗斯进一步传播的前景是比较乐观的。

说到最近中国文学在俄罗斯图书市场的位置，我们要清醒认识到，尽管俄中两国之间的文学交流接近 300 年，但因文化差异和对政治的过度依赖一直存在着不平衡和不稳定的问题。众所周知，20 世纪 40 年代至 80 年代俄苏文学对中国读者来说是最重要的外国文学，90 年代以来，俄苏文学在中国的位置发生了明显的弱化，目前俄苏文学在中国排名第六。中国文学虽然历史悠久、内容丰富，但长期以来（包括 21 世纪）在俄罗斯的传播和接受，没什么值得骄傲的成绩。中国古典文学确实具有固定的、且规模不大的读者群，但俄罗斯读者对现当代文学早就形成了难以克服的偏见。20 世纪末至 21 世纪初，古典文学占在俄罗斯出版的中国文学作品的 80%，一般每年会出版 15 部左右，其中现当代作品才有 1—2 部。比如，2009—2018 年，俄罗斯出版最多的中国文学作品是《论语》（51 个版本）、《孙子兵法》（30 个版本）、《道德经》（28 个版本）、《易经》（18 个版本）。不过最近几年中国文学在俄罗斯的传播发生了数量上的和性质上的变化。随着中国的崛起、俄中两国关系的加深，以及中国政府对文学推广的支持，不仅俄罗斯的

① 引自《俄罗斯图书市场报告：现状、趋势和前景》（2023），第 14 页。

"汉语热"进一步升温，广大读者也开始越来越关注中国文学，尤其是当代文学。表1显示，2014年起，中国当代小说的译介在数量上出现了"腾飞"，并最终超过了古典文学的译介。与此同时，表1和表2显示，2014年以来，中国当代文学的译介虽然在规模上有了提升，但不太稳定，个别年度还出现下跌。这种情况说明，中国文学在俄罗斯的传播不是顺水推舟，而是披荆斩棘，图书市场的竞争比较激烈，中国文学的知名度在广大读者的心目中还不够深入人心。

表1　21世纪中国当代小说在俄罗斯的出版情况

年度	版本数量	年度	版本数量	年度	版本数量
2000	0	2008	2	2016	32
2001	0	2009	0	2017	14
2002	1	2010	0	2018	12
2003	2	2011	1	2019	8
2004	1	2012	3	2020	15
2005	1	2013	2	2021	36
2006	4	2014	12	2022	35
2007	6	2015	14		

表2　21世纪中国当代小说在俄罗斯的发行情况

年度	发行量	年度	发行量	年度	发行量
2000	0	2008	15 000	2016	40 100
2001	0	2009	0	2017	27 500
2002	4 000	2010	0	2018	30 000
2003	2 000	2011	1 000	2019	14 500
2004	1 000	2012	18 000	2020	25 500
2005	5 000	2013	14 500	2021	60 000+
2006	18 000	2014	39 500	2022	300 000+
2007	16 000	2015	23 500		

到现在为止，对中国当代文学译介最成功的一年是 2021 年。那一年，俄罗斯 16 家出版社发表了 36 部中国当代小说，包括 17 部写实小说（如莫言的《四十一炮》、阿来的《空山》、张悦然的《茧》等）、14 部儿童文学（如杨红樱的《寻找快活林》、张炜的《寻找鱼王》、张学东的《家犬往事》等）、3 部科幻小说和 2 部侦探小说。36 部书中有 32 部是首版，4 部是再版。再版书数量较少，这跟大部分图书是非商业性质、推广不足有关系。另外，29 部译自中文，7 部译自英文。通过英文转译的中国文学作品主要包括科幻小说（如刘慈欣的等）和侦探小说。考虑到俄罗斯并不缺少中国文学翻译人才，这是一些大出版社令人不快和不太健康的纯经济行为。

最近十年，中国当代小说被比较全面地介绍给了俄罗斯读者。200 多位作家的 400 多部作品被译成俄文。在长篇小说中，被翻译最多的作家是曹文轩（7 部）、莫言（6 部）、刘震云（6 部）、刘慈欣（5 部）、张炜（5 部）、余华（3 部）、东西（2 部）、墨香铜臭（2 部）。不过，要承认中国作家还没有进入作家排行榜前 20 位，他们的名字和作品远远不是每个俄罗斯人都知道的。引人注目的是，从 2022 年起，中国网络文学快速进入了俄罗斯图书市场，并取得了突出成就。中国网络文学在俄罗斯拥有了广泛且积极的读者群，大部分是 15—20 岁的女青年，这些粉丝在线上线下开展积极的交流活动。中国网络文学在俄罗斯少年读者中火爆传播会长远影响整个中国文学乃至文化在俄罗斯的推广。

中国文学越来越受俄罗斯读者欢迎的另一个表现是文学获奖情况。长期以来，中国文学不仅没有在俄罗斯获奖，甚至没有被提名。自 2019 年起，每年都有中国当代文学作品进入托尔斯泰庄园文学奖最佳外译小说奖的提名名单，包括毕飞宇的《推拿》，刘慈欣的《三体》，刘震云的《一日三秋》《吃瓜时代的儿女们》《我不是潘金莲》，莫言的《蛙》，张悦然的《茧》，余华的《兄弟》。2022 年，余华的《兄弟》获奖。这个情况跟2012年莫言获诺奖一样引起了俄罗斯读者对中国当代文学的关注。

2023年，普斯科夫话剧院上演了根据莫言的《蛙》改编的同名话剧。这是30多年来，俄罗斯剧院第一次上演中国话剧。观众、专家和媒体的反应非常好。相信这一举措为中国话剧走进俄罗斯打开了通道。

上述数据证明，最近十年中国文学在俄罗斯的传播明显更加活跃。当然，俄罗斯外译图书市场仍然以英美文学为牵头，而且其他文学短中期内难以赶上，但英译图书的份额正在慢慢下降[①]，比如，2020年为61.7%，2021年为60.6%，2022年为59.2%[②]。这意味着其他语种的总体份额在上升，其中中国图书的份额越来越突出。

表3显示，2021年，中国图书首次进入俄罗斯外译图书十强，位居第9位；2022年，升至第8位；2023上半年升至第6位，超越了西班牙文学和瑞典文学。需要说明的是，表3的图书包括各种门类，如文化读物、科研专著、教科书等，其中文学仅占1/3。据我看，考虑到俄罗斯的文化属性、俄罗斯人几百年来的阅读习惯，中国文学在俄罗斯读者的心目中较难代替英美、德国和法国文学，但完全有能力进入俄罗斯外译文学前5名。

表3　2021—2023年上半年俄罗斯出版最多的外译图书情况

2021年			2022年			2023年上半年		
排名	来源语言	版本数量	排名	来源语言	版本数量	排名	来源语言	版本数量
1	英文	11 126	1	英文	11 674	1	英文	5 059
2	德文	1 315	2	法文	1 286	2	法文	553

① 其实英译图书中有相当一部分不是英美图书，而是英文转译的其他国家图书，包括中国图书在内。

② 引自《俄罗斯图书市场报告：现状、趋势和前景》(2021、2022、2023)。

续表

2021 年			2022 年			2023 年上半年		
3	法文	1 267	3	德文	1 255	3	德文	531
4	日文	411	4	日文	489	4	日文	245
5	意大利文	344	5	意大利文	301	5	意大利文	160
6	瑞典文	245	6	瑞典文	228	6	中文	101
7	西班牙文	173	7	西班牙文	172	7	西班牙文	95
8	波兰文	132	8	中文	171	8	瑞典文	84
9	中文	132	9	波兰文	153	9	波兰文	66
10	挪威文	不详	10	挪威文	108	10	挪威文	49

最近十年，中国文学尤其是其当代文学在俄罗斯的崛起及得到认同，离不开很多因素，如中国文学佳作的译介和推广、中国政府外译扶持政策、两国文化交流的累积效应、俄罗斯社会了解中国的需求在上升、俄罗斯人世界观的演变等，相信这些因素接下来会进一步推进中国文学在俄罗斯的传播。

让俄罗斯了解中国文学：“中国故事”翻译项目

[俄罗斯] 罗子毅

罗子毅（Roman Shapiro），俄罗斯翻译家。俄罗斯国立人文大学语言学系、莫斯科大学亚非学院中文系毕业。郑州大学外国语与国际关系学院副教授，在俄罗斯、德国、葡萄牙教授短期中文翻译课程。主要译作包括李敬泽《风吹不起》，余华《活着》《许三观卖血记》《文城》，贾平凹《商州初录》，王安忆《云底下》《小东西》。

在这篇文章中，我将谈谈我在莫斯科 TEXT 出版社主持的中国古典和现代文学“中国故事”翻译项目。该项目旨在告诉俄罗斯读者从古至今的中国人如何从文学角度看世界。在该项目的框架内，苏联和俄罗斯汉学大师的经典译本将被重新出版，而新译本将由现代知名俄罗斯翻译家翻译。以下是“中国故事”项目的未翻译作品初步清单的简介。

1. 老舍的一部优秀的长篇小说《四世同堂》，讲述了二战期间日本占领区内中国人的生活。写于 1942 至 1944 年间的小说《四世同堂》以其现实主义风格而闻名。首先，这是一个家庭故事。小说以祁老人的生日为开篇，他是一位族长，全家住在北京小羊圈胡同里。他为自己的长寿而感到自豪，因为他甚至可以见到自己的曾孙。他只是担心自己的生日庆祝会因为日本人的战争爆发而受到影响。第二代看起来比不上他。第三代以兄弟三人为代表。老大受过教育，教英语和中文。老三是一位充满理想的学生，离开北京加入游击队。另一个弟兄是个胆小鬼，总是让妻子主导一切，最后与敌人勾结。小说中的冲突不仅发生在家庭的各个成员之间，也发生在大家庭与国家之间、北京与中国其他地区之间。文中无数对人民生活和取之不尽的城市之美的描述，使北京成为小说的主题。

2. 苏童的小说《米》，于 1991 年写成。《米》以 20 世纪 30 年代的中国为背景，讲述了一个城市家庭收养了一位名叫五龙的年轻人后彻底瓦解。五龙是一位来自外省的饥饿流浪者，对权力和性的欲望是无法被满足的。在这部引人入胜的小说中，苏童探索了饥饿、性和残忍之间的联系。大米被用作食物和货币、春药和性刑具、谋杀武器，以及一切美好事物的象征。《米》华丽而感性，将离奇的喜剧与黑暗的暴力色调相结合，以令人催眠的美丽散文写成，是一部具有惊人丰富性和疯狂创造力的小说。

3. 苏童的小说《碧奴》，于 2006 年写成。北山脚下的桃村，人们再也不敢哭泣。新国王禁止哭泣，否则会被处以死刑。因此，碧奴的泪从她的头发和手指上流下来。除了眼睛，她的整个身体都能流泪。自从她的丈夫岂梁和数千名工人一起被强行带到大燕岭另一边修筑长城失踪后，她一直伤心欲绝，最后碧奴决定跨越千里之隔，拯救岂梁免于死亡。当碧奴克服一切危险，带着一只盲青蛙作为她唯一的陪伴，去寻找她的爱人时，她非凡的旅程就开始了。碧奴的故事是一段童话之旅，是一个关于爱情与死亡、勇气与激情的故事，是苏童对这个著名中国传说的神奇探索。

4. 冯梦龙的“三言”，成于明末。从年轻时起，冯梦龙就被认为是一位伟大的、原创的人才，他有自己的脾气和独立的判断力。他是一位杰出的剧作家、散文家和诗人，但他主要以民间艺术和文学作品的收藏和编辑而闻名。他收集爱情散文《情史》，编撰民歌集《山哥》、寓言故事《智囊》、历史笑话《广林笑府》等。最重要的是，冯梦龙被认为是1620年至1627年出版的“三言”的编撰者和编辑，该集共3本，每本40个故事，以话本体裁写成：《喻世明言》（1620），又名《古今小说》；《警世通言》（1624）；《醒世恒言》（1627）。

冯梦龙将话本体裁提升到了《水浒传》《三国演义》等中国文学名著的水平。收集的内容有冯梦龙修订的宋元话本，也有他自己创作的“拟话本”。作品以白话写成。“三言”中的各种故事（侦探故事、爱情故事、轶事等），为当时的城市生活提供了一幅不同寻常而生动的图画，对古典文学爱好者以及研究明末清初中国社会、经济、宗教的历史学家而言极为有趣味。冯梦龙故事的主人公有的是慷慨赴义或展现爱国主义精神的历史人物，有的是王安石、苏轼等政界元老和学者，还有一些像作者那样事业失败的学者。常见的主题有爱情的专一与正义和报应等。

5. 余华的小说《文城》，于2021年写成。在这个故事中，有承诺，有对爱的追求，有宽恕，还有漫长的旅程。林祥福出生于清末民初的一个富裕家庭。他的生活就像他的北方祖先的一代代一样，收取租金，与雇农一起辛勤干活，将一根一根的金条藏在自家的墙壁里，并拒绝所有媒人提供的新娘。不料，小美带着一个自称哥哥的男人出现在他家。哥哥很快就消失了，并承诺会回来，而小美则留下来。她让林祥福恢复了因父母早逝而失去的温暖。起初她只是料理家务，然后成为他的妻子。突然，小美带着钱消失了，但过了一会儿又带着孩子回来了。林祥福原谅了她，爱意更浓。他不再同意像他的祖先那样生活。当妻子再次失踪时，他卖掉了房产，带着金条南下寻找小美。他一生都没有找到文城，最后被埋葬在北方的故乡。原来小美小时候曾嫁到沈家，她的婆婆充满了封建偏见，对待她很严厉，意志薄弱的公公和丈夫对她没有任何帮助。有一次，小美不问就拿了铜钱，婆婆决定把她送到娘家住几个月。当公公和丈夫极力阻止时，婆婆宣布儿子要与小美离婚。小美离开前夕，丈夫第一次对她表示尊重，然后带着她离家出走，小美对他充满了真挚的感情。到了上海，小美甚至不惜出卖自己来养活丈夫。后来他们到了北方，结识了林祥福并请他允许他们在他家过夜。得知他很有钱后，他们决定欺骗他，以骗取回家的钱。林祥福真心爱着小美，她也被悔恨所折磨。从此，她一直在两个丈夫之间徘徊，无法做出选择。她最终在一场暴风雪中去世。

所有的主角都以自己的方式徘徊。书中的事件发展迅速，有时令人难以置信，有时就像电视剧的情节。读者在《文城》的页面上遇到了富翁和穷人、农民和城镇居民、和平的人和强盗。余华说："《活着》《许三观卖血记》是写实主义小说，《文城》是传奇小说。写实小说由人物带动故事，传奇小说用故事带动人物。"

当小美问丈夫"文城在哪里"，他回答说"总会有一个地方叫文城"。

6. 迟子建的小说《额尔古纳河右岸》，于2005年写成。这是一部通过一位鄂温克老妇人的口吻来讲述20世纪鄂温克人生活的小说。在这部充满爱与失落的史诗中，一位来自中国东北一个偏远驯鹿放牧部落的妇女，讲述了她的家庭和国家的历史。

"我是雨和雪的老熟人了，我有九十岁了。雨雪看老了我，我也把它们给看老了。"

20世纪末，一位老妇人坐在白桦林中，回忆着她的生活、她的爱情，以及她的家族和过去的欢乐和悲伤。她属于鄂温克族，与成群的鹿一起漫游在中国东北的茂密森林中，与最美丽、最残酷的大自然紧密合作。

在河边玩耍的田园诗般的童年随着父亲的去世而结束，她逐渐意识到母亲和叔叔的关系并不像她想象的那么简单。然后，到了20世纪30年代，日本军队入侵中国，这个部落亲密、与世隔绝的世界被打破了。鄂温克人不可避免地被卷入一场暴力冲突，这标志着他们走向结束孤立的第一步……

茅盾文学奖获得者迟子建在小说《额尔古纳河右岸》中，创作了一部令人眼花缭乱的史诗，讲述了一位非凡的女性不仅见证了自己部落的历史，也见证了中国的变迁。

7. 金庸的小说《雪山飞狐》，于1959年写成。西方人把金庸叫作“中国大仲马”。

明末李闯王战败后，退至九宫山，将宝箱托付给四大护卫之首胡护卫。另外三名护卫苗、范和田，因试图夺取箱子而杀死了胡。一百多年来，四大护卫的子孙不断地寻宝、互相残杀，却没成功。被誉为“雪山飞狐”的英雄胡一刀之子胡斐，淡泊海量宝藏，只想与心爱的女友苗若兰永远在一起。然而，他却不得不与她的父亲展开殊死搏斗。

同一本书中，还将包括金庸短篇小说《越女剑》的翻译，那是一个中国古代爱情与复仇的故事。

本人希望“中国故事”翻译项目将成为在俄罗斯推广中国文学的新一步。

从阳春白雪到大众通俗

［俄罗斯］ 林雅静

林雅静（Alina Perlova），俄罗斯翻译家。毕业于新西伯利亚国立大学东方部东方学专业，曾在大连外国语学院进修汉语。现为新西伯利亚国立大学孔子学院教师。主要译作包括汪曾祺《陈小手》、韩少功《马桥词典》、邱华栋《龙袍》、艾伟《欢乐颂》、乔叶《良宵》、张悦然《茧》等。

距离上次汉学家文学翻译国际研讨会已经过去五年了，这五年间世界发生了许多巨大的、戏剧性的变化。

记得上次研讨会上我一直感叹，中国当代文学在俄罗斯书刊市场的地位离理想还很远。确实，当时俄罗斯普通读者一般不怎么了解中国当代作家，而出版者又对中国文学保持警惕的态度。可是短短的五年中发生了相当大的变化。有些批评家和记者甚至说中国文学在俄罗斯市场上正在经历着前所未有的兴旺。

我个人的观点更谨慎，“兴旺”这个说法可能有些夸大，可是我们可以肯定地说，中国文学在俄罗斯文学界终于占据了其应有的地位。之前对俄罗斯读者来说，中国文学一直是一种“阳春白雪”，我上课的时候问学生们："你们知道哪些中国作家？喜欢哪些书？"他们十有八九会说没读过当代小说，读过的只会叫出几个华裔华侨的名字。可是现在的学生们十有八九会说读过刘慈欣、宝树、麦家或者流行的网络文学作家，不仅如此，有些学生因为读过刘慈欣或者网络文学作家的作品，对中国文化产生兴趣，才考入我们东方部学中文。现在已经不是老师来催学生们读中国当代作家的著作，而恰恰相反，学生们来找老师说："老师读过《荒潮》吗，印象怎么样？""还没读过吗？为什么呢？"

可见，俄罗斯读者对中国当代文学表现出明显的兴趣。值得注意的是，有时甚至出版者也无法跟上读者的兴趣。比如说，刘慈欣在俄罗斯的早期翻译都是非官方的粉丝翻译。

那么，这种兴趣从何而来？中国文学在俄罗斯书刊市场上的地位为什么会发生这么显著的变化？我也时常问自己这些问题。应该说，这个结果不是单一因素造成的，而是多种因素共同作用的。

下面我尝试列出这些因素。

首先必须要说的是，没有人是一座孤岛，也没有市场存在于真空中。俄罗斯书刊市场并不是孤立于世界市场的，所有的全球趋势都可以在它身上找到踪影。我们不得不承认，过去十年，中国文学在西方的受欢迎程度一直在增长，尤其是科幻小说。2015 年《三体》获得雨果奖后，西方出版者不仅开始积极翻译出版刘慈欣的书，还开始翻译出版其他中国科幻作家，如宝树、陈楸帆、韩松、江波等作家的书。经过一段时间的延迟，对中国科幻小说的热情传到了俄罗斯。尽管俄罗斯读者读到的中国科幻都是从英文译本而不是从原文译出的，但是在熟悉了中国科幻作家的作品后，许多俄罗斯读者意识到中国文学并不像想象中那么复杂和遥远，并对其他中国作家产生了兴趣。

另一个重要因素是全世界对中国大众文化日益浓厚的兴趣。值得注意的是，就在十年前，在这一领域占据主导地位的是日本和韩国，而中国流行文化只在狭窄的圈子里为人所知。可是目前中国流行文化也已经赢得了自己的一席之地。世界各地的玩家都沉迷于中国网游《原神》，世界各地的观众都沉迷于中国《三生三世十里桃花》《香蜜沉沉烬如霜》《微微一笑很倾城》等电视剧，他们自然而然地对中国漫画及网络小说也产生了兴趣。

有些记者和专家指出，中国文学在俄罗斯日益受欢迎的原因之一是西方因俄乌战争而对俄罗斯实施制裁，这带来的影响是，斯蒂芬·金、J. K. 罗琳等西方作家拒绝在俄罗斯出版他们的作品。不过我觉得这个因素的影响不是很大，如果读者在书店的书架上找不到喜爱的《它》或《哈利·波特》，他们更有可能去下载盗版，而不太可能接受自己不熟悉的东方作家。但我完全承认上述因素对出版者会有一定的影响。

还有一个因素可以说是我们共同的努力，即中国作家、中国作协、俄罗斯译者、出版者、推广者的努力终于有了成果。令人欣慰的是，俄罗斯读者不仅对中国大众文学有了兴趣，余华、阎连科、刘震云、张悦然等作家的作品也很受欢迎。2022 年，余华的《兄弟》获得“亚斯纳亚·波利亚纳文学奖”，这是俄罗斯最负盛名的文学奖之一。今年，张悦然的《茧》也入围了“亚斯纳亚·波利亚纳文学奖”的短名单。可以说，《茧》在俄罗斯算是一部畅销书，许多读者期待张悦然的新作问世。

正如我所说，在上述因素的影响下，中国当代文学在俄罗斯市场上的地位有了明显的提高。以前，在选择要翻译的作品时，我不得不考虑如何将这个作品“卖”给出版者，也就是“卖”给读者。而现在我在选择要翻译的作品上变得更加自由。译者完全可以选择翻译非大众文学，也不用担心无法为自己喜爱的作品找到出版者。2021 年，我向一家私人出版社建议将韩少功的《马桥词典》翻译成俄语，虽然《马桥词典》属于纯文学、精英文学、哲学文学，在俄罗斯不会有巨大的印数，可是出版者还是很快就答应了。

尽管如此，也必须承认，中文文学在俄罗斯的出版和推广方面还存在着不少问题。比方说，俄罗斯仍然缺乏中文译者和编辑。主要是由于出版社的翻译稿酬非常低，汉学家基本上不愿意做文学翻译。另一个更让人担心的问题是，很多俄罗斯出版者，包括出版业巨头，在翻译中国当代著作时完全不看中文原文，大部分译本都是从英译本转译过来的。并非所有的出版者都关心最终译本的质量，他们更关心利润和销量，而转译的成本更低，速度更快，经营更高效，更有利可图。同时，一些出版者甚至声称从英译本转译过来是中国作家或作家代理的要求。例如刘慈欣和其他中国科幻作家在俄罗斯的出版者就是这么声称的。事实是，在这样的转译中难免出现巨大损失，很多细微差别都被忽略，转译也无法表达原文的风格和节奏特征，只剩下干巴巴的情节。因此，我想向各位中国作家提出建议：与国外出版社合作时，请您坚持翻译必须从中文原文翻译，而不是从英文转译，这可能会对您的书在国外的命运产生很大的影响。

即便如此，我还是希望我们一起克服一切问题，希望中国文学在俄罗斯的地位能够不断加强，以便越来越多的读者认识中国作家和他们的著作。

我的中文情怀与翻译历程：为更好理解中国现当代文学

［韩国］ 朴宰雨

朴宰雨（Park Jae Woo），韩国翻译家。毕业于韩国首尔大学中文系。现任韩国外国语大学荣誉教授兼博士生导师、陕西师范大学人文科学高等研究院特聘研究员、国际鲁迅研究会会长、中国社科院季刊《当代韩国》韩方主编。主要译作包括毛泽东《在延安文艺座谈会上的讲话》、茅盾《腐蚀》、巴金《爱情三部曲》、莫言《莫言散文新编》、金仁顺《彼此》、李浩《一个国王和他的疆土》、孙郁《鲁迅与现代中国》、王富仁《中国需要鲁迅》。组织翻译了铁凝、莫言等作家的短篇小说集《吉祥如意》和舒婷等诗人的《2017 韩中日诗选集》等。多次获得韩国瓦达优秀研究奖，2003 年获中国驻韩大使馆中韩教育交流功劳奖，2019 年获韩国总统教育勋章。

一

我曾经有过几次讨论中国文学外译问题的机会，或简或详地提到了自己的翻译历程。不过，这次论坛让我有机会正式对我过去的翻译经历加以梳理，说说感受和体会。我看，这也很有意思了。

回顾我的漫长的几十年翻译历程，大概可以分成几个阶段吧。

第一时期算是“翻译练习期”，从1974年到1984年。我1973年进入首尔大学中文系，在韩国军部政权下的黑暗现实里，1974年命运般地遇到鲁迅。在对中国现代文学的理解过程中，我主要热衷于向韩国民主进步运动界介绍、推广鲁迅。

第二时期是“中国现代进步文学翻译期”，从1985年到1989年。当时我在韩国撰写台湾大学的博士论文《史记汉书传记文比较研究》，不过在同时对中国革命与文学的热情关注下，满怀激情地翻译中国现代的进步文艺理论与文学作品。

第三时期是“开始了解中国当代文学以及初步翻译期”，从博士论文通过的1990年到2004年。在对改革开放后中国现当代文学研究新成果的探索过程中，我对新启蒙观点的学术著作与当代的有缘分的一些个别作品进行了翻译。

第四时期是“中国当代文学的热情翻译及中国鲁迅研究名著的积极翻译期”，从2005年到现在。在和中国作家协会的缘分下，我与一些中国作家开展了广泛交流，抱持着深度了解当代中国社会、人民与文学的期望，对中国当代短篇小说、诗歌、散文、演讲、学术著作等不断进行翻译，也主持翻译了《中国鲁迅名家精选集》丛书（10部）。2021年3月，我荣幸担任了“亚洲经典著作互译计划”的韩国专家委员会主席。现在正和中方专家委员会合作，推动韩中经典互译活动。

二

我与中国文学的相遇，始于五十多年之前的高中一年级。当时我就接触到屈原的《渔父辞》、陶渊明的《归去来》、韩愈的《师说》等一些中国古典作品的原文，也学习了用韩文解读。对我来说，这就是翻译中国文学作品的开端。高中毕业时，在此基础上，我选择了中文专业。1973 年进入首尔大学中文系之后，我开始学习现代汉语。大二时，是第一时期我的“翻译练习期”（1974—1984）的开头年。我接到首尔大学文理学院学生学报社《形成》记者的约稿，才知道鲁迅这位中国现代“精神界的战士”的存在。20 世纪 70 年代正值韩国民主变革运动的热潮，在资料受限的情况下，我抱着向往的心情与激情，如饥似渴地阅读了鲁迅的作品，根据收集到的一些资料，终于写出《鲁迅的文学与思想》一文。在此过程中，我从鲁迅那里得到了很多的灵感和启发，并把它们当作一辈子前进的动力之一。大三的时候，系里安排了“中国现代文学”课。我印象里有鲁迅的《故乡》、巴金的《月夜》、冰心的《超人》、张天翼的《华威先生》等短篇佳作，都以习作的性质进行翻译。因为这样的经验，在我撰写本科毕业论文的时候，也选择了鲁迅作为主题。当时在韩国缺少来自中国大陆的资料，我参考日文、韩文和英文资料，写成了《鲁迅的时代体验与文学意识的展开过程》。这篇毕业论文的缩减版后来登载于《文学东亚》创刊号（1980 年 3 月），对我的鼓励是很大的。

当时在韩国，没有一本像样的介绍鲁迅的书籍。因此我开始策划，并参与翻译日本鲁迅研究专家丸山昇的代表作《鲁迅——其文学与思想》。经过一位中文教授的监修与校对，1982 年年底，终于以《鲁迅评传》的书名出版了。这本书当时在韩国非常有启发性，受到很多知识分子与中文学生的关注。

在第二时期我的“中国现代进步文学翻译期”（1985—1989）里，以前被禁的中国现代进步文学作品，如巴金的《家》等，从 1985 年开始被翻译到韩国，我也受到刺激与鼓励。同年，在三家出版社的支持下，我开始编译理论著作《文学的理论与实践》的中国部分，并翻译巴金长篇小说《爱情三部曲》和几篇短篇小说以及茅盾长篇小说《腐蚀》等，1986 年，我一下子出版了三部翻译著作。《文学的理论与实践》的中国部分包括了毛泽东的《在延安文艺座谈会上的讲话》、陈独秀的《文学革命论》、瞿秋白的《大众文艺的问题》，以及丸山昇的《革命文学论战中的鲁迅》等八篇理论性、研究性文章。《爱情三部曲》（上、下）的下编也包括了《月夜》《奴隶底心》等几篇巴金的短篇小说。这三部中国现代进步文学理论与作品的翻译出版，对当时年轻的我来说，很有成就感，也为后来从事中国当代文学翻译打下了基础。

我的博士论文（1990）通过之后，在探索改革开放后中国现当代文学研究新成果的过程中，我发现了对新启蒙观点的不少有价值的学术著作。我主持翻译出版了陈思和的《中国新文学整体观》（1995）和严家炎的《中国现代小说流派史》（1997），也有机会接触当代的一些个别作品，把西川的散文《通过解放过去解放未来》与王锦民的散文《天帝的棋局》翻译成韩文，收载于散文集《时间的解放》（1999）。我还翻译了铁凝的短篇小说《意外》，登载于韩国的文艺月刊《现代文学》2002 年第一期。我翻译了当代作家们写的《中国寓言选》（17 篇）并加注，该文选以单行本形式出版（2004）。

三

在第四时期“中国当代文学的热情翻译及中国鲁迅研究著作的积极翻译期”（2005 年至现在），2005 年，我担任了由韩国大山文化财团和韩国文化艺术委员会共同举办的第二届首尔国际文学论坛的组织委员，负责邀请中国作家，并最终推荐了莫言和北岛，由此开始认识中国当代顶级作家和诗人。2007 年，我通过莫言，和中国作家协会结下不解之缘，担任了年底举办的“韩中作家大会”的桥梁角色，也接到了中国作家协会的提议，有了组织编译项目“中国当代中短篇小说”

（13 篇）的机会。其中我亲自翻译了铁凝《逃跑》和莫言《吃事两篇》两篇。2008 年 5 月，13 篇以《万事亨通》之名出版了韩文版。这次组织编译虽然分量有限，但正符合我想深度了解当代中国的社会、人民与文学的期望。值得一提的是，铁凝《逃跑》的韩文版，后来被韩国一本高中国文教科书收入，发挥了相当大的影响。

后来，我继续担任组织委员，先后参与了韩中日东亚文学论坛组委会（韩国大山文化财团与韩国文化艺术委员会、中国作家协会、日本大江健三郎推荐的作家团）举办的“韩中日东亚文学论坛”（2008 年在韩国首尔和春川、2010 年在日本北九州、2015 年在北京与青岛、2018 年在韩国首尔和仁川等，共举办了 4 次）与韩国首尔国际文学论坛组委会举办的“首尔国际文学论坛”（2011 年与 2017 年在首尔举办），以及韩国诗人协会主办的“东亚诗人大会”（2016 年在韩国平昌举办）、“韩中日诗人庆典”（2017 年在韩国平昌举办）等活动。在过程当中，我也和很多中国作家、诗人结下了友谊，不断翻译中国当代短篇小说、诗歌、散文、演讲、学术著作等，又主持翻译了“中国鲁迅名家精选集”丛书（10 部）。

2018 年担任第四届“韩日中东亚文学论坛”组委期间，我参与翻译的中国作家作品有不少，如铁凝的《时间和我们》、张炜的《林与海与狗》、苏童的《传统：民间想象力的利用》、王威廉的《写作在召唤和创造着阅读》等演讲稿，又如铁凝的《春风夜》、苏童的《万用表》、邱华栋的《玄奘给唐太宗讲的四个故事》、王威廉的《野未来》等短篇小说，都让人感觉到从某种意义上“深度了解当代中国的社会、人民”，也让人体会到近年来中国作家视野与创作艺术方法的拓宽与作品水平的提高。

2011 年担任第三届“首尔国际文学论坛”组委期间，我翻译了与会中文作家的演讲稿，如韩少功的《需求与欲求》、刘再复《多元社会中的“群”“己”权力界限》等，后来收载于《世界化中的写作》

(2011)。

2017年担任第四届“首尔国际文学论坛”组委期间，我又翻译了余华演讲稿《我们与他们》，后来收载于《新的环境里的读者》(2017)，而同时由我负责举办的“第九届中华名作家国际文学论坛：余华与东亚”中，余华的演讲稿《东亚与我》也由我翻译，收载于论坛论文集(2017)。在之前，2015年8月，阎连科参加韩国举办的“东亚和平会议”，其演讲稿《该隐、亚伯和理性的人》也由我翻译，收载于会议资料集。

在韩国诗人协会举办的“2016东亚诗人大会”里，我担任中方诗人团的组委，参加翻译了王家新的《在韩国安东乡间——给黄东奎先生》、孙晓娅的《落日与村庄——高铁京沪线过泰安有感》等7位诗人的21首诗歌，收载于《东亚的和平、生命、友情：2016东亚诗人大会作品集》。在“2017韩中日诗人庆典”里，我又负责翻译了舒婷的《神女峰》、叶延滨的《一颗子弹想停下来转个弯》等19位诗人的57首诗歌，收载于《2017韩中日诗选集》。后来我又参与翻译了吕进的《诗，可以群》、唐晓渡的《必要的乌托邦：绿色和彩虹的力量》等4位诗人的演讲稿与潇潇的《首尔在我心里》等23首旅韩诗歌，以及卢文丽的《韩国姑姑》等4篇旅韩游记，收载于《2017韩中日诗人庆典纪念文集》。

从2009年开始，我在韩国民音社季刊《世界的文学》与中国社科院文学所的双月刊《世界文学》之间担任了“桥梁”角色，每年将民音社推荐的1篇韩国短篇小说转给中方《世界文学》，也翻译1篇中国当代作家的短篇小说，收载于韩方《世界的文学》。我翻译的作家作品如下：毕飞宇的《相爱的日子》(2009)、金仁顺的《彼此》(2010)、黄凡的《女校先生》(2011)、李浩的《一个国王和他的疆土》(2012)、陈昌平的《特务》(2013)等。我通过翻译发表中坚与新锐作家的作品，把中国作家的认真面貌与新鲜印象都展现给了韩国读者。

另一方面，从2004年开始，我和中国香港著名作家、《明报月刊》总编辑潘耀明结交，推动了韩国与香港之间的文学、学术交流。2012年，我们在商量之余，组织翻译了香港的代表性小说集《“月媚阁”的饺子》和散文集《那一身灿烂的嫣红》以及诗歌集《越过维多利亚港》。其中，我亲自翻译的散文作品有彦火（潘耀明）的《那一身灿烂的嫣红》和黄维樑的《没有书城，哪来书香?》等15篇，诗歌作品有梁秉钧的《石锅拌饭》和叶辉的《手势》等6首。

我从大学二年级开始研究鲁迅以来，一直断断续续关注鲁迅文学本身和其与韩国的关系，为建立韩国鲁迅学而努力，后来又提倡东亚鲁迅学。因此，早就策划并参与翻译出版日本丸山昇教授的鲁迅研究专著《鲁迅——其文学与思想》的韩文版（1982）。又觉得有必要在中国翻译出版韩国鲁迅学著作，由此和中国鲁迅博物馆馆长孙郁主编了《韩国鲁迅研究论文集》（2005），后来又主编了《韩国鲁迅研究精选集》第二辑（2016）。当然，中国鲁迅学很早就开始发展，研究成果也最为丰盛，在中国终能成为当代显学，因此我也早就感觉到中国鲁迅学专家的代表性著作在韩国翻译出版的必要。在中国鲁迅博物馆葛涛的提议与帮忙下，我负责组织了“中国鲁迅研究名家精选集”丛书10部的韩文翻译出版，2017年印刷了初版，2020年出版了重新设计后的新版。此中，我亲自翻译了王富仁的《中国需要鲁迅》和孙郁的《鲁迅与现代中国》。这对我来说，是一件尽了几年心力的大事，也可谓国际鲁迅学界里非同小可的事情。

我也继续关注中国新诗。2018年编译了包括舒婷与余光中等在内的《中国当代12诗人的代表诗选》，2019年翻译出版了潇潇诗歌集《忧伤的速度》，也翻译了海南少年秀才诗人林江合的《我必须宽容》。2020年，潇潇的这部韩文版诗集荣获了韩国昌原KC国际文学奖。

2022年12月，我和裴桃任博士翻译的《莫言散文新编》韩文版终于出版了，这是得到中国作家协会的资助而推进的。虽然花了不少时间，但韩国主流媒体《中央日报》予以充分报道，我个人认为，这有助于让不太懂中国社会深层的韩国读者，在某种程度上更加了解当代中国的历史、社会、人与文学。

四

那么，在这几十年对中国现当代文学的阅读与翻译经验中，我得到的灵感与启示是什么？这样的翻译活动，让韩国读者理解中国、中国人、中国文学起了什么样的作用？

如上面所说的一样，我在韩国军部政权的高压统治下读大学二年级（1974）时，初遇“精神界的战士”鲁迅，大学毕业时与日本丸山昇的《鲁迅——其文学与思想》相遇，又策划并参与翻译其韩文版（1982），这成为改变我的命运的种子。和上面所提一样，我从中受到的灵感与启示真不少，一辈子鼓励着我。由此，我后来坚持努力在韩国建构鲁迅学（2001），在中国出版《韩国鲁迅研究论文集》（2005）与《韩国鲁迅研究精选集》第二辑（2016），又提倡东亚鲁迅学（2008），也推动国际鲁迅研究会的创立（2011）。我主持翻译出版“中国鲁迅研究名家精选集”丛书（10部）的韩文版（2017、2020），这对鲁迅学在韩国的进一步普及与发展，提供了重要参照系。对我来说，这是一辈子的重要活动，感怀特深。

在我的四个阶段的翻译历程中的第二阶段（1985—1989），我对毛泽东的《在延安文艺座谈会上的讲话》等现代革命文学理论和《艺术概论》编写组的《艺术概论》等当代社会主义文艺理论著作的翻译，以及对巴金的《爱情三部曲》与茅盾的《腐蚀》等进步性文学作品的翻译，不但提高了我个人对中国现当代文艺理论与主流文学作品的理解水平，而且让首次接触到的当时韩国读者扩大了眼界。据我了解，

《在延安文艺座谈会上的讲话》在当时的韩国进步运动圈里发挥了不少作用。

在我的翻译历程第三阶段（1990—2004）期间，我组织翻译的陈思和的《中国新文学整体观》和独自翻译的严家炎的《中国现代小说流派史》，这些书从改革开放后的角度看，采取新启蒙观点，理论水平也很了不起。这些书在韩国的翻译出版很有开拓性意义，对韩国的青年中文学生重新理解中国现当代文学史与小说史的复杂的结构与发展历程，有不少的参考价值。铁凝的短篇小说《意外》与西川的散文《通过解放过去解放未来》等的韩译，对于韩国读者了解中国改革开放以后的社会与文化方面也有积极影响。当代作家们写的《中国寓言选》能够成为中级汉语的教材，当然也有其教学意义。

在我的翻译历程第四阶段（2005 年至现在）里，我积极参加了很多韩中文学与学术交流的活动，也负责并亲自参加了大量的文学作品翻译活动。其中主要包括中国大陆当代短篇小说与散文、演讲文、诗歌等的翻译，也包括香港当代散文与诗歌的翻译。在作家、诗人的方面看，不但包括铁凝、莫言、余华、苏童、张炜、韩少功、刘再复、北岛、舒婷等优秀作家的作品，而且包括金仁顺、毕飞宇、李浩、邱华栋、王威廉等不少知名、新锐作家的作品，当然也包括中国著名鲁迅专家王富仁与孙郁等的学术著作的翻译。可以充分肯定的是，这些不但对韩国读者深度了解当代中国的社会、人民与文学有很大价值，也对韩国的中文学生在专业领域上拓宽当代文学视野、提高理解水平，提供了宝贵的资源。

我个人通过几十年断断续续的中国现当代文学翻译历程，提高了对汉语的多层次的掌握能力，锻炼了作品分析方法与翻译能力。我曾经在一个采访的回应中，对翻译技术的熟练问题，做了以下说明：“我一直认为中国现当代小说、散文的韩文翻译首先应该考虑忠实于中文原文。不过，直译中文原文在很多情况下会发生在文脉中意义不够通达以及可读性不强的问题，所以需要活用‘删除多余’‘填充空位’‘更换顺序’‘拆分长句’‘变更结构’‘翻转意义’‘文化变译’‘意象转显’等原理性的几种方法或者技巧来灵活地翻译。”

我们从事中国文学翻译，不会因为身体年龄而受限。如果能保持健康，就应该以年轻的心态，继续在原文作品的土壤中奋力耕耘。相信到最后，我们能享受到无比的痛快。

翻译中国当代文学作品的困境

［韩国］ 金泰成

金泰成（Kim Tae Sung），韩国翻译家。毕业于韩国外国语大学中文系，获博士学位。曾任梨花女子大学翻译研究所讲师，致力于华语文学翻译出版和组织文学交流活动。译作包括铁凝《无雨之城》《大浴女》，李敬泽《咏而归》，刘震云《手机》《我叫刘跃进》《一句顶一万句》《吃瓜时代的儿女们》，阿城《孩子王》，阿来《空山》，王安忆《城市与女人》，金宇澄《繁花》，舒婷《致橡树》等 100 多部作品。2016 年获中华图书特殊贡献奖。

有关翻译工作，我不能讲出具有足够深度的翻译理论或了不起的一家之言，只能简单地谈一谈我在韩国翻译中国当代文学作品过程中的感想和希望。

1

“韩国是全世界所有国家中引进中国书籍著作权最多的国家。”一位中国国家出版署的高级领导曾经说过。我估计这可能是因中韩两国文化的亲缘性或部分的同根性而累积的现象，意味着韩国社会在任何方面都很需要有关中国的知识或信息，在很多方面需要再扩大合作。但在过去的一百年，韩国社会更多的是单向接受西方的东西，西方文化支配整个社会，相对来说对中国的历史和文学的理解不够，而且又太偏重于古代经典。有关孔子、孟子和司马迁的书占了几乎一半，再加上《三国演义》，基本就是韩国人阅读的全部中国古典。奇怪的是，韩国的一般读者主要看这些知名的图书，基本上不看“陌生”的书，所以很少人看《左传》《红楼梦》等承载中国文化精髓的作品。至于中国现当代文学作品，鲁迅、余华、苏童、阎连科和刘震云等几位占了几乎一半。在大型书店可以一下子买到超过两百种有关鲁迅的书，仅《阿 Q 正传》可能就有几十种版本。反之，与鲁迅同时代在上海活动的施蛰存、穆时英和张恨水等小说家的作品，却一本都找不到。我曾建议一家比较大的文学专业出版社出穆时英的书，一开口就被拒绝了。我觉得鲁迅是伟大的作家，但毕竟是活跃在一百年以前的人物，他的作品现在独占韩国的中国现当代文学市场是不太正常的现象。韩国人该了解的中国，与其说是一百年前激荡的中国，不如说是与世界紧密交流而同居同乐的当代中国。鲁迅以后的中国文学已有将近一百年的历史，拥有非常多样多彩的光谱，生动地反映着中国社会发展历程和中国人的生活与思考，以风景画的形式给广大国外读者提供了丰富而具体的关于当今中国的鲜活知识与信息。尤其是中国当代文学作品，非常具体地给我们展示了中国从相对落后国家成长为 G20 国家的飞速变化过程，以及当今中国人的思维和生活状态。严格说起来，余华、苏童、阎连科等中国作家属于 60 后，当今主导中国社会的已是 70 后和 80 后，但是相对来说，70 后、80 后作家的作品很少被介绍到韩国。这种偏重现象可能并不能让对韩国读者通过文学作品正确地理解中国社会，这是韩国翻译家应该赶紧突破的严重困境之一。

幸运的是，通过一些译者与出版社的努力，张悦然、路内、徐则臣、双雪涛、王威廉、李师江、阿乙、石一枫、郑小驴、颜歌、郝景芳、甫跃辉、笛安、春树、郭敬明等年轻作家的作品陆续被翻译出版，我自己也在翻译徐则臣的茅盾文学奖获奖作品《北上》。这些年轻作家群的作品清晰表明，中国当代小说已经脱离农村叙事进入城市叙事，并昂首走向世界文学舞台。值得一提的是，目前在韩国看到的中国文学最新变化就是科幻小说的兴起，以刘慈欣、韩松、王晋康、夏茄、陈楸帆等为代表的科幻小说作品席卷全球，在韩国也大为受欢迎。

2

在翻译和推广中国当代文学的过程中，我碰到的最严重又最令人难过的困境就是文学价值与市场价值的冲突。

我翻译的中国当代文学作品分两种，一种是我自己发掘、自己喜欢、自己费心找到合适出版社的作品，或者作家本人直接委托我翻译的作品，另一种是出版社发掘、策划或通过与版权代理公司确认著作权后，再找合适译者的作品。在后一种模式里，我的责任不太大，不用参与该书的出版销售，我也不愿意介入，只需要认真翻译，在约定的时间内交稿就行。只要出版社说我的翻译质量没有问题，我就安心等待书稿出版。但是在第一种模式里，就没那么简单。出版社是因为信任我的策划能力、翻译水平和对作品的介绍才决定引进版权、翻译出书的，我不可能超脱于图书的出版销售情况之外。如果出版社因为这本书亏本的话，主要责任肯定在我。虽然我不必赔偿，但是心理上无法免责。尤其是当我满怀信心自主策划或在出版社咨询时给予非常肯定推荐的图书，且往往由我自己翻译的这类书不太好卖的话，我不但心里很难过，还感觉“无颜”面对出版社。

举个例子。2019 年，出版过很多中国图书的书坛子出版社主编问我对张悦然《茧》的看法时，我当场不假思索地盛赞该作品，而且主动请缨来翻译。在翻译过程中，我觉得自己的判断没错。该作品毋论在文学性、故事性和修辞方面都让我非常满足，我愉快地完成了翻译。出版社编辑读到译文后也很高兴，专门打电话来感谢我。我觉得封面设计也挺漂亮，很符合书的内容。我满怀期待等到图书面市，结果书卖得不太理想，离我的期待相差甚远。我对出版社、对作家、对作品都深感愧疚。反之，有时我对之没有期待，甚至不喜欢的书又畅销起来，这种情况一再发生，令我真是很难过。

3

我一直认为翻译工作与书有密切的关系，夸张一点的话，也可以说翻译由书开始，由书结束。如果说翻译也是一种写作，那翻译的开始应该是阅读，因为所有写作的起始点是阅读。我开始翻译也是因为喜欢书。长期的阅读培养了我语汇辨别力、背景知识、流畅的文理等翻译所需要的各种条件和资质。我在翻译研究生院上课时，最强调的也是阅读。我坚定地相信，阅读能解决翻译的所有问题。我先看到某一本书有兴趣、很喜欢，也希望与广大读者分享同样的满足感，就决定翻译，进而选择合适的出版社开始商量翻译出书的问题。如果出版社接受我的建议，我就快快乐乐地开始翻译，偶尔按出版社的要求也会由我直接代理版权，与作家签出版协议，为我与不少作家之间的长期交流和合作铺路架桥。

我觉得在这世界里性价比最高的东西应该是书。我认识一位中国著名作家，有人问他“您的职业是什么?”他回答说“我的职业是读者”。读者成为他的职业，他一辈子最重要的行为是阅读。任何方面的书他都看，尤其是全球范围文史哲的图书。以这种广泛阅读为基础，他每天写 3 000 字左右的文章，然后通过推敲删掉大部分，最后只剩下 600 字左右。这样一来，他两年才出 1 本书，我们付 60 元人民币左右的小钱就可买到一本。换句话说，我们只要付这么少的成本，就能买到他一辈子阅读和思考的浓缩成果。所以我说世界上性价比最高的东西，断然是书。

我常来北京，每次来都会逛我特别喜欢的万圣书园。不管眼下有没有时间看，发现好书就先买一本。我每次从北京回韩国时都带回来不少中国书籍，现在书房里的书总共有 8 000 本左右，这些藏书并不是随便挑的，而是考虑好多条件、花了不少时间验证后精心挑选的，其中中国大陆图书大约占 35%，港台地区图书占 25%，其他是韩文书。韩文书当中，有关中国的书又占了 60%以上，其中我自己翻译的就有 140 多本。我会看这么多书吗？这不太可能。但是我可以把自己看不完的书留给后代，让他们继续看，让他们用我辛辛苦苦花了不少钱买的好书来开发自己，在韩国文化里传播中国当代文学。

再过半年，我就要成为法律意义上的老年人，这意味着死亡已经在不远的地方等待我。我不知自己能活到什么时候，但始终拥有一个梦想，就是给我后代留下一个小小的中国文学图书馆，让后辈来纪念其他人不会纪念的一个翻译家。

让世界了解中国文学，让中国文学了解世界

[西班牙] 夏海明

夏海明（Agustín Alepuz Morales），西班牙翻译家。毕业于巴塞罗那自治大学翻译系，获中西翻译本科学位，在中国人民大学攻读中文和中国文化的进修课程，2012 年毕业于加泰罗尼亚远程教育大学，获亚洲经济研究专业硕士学位。自 2007 年以来在北京居住，从事翻译、编辑、版权代理等工作。主要译作包括刘慈欣《三体 III·死神永生》，“刘慈欣科幻漫画系列”《山》《白垩纪往事》，宝树《三体 X·观想之宙》等科幻文学作品。正在翻译陈彦《主角》。

我第一次来到中国是 2007 年 8 月底，到现在已经 16 年了。当时，我是一个刚毕业不久的年轻人，从来没有离开过家乡，更没有在国外生活的经验，我当时选择去北京的某一所大学读书可以说是很大的一种探险，也是我生活中意义最大的经历之一。

虽然我大学专业是中西翻译和汉学研究，但那个时候我对中国文化和中国国情的了解是有限的。我当时决定到中国来的主要目标是参加汉语进修课程，实地加强我的中文以及对中国各个方面的了解。我本来只打算在北京待一年，但是计划经常赶不上变化，结果已经过去

了 16 年了，一直到现在，我有时感觉自己还不够了解这个国度，感觉中国是一个没有结局的故事。

16 年过去了，我还不太清楚自己是否实现了更好地了解中国的那个目标，但是可以说，我至少打破了很多不符合实际的偏见，也对各种事情有了更全面的了解，从而变成了一个更成熟的自己，也变成了一个更资深的译者和汉学家。

这些年，除了我自己身上所发生的变化以外，我作为一名外国观察者，也亲身见证了中国的各种变化，其中之一当然是中国文学提升了自己在国际舞台上所占的“比例”。不管是从数量还是从广度来看，中国文学作品在全球范围内的普及度有了很大的进步，很多例子能反映这个现象。

以西班牙语市场为例，近 16 年有大量的中国图书被翻译和出版，有文学作品，也有非虚构的、社科类的图书。与此同时，西班牙社会各界越来越多的人开始关注中国图书，中国文学也成为学界的研究对象，最值得一提的项目之一包括我母校巴塞罗那自治大学的“中国文学在西班牙的数据库”。

依据该数据库里的数据以及在网上搜到的信息作为参考，我自己做了一个非官方的调查。我发现 2007 年西班牙出版社出版了 25 本中国文学作品，从那年到现在，西班牙出版社每年出版的中国文学图书平均是 15 到 25 本。

这一过程充满“变迁”。2012 年是比较特殊的一年，因为那年莫言获得诺贝尔文学奖，这让西班牙出版社和读者对中国文学越来越感兴趣。后来莫言的所有小说几乎都被翻译成西班牙语了，最新的作品是 2022 年出版的《晚熟的人》。前一年还有其他 13 本中国文学作品被出版，包括王小波、余华、刘慈欣等中国作家的小说。这些作品被引进到西班牙语市场以后，受到了不少当地读者的欢迎。

除此之外，还有一位最近几年被引进到西班牙的中国作家很值得一提：她就是第一次给中国读者讲述现代西班牙的故事、曾在西班牙生活过的三毛。2016 年，她的小说才第一次在西班牙正式出版，我觉得这也是中国文学在西班牙语市场重要的一件事。

我记得自己刚开始学中文的时候，享受中国文学作品的机会并不多，除非你直接看原文，但是我那个时候的汉语水平完全不允许这么做。有幸的是，现在国外读者看中国文学作品的译文有了很多选择。上述案例和数据反映的是近几年中国文学“走出去”的缩影，我相信这能让人一目了然地了解这个现象。毫无疑问，中国在国际舞台上的地位发生了翻天覆地的变化，有那么多以前根本没有的外文版本，是最能说明世界对中国文学越来越感兴趣的证据。尽管如此，我们也不得不承认，中国文学在国际舞台上还是比较小众的一种文学，一般来说，只有汉学家或者跟中国有缘的人才会关注它。因此，关心中国文学的我们还要继续努力。

中国文学之所以能“走出去”，不仅归功于出版人、编辑、译者等各环节工作人员的不懈努力，当然更要感谢创作优秀作品的中国作家，他们用文字讲故事，吸引更多的不同国家的读者。可以说，没有他们就没有中国文学。

不过，我要特别强调一点——作家、编辑和翻译这三个角色之间的良好合作，这是任何一本出版物编辑过程顺利完成的前提，当然也对让世界更好地了解中国文学有非常重要的意义。

2022 年 6 月，我在北京西班牙文化中心塞万提斯学院参加了一个与中国科幻作家刘慈欣和郝景芳的对谈，讨论的话题之一就是这两位作家作品的翻译。两位老师说，自己并不认为自己的作品难翻译。他们这个回答让我有点意外，因为我在从事了很多年的文学翻译工作以后，对翻译的困难有充分的了解，而我仍然在翻译两位的作品过程中遇到了各种各样的问题。

与这两位作家的对谈让我意识到一件事，就是作者和译者之间的交流和沟通非常重要。任一方提升对另一方的工作和想法的了解有助于双方的合作，这样就能够把文学作品更好地展示给国外的读者看。我相信，这也是此次中国文学国际传播论坛的意义所在，这是很好的机会，以进一步增强文学领域各种人之间的交流，这样才能够让国内和国外的读者更好地享受文学。

文学是以普通人的个人故事构成的，不管是中国还是世界的哪个角落，通过文字来纪录和讲述自己的人生，以避免失去记忆，并向未来的人传达自己的经历，这是人类的本能，也是我们作为文学工作者的责任。好文学没有边境，不管是由哪国人、用哪种语言写的，只要是好的文学作品，只要是好的故事，都能够体现人类的复杂性，世界各地的人都可以从中找到与自己生活产生共鸣的地方。

因此，我认为，要让世界更了解中国文学，首先要拉近中国作家与世界的距离，要让中国文学保持与世界接轨，以一种更开放的态度接纳国外的影响，创作更多体现普遍价值观以及观照人类共同话题——比如感情、家庭、记忆、欲望、死亡等的中国故事。同时，也要让中国作家更好地了解外面的世界是什么样子、国外的读者关注的是什么。这样双方才能加深互相的了解，才能尽可能消除误解和偏见，就像我 16 年前来到中国，努力地了解这个国家一样。在全球化进程日益退潮的今天，我相信做到这一点特别有意义，希望本次论坛能够帮我们离这个理想的目标更近一点。

突尼斯“中国文学读者俱乐部”是突尼斯读者了解中国文学的桥梁

[突尼斯] 芙　蓉

芙蓉（Samah Mohamed Abdelkader），突尼斯翻译家。艾因·夏姆斯大学汉语语言学博士、北京语言大学语言学与应用语言学博士。突尼斯共和国迦太基大学突尼斯高等语言学院助理教授、硕士生导师，致力于中突文化交流。主要译作包括张炜《九月寓言》、曹文轩《根鸟》、格日勒其木格·黑鹤《黑焰》。审定了李娟《遥远的向日葵地》、李佩甫《生命册》等。

我是芙蓉，英文名字叫 Samah，是突尼斯、埃及双国籍的翻译家、汉学家。目前是迦太基大学突尼斯高等语言学院汉语专业助理教授，也担任突尼斯东方知识出版公司国际合作主任。作为汉学家和翻译家，我和中国缘分颇深。从我第一年学习汉语的时候，就开始深入了解中国这个历史悠久、文明多样的国家。高中毕业后，我在父亲的鼓励与期盼下选择学习汉语。现在想来，父亲在许多年以前便深具先见之明与长远眼光，他很早就预料到中国这一伟大的“东方之龙”必定会在不久的将来遨游于世界民族之林。我听从父亲的建议，1999 年起正式学习汉语。刚开始接触这门语言时，我发现它与之前学过的西方语言完全不同，富有自身的语言特色。随着语言学习的不断深入，我对汉语产生了极大的兴趣，逐渐领略到它的魅力，也不断从中获得巨大的满足感与成就感。我试图跨过语言的鸿沟，揭开中国这一古老国度的神秘面纱，感知其悠久灿烂的文明。

2008 年，我第一次去中国，第一次走近我在书本上了解的中国，并在首都北京生活了 7 年之久。在中国的学习和生活让我更加了解中国，和中国朋友结下了深厚的友谊，也曾多次接触到中国著名文学家的作品，包括老舍的《骆驼祥子》和《茶馆》、鲁迅的《阿 Q 正传》、曹雪芹的《红楼梦》等。这些作品都是我学习中国文学的必读书目，阅读它们不仅使我了解中国的文化，还让我领略了中国人的习俗，也给我留下了深刻的影响。

2014 年，我和我先生决定离开北京回国生活，心里非常不舍得，但我相信，虽然我们离开这片土地，但我们和中国的关系并不会因为距离而生疏。回国后，我发现突尼斯国内的书店鲜有出售有关中国的图书。后来通过与当地人交流才知道，他们其实对中国图书很感兴趣，想了解中国的方方面面，可惜由于语言障碍等原因，中国的图书市场始终处于空缺状态。因此，2016 年，我们二人合作创办了突尼斯东方知识出版公司，致力于以面向中国图书为主的翻译出版事业，向突尼斯及整个阿拉伯世界的读者讲述中国故事。在过去近 7 年的时间里，我们引进并翻译出版了大量中国本土书籍，在各个阿拉伯国家举办的国际书展上展出了多种优秀的中国作品译本，深受当地读者欢迎。

最近几年，我主要翻译审定的文学著作包括格日勒其木格・黑鹤的长篇小说《黑焰》《中国传统故事美绘本系列》，李娟的《遥远的向日葵地》，星河的《北京小子》，何建明的《山神》等。我觉得阅读中国文学作品是了解中国文化的必经之路。比如说，中国科幻小说家星河的《北京小子》是当代中国和中国人民生活的真实写照，书中涉及的现代科学知识吸引了大批青年读者。星河以其独特的写作风格在国内外屡获大奖，审定这部译著让我更深入地了解了北京这座城的历史文化。《北京小子》阿拉伯语版出版后，得到了突尼斯青年读者的喜爱，并在2022年突尼斯国际书展收获热烈反响。中国作家李娟的《遥远的向日葵地》也是我十分喜爱的当代中国作品。在中国新疆阿勒泰戈壁草原的乌伦古河南岸，有着李娟母亲多年前承包耕种的一片贫瘠土地。李娟用她细腻、明亮的笔调，一如既往地记录了劳作在这里的人们朴素而迥异的生活细节。书中的文字令人记忆犹新，作者刻画的不只是母亲和边地人民的坚忍辛劳，更是他们内心的期冀与执着，也表达了对环境的担忧和对生存的疑虑。阿拉伯语读者通过这一作品，可以细细品味中国独特的自然风景和质朴的乡土生活。我希望今后能够有机会翻译并审定更多类似的中国当代文学优秀作品

中国文化是东方文化，我所在的国家突尼斯属于中东地区，两个国家同属东方文化圈，因而有许多相近之处。于我而言，中国文化有着别样的亲近感，十分易于接受。通过这么多年研究中国语言、翻译审定中国书籍和作品，以及参加各类中文学术会议，我愈加感受到中国这一国度特有的迷人之处。

最近几年，中国出现了许多在世界文学领域称得上高质量的文学作品，今天，仍有不少优秀的中国文学作品值得让世界看见。我认为了解一个民族、一个国家、一种文化的最好方式就是阅读当代文学作品。作者可以带领读者构想，给读者机会通过中国人的眼睛了解中国，了解中国的过去与现在。我相信翻译出版中国著名作家作品的阿拉伯语版并在阿拉伯国家发行，为当地读者介绍中国、介绍中国人民、介绍中国的发展，这会加深当地读者对中国的了解。

由此，2022年6月，东方知识出版社十分荣幸与中国作家协会和中国图书进出口（集团）有限公司联合成立了突尼斯“中国文学读者俱乐部”，这是突尼斯首家也是唯一一家为中国文学爱好者成立的俱乐

部，旨在为所有阿拉伯语读者推荐优秀的中国文学作品，为热爱中国文学的突尼斯读者提供一个与中国文学作家交流的平台，进而鼓励突尼斯读者通过文学作品阅读中国，了解中国。

2022 年，突尼斯“中国文学读者俱乐部”成功举办了两场文学沙龙，受到了突尼斯读者的热烈欢迎。活动为突尼斯读者介绍了优秀的中国文学作品，向他们展示了中国文化的魅力。在活动中，突尼斯作家和读者与中国作家进行交流，加深了突尼斯人民对中国作家及其文学作品的了解，让他们爱上中国文学。2023 年，东方知识出版公司参加了突尼斯国家书展和突尼斯国际书展。书展期间，当地读者主动找到我们的展台询问是否有新出版的中国文学作品。他们一致表示，中国文学与西方文学有着完全不同的特质，希望可以阅读更多的中国文学作品。这表明东方知识出版公司已经变成突尼斯读者了解中国、深入阅读中国文学作品的一座桥梁，这对我们来说是压力更是责任，激励着我们更加努力翻译出版更多中国作家的代表性作品。2023 年，突尼斯“中国文学读者俱乐部”继续举办各种推广活动，给热爱中国文学的突尼斯读者讲述中国故事。同时，东方知识出版公司即将出版新的阿拉伯语版中国文学作品，并将在各个阿拉伯国家书展发行展示，继续传播中国文化文学。我十分欣慰地看到突尼斯及阿拉伯语读者对中国著作愈加喜爱——这是文化相遇与碰撞的结果。

让世界了解中国文学

[土耳其] 吉 来

吉来(Giray Fidan),土耳其翻译家。土耳其加齐大学副教授、博士。主要译作包括《孙子兵法》、老舍《猫城记》、霍达《穆斯林的葬礼》、路遥《平凡的世界》、张炜《古船》、格非《隐身衣》、阿乙《下面我该干些什么》等。翻译出版的《孙子兵法》是首部从汉语直接翻译成土耳其语的译本,成为土耳其畅销书,现已印刷23次。2016年获中华图书特殊贡献奖青年成就奖。

中国文学横跨千年,是人类创作中最出色的艺术之一,也是整个人类智慧的不可或缺的组成部分。自古以来,中国文学以其丰富多彩的形式和深刻的内涵,承载着丰富的历史、文化和哲学精髓,为人类传承着无尽的智慧与体验。在中国文学的宝库中,诗词歌赋、小说传奇、戏曲文学等各种形式充分展示了中国人民的生活、情感和价值观。从《诗经》中的诗篇,到元曲的戏剧性表现,再到明清小说的丰富的故事,中国文学始终在世代间传承着人类共通的情感和生活体验。文学作品中的人物形象、情节发展、语言表达,都为我们提供了深刻的人性洞察和生活智慧,帮助我们更好地理解和探索人类的情感、道德和社会变革。

中国文学的影响不仅仅局限于本国,它的辐射力量延伸至全球。

经过翻译和传播，中国文学走向世界，成为跨越国界的文化桥梁。诸如《红楼梦》《西游记》等经典作品，不仅在东亚地区广受欢迎，还在国际文学舞台上占据重要位置，深刻影响着不同文化背景下的读者。中国文学之所以成为人类共同的财富，是因为它不仅呈现了丰富的历史、社会和人生图景，更蕴含着深刻的哲学思考。从儒家的人伦之道，到道家的自然观念，再到佛家的解脱思想，中国文学融汇了多元的思想体系，为人类的精神追求提供了丰富的启示。作为一个连贯的文化传承，中国文学在塑造人类文明的同时，也为我们提供了独特的视角，让我们更好地认识自己、认知世界。

综上所述，中国文学作为人类智慧和情感的结晶，拥有深远的历史根基和丰富的内涵。它在跨越时空的过程中，不断滋养着人类的心灵，成为人类共同的文化遗产，激发着我们对人生、自然和人类关系的思考，为人类的精神世界注入了持久的活力。

翻译中国文学

让世界了解伟大的中国文学最重要的工具是翻译。没有翻译，要让世界理解丰富的中国文化和文学将是不可能的事情。随着全球交流和联系的不断加深，翻译在促进跨文化交流和理解方面扮演着重要的角色。在这个背景下，翻译为中国文学的传播提供了重要的桥梁，帮助世界各地的人们更好地认识和欣赏中国文学的瑰宝。中国文学作为一个庞大而多样的体系，具有丰富的历史、文化和哲学内涵。其古老而深刻的思想、独特的审美观和生动的情感表达，使其成为世界文学的重要组成部分。然而，由于语言的不同，中国文学的原汁原味很难被外界理解和体会。这就需要翻译者运用自己的语言技巧和文化理解，将中国文学的精华转化成其他语言，使其能够被更广泛的读者所欣赏和理解。

翻译不仅仅是语言的转换，更是文化的传递。在翻译中国文学作品时，翻译者需要在保持原作内涵和风格的基础上，考虑目标文化的接受度和特点。这需要翻译者具备深厚的文化素养和语言功底，以确保翻译作品既忠实于原作，又能够在目标文化中产生共鸣。随着时间的推移，翻译中国文学的方法和策略也在不断发展。从早期的直译到后来的意译、文化再现等多种翻译手法，翻译者不断探索如何更好地呈现中国文学的独特魅力。通过翻译，中国文学作为窗口，让世界更深入地了解中国的历史、价值观和社会变迁。

然而，翻译也面临一些挑战。语言之间的差异、文化背景的差异，以及特定的语境都可能影响翻译的准确性和传达效果。在翻译中国文学时，需要平衡保留原作的精神和适应目标文化的需求，这需要翻译者在语言、文化和文学方面都具备高度的敏感性和专业知识。总之，翻译是让中国文学走向世界的关键工具，有助于跨越语言和文化的障碍，促进不同文化之间的交流和理解。通过翻译，中国文学得以在全球范围内传播，为世界带来了一扇了解中国、认识中国文化的窗。翻译者与汉学家在这一过程中发挥着重要作用，他们通过精湛的翻译技巧和对文化理解的能力，为中国文学的传播和跨文化交流做出了宝贵贡献。

翻译的挑战

汉语文学的翻译是一个漫长的过程。对于汉学家来说，翻译这种精彩且非常详细的文学类型几乎需要一生的时间。加之语言、文化、历史和背景的差异，汉语文学作品的翻译并非一项简单的任务，而是需要深入的研究和全面的理解。汉语文学作品不仅具有丰富的内涵和情感，还反映了中国古今的社会发展情况、人们的价值观和思想。因此，翻译者需要耐心地深入挖掘原作的文化内涵，将其准确地传达到目标语言中，同时保持其原有的美感和风格。对于汉学家来说，翻译汉语文学作品是一项艰巨的任务，需要掌握丰富的汉语表达技巧和目标语言的特点。每一部文学作品都是独一无二的，翻译者需要细致入微地理解其中的情感、隐喻和文化背景，然后运用适当的词语和句式来表达。翻译汉语文学作品要求汉学家具备高度的敏感性和灵活性，以便在目标语言中再现原作的意境和情感。

此外，汉语文学作品通常蕴含着丰富的历史背景和社会内涵，需要汉学家进行深入的研究和解读。只有理解作品背后的历史背景、文化传统和社会变迁，翻译者才能更好地捕捉到作品的深刻内涵，并将其传达到目标语言的读者中。这需要汉学家在文学、历史、哲学等多个领域具备坚实的知识基础。通过翻译，汉语文学作品得以超越语言障碍，传播到世界各地，让更多的读者能够欣赏和理解中国文化的瑰宝。翻译汉语文学作品不仅是一种语言技能，更是一项跨越文化、传递思想的使命。汉学家在这一过程中发挥着重要的作用，他们的辛勤努力和专业知识为翻译汉语文学作品提供了坚实的基础。总之，翻译汉语文学作品是一项需要耐心、深入研究和丰富知识的任务，其重要性在于促进不同文化之间的交流和理解，让世界更多地了解和欣赏中国的文化和智慧。

对中国文学翻译的一些思考

在翻译中国文学方面，当前的主要问题主要集中在“小语种”上。大部分中国文学经典已被翻译成主要的世界语言，甚至其中一些作品有多个不同的译本。然而，许多所谓的“小语种”至今尚未有一部古典中国文学作品的完整翻译，在现代和当代文学作品中也存在相似情况。尽管如此，人们已经付出了许多努力来实现这些翻译工作。特别是在“小语种”领域，翻译者们正积极探索适当的方法，以更好地将中国文学的精髓传达到世界范围内。在翻译古典中国文学作品时，主要世界语言中的翻译相对较多，这为跨文化的交流和理解提供了良好的基础。然而，对于一些较为少见的语种，由于翻译资源和专业人才相对有限，导致这些作品在跨文化传播中受到了限制。因此，为了促进中国文学的国际传播，有必要在“小语种”领域加大翻译的力度。通过提供培养和支持，可以逐步弥补这些“小语种”文学翻译的不足，使更多的人能够欣赏到这些珍贵的文化遗产。

在当代文学方面，尽管相对于古典文学作品而言，已经有更多的翻译工作在进行中，但仍然存在一些挑战。由于当代文学作品通常涵盖了更广泛的主题和语言风格，翻译者需要更好地把握原作的情感和文化内涵，以确保译文准确传达原作的意图。此外，由于当代文学作品往往紧密关联现实社会和时事议题，翻译者还需要对相关的背景和语境有深入了解，以保持作品的真实性和准确性。随着全球化的加深，对于多样性和跨文化理解的需求日益增长，中国文学的国际传播变得尤为重要。通过加强“小语种”里的文学的翻译工作，更多人可以接触到中国文学的精华，从而拓宽视野，丰富人类文化交流的内涵。

综上所述，尽管中国文学作品已在主要世界语言中得到广泛翻译，但在“小语种”领域仍存在不足。在古典和当代文学方面，翻译者需要克服各种挑战，以准确传达作品的内涵和情感。随着全球交流的不断深化，我们有理由相信，通过不懈努力，中国文学的翻译将能够更好地为跨文化交流和理解做出贡献。

百闻不如一见

同时也应该提到，将作者和翻译者聚集在一起的这类活动具有重要意义。翻译者与作者相互了解和交流思想是非常重要的，这在很大程度上提升了翻译质量。此外，这也是翻译者确定下一步翻译工作的良好平台。因此，我们应该由衷感谢中国作家协会为我们提供了如此宝贵的机会。这种机会不仅有助于加强作者与翻译者之间的互动，也促进了文学作品跨文化的传播与理解。这种深度交流有助于确保翻译能够忠实传达作者原本的意图，使作品在翻译过程中不会失去其独特的风格和内涵。通过直接与作者互动，翻译者能够更好地理解作品中可能存在的隐含信息和文化元素，从而更加准确地传达给目标读者。

结 论

总之，中国文学作为一项悠久历史的文化创造之精华，是人类共同知识和智慧的不可或缺部分。随着时间的推移，中国文学经历了漫长而丰富的发展过程，从古代经典到现代创作，构建了一个富有多样性和深度的文学体系。这个体系不仅反映了中国人民的情感、思想和价值观，也对世界文化产生了深远的影响。通过对中国文学的翻译，我们能够将这种深刻的思想和情感传递给全球读者，促进不同文化之间的交流与对话。然而，翻译工作并非轻松，特别是对于那些极具细节和内涵的文学作品而言。正如前述，文学翻译需要长期的、细致的努力，以确保原作的风采和精髓在翻译中得以保留。值得注意的是，如何提升翻译质量，让全球读者真正领略到中国文学的魅力，是当前亟待解决的问题。尤其对于那些被称为“小语种”的语言，仍然存在很大的翻译空白。为了更好地弘扬中国文学的价值，需要不断加强翻译技术和方法的研究，提高翻译质量，以便更多的读者能够深入理解并欣赏中国文学瑰宝。此外，作者与翻译者之间的交流与合作也不容忽视。通过直接与作者互动，翻译者能够更好地理解作品背后的文化内涵和创作意图，从而为翻译工作提供更有针对性的指导。同时，作者与翻译者的交流也有助于拓展翻译者的视野，为他们未来的翻译项目提供更多可能性。这些活动不仅为作者和翻译者提供了交流的平台，也为文学翻译的发展注入了新的活力。综上所述，中国文学作为一种博大精深的文化遗产，在全球范围内产生了深远的影响。通过翻译，我们有机会将这种影响传递给更广泛的受众，促进不同文化的交流与互鉴。未来，我们应该不断努力，加强翻译研究与实践，将中国文学的珍贵之美分享给全世界。这不仅是文学的责任，也是促进人类文化多样性与共同发展的重要使命。

最后，我要向主办方中国作家协会表示感谢，也要感谢那些愿意花费宝贵时间来与我及我的汉学同事朋友们会面的中国作家们。在经历了多年的疫情艰难时光之后，能够举办这样的盛会实在是难能可贵。

关于中国文学翻译与出版的一点体会

［英国］ 沈如风

沈如风（Jack Hargreaves），英国翻译家。曾在南京大学、厦门大学进修学习，致力于将优秀中文作品译介至英语世界。主要译作包括沈大成《阁楼小说家》、文珍《我们夜里在美术馆谈恋爱》、李娟《冬牧场》等。即将出版的译作包括朱辉《要你好看》、顾前《一面之交》等。正在翻译的作品包括东西《回响》、鲁敏《金色河流》、韩东《峥嵘岁月》、陈春成《夜晚的潜水艇》、沈大成《小行星掉在下午》、金波《小绿人三部曲》等。部分翻译作品刊登在《渐近线》《文字无国界》《文学枢纽》《英联邦文学》《洛杉矶书评》《茶炊》等知名文学平台上。2022 年入选南京第三期“青春文学人才计划”。

如果你可以写出伟大的作品，但只有你自己能领受，无论你生前或死后，都不会有人知道你的伟大——你愿意过这样的一生吗？

——陈春成《传彩笔》

我决定在此引用陈春成先生的这句话作为本文的开头，主要有三个原因。其一，源于我的私心，这句话出自我目前正在翻译的陈先生的短篇小说集《夜晚的潜水艇》，我很喜欢这部作品，也很喜爱这句话。其二，它道出了一部分世俗意义上关于文学作品传播的事实，尽管或多或少与陈先生原本想要表达的复杂含义相悖，那就是，伟大的作品如果束之高阁，多少属于一件憾事吧。很多年来，中国文学的“出海”一直在路上，在中国国内有影响力的作品大量被翻译出来，不过，从一个“局外人”的目光来看，它们在英文世界产生的波澜与它们本身的“重量”有时候并不完全匹配。这是件复杂的事儿，后文我们再来谈谈这个现象。最后，某种意义上，这句话也部分阐明了我从事中译英翻译生涯的目标和愿景——致力于将中文世界的优秀甚至伟大的作品译介给尽可能多的英语读者。请读者们宽宥我的“雄心”，我知道中国文化讲究以德配位，这个话未免说的大了些。

我想从写作、翻译、出版等方面来谈谈这个话题。首先，必须指出的是，写作必须且只能是作家们的事业。我们作为旁观者或者读者，不能对着正在案头上劳神劳力的作家，在旁边鼓噪，说“嗳，你该这么写这么写，才能让国内的读者高兴”，更不应该说“我觉得你得加点儿这个内容才能让西方英语读者买账”。写作是件私人的事情，作者们自然有自己的想法，正因如此，纷繁复杂之中孕育了诸多可能，在其中涌现出不同的风格、不同的类型。与写作本身相关的，是作家本人关于阅读市场的感受及其应对。是成就千古名篇但是当世不显（必须承认这种可能性是存在的），还是大卖特卖人前显贵呢（这种情况自然也极其少见）？我相信绝大多数作家都愿意取其中道，在文学的山峰上尽力攀登，同时收获读者们的青睐。中国历来是文学的国度，人文的土壤肥沃厚重，读者群体数量庞大，但我们必须承认，身处这个 Tiktok 时代，花五分钟看完《莎士比亚全集》还是花一个月在文字的海洋里体会《战争与和平》，这是个世界性难题，无论中外。作者们想要将他们的目光和时间争取过来，必须使出浑身解数。

那么，对作家们的扶持就显得尤为重要了。这既是一项文化上的公益事业，也对中国文学的繁荣有益。南京，这座唯一被联合国教科文组织评选为“世界文学之都”的中国城市，近年来在扶持青年作家、推介中国文学、资助海外出版等方面，不遗余力。作为南京市“青春文学人才计划”的入选者之一，我想要肯定中国官方相关项目的开展。作为一名中国文学的译者，可以与许多优秀的作者一道，感受南京这座城市对于文学的热忱和对相关从业者的照顾。初出茅庐的年轻作家可能面临较大的生存压力，他们通过类似的项目暂时获得依靠，一展文学抱负。从我观察到的英国经验来看，大学、基金会、社会团体、出版机构有非常多针对作家们的扶持项目，共同造就了英文阅读市场、出版市场、文化市场的活跃和繁荣。中国文学未来要走向世界，对世界产生更大的影响，离不开官方特别是中国作协在这方面的出力。

近几年，我们的中国文学翻译工作遇到了一些阻碍，很多活动是在线上开展的，要想与中国的文学圈子保持沟通有一定的难度。虽然我们有微信，也有 ZOOM，但它们无法替代面对面的沟通。很庆幸，这些阻碍终于消失了，现在我们又有机会坐到一起，增进了解。这几年我已经翻译了不少作品，不幸的是，我甚少有机会见到作者本人。作为一名中英译者，我认为保持沟通极为重要，毕竟，我们不是在生产流水线上的工业产品，按照说明书就能够按部就班地完成。文学作品是有血有肉的，它是作者孕育出来的辛苦结晶，好的翻译不仅需要译者对文本全面的掌握，可能也需要译者对作者有一定的了解。特别是对于极为优秀的中国文学作品来说，译者与作者之间的紧密合作有助于作品在海外市场（无论是市场受众方面还是取得国际荣誉方面）取得成功。这方面的例子很多，毋庸赘言。作为一名译者，我很期待与优秀的中国作家一道完成这项光荣的工作。当然，良性的沟通并不局限于译者和作者之间。对于让世界了解中国文学而言，沟通的重要性更加不言而喻了。从我加入中国文学翻译的行列以来，我已经见证了越来越多的不同母语的译者加入这项工作中来。除英语以外，法语、西班牙语、德语、意大利语、阿拉伯语、俄语等语种，都已经有了数量可观的母语译者了，这是多年来我们保持良性沟通的成果。世界需要了解中国，中国也需要让世界了解她。那么，在这个过程中，我们都需要敞开胸怀，坦诚相待。

翻译文学在我所在的英国是极受市场欢迎的。单看 2022 年的数据，仅在英国，翻译文学的销量就超过了 190 万册，其中中国文学也在前十的榜单内，虽然排名并不很靠前，不过我相信未来它的排名上升只是时间问题。前面我提到中国文学的分量与其影响力不匹配的话题，这个问题不难解释，因为在一个文学作品高度市场化的国家，是很容易出现这种情况的。全球各个国家的众多作者都加入对阅读市场的争夺中来，要想脱颖而出不是那么容易。况且，我们还要考虑到另外一个因素，即通俗作品与严肃作品在海外市场的受众问题。这里我列举几个英文阅读市场的事实以供参考。其一，去年的研究有一个非常有趣的发现，那就是翻译小说的读者比一般小说的读者年轻得多，年轻人最容易接受多元文化及由这种文化风气引进的各类翻译文学；其二，近些年女性作家的影响力在不断地提升，女性作家获得翻译文学的奖项逐年增加，其中也包括一些以中文创作的女作家，比如残雪曾两次入围当代英语小说界的最高奖项布克国际奖候选名单。如果以海外阅读市场的影响力来衡量翻译、出版的抉择，需要研究应将资源集中于何处，我觉得这些面向都可能需要被考虑。

我目前也参与了一些中国文学的海外出版工作，比如本文开篇提到的《夜晚的潜水艇》，它是豆瓣读书 2020 年度中国文学（小说类）Top1、2021 年宝珀理想国文学奖首奖作品，是真正具备令人难以置信的创造性和想象力的作品。另外，还有沈大成女士的《小行星掉在下午》、顾前先生的《一面之交》、朱辉先生的《要你好看》等，它们均为成熟作家的成熟作品。先前，我已经为作者们宣传了一段时间，设法为个别故事找到期刊予以出版，并从读者那里获得非常积极的反馈。为了推销这部作品，我向出版商准备了作品宣介材料，其中不仅包括提要、作品的细节、作者简介和译文样本，还要阐述作品的卖点、作为译者为什么喜欢这本书、作品及其主题如何融入当前的社会语境、读者为什么会喜欢这本书等等。我很高兴其中一些故事已经被出版商看中，预备上市了，让我们拭目以待它们在英语国家的表现吧。一般来说，出版商并不情愿出版短篇的翻译文学作品，特别是欧美五大出版商，它们不愿意承担风险，不过，独立出版社倒更愿意尝试。甚至Riverhead Books出版社最近聘请了一位能读中文的东亚编辑，显然是想在这个领域付出更多的努力。基于我的经验，我觉得可以先通过独立出版社推出优秀的中国文学作品，以打破目前英语阅读市场上存在的感知障碍，然后大型出版社才可能愿意更多地考虑和出版中国文学作品，这不失为一条可取的路。

这几年，我已经从中国作家那里读了很多我认为非常耳目一新的作品。作为一名读者同时也是一名译者，我很期待通过我们的共同努力，在未来的几年里，让更多的英语读者能够读到这些作品。

“接近否则没办法接近的人”

[美国] 金凯筠

金凯筠（Karen Sawyer Kingsbury），美国翻译家。查塔姆大学人文学与亚洲文化学教授、哥伦比亚大学比较文学博士、张爱玲研究专家。1983—1984 年在四川外语学院任交换老师，教英语和英国文学课。1992—2006 年在台湾东海大学任外文系教授。主要译作包括张爱玲《倾城之恋》《沉香屑第一炉香》《红玫瑰与白玫瑰》《封锁》《茉莉香片》《半生缘》《同学少年都不贱》等，成功地将张爱玲作品送入象征荣誉、影响深远的“企鹅经典”和“纽约书评经典”。

文艺的功用之一：让我们能接近否则没办法接近的人。

——张爱玲《惘然记》

“让世界了解中国文学”——看到这次会议论文的主题，我很高兴，因为这就是我个人已花了 30 多年在追求的目标。读大学的时候，我专修的是英文文学，20 世纪 80 年代读研究生时，我就开始利用英文系的学习方法来精读与翻译张爱玲的文章。从那个时候到现在，我一直认为张爱玲的文笔与文章结构能吸引很多英文读者，让他们多了解 20 世纪 40 年代的中国，同时也鉴赏这位作家的文学成就。两本译文已出版了，第三本也快好了。我就是从这样的背景投入了中英翻译工作之中。

可是，这第三本让我和项目合作伙伴——圣三一大学（Trinity University）的张洁教授，都“转了个弯”。本来，追求的目标是“让英文读者从一位优秀而非凡的中国作家的角度来看 1940 年代的上海，同时鉴赏她的文学成就”，而现在的目标变成了“让英文读者多了解一位 1950 年代离开中国，搬到海外的一位很优秀非凡的作家和她的文学成就”。

可见，这已经不是“让世界了解中国文学”的有效方法！我现在跑得更远——要写一本英文的张爱玲传记，探索与了解她在美国的生活经历，她在美国所碰到的困难与她处理困难的结果。这已经跟中国当代文学界几乎没有关系，至少，该说是间接而不是直接的关系。

这个翻译和研究的方向，很辛苦，可对我来说，也有辛苦的乐趣。为此，我花不少时间精读张爱玲的文章，同时一直在研究美国 20 世纪的历史。希望因此能够得出综合性的结论。

这种乐趣没办法养活一个人，更不要说养活一个家庭。好在我很喜欢教学和研究工作，现在担任查塔姆大学（Chatham University）人文学系主任，也担任本校亚洲研究课程的召集人（Humanities Department Chair，Asian Studies Coordinator）。领域挺大，但学校并不大，我觉得这样还挺好，这样的情况，我觉得是更幸福的。

那么，在这所规模很小的学校，我怎么能够“让我的学生了解中国文学”？希望大家不会觉得太失望：这个目标很少达到。

我在大学教 4 门有关的课程——

东亚学习入门（East Asian Studies）。必须读的包括一点《道德经》和一本 20 世纪 20 年代韩国左派小说 ，该课注重历史教科书和学生自己提出的题目，他们选的题目大部分跟日本或韩国有关，如果跟中国有关，那就是历史方面的。

东亚电影（East Asian Cinema）。其中的中国电影有《神女》《卧虎藏龙》《英雄》《南京！南京!》，今年如果可以的话，会加入《独行月球》。

后/现代中国：数字叙事（Post/Modern China：Digital Storytelling）。必须读的包括鲁迅、张爱玲的一些作品，课程内容注重历史教科书和学生自己提出的题目，他们自己选择和研究“近/现代中国的一个故事”，然后写或讲出那个故事给英语观众听或看。基本上，这样的教法的目标是“让美国学生多了解近/现代中国社会历史与文化”，让他们了解一点文学的背景，而不只是文学本身。我所在的这所小小的大学，除了我以外，没有老师能够教中国历史，而我个人的个性就是——如果他们只看过某一篇中文文学作品，但是却并不了解中国的历史背景和社会因素，那么，他们能讲的我不会太想听。

世界文学（World Literature）。这门课范围实在太广，我把它当作一个“娱乐场”或“体操场”，尽可能地让学生读到一些新的作品，还有一些从来没接触过的文学作品里面的人物。基本的教学方法是把两篇作品放在一起，比方说，将古希腊索福克勒斯的《安提戈涅》（*Antigone*）与卡米拉·夏姆斯的《战火家园》（*Home Fire*，就是一本以《安提戈涅》为范本的现代小说）配合在一起读。

我也试过把两篇中文小说配合在一起教授。第一篇是鲁迅的《故乡》，这个故事是说两个男孩小时候一起玩，长大了就不能像以前一样做朋友，因为他们的社会阶层的差别太明显。第二篇是张爱玲的《同学少年都不贱》，同样是讲两个年轻人小时候做好朋友，可是这两个女生长大了以后，从上海搬到美国，也碰到阶层差别的问题，还有其他的很复杂的友情问题。结果，在上课的时候，阅读反响都还不错，学生都蛮喜欢的，也能了解这两篇人物的心理问题，因为他们对于这种友情问题有亲身经验，有自己的看法与意见。

长话短说，文学作品如果提及读者自身遭遇过的问题，读者可能会更感兴趣，更愿意去研读与讨论。当中国文学讲到学生自己本身遇到的一些问题的时候，教室的学习气氛就会变得比较丰富、有趣，这样，老师和学生一样都能从教书和学习的辛苦中得到不少乐趣。

恒久坚持，真诚书写，面对世界

阿　来

阿来，1959 年生。中国作家协会副主席、四川省作家协会主席。以《尘埃落定》《蘑菇圈》和《云中记》等小说先后获茅盾文学奖、鲁迅文学奖、“五个一工程”奖等奖项。另有非虚构作品《大地的阶梯》《瞻对：终于融化的铁疙瘩》等。多部作品被译为英语、法语、意大利语、德语、俄语、日语、西班牙语、阿拉伯语、印地语、僧伽罗语等文字在海外出版。一些作品被译为藏语、蒙古语、维吾尔语和哈萨克语等在国内出版。

如果在二十年前，我会非常愿意来做这个发言。

但今天，却是抱着一种无可无不可的心情。

为什么有如此变化呢？那就先从二十年前说起吧。那时候，自己从事文学创作才十年左右的时间。某些作品在国内渐渐造成一定影响，某些作品开始被一些国外的翻译家关注，被一些语种译介。自己也对外面的世界充满着美好而乐观的想象。

我自己不到二十岁的时候，恰逢中国的改革开放，不只是我个人，而是整整一代有文化的年轻人，都对世界充满好奇，对外面世界的文化与文学都有着超常的热情。一本本从各个语种翻译过来的书，开阔着心胸与眼界。关于域外的种种新知，特别是域外的文学——无论是其中内在的思想与美学观，还是外显的形式与方法论，都成为自己倾心吸取滋养的对象。这是一个非常值得追忆的过程，至少有十多年时间，我在书中遍访了那么多的国家，遍访了那么多语种的作家作品。过后回顾，阅读数量之多、范围之广，远远超过自己最初的预想。其实，这样开放学习的风潮，并不只是限于我个人，而是那一代中国青年的共同风尚。我曾在某所大学做过一个演讲，讲我们与世界文学的关系，题目有点冗长，叫作《不是我们走向世界，而是世界扑面而来》。确实如此，那时，我们何曾走向世界，而是国门打开，整个世界的种种新鲜信息扑面而来。

那时，我确实和许多同时代的中国写作者一样，相信自己已经来到了歌德预言过的世界文学时代。那也是全球化的倡导与实践都在高歌猛进的时代。

也是在这个时期，自己的某些作品开始被翻译家挑中，被译成不同的外国语言。而且，不只是我的书以另外的语种出现在一些国家，有时，我也会因为这些翻成外国语的书，去到我的书所到达的那个国家，和翻译家与学者交流，与读者交流。同时，我仍然不忘记学习。我的学习方法就是，去那些经典作家书写过的乡村与城市。比如，凭借雨果的《九三年》，在巴黎寻找法国大革命的遗迹，不只是凭吊，也是让自己从当时鲜血淋漓的现实中认知历史，思索人性的光明与幽暗。在美国，我去寻找惠特曼倾心歌唱过的地方，去马克·吐温描绘过的密西西比河上航行。

不光是欧洲和北美，我还去过这个世界的许多地方。

因为，在某些语境中，说到走向世界的时候，其实是走向西欧与北美，而不真的是整个世界。在这一点上，我是有所警惕的。我愿意去到这个世界的更多地方。当然得是产生了好的有高度的文学的地方。

我去过非洲，去过澳洲，去过我青年时代倾心的聂鲁达的诗歌书写过的南美洲的好些地方，从太平洋海岸，到安第斯山中那些雄奇的高地。

在这个过程中，特别是这些年来，世界也显露出他另一种面目，也许，这才是我们身处的这个世界的真实面目。我渐渐意识到，我们可能对走向世界抱有太大的热情，以为世界会热情欢迎任何一个成员的加入似乎是我们的一厢情愿。

在我的感觉中，其他国家的公众或者说读者，尤其是西方世界的读者与中国读者就大不相同。中国的读者受新文化运动以来思想与文化潮流的熏染，对外国文学有充分的了解和阅读的热情，有相当部分读者对外国文学的阅读甚至超过对本国文学的热情。而在国外，大部分公众对中国的文学甚至中国本身缺少基本的认知，西方国家可能是出于他们的文化优越感，第三世界国家可能因为物质匮乏或囿于自身的文化习惯或宗教信仰。无论原因是什么，他们总体上确实对中国文学缺少像中国读者一样对于外国文学的强烈兴趣。大部分时候，中国文学不论是译介，还是阅读与讨论，都还只是一个专业圈子里的事情。只有少数作家少数作品能够突破这个局限，真正在图书市场上、在公众中产生影响。这种情况的改变，确实要仰赖于更长的时间，更要仰赖于中国这个国家在世界上产生更广泛更持久的影响。

至少在当下这个时期，众所周知的一个现实情况就是，当中国国家力量增强，文化也日渐产生影响时，就遭遇到西方发达国家普遍抵制。马尔克斯获得诺奖后，在受奖演说中，曾经对西方的听众发出这样的疑问："为什么可以允许我们在文学上保持特色，却疑团满腹地拒绝我们在社会变革方面要求的独立自主呢?"时间距马尔克斯发出这样的疑问又过去了差不多半个世纪，而这种情况非但没有得到改善，反而变得更加严重了。

好多事情都和二十年前、十多年前不大相同了。

一方面，我们被告知，文学是一个自由的王国，不论是形式的创新、意愿的表达，还是对现实的理解与书写，作家都拥有充分的自由。但在现实的文学世界里，中国的作家和他们的作品走向世界时，其实会在另一套有色的观察镜下，被挑选，被甄别。另外国度的那些人，当然有权确定在他们的语言与思想体系中，接纳什么和拒绝什么，也有权以非文学的标准凌驾于文学标准之上。因为是我们在主动地试图抵达那个彼岸，而并非受到了那个世界诚挚而热情的邀请。比如，我一直忠实地书写我身处的那个外语里被叫作“Tibet”的青藏高原，书写那里的历史与现实、地理与文化。我生长在那里的土地上，扎根在那里的文化里，热爱那里的人民，观察并记录近几十年来打破愚昧与封闭而迅速开放进步的文化与生活。自欧洲的文艺复兴以来，在任何标准下，这种变化都叫作进步。但在国外好些场合，我却会被一些未曾涉足过这片土地的人明确告知或暗示，这些进步与变化，都是不符合他们设定的，他们要一百年、一千年前的“Tibet”，要一个由喇嘛们所统治的封闭的宗教王国。顺便说一句，即便对这个词汇所涉的地理范围的理解，在外语和中文中，也是大不相同的。其到底是一个地理概念，还是指今天中国的一个行政区划，也是模糊不清的。有时甚至是被故意加以混淆的。

所以，今天，我们来这里讨论中国文学走向世界这个话题，让我这个也有一些作品被译介的作家来发表一点感想。我得说，我的感想有点复杂。我们一直在非常热情地拥抱这个世界，但是，这样的愿望与举动并不是在世界任何一个地方，都受到了同等的回应。这些年来，我常问自己的一个问题是，我们对这个世界的热情，对世界文学共生共荣的想象是不是过于天真了。

面对这样的局面，我想，唯一的办法就是强健我们自己。就我自己而言，我已经阅读了那么多的外国文学，但最后，我们还得用中文，用这个国家的共同语言来处理自己的现实，表达自己的审美经验。最后的表达路径，还是中文。这是基本路径，这是经验世界，这是我这样的写作者，情感与思想表达的唯一出口。所以，我现在阅读与着力之处，更多倾向中国古典，在其中沉浸与感受，依赖其思考与表达。真实而优美地书写我所在的那一部分的中国。

我们当然要走向世界，但对世界的认知却有些不一样了。知道有些时候，去往彼岸的海上也会风高浪急。中国文化中国文学的伟大航船，要靠中文来打造，它既是打造航船的材料，也是航船本身。我愿意花更多的工夫来致力于用这种文字写出更多更好的作品，不管世界承不承认，我们已经强大起来了，但不能就此止步，我们要让自己更加强大。

我相信，世界终归还是要往光明处、开阔处走的。但在当下，也不能太急于求成。我的意思并不是说，我们要就此退缩，回到封闭保守的茧壳里去。但我确实想说，走向世界，也是以我们的真实的而富于审美特性的文学走向世界，以我们的好文学的标准走向世界。而不是期待在另一套标准下被甄别，被挑选，更不要说要如何去迎合那些标准了。我将以恒久的坚持、以真诚的书写面对这个世界。

另一半的旅程

阿　乙

阿乙，1976 年 12 月生，江西人。曾任乡村警察。现居北京。出版有短篇小说集《灰故事》《鸟，看见我了》《春天在哪里》《情史失踪者》《骗子来到南方》，长篇小说《早上九点叫醒我》《下面，我该干些什么》《模范青年》《未婚妻》，随笔集《寡人》《阳光猛烈，万物显形》《通宵俱乐部》。曾入选《人民文学》“未来大家 TOP20”、《联合文学》“20 位 40 岁以下最受期待的华文小说家”，另获蒲松龄短篇小说奖等 10 余项奖。长篇小说《下面，我该干些什么》《早上九点叫醒我》被译为英语、法语、意大利语、西班牙语等 10 余种文字出版。《早上九点叫醒我》成为 2019 年海外馆藏最多的中文文学图书。

单　向

在这样一个时代，世界上没有哪个国家，它的作家写作，只根据他们本民族、本社会、本国家的情况，只面向他们本民族、本社会、本国家。艾略特在《传统与个人才能》里提出，个人写作是融入在世界文学的大传统里的。艾略特认为，文学历史的运行是过去与现在之间的动态的交易，历史的意识不但使人写作时有他自己那一代的背景，而且还要感到从荷马以来欧洲整个的文学及其本国整个的文学有一个同时的存在，组成一个同时的局面。可以说，世界以及历史，这一种语言和彼一种语言，共同组建了一个作者写作的背景。

面向世界就更好说了。我们很少听说有一位作家是专门为本民族、本社会、本国家写作的。尽管在事实上，他的作品可能永远都在本民族和本国发行。

中国文学界最具说服力的奖项是茅盾文学奖。我听说在得茅奖后，一位作家的作品，每天以约 2 000 本的速度销售出去。《重庆晚报》在采访当地的书城得知，原本格非的《江南三部曲》无货，获奖后一个多月售出 100 余套。这只是一地一家书店的情况。但茅奖在影响力上还是比不上诺贝尔文学奖。多年前，《成都商报》记者调查获悉，莫言获奖后作品的月均销量是获奖前的 199 倍。我们知道，春节的时候，会有公司团购“莫言全集”作为年终奖品。刘慈欣在获得雨果奖之前就已经被中国科幻文学界广泛承认，但真正推动他成为一个符号的还是雨果奖。雨果奖对刘慈欣、中国科幻文学的提振，就和 NBA 对姚明、中国篮球，斯诺克锦标赛冠军对丁俊晖、中国台球的提振一样。

一个法国人或美国人获诺奖，命运可能会改观，但不会像中国人改变得这么大。勒·克莱齐奥得奖后，多次来中国。我想这可能和中国人对诺贝尔奖有一种特殊情结有关。诺奖得主来华得到礼遇，几乎已成为传统。20 世纪初泰戈尔来华，就成为巨大的社会新闻事件。后来略萨、奈保尔来华，场面也很盛大。

我感觉，在这里面，可能存在一种单向的东西。这个问题并不好讨论，因为稍一不慎，就使它变成一个更大领域的论题。也许只说明眼下的事情是最好的。我想尝试说，是一种焦虑使得我们至少在文学上变得谦抑。

正是某种起于一百多年前的焦虑情绪，使得我们的先人、我们行业的先行者，掩埋或者说结束了积累数千年的文言文文化，转而开启一种新的模式。这就是我们今天能看见的——直到今天还在优化、改进的——白话文运动。有新诗，有简化字，有拼音，等等。目前我们使用的简化字就是这场百年运动的结果之一。我听说还有更为简化的，叫“二简字”，使用一段时间后废止了。拼音则是汉字拉丁化进程的一个产物。文学的定义也发生了变化，唐诗宋词这种就像长江黄河一样刻印于族群记忆之中的文学体裁，已经在新的形势下变成一种次要的、甚至更多是消闲娱乐的文体。相对应的，是强调学习外国文学。这种取法自林纾（1899 年翻译小仲马《巴黎茶花女遗事》）开始，到现在已有 120 余年历史，翻译之种类、数量可用汗牛充栋来形容。翻译涵盖到极小的语种。凡有印刷、出版之处，都有火种传递到中国。可以说，现在的中国作家还不能说是世界上最好的作者，但是中国读者一定是世界上最好的读者。从物理条件上，虽有英语障碍，但因为译本多而快（有的作品还有数个译本可供选择），中国读者几乎可以了解到世界上几乎所有成名的文学出版物。另外从心态上说，他们也从不阻止自己去阅读和吸收。

我自己的情况

就我自己而言，我的规模性阅读是从 21 年前开始的，速率是一周一本，每 5 本里有 4 本是外国文学。这样下来，我大概读过七八百本外国文学书。可以说我是外国文学的学生。我生于 20 世纪 70 年代。从另一种意义上说，我也是科学的后裔、工业的后裔、电子的后裔、互联网的后裔，也可以概括为进步的后裔。我们这一代明显是与一百多年前的祖先割断了的。我很难想象，假如真的有穿越时间的利器，我如何在见到祖先时和他品尝共同的意趣。他饮茶，看着山间的雾霭，思想在一种意境里遁去，而我和他谈存在主义以及拉美文学爆炸。我们互相不了解，就像各自失去半边身体的残疾人。

有一个问题是，那些我们师法的外国文学，虽然它们也常去整个世界汲取营养，但又莫不是依托了自己族群的文化根底，或者直白说，依托了自己的历史，以及那种历史里会有的气质。

我是在 2013 年住院半年期间才通读过一遍《史记》的，读的是韩兆琦的注释本。随后发生兴趣，又去阅读杨伯峻注解的《左传》。然后我就像是刚刚才知道一样，接触到《诗经》《论语》。我被两种心态统治着，一种是我看到了那自我出生后就被锁起来的中华古文化的府库，其宝物有多少。就像最近公布的南昌西汉海昏侯墓考古发现，有五铢钱 200 万枚，重 10 吨，报道说“钱币堆成山”。我们如果从有甲骨文计算起，不知道有多少文化的可传承之物，在这 100 多年内向我们瞒过了。还有一种是喟叹余生有限，自己已经错过了童年、少年、青年这三个学习与接触的最佳时机。对别人来说不见得晚了，对我来说已经晚了。

我读了 21 年的外国小说，已经读到过剩的地步，也正是读过之后，意识到自己在另外一方面是完全缺失的。我整个的涵养仍然极其浅薄。我的人生之误就在于，当初我是将学习外国小说与学习古文当成二者必居其一、必须做出选择的两条道路。

态　度

今天，我们自警于对传统文化的忽视，转而思考去重振它。这种愿望是美好的。但也可能沦陷于一种自证的圈套，即试图倚仗它去和世界上的假想敌做一番比较。就像我们去寻找某项先进的工具，其雏形可能发源于中国，比如英国有现代足球，我们有古代蹴鞠。这样做的动机可能很好，但也可能妨碍我们真正地在美学的领域里深入获取。我记得一位意大利教练萨基这样形容一位异族的足球运动员马拉多纳：他是唯一让我愿意跪在场边哭的球员。我在读到福克纳的作品时出现过这种状态，后来在读《左传》时有同样感受。我想，在艺术上的景仰是我们首先去学习古文、了解古文的原因。

这些年，汉语文学传承古意的作品虽然不多，但终究还有《废都》（贾平凹）、《江南三部曲》（格非）、《茶人三部曲》（王旭烽）、《青鸟故事集》（李敬泽）、《妻妾成群》（苏童）等等。诗歌里有张枣、施茂盛、茱萸化古为今的诗篇。但是普遍的、规模的现象我仍然看不到。古意盎然的才子，在当今，应是珍稀的物种。年轻一代里我好像也只看见张定浩、周恺。如果给他们一个框架，那就是“古文复兴者”，或者说“汉语复兴者”。

我所面对的同行和我一样，某种程度上说都是现代的后裔。具体如何去激励和呼应，我想除开个人应该奋起直追外，有志者与有条件者可以进行充分的考量与设计。我想最为迫切的是，我们应该先展示这样一些复兴古汉语的作品，它才能形成示范。

我以一首盖瑞·施耐德的诗作为结束语，我认为这位垮掉派诗人极好地继承了中国古诗里那种欲言又止、只可意会的意境：

Mid-August at Sourdough Mountain Lookout

Down valley a smoke haze
Three days heat, after five days rain
Pitch glows on the fir-cones
Across rocks and meadows
Swarms of new flies.

I cannot remember things I once read
A few friends, but they are in cities.
Drinking cold snow-water from a tin cup
Looking down for miles
Through high still air.

八月中旬在苏窦山瞭望站

山谷下一阵烟岚
三天暑热，之前五日大雨
冷杉球果上树脂闪耀
新生的苍蝇
团团飞过岩石和草地。

我想不起曾经读过的东西
有几个朋友，但住在城里。
喝锡罐中冷冷的雪水
向下远眺，数英里在目
大气高旷而静止。

“多声部”的文学标准

艾 伟

艾伟，著有长篇小说《风和日丽》《爱人同志》《爱人有罪》《越野赛跑》《盛夏》《南方》，小说集《乡村电影》《妇女简史》《整个宇宙在和我说话》《过往》等多种，另有《艾伟作品集》五卷。多部作品被译为英语、意大利语、德语、日语、俄语等文字出版。最新作品为长篇《镜中》。现为浙江省作家协会主席。中篇小说《过往》获鲁迅文学奖。

很高兴参加这次中国文学国际传播论坛。这次论坛的主题是“让世界了解中国文学”，因此我想从中国现代文学的来历以及文学的世界性的角度谈一下这个主题。

提起中国文学必须提“现代性”这个概念。在中国，“现代性”这个词汇更有其复杂的含义，几乎发生在中国的一切都可以用“现代性”去阐释或概括，比如革命以暴力的方式推进现代性，比如民族国家的建立，比如想象的共同体的构建，包括我们在写的小说基本上都是“现代性”的产物。我打算谈论这样一个宏大的主题，是因为这个主题和现代以来中国人的生活息息相关，这个所谓的“现代性”已经是历史意志的重要组成部分，成为席卷中国人观念以及生活的重要发生点。

文学作为观察时代意志碾压下人的处境的一种文体，自然会关心所谓的“现代性”。事实上，在不经意之间，现代性已渗透到作家对这个世界的思考及观察的方式之中，成为一种“无意识”的存在，影响着中国人对未来的想象，也影响着中国人的审美和创造。

在中国“现代性”背后存在一个根本逻辑，就是“西方”的闯入。也就是说，这个所谓的“现代性”是“西方”带来的，根本原因是近代中国陷入了一个深刻的政治、经济、技术以及文化危机之中。非常有意思的是在中国的救亡运动中，一方面打着反对西方帝国主义的旗帜 ，另一方面也在努力向西方的科学人文体系学习。

中国的五四运动被认为是现代文学的起点。其中有一个主题就是建立现代意识的“中国人”、一个中国新人，并构建关于中华民族的想象共同体。中国现代文学一开始就担当起了某种“国族”大义。

新文学以来的中国文学史书写形成一个传统，把中国社会思潮的演进当作观察中国文学的方法论的最重要的切入点。当然这也没错。事实上，很多文本都是社会思潮的结果。比如像曹禺的《雷雨》，巴金的《家》《春》《秋》都和当时的社会思潮有关。“五四”前后，知识界一个重要的命题是建构一个现代国家，即建构一个强大的民族共同体，知识界觉得国人过分重视家庭而没有或太少关于宗族之外的身份观念。所以必须把人从宗族中解放出来，张扬个性，获得自我解放。悖论是这个解放只针对家庭而不是针对国家，并且就是为强化国族意识的构建服务的，“五四”的个人解放并非自由主义者所说的“个人”，而是为了走向一个关于国族复兴的“集体”。儒家是最重视家庭伦理秩序的，所以“五四”知识界反儒是题中应有之义。这一时期的家庭，在文学中被描述为黑暗的、父权的、压抑的，需要反抗和出走的。我们今天看《雷雨》和《家》，觉得那些个纲常伦理几乎让小说里的主人公喘不过气来。事实上巴金后来说过，《家》《春》《秋》虽然以他的家庭为原型，他的家庭实际并没那么黑暗。任何一个中国家庭其实都存在温情脉脉的中国式的情感关系，并非因为身处现代以前而分外丑陋。但艺术就在一种社会思潮中展开了特有的叙事。

即使到了今天，历史的某个思潮或思想逻辑不自觉作用在我们关于文学的理解上，成为我们判定文学时起着潜在作用的隐性说明书。现代以来中国的文学史成了一部思想、文化和社会演进意义上的历史，这几乎是现代以来文学史唯一的书写方式。但是我们回望整个中国古代文学史，基本上还是一个文学的艺术史，我们所认知的作家，无论如何都有他们值得称道的诗歌或散文。因此，从大的历史尺度来说，我们现在书写的那种文学史的方法或许不是唯一的。一些篇章注定只是一个篇目，只是因为在历史某个思潮的节点产生而成为文学史的叙述对象。文学史的叙事中有广义的“政治”，但艺术最终有自己的标准，它需要脱离某种思潮而成立。今天我们读古人的文章，我们决不会回到当时的社会运动中去理解，首先打动我们的是文学本身的魅力。也就是说即便他们文章是当时某种思想的产物，但它的永恒性也同样存在。

这也是我今天特别想在这个“国际”性的场合提出的一个问题，作家们没办法绕过历史意志，但文学可能有着自己独特的气质，它不在一时一地的历史逻辑之中，而是有着一个永恒的尺度。

中国文学界确实有自己独特的评价体系。我甚至觉得有时候，我们对待外国文学时是一套评价体系，当我们回到中国文学又会自觉地转换到另一套标准中。

当然应当承认我们有特殊性，适当加权适合于中国文学的标准是必要的。比如我们中国小说有一个强大的世情小说传统，以《金瓶梅》为代表的世情小说谱系是以描摹人间烟火见长的。这一传统深深影响着我们的思维方式以及对世界的看法。我们的书写通常通过大地之上人间烟火的描摹抵达生命的虚无之境。我一直认为在今天，在书写鸡飞狗跳、活色生香的日常生活方面，中国作家在全世界都是最出色的群体。

但我们也是世界中的中国，是世界文学的一部分。况且自新文学以来，我们所写的小说其实已不再是传统意义上的小说，无论小说概念还是写作的方法或是思考方式都带有长长的西方的影子。作为世界文学的一部分，我们理应用同一尺度去评价中外文学。只有在同一尺度下，我们才能了解我们彼此的共同点以及分歧（这一分歧也应该是可以理解的分歧）。

所以，今天这个汉学家会议特别好，“让世界了解中国文学”这个主题也特别好。这一方面可以让中国作家在整个世界文学的格局中去理解已经完成以及正在发生的中国文学，同时，来自世界各国的汉学家也会从他们的文化视角出发去判断或做出选择。而这个时候，文学的世界性显得特别重要。我们经常说的一句话是“越是民族的，也越是世界的”，我觉得这句话真正的含义是，可以被世界理解的“民族性”，才是世界的。而这个能理解的领域就是人性，这是文学永恒的真理。

我发现在中国文学的内部，有着一个双重的评判系统，我们对待西方文学是更开放、更宽容，以及更符合文学根本逻辑。也就是说，我们对待西方文学天然地保持着文学性，西方作家写什么都是合法的。甚至同样是对中国文学也存在两套标准，我们对过去的文学比较宽容，而面对当下文学往往无法排除非文学性因素的干扰。当然这也是正常现象，一部文学作品刚刚面世，对它的判断会相对困难，好的文学根本上需要时间来确认。

也因此，我们或许需要一些闯入者和另一维度的建构者，带着与我们不同的目光，对我们的文学做出判断（无论这判断是有效的还是无效的）。某种意义上，汉学家或者说中国文学的译介就是一个闯入者和建构者，汉学家身上有自己的文学传统，汉学家从自己的文学传统出发对中国文学做出自己的回应和判断，我认为非常重要，我们需要各方面的评判。如果中国文学真的存在一个评价体系，那么我们多么希望有一个多声部的存在，而在座的汉学家们就是一个一个的声音，从而可以给我们一个提醒。同时我也希望汉学家们保持最本能的文学判断，哪怕这个判断听起来是突兀的，在我看来也是难能可贵的。谢谢你们。

中国科幻出海的现状、展望与反思

宝　树

宝树，科幻作家、译者，中国作家协会科幻文学专委会委员，北京大学博古睿研究中心学者。著有《观想之宙》《时间之墟》《七国银河》等多部长篇小说，中短篇作品发表约百万字并出版多部选集，屡获中国科幻银河奖和华语科幻星云奖等。主编科幻选集《科幻中的中国历史》等，译著有《冷酷的等式》《造星主》等。十余部作品被译为英语、日语、意大利语、德语等文字出版。

中国的科幻文学，自 1902 年梁启超的《新中国未来记》始，已经走过 120 余年的历程——甚至比一般认为的中国现代小说的历史还要长一些。但长期以来，无论是在国内文学界，还是在国际科幻界，更不用说国际文学界，中国科幻总是可有可无的边缘存在，偶尔和少量的译介与其说是实质的文化传播，不如说只是特定人士观察中国文化的一个窗口。

但到了 2010 年之后，随着刘慈欣的《三体》三部曲等作品蜚声海内外，情况开始迅速发生变化。2015 年，美籍华人作家刘宇昆翻译的《三体》英译本获得星云奖提名和雨果奖最佳长篇，随后不仅被译为各个语种，高度畅销（全球销量已破千万），更成为奥巴马、扎克伯格等世界名人钟爱的读物。影响力之深远，在中国文学上可能是史无前例的。

如果说《三体》——乃至刘慈欣本人的其他作品——还可以看成是个例，此后若干年中，郝景芳的中篇小说《北京折叠》、陈楸帆的长篇小说《荒潮》等一批作品在海外的译介和获奖，以及 *Broken Stars*（《碎星星》）、*The Reincarnated Giant*（《转生的巨人》）、*Sinopticon*（《中华景观》）、『移動迷宫：中国史 SF 短篇集』（《中国史科幻短篇小说集·移动迷宫》）等外版中国科幻作品集出版，则无疑昭示了中国科幻作家作为群体的崛起。笔者作为其中一员，也幸附骥尾，近十年来已有约 20 部作品被译为多种外文，除去因为与《三体》有关而获得多语种出版机会的小说《三体 X》之外，也有许多中短篇小说在 *F&SF*（《奇幻与科幻杂志》）、*Clarkesworld*（《克拉克世界》）、『SFマガジン』（《科幻杂志》）、*Kapsel*（《胶囊》）、*Future Fiction*（《未来小说》）等美、日、德、意等国的知名科幻期刊上发表，或收录入上文提到的中国科幻选本，并在早川书房出版日文作品集《时间之王》（2021）。到此可以说，中国科幻这支“寂寞的伏兵”终于气势磅礴地“杀”出一片新天地。

这些进展在过去看来也几乎就是科幻想象了。回想 30 年前的 1993 年，中国科幻刚刚再一次从荒芜中艰难起步，许多早年的作品以现在的标准看来都稚嫩可笑；21 世纪初，中国的科幻作者和科幻迷面对《计算中的上帝》《深渊上的火》等译介进来的当代美国科幻佳作望洋兴叹，慨叹中美科幻的巨大差距；甚至当《三体》英文版在美国出版后，笔者还亲眼在一些科幻论坛，看到一些自诩了解美国科幻现状的评论者斩钉截铁地预言，在每年出版上千部科幻小说、名家杰作不可胜计的英美科幻界，此书不会引起什么反响，出了也是石沉大海。

这些说法如今当然已成笑谈，但笔者倒认为应该加以理解：如果说改革开放初期的科幻热尚处于相对封闭的环境中，90年代中叶以来中国科幻的再次启航，从一开始就处于欧风美雨的浸润之下，直接从欧美和日本文化（除小说外，还有影视、动漫、游戏等多种形式）中汲取养分，实际地位是一种单纯受影响的文化洼地。对比之下，我们对自身的缺陷与不足会有比较清醒的认知。然而这也导致了某种过头的仰视心态和自卑情结，比如，很长时间内，许多科幻读者都带着某种自豪宣称自己“只读译作，不读原创”，认为中国科幻和西方作品完全不是一个档次。

以刘慈欣为代表的一批科幻作家的优秀作品被介绍到海外，影响力从无到有且飞快扩大，已经打破了国内外科幻有霄壤之别的偏见。从此，中国科幻有了也可能写出走向世界的优秀作品的自信。当然，这种自信应该理解为，中国的作者不必天然觉得自己在科幻文化的下游和洼地，也可能有自己原创的、足以与世界同道相切磋的贡献，而不是“我和科比合砍八十一分”式的虚骄。应该清醒地看到，除了刘慈欣等极个别天才作家，总体来讲，其他科幻作者的影响还比较有限。中国科幻的创作队伍，无论是从数量上，还是从平均质量上，和英语科幻相比还是差距巨大的。不过在科幻热的带动下，创作者的数量和作品的质量也有明显上涨之势，这一差距也在迅速缩小中。

从宏观的视角来看，中国科幻在国际舞台上一定的成功不只依赖于科幻作家的努力，而也是中国国力飙升、科技发达、文化影响扩大水到渠成的结果。过去若干年中，在许多其他的文化领域，我们在国际上也有很多斩获。如莫言获得了诺贝尔文学奖，余华等作家在海外也有很高的认知度；麦家、周浩晖等类型文学作家的英译本也有一定影响力；乃至网络文学也在海外有了一定的关注和一批忠实粉丝……另外学术、科技、影视等方面的成绩就毋庸多说了。在中国崛起、国际化影响蒸蒸日上的现状下，世界其他国家才会更愿意了解中国文化和科技，科幻的出海才能顺水推舟，一日千里。可以预言，只要中国继续作为世界的重要一极存在，中国科幻的发展还会到达一个新的台阶。

不过，外界的影响也可能以某些间接和有害的方式起作用，比如商业机构通过雄厚资本的炒作、刷票等手法，也能让一些作品通过“国际化”的方式获得巨大流量，其中泥沙俱下，难以尽述。这些方面隐含的诸多问题，需要科幻作者和从业者去认真思考和面对。

更重要的是，“科幻出海”也令更深层的主体性建构和价值认同问题愈发凸显。这关涉到中国科幻的内核所在：中国的科幻小说书写的究竟是谁的故事？在20世纪七八十年代科幻第一次振兴时期，这一问题的答案是很清晰的：是在不远的未来实现高科技和现代化的新中国的故事。但后来，这一共识已经不复存在，定位开始变得暧昧多元。

如上文所说，与主流文学略有不同，长期以来，中国科幻是以学习和仿效西方作品为基本模式的，而因为故事背景往往放在高科技的未来，这和现实中高科技的发达国家之间就有了很大程度的重合，所以可以直接照搬后者的很多元素。科幻小说中所描写的未来社会，看似没有国界，其实基本还是以当代西方社会为原型。许多读者都抱怨过，国内的科幻作品往往过于西化，不接地气。即使是写遥远未来或异星的故事，也仍然化不掉西式人物和社会的影子。偶有中国元素出现，反会令人感觉“出戏”。

譬如，笔者曾经读过一本设定在大宇航时代的科幻小说，其中提到主角登上一艘星际飞船，参加了一个宴会，八仙桌上摆着宫保鸡丁、鱼香肉丝等中餐菜肴，总觉得行文有些土气可笑。但丹·西蒙斯的名著《海伯利安》的开头，描写主角们在宇宙飞船上享用红酒和牛排却十分自然。这种心态似乎也不对，谁规定了未来的飞船上就只能吃红酒牛排，不能吃宫保鸡丁呢？但这的确是很多读者的实际感受。那么，中国人自己的未来又如何去想象和书写呢？

这一点并不一定会随着中国科幻的国际化而有多少改变；相反，对于一系列作品成功国际化的喜出望外，以及若干作家们翻译、获奖后“出口转内销”式的洛阳纸贵，可能反而固化了以国际认同为价值本位的游戏规则。即对一部作品的高下判断，很大程度上依赖于“国际主流”（实际上，就是部分发达国家的市场和评论界）的承认。并且，因为今天有了以前不敢奢望的、在国际上获得大奖和声誉的诱人前景，科幻界一时争相“出海”，可能反而有碍于体认自身的中国性，也反而挖空了自己的读者基础。

当然，所谓“中国性”，不是指中国作家非得把四书五经、唐诗宋词、气功中医等“国粹”写到科幻里去，才够“中国”。对这些文化如果没有深刻的体悟，可能反倒沦为异域风情的猎奇。没有必要强求中国科幻作者在作品中植入某种特殊的中国元素。直接起作用的，永远是故事本身的精彩和趣味。如果我们将是否有某种可以具体化的“中国性”视为评判标准，会再次跌入自我异化的怪圈。将自身定位为非西方文化的“他者”，而这实际上同样是从西方本位出发的“东方主义”。输出一些以特殊文化为噱头的作品，或者过于浅薄花哨而无法进入不同文化的读者内心，或者毫无必要地增加阅读门槛，而令读者不知所云，不得其门而入。

既然两种极端都不可取，应该做的是什么呢？我以为，最应该反省的是“国际化”的导向本身的影响，在肯定其积极一方面的同时，也绝不能冠履倒置、喧宾夺主。中国科幻需要建立的是自身的主体意识，亦即对中国读者来说本已的、源于中国历史与现实的审美结构和表达路径，并根本上从这一结构和路径切入具有普遍性的人类价值体验。

历览科幻史，不难发现，经典科幻作品与其文化母体之间往往具有深层的契合和呼应。譬如《基地》背后是一部罗马帝国衰亡史，《星际迷航》体现了欧洲人大航海时代的探险精神，《星球大战》中共和与帝制斗争的主题更横贯了从恺撒到希特勒的西方历史……取得了伟大成就的中国科幻作品也具有这样的特质：《三体》系列中隐然再现了每个中国人都熟悉的、压抑和苦难的近现代史，除了明确设定的历史背景外，地球文明对于初级技术成就的盲目自信和对外星文明技术优势的茫然无知，俨然是未来版的“乾嘉盛世”；而技术超乎想象、几乎不可战胜的外星侵略者，亦正如带来“三千年未有之大变局”的英国舰队；利用黑暗森林法则的苦心制衡，又像是在列强争霸中无奈的“以夷制夷”；三体人对地球的奇袭和统治，以及手挥武士刀的“智子”，灵感明显来自抗战中日本人在中国的暴虐……当然，这并非简单对应的“影射”，而是来自经历过的种种苦难的历史忧患意识对未来的渗透。它们既来自中国，有深刻的“中国性”，又向不同文化背景的读者开放，具有普遍的人类价值意义。

另一方面，在西方科幻中一直有重要地位的宗教体验、种族冲突、性别性向等主题，在以《三体》系列为代表的中国科幻作品中并不显著。比如一位西方读者评论，《三体》是一部真正无神论的科幻。这并不意味着，西方科幻都是有神论，而是说在宗教维度仍然是一些探讨终极问题的科幻作品的重要主题。过去，这些差别可能会被归结为发展阶段和水平的不同，简单说，就是中国科幻过于滞后，不如西方科幻的问题意识“先进”“深刻”；但现在看来，中国科幻完全可能以更适合自己的方式观照到人类精神世界的根基和本源，并与他国的科幻作品形成更为平等和有效的对话。

或者可以这么说，对中国科幻而言，关键不是写什么，笔下有多少中国元素，而是如何去写，最根本和迫切的需要是在我们每一个中国创作者的社会生活的土壤中，找到意义生发源泉，拥有自身的独立品味、自治评判乃至不断推陈出新的活力。这是单纯“国际化”不可能带给我们的，而必要扎根于吾国吾民，扎根于每一位作者在现实当代中国的生存体验。但奇妙的是，一旦我们找到这样的根基，也就找到了真正走向全世界、打开不同文化读者内心的金钥匙。

从通天塔到挪亚方舟

——让世界了解中国文学

蔡　骏

蔡骏，作家、编剧。已出版《春夜》《镇墓兽》《谋杀似水年华》《最漫长的那一夜》《天机》等30余部作品，累计发行1 400万册。作品发表于《收获》《人民文学》《当代》《上海文学》《十月》《江南》《中国作家》《山花》《小说选刊》《小说月报》。曾获茅盾文学新人奖、凤凰文学奖、梁羽生文学奖杰出贡献奖、郁达夫小说奖提名奖、《上海文学》奖、百花文学奖、茅台杯《小说选刊》短篇小说奖、《人民文学》青年作家年度表现奖。作品被译为英语、法语、俄语、德语、日语、韩语、泰语、越南语等十余种文字。数部作品被改编为电影、电视剧、舞台剧。

2023年5月，我应邀参加了阿拉伯联合酋长国阿布扎比国际书展，将自己的新书《谎言之子》的阿拉伯语版权签给了埃及希格迈特文化。阿布扎比是建在波斯湾和沙漠之间的城市，正值中东的酷暑，每天都达到40摄氏度以上，但在书展现场仍然有不计其数的阿拉伯以及世界各地的孩子们，如同鸽群降落。

在阿布扎比的最后一天，我去了一趟沙漠深处，抬头仰望满天星斗，仿佛窥见一个惊心动魄的宇宙，掩埋着亿万年前的无尽秘密。当我躺在沙漠的怀抱，倾听每一颗亘古的星辰坠落之声，就像听到一颗颗成熟的椰枣从树上坠落到沙子之中。我想起离此并不遥远的两河流域，几千年前的古巴比伦人曾经想要在沙漠和沃野之间竖立起一座通天塔。然而这座通天塔终究因为语言和文化的隔阂而倒塌。但我又想起了更古老的挪亚方舟，在大洪水时代让所有的人类和物种得以幸存和传承。我想，古今中外文学作品的翻译和出版，恰是当下的挪亚方舟，并让我们有机会再造一座文学的通天塔。

我的小说第一次在国外翻译出版是在 2006 年，《病毒》和《诅咒》在俄罗斯出版。之后在泰国和越南翻译出版了多部作品。时至今日，我仍然有作品陆续在这两个国家翻译出版，这也说明东南亚始终是中国文化海外传播的第一站。2014 年，通过亚马逊中国的推荐，美国亚马逊旗下的出版公司购买了我的长篇小说《生死河》的英文版权。2015 年，英文版在美国出版上市。2016 年，《生死河》韩文版在韩国出版上市。

这一年，法国 XO 出版社购买了《生死河》法语版权，以及欧洲大陆各个主要语种的代理权。经过法国汉学家巴彦（Claude Payen）先生的翻译，确定法语书名 *La Rivière de l'Oubli*（意为《遗忘之河》）。本书在 2018 年伦敦书展进行推广，得到国际出版界的广泛关注。2018 年 9 月，《生死河》法语版在欧洲出版上市，定价 21.9 欧元，首印两万册，完全按照欧美畅销书的模式运作。法国 XO 出版社此前从未出版过中国文学作品，也从未跟中国出版机构有过合作，因此是以纯市场的方式来运作本书。经过法国 XO 出版社的代理，《生死河》的德语、日语、捷克语、斯洛伐克语版权也已分别售出，其中德语版已在 2020 年出版，日语版在 2023 年 7 月由竹书房出版。

2018 年 10 月 4 日至 10 月 10 日，经过法国 XO 出版社的安排，我到法国、比利时进行签售与交流活动，接受欧洲媒体专访。我也深入到欧洲的一些书店和高校，了解中国文学海外传播的实际情况。但我也发现一些在海外出版的中国文学，难以进入欧洲的主流市场，影响力仅限于少数中国文学的研究者与爱好者，无法覆盖到欧洲的大众读者。我想只有充分通过市场机制，才能更有效地实现中国文学走出去，扩大中国文学在全球范围的影响力。

汉学家的翻译也是极度重要的一个环节。《生死河》法语版的翻译家，是83岁的法国汉学家巴彦先生。我到巴彦先生在巴黎的家中做客，看到他翻译过许多的书，包括阎连科几乎所有作品的法语版，还有徐则臣等中国当代优秀作家的作品。一位杰出的汉学家的翻译，往往能决定一部作品的成败。

中国作家也要坦然接受欧美主流媒体的采访，这是对中国文学与当下中国巨大进步成就的极好宣传。有一位法国记者向我介绍了他读完《生死河》的感想，虽然本书属于欧美犯罪小说的分类，但背景是90年代至今的中国社会。他能从中读出中国社会的巨大变化与进步，也能从复仇的主题中读出宽恕与和解的精神。许多欧洲记者仍然对中国不太了解，或者存在部分误解，我都对此进行了详细的解释和介绍。比如关于当下中国社会的女性地位、中国互联网技术与移动支付的普及、普通中国人的生活水平等问题，并就中国网络文学对欧洲媒体进行了普及。

中国文学在海外的翻译出版，有助于中国文化与汉语的传播。《生死河》法语版的出版，在比利时布鲁塞尔与法国雷恩的活动都有当地大学中文系以及孔子学院的参与。有些法国本土的大学生可以用熟练的汉语提问。雷恩左拉高级中学还设有中文国际班，部分课程实施中文授课。布鲁塞尔自由大学孔子学院是与华东师范大学合办的，法国布列塔尼大区孔子学院是与山东大学合办（布列塔尼大区与山东省为友好省份，雷恩与济南为友好城市）的。中国与汉语的国际地位正在迅速提高，中国文学不应在这一历史进程中缺席。

2023 年 4 月，我的长篇小说《幽灵客栈》日文版由文艺春秋出版。虽然我从没见过本书的译者舩山睦美老师，但我们通过邮件往来已经多年，每年我也都会收到她从日本寄来的礼物。这缘分始于我的中短篇小说的翻译，我结识了一批日本汉学家，《幽灵客栈》正是通过舩山睦美老师的推荐，得以在日本的百年老店文艺春秋出版。

多年以前，我读到森村诚一先生的推理小说《野性的证明》，书中引用了英年早逝的日本诗人立原道造的一首诗《献给死去的美人》，至今我还记得第一段——

你已化为幽灵，
被人忘记，
却在我的眼前，
若即若离。
当那陌生的土地上，
苹果飘香时节，
你在那窎远的夜空下，
上面星光熠熠。

当时我正在创作《幽灵客栈》，看到这一首《献给死去的美人》，尤其是标题，还有第一句“你已化为幽灵”，恰好暗合了《幽灵客栈》的故事精神，便也引到了自己的作品之中。

数年后，《幽灵客栈》在中国改编成为舞台剧，其中有几场戏——穿着京剧戏服的女演员扮演鬼魂，在舞台背景处飘来荡去，并以京剧式的念白反复念诵《献给死去的美人》。观众们同时感受到西洋的哥特式故事、中国古典的戏曲，以及近代日本的诗歌……这是戏剧的瞬间，也是文学的瞬间，跨越海洋和大陆的瞬间。

根据小说中的环境描述——幽灵客栈盘桓在大海和墓地之间，浸淫着千年的子夜歌，背靠辽阔的亚洲大陆，面朝的大海对岸，便是日本列岛。21 世纪以来，中国的推理和悬疑小说爱好者众多，不少读者和作家都深受日本前辈大师们的影响。我尤其喜爱松本清张和森村诚一的作品，大概是能挖掘到历史厚重感的缘故。今天听到一首老歌《归去来兮》，源自陶渊明的“归去来兮，田园将芜胡不归”。百年以来，无论东亚、欧洲还是拉美，我们的故乡都经历过沧海桑田，至今已面目全非，只剩一座归去来兮的幽灵客栈，这是文学的故乡。如今世道并不太平，太平洋和东海时时飘荡阴霾，但愿文学能让四海一家，希望像春天那样。

到了夏天，继《幽灵客栈》之后，我的《生死河》又在日本翻译出版。然而 2023 年 7 月 24 日，我却听到了森村诚一先生在东京去世的消息，享年 90 岁。森村诚一先生的社会派推理小说曾经深刻影响了我的作品，《幽灵客栈》日文版的出版，恰是这种影响在中日之间的二度跨越和“归去来兮”。我希望自己更多的作品通过译介走进日本读者的书架，更要走进他们的心中，成为中国文学走向世界的一部分。

最后感谢中国作协，感谢南京市人民政府，让我有机会在 2023 年初秋，在南京与 30 余位外国汉学家面对面交流，聆听来自世界各个不同国度和文化的声音。紫金山下，玄武湖畔，文学的挪亚方舟正在重建通天塔。

让世界了解中国文学

曹文轩

曹文轩，中国作家协会儿童文学委员会主任，北京大学文学讲习所所长。出版长篇小说《蜻蜓眼》《草房子》《青铜葵花》《石榴船》等；出版系列作品“我的儿子皮卡”“丁丁当当”等；出版绘本《羽毛》《夏天》等70余种；出版学术著作《中国80年代文学现象研究》《第二世界》《20世纪末中国文学现象研究》《小说门》等。170多部作品被译为英语、法语、德语、俄语、日语、西班牙语、意大利语、阿拉伯语、波斯语等40种文字。曾获国家图书奖、宋庆龄文学奖金奖、金鸡奖最佳编剧奖等重要奖项50余种，并获得多项重要国际奖项。2016年4月获国际安徒生奖，2017年1月获影响世界杰出华人奖。

因为疫情的原因，我们已经有很长时间没有开这等规模和这等规格的会议了。更有很长时间没有见到外国朋友们了。2023年6月在北京举办的国际图书博览会上，我和30位汉学家对谈，那是我3年以来第一次线下见外国朋友。我对他们说，只觉得时间已经很长很长，好像不是3年，而是10年，甚至更长的时间。今天在南京，又见到这么多外国朋友，就觉得世界终于开始变得正常起来了。

“让世界了解中国文学”这个话题可以转换为：如何让世界了解中国文学。也可以转换为：什么样的作品可以跨越文化。我不知道我的作品算不算已经“跨越文化”了？但我很清醒地知道，即便是说已经“跨”了，大概还有一个漫长的“走进深处”的过程。不仅是我要面对这个过程，几乎所有已经走出去的中国作家大概都要面对这个过程。“走出去”与“走进去”是两个不同的概念。那么，如何达到这样的状态？坦率地说，一方面需要我们自己更加努力，将我们的作品写得更好，一方面还需要等待——等待对方消除对中国文学的隔膜。这种隔膜因为各种各样的原因，存在很久了。消除隔膜可能需要一段漫长的时间。我既是一个写作文学作品的人，也是一个研究文学作品的人。我看到，我们有些作品在艺术质量上已经很高了，而到了另外一个国家，其境况却显得有点平淡，而对方一部在质量上并未超出我们这些作品甚至还低于我们这些作品的作品，却在中国迎来了比在它本国还走俏的盛况。什么时候，《草房子》《青铜葵花》——仅《青铜葵花》一部作品就有 20 个语种的翻译——等作品，在中国以外的空间里也能够像在中国的土地上一样被广大读者所接受（《草房子》在中国已经印刷 500 多次，晚于《草房子》8 年的《青铜葵花》也已经印刷 300 多次），这可能需要我们双方的耐心等待。

作为还算是幸运的中国作家，我的一些作品去了巴黎、伦敦、柏林、纽约、罗马、莫斯科、马德里、开罗、东京……它们是怎么做到的？我不敢保证我所分析的原因和这样的结果是一种真实的因果关系。这是我要特意声明的。也许它们走到那些地方纯粹是机缘巧合，是误打误撞，或者是另有原因，而我却根本就没有做出确切分析。

我首先要说的一点是：能够穿越时间和空间的，不会是别的，一定是文学性。

文学是有永恒的基本面的——从它诞生的那一刻起，这些基本面就一直存在着。文学要不要变法？当然要，但它的变法应当是在基本面之上的变法。任何一种被命名的事物，都有它的基本性质，我们只能在承认它的基本性质之后，才能谈变法。我常喜欢拿普通事物来喻理。比如，我说椅子：什么叫椅子呢——也就是说，椅子的基本性质是什么呢？定义是：一种可供我们安放屁股的物体叫椅子。这就是“椅子性”。如果，这个物体不具有这个功能，那么它也就不是椅子了。事实上，椅子也一直在变法，我们能说得清楚这个世界上一共有多少种椅子吗？四条腿的、三条腿的、两条腿的、一条腿的、没有腿的……还有，古今中外，有多少种材质又有多少种风格的椅子呢？但变的不是性质——再变，也不能变成剑——一把立着的剑是不能当椅子的，不信，你坐上去试试！

既是文学，就有文学性。

几十年来，我对文学的“伺候”，一直是按我的文学理论来进行的。因为我自认为我对文学的感受，是有文学史的背景的，它们来自我对经典作品的体悟。我选择了我理解的文学的天道。我更相信20世纪上半叶之前的文学家们对文学的理解。后来世道变了，变得有点凶，有点古怪，“逆反”成了一种时尚、一种深刻的标志，凡已有的一切都是一定要颠覆的。如同布鲁姆在《西方正典》中所说的那样，现在要做的一件事情就是让那些已经死去的欧洲白色男性统统退场。因为，这些男性代表了从前的文学史，他们是西方文学的道统。文学的标准被人为地、强制性地改变了。

但我很怀疑这些新的标准。我的怀疑还因为我看到这些标榜依据新标准写作的作品，早已纷纷露出了败落的迹象。这个世界上，有些东西其实是永久存在的，就说刚才说到的椅子。我不知道，这个世界什么时候椅子那样的东西就不存在了。也许会吧？也许那时，人们就不会有让疲倦的身体坐下来歇歇的需求了，也许那时，人们就不再有坐下来喝茶叙旧的闲情逸致了。总而言之，一天二十四小时，我们的身体永远是直立着的，再也不需要坐下了。这一天何时到来呢？不知道。我只知道，手机不在了，电脑不在了，甚至互联网都消失了，椅子还在吧?

其实，我所持有的并不是什么文学的理想，而只是坚持文学的原旨罢了。

我一直认为：文学与其他东西不一样，我们不可以将它置入进化论的范畴里来论。文学艺术没有经历一个昨天的比前天的好，而今天的又比昨天的好的过程。文学的标准就在那儿，在《诗经》里，在《楚辞》里，在汉赋唐诗宋词元曲里，在《红楼梦》里，在鲁迅、沈从文的作品里，当然也在但丁、莎士比亚、托尔斯泰、契诃夫的作品里，千年暗河，清流潺潺，一脉相承。如果将文学置入进化论的范畴里论，那么，我们就会得出这样一个见解：今天的一位英国剧作家写的作品必须要比莎士比亚写得好——莎士比亚在那么久远的年代就将作品写得那么好了，你，一个今天的英国剧作家，生活在多少年以后的现代，难道还不应该比莎士比亚写得好吗?若没有比莎士比亚写得好，你还写它干什么?你该干其他事情去了。可是，泱泱一部文学史所显示出来的是这样的景观吗?不是。它所显示的景观是：不是一峰更比一峰高，而是一座一座同样高耸的高峰矗立在不同的时空里。当世界万物都在受进化法则的制约时，唯独文学是不在进化论范畴之中的，这就是文学的奇妙之处。古典没有因为今天而“矮”出我们的视野，而且我们还看到，文学的今天是与文学的昨天连接在一起的，是不可分开的，一旦分开，下游的河床就会干涸，五谷歉收，饥荒就来了。我们没有感到饥荒的临近吗?

文学有文学的边界，就像权力有权力的边界，国家有国家的边界。边界是神圣不可侵犯的。人类数百年、数千年的战争，差不多都与边界纷争有关。古罗马有一种令人尊敬的职业，就是测量土地，确定边界。我们都还记得卡夫卡的《城堡》里那个土地测量员。他在测量城堡的边界、村庄的边界。“土地测量员”是一个具有象征意义的形象。

既是文学就必有文学性——恒定不变的品质。我会提醒自己：要时刻明确文学的边界。守住边界，才有可能使你的作品从今天走向明天，走向世界。边界与无疆，大概属于至高无上的辩证法中一对哲学性范畴。

我要说的第二个话题是：作为小说家，你必须要写一些结结实实的、角度非同寻常甚至刁钻古怪的、美妙绝伦的故事。

我一直在思考一个问题：怎样的小说才算得上是好小说？我的标准是：经得起翻译。那么，又是什么样的小说才经得起翻译呢？我的答案是：讲了一个品质上乘的故事的小说。

从前，我们将语言看得至高无上——语言至上。我对语言非常非常在意。我对自己说，你要对每一个句子负责。但我并不赞成语言至上论——至少在小说这儿。我们显然将语言的功用夸大了。是的，我们讲究语言，可是这样的讲究，只是在我们的母语范畴。如果我的作品被翻译成英语、法语、德语、意大利语或日语，你在汉语中追求的那一切——比如神韵、节奏、凝练和所谓韵味，还能丝毫无损地转移吗？大概很难。即使这位翻译水平再高，对你在语言方面的追求再心领神会，都是难以做到的。他只能做到“尽量”。如果翻译之后的作品，依然会在语言上让与他使用同样语言的读者称道，由衷地赞美那部作品的语言，那其实是在赞美那位翻译在使用他的母语时所显示出的语言能力。托尔斯泰的作品翻译为中文之后，我们其实已无从知晓他在俄语方面的独到运用和美学追求以及俄语的种种——其他语言并不一定也有的若干美妙之处。但，我们在阅读了他的那些被翻译成汉语的巨著之后，丝毫也没有影响我们从心灵深处认定他是一位光芒四射的文学大师，是一座耸入云霄的文学高峰。翻译成中文的托尔斯泰还是托尔斯泰。也许因为语言的转换，损失了一些，但这些损失不足以毁掉一位大师。那么，是什么保证了在语言转换后的托尔斯泰还是托尔斯泰呢？是因为贵族的庄园还在，四大家族还在，是因为他给我们讲了一个又一个辽阔宏大的俄罗斯故事。那些富有物质感的故事并没有因为从俄语世界转换到汉语世界而消失。娜塔莎将要参加第一次社交活动，心潮澎湃。而因为时间仓促，来不及给她准备一套礼服，只能请女佣们将母亲的一件衣服加以改动。就在她穿着这件还在缝制过程中的衣服时，父亲出现了，她一时忘记了女佣们还跪在地上为她缝制裙边，激动地跑过去要亲吻父亲，将还没有缝好的裙边又扯开了。这个细节，或者说这个事实，无论怎么翻译，都不会因为语言的转换而改变的。

所以，要好好讲故事。那些深刻的题旨，那些栩栩如生的人物，暗含在和活在故事中——所有一切你希冀达到的，其实都离不开一个有品质的故事。

当然，我承认：也许在诗歌这里可以讲“语言至上”。诗歌其实是不能被翻译的。诗歌一旦翻译成另一种语言，那么它原有的韵律、节奏等，基本上都不存在了——翻译诗歌实在是无奈的选择。

世界永远处在运动状态，运动就有事件，而有事件就有故事。故事先于文字而产生。创作故事是一种人类的先天性欲望，而听故事也是一种先天性的欲望—— 一种强烈的欲望。“故事在远古时代就已经出现，可以追溯到新石器时代，以至旧石器时代。从当时尼安得塔尔人的头骨形状，便可判断他已听讲故事了。”我们从中国的那尊有名的“说书俑”雕像的那副神采飞扬的样子，看出的却是那些在听说书的人的入迷神情。《一千零一夜》中，机智勇敢的山鲁佐德正是利用故事的魅力，从暴君的屠刀下救了一个又一个无辜的少女。听故事的欲望，鼓舞了说故事的人，使他们总在考虑，如何更好地去说故事。说故事人之间开始了无形的竞争——这样，故事离小说、童话也就越来越近了。

我们即使一眼就看出了小说与故事的区别，我们还是无法回避一个事实：故事是小说的前身；小说无法彻底摆脱故事；小说必须依赖故事。故事是“小说这种非常复杂肌体中的最高要素”。尽管福斯特从内心希望小说的“最高要素不是故事，而是别的什么东西……是悦耳的旋律，或是对真理的领悟”，但实际上根本做不到，小说还得老老实实地将故事作为自己的基本面。故事是小说的本性之一 ——本性难改，改了也就不是小说了。

其实，故事就是存在状态的模型，就是存在的写照，而文学既然呈现了存在状态，还有什么比它更深刻更重要的呢？

而结结实实的、富有物质感的故事是经得起翻译的——好故事也一定会被他人认为是好故事的。

让我们记住这个朴素的道理：“一个男孩盘腿坐在墓碑上”，无论翻译成何种语言，这个事实都不可能被改变。

我要说的第三个话题是：文化是民族的，人性是人类的。

深谙小说奥秘的一流小说家，都明白这样一个道理：人性是小说的最后深度。没有如此认识或者说有了如此认识却无法深切了知人性的小说家们，被稍纵即逝的时代风尚、一时备受关注的社会问题，或一些蝇营狗苟的功利性的目的所裹挟，未能进入人性层次，则永远地被定格在了二流、三流的尴尬位置上。

当我们能够始终聚焦于人性又能透彻地理解和精准地把握人性时，我们的作品事实上已经领取了走遍世界的护照。

曹雪芹、陀思妥耶夫斯基、肖洛霍夫等，都是描写人性的高手。

人性是复杂的，但复杂的人性是不变的，也就是说，人性不会消失或出现新的人性。人性不变——如果变了，不在了，人就不是人了。从前的人性和现在的人性相比有变化吗？没有。至少，1000 多年前的人性与今天的人性相比没有丝毫变化，不信我们可以去看 1001 年问世的《源氏物语》。至少，300 多年前的人性与今天的人性相比毫无变化，不信我们可以去看 300 多年前的《红楼梦》。因人性是相通的，你的作品又写了人性，那么，你的作品自然也就可以从昨天走到今天。作为经典，《源氏物语》和《红楼梦》至今还被我们阅读，就是因为它们写了深入我们骨髓、一如既往还在我们血液中流淌的万古不变的人性。

这个世界上有白种人、黄种人、黑种人，但却可能没有白色人种的人性、黄色人种的人性、黑色人种的人性。无论是哪一种人种，就人性而言都是一样的。至今，人类学家、社会学家还未发现有一种人性只属于白色人种，或只属于黑色人种。不同民族的人性自然也是如此相同——无论是哪一个处于不同文化背景之下民族。托尔斯泰的《安娜·卡列尼娜》中的俄罗斯人、雨果《九三年》中的法兰西人、歌德《少年维特之烦恼》中的德意志人、《围城》中的中国人，他们各自的文化自然是俄罗斯的、法兰西的、德意志的、中国的，但人性却是人类共有的——他们都是具有同样人性的人。所以这些作品可以畅通无阻地走遍天下。如果一名作家想让自己的作品走向世界——能够跨文化，那么他要做的就是将他的笔触直抵人性的层面——那是通向天边的暗河，你扬帆而下则可行驶到世界上的任何一个地方。

我并不否认文学对人性的净化作用，不然我为什么写作。我早在二十多年前，就这样定义了文学：文学的根本目的就是为人类提供良好的人性基础。现在我只是表达这样一个意思：人性的基本模式，或者说人性的基本维度——爱恨情仇等，是永远不会减少，更不会被消除的，若减少、消除，就会如上所说，人将不人。文学只是让爱恨情仇等基本人性越来越正当，越来越合理，越来越是我们所希望、所向往的。数百年、数千年的文学在很大程度上实现了它的目的，不然我为什么赞美文学？赞美一部人类的文学史？

中华民族曾是一个多灾多难的民族。这块土地曾屡经蹂躏，哀鸿遍地。如今，它日行千里、意气风发，正不分昼夜地创造人间奇迹，它的强劲崛起甚至让还沉睡在从前记忆中的世界感到炫目和不适。我们曾经的遭遇都将或已在转化为文学的财富，并且，这些财富是独特的，而独特是文学存在于世、流播于世的理由。但清醒的中国写作者心里明白：现在话题的重心应当不是“讲中国故事”，而应当是“讲好中国故事”。事实上，既是一名中国作家，他（她）是不可能讲纽约、伦敦、柏林、巴黎、罗马、开普敦、布宜诺斯艾利斯的故事的，他（她）只能讲中国故事——北京的故事、上海的故事、云贵高原的故事或者东北夹皮沟的故事。关键就是——对中国作家而言，对中国文学而言，怎么讲这些比比皆是、犹如钻石一般闪烁光芒的中国故事？这是一名作家——一名特殊的知识分子与一名普通的知识分子的分野之处。我们手里抓着一手好牌，我们怎么样才能做到不将这一手好牌打烂，这就看我们能否坚定不移地运行在文学应走的金色车辙上，能否坚持文学的根本规律、基本原则、文学的基本面、文学的文学性。讲，大讲特讲——凭什么不讲？不讲就是渎职，就是愚蠢，但一定是在文学的框架里讲，并一定是站在全人类的角度讲，题材是中国的，主题是世界的。唯有如此，才能让世界了解中国文学——不是了解，是喜欢，是羡慕，是钟情，是长驱直入精神腹地。中国文学参与人类文明的共同建构，是有永不枯竭的写作资源作为保证的，而且这种资源是优质的，是中国特有的。

以科幻向世界讲好中国故事

陈楸帆

陈楸帆，科幻作家、编剧、译者、策展人。毕业于北京大学中文系与艺术学院，中国作家协会科幻文学委员会副主任，中国科普作家协会副理事长，耶鲁大学访问学者。代表作包括《荒潮》《人生算法》《AI 未来进行式》等。获茅盾文学新人奖、全球华语科幻星云奖、中国科幻银河奖、世界奇幻科幻翻译奖、德国年度商业图书等国内外奖项。作品被译为 20 多种文字出版。

回顾进入 21 世纪以来的这些年，不难发现，随着世界范围内科学技术的发展和社会生活的变迁，科幻文艺的题材内容、形式形态和创作传播都在发生变化。中国科幻尤其成为一道醒目的风景。海外读者和观众渴望从中国科幻中了解中国人如何想象未来，如何看待科技与人类万物的关系，这成为中国科幻吸引世界目光的重要原因之一。

自 2015 年刘慈欣的科幻小说《三体》获雨果奖之后，我的作品，郝景芳、宝树等中国科幻作家及其作品也相继走入世界文坛。

从传播范围看，16 部中国科幻文学作品累计海外馆藏数达 2 700 家。其中 2019 年由美国托尔出版社出版的刘慈欣《超新星纪元》英译本，海外馆藏数达 586 家，涉及美、英、法、德、日等十几个国家，是所有中国科幻作品中最高的。紧随其后的是该社于 2019 年出版的我的《荒潮》英译本，海外馆藏数达 566 家。从媒体曝光度看，除刘慈欣外，我和郝景芳、宝树等科幻作家的作品是海外媒体集中报道的对象，被《卫报》《每日电讯》《海峡时报》《华尔街日报》《芝加哥论坛报》《大西洋月刊》《纽约客》等欧美媒体累计报道 224 次，刘慈欣个人作品的媒体报道达 167 次。从读者反馈来看，科幻作品累计阅读量超过 2 万人次，读者评论累计 4 000 多条。

值得一提的是《三体》。刘慈欣的《三体》第一部自 2014 年 11 月在英语世界面世后，截至 2020 年底，被全球 1 170 家图书馆收藏，这是其在全世界范围传播的一个重要标志。此外，共有 7 482 名读者在亚马逊、Goodreads 上留下评论，超过 6 万读者参与 Goodreads 打分评价。《三体》已经进入了大众文化的层面，包括接下来网飞会出《三体》的剧集，更大程度上打进了欧美文化的核心——好莱坞影视工业——去产生更持续的、更大的国际影响。

这说明，在刘慈欣带领下，中国科幻文学正迈向世界文坛第一方阵。

传播“火爆”自然建基在《三体》作品分量之上，甚至有评论者称，刘慈欣单枪匹马将中国科幻提升到世界级水平，《三体》跻身当代科幻经典当之无愧。与此同时，应该看到，一系列自觉开展的海内外交流合作为《三体》走红海外打通道路。我从 2010 年左右就尝试把自己的作品推介至海外，在这个过程中，机缘巧合认识了美籍华裔科幻作家刘宇昆，并把他推荐给刘慈欣、郝景芳等国内同仁。随后，刘宇昆凭借精彩的翻译助推《三体》出海，让中国科幻在全世界获得了巨大声誉。而今，在中国作家的有力推动下，一个全球范围内的“科幻共同体”已经形成——“银河奖”“全球华语科幻星云奖”等奖项，《科幻世界》杂志、中国教育图书进出口公司、微像文化、未来事务管理局等国内机构组织与刘宇昆、立原透耶等一批优秀的海外译者、学者、出版人同心协力，克服语言文化和市场机制上的种种障碍，组织一系列“走出去”与“请进来”的交流活动与合作。这些交流合作充分发动世界范围内关注、支持、热爱中国科幻的力量，为中国科幻走向世界打下坚实根基。科幻文学这种有计划、成规模的海内外交流合作可资借鉴和推广。

以我个人为例，长篇小说《荒潮》被翻译成13国语言，并在2022年获得法国幻想大奖的最佳翻译小说奖，而与人工智能专家李开复合著的《AI未来进行式》，英文版销量已超10万册，还在2022年的法兰克福书展捧回了德国《商报》的年度商业图书大奖。这本书采取了中英文版“创作”与“译介”同步进行的创新方式，借助企鹅兰登书屋出版的英文版，作品很快向20多个国家输出了版权。这背后，作家对人工智能议题的敏锐关注、迅速反应和对传播路径的正确选择，助推了作品的有效传播。

这些交流合作之所以较快取得显著成效，更深层的原因则是海外读者、出版界、学术界对当代中国的浓厚兴趣。他们关注、喜爱中国科幻的一个重要原因在于，中国科幻可以帮助他们更深入地了解当代中国与中国人。如今，中国在世界舞台上占据不容忽视的位置，扮演越来越重要的角色。中国如何想象未来、中国人如何看待科技与人类的关系，深受世界读者关注。以《三体》三部曲为例，其与中国历史、中国精神深刻结合，展现中国人对于人类未来的忧患意识与历史担当，体现人类命运共同体理念，作品鲜明的中国元素是其吸引海外读者的重要原因。当下，或许只有科幻才能达到这样一种现象级的“破壁”效应。

科幻虽属幻想性文学，却是颇能反映时代精神的文学类型之一，它探索并深刻揭示当前人类与科技共生并进的复杂图景，先天具有跨语言跨文化的全球性视野。这是科幻文学能够顺利“出海”的天然优势。在《三体》带动下，一批中国科幻作家也相继受到海外关注。一部作品热销带动一种文学类型的传播，类型传播的规模效益反过来又进一步助推热门作品的火爆输出。以一部或几部标杆作品作为“突破口”，或可作为类型文艺走出去的一种可行路径。

应该看到的是，科幻要想形成更大的国际影响力，必须突破“小圈子”心态，以开放包容的姿态，与来自影视、科技、艺术、教育等诸多领域的资源力量进行跨界碰撞，拓展类型边界。比如科幻电影《流浪地球》系列的热映就再次提升中国科幻影响力。我们可以借助不同的媒介形态，让更多不同文化不同语言的受众能够接触、认可并喜爱中国科幻，进而深入了解中国文化与价值。

任何一种文艺类型要想成功走向海外，必须自身具备足够实力。只有一部《三体》还不够，我们期待中国科幻文学创作水平的整体提高，做到既有高原，又有高峰。尤其是在这个科技发展日新月异、科技深刻改变社会生活的时代，科幻作为一种文化艺术形式，对于激发全民族文化创新创造活力具有重要价值与意义。

在一些新兴科学技术领域，中国已走在探索前列。人工智能、量子通信、清洁能源、基因技术等新技术，将源源不断地为科幻创作提供灵感源泉。无论科幻内容与形态怎么变，它最重要的任务就是，探讨科技力量如何影响并改变人们看待世界以及跟世界互动的方式。这个影响和改变可能比较隐蔽，很多人察觉不到，科幻要做的就是将司空见惯的事情陌生化，从而引发人们思考。现在科幻创作就已涌现出以结合传统文化（如《中国轨道号》《新新新日报馆》等）、探讨生态文明（如《零碳中国》《固体海洋》等）、聚焦元宇宙及人工智能（如《无名链接》《AI 未来进行式》等）等为主题的新风潮。

科幻是一种开放、多元、包容的文艺类型。科技从业者、企业家、教育工作者、艺术家等各行各业的读者观众，从科幻作品中汲取灵感，科幻创作也表现出越来越广泛的视角和风格。我们有了《三体》这样处于“金字塔尖”的作品，也需要大量类型风格多样的作品，这样才能夯实基础。现在许多写传统文学、推理小说的作者也来创作科幻小说，而且写得非常好，带动了科幻与推理、悬疑、情感等其他类型作品融合，创造出新的混合类型和叙事风格，突破了传统科幻文艺的界限。随着虚拟现实、增强现实等技术融入科幻影视，观众的视听体验也不断被刷新。

今天说起科幻，它已经不单是文学样式，还包括综合性的动画漫画、影视作品、游戏、沉浸式体验主题乐园及周边产品，这给了科幻创作者更广阔的空间。据有关报告显示，2021年中国科幻产业总营收达829.6亿元，同比增长50.5%。中国消费市场不断发展，对科幻内容的需求也将越来越大。一个从原创出发，同时不断汇聚文创力量、丰富形式业态、延伸产业链条的科幻产业就在不远的未来。

随着中国科幻文艺在国际上越来越受欢迎，新的国际交流合作方式不断涌现。通过出版译介、联合制作、产业互动等形式，中国科幻将创作出更多跨越国界、具有世界影响力的优秀作品。当然，中国科幻要走向未来，必不可少的是文化使命感。如何将中国人对科技、宇宙、未来的想象，深刻、优雅、活泼地展现给世界，同时艺术地融入中华优秀传统文化与美学精髓，传递美美与共、天下大同的和谐理念，呈现对构建人类命运共同体的深入思考，这是摆在中国科幻人面前的课题。

文化兴则国运兴，文化强则民族强。没有高度的文化自信，没有文化的繁荣兴盛，就没有中华民族的伟大复兴。以科幻向世界讲好中国故事，提高国家文化软实力，无疑是这个时代赋予我们的重大使命。期待更多有生力量加入创作、开发、译介、传播中国科幻的朝阳事业，为振兴中国科幻添砖加瓦，为增强我们的文化自信贡献力量。

国际交流视域下的“文学苏军”海外传播

丁　捷

丁捷，江苏省作家协会党组成员、书记处书记、副主席、理论委员会主任，江苏省诗词学会副会长。兼任中国作家协会国际文学交流中心（南京）执行主任。出版文学艺术专著30余部。长篇小说《依偎》被译为多国文字出版，获得国际、国内7项文学大奖。现实题材作品“问心”三部曲《追问》《初心》《撕裂》在国内外引起反响，进入全国畅销榜十强和非虚构类第一位。绘画作品多次入选英、法、俄、日等重要国际展项。

党的十八大以来，习近平总书记反复强调要增强文化自信，不断提升中华文化影响力，坚持中国道路、弘扬中国精神、凝聚中国力量，推动中华文化走出去。文学创作是文化的重要载体，优秀的文学作品饱含民族精神和时代精神。大力推动中国文学走出去，对于讲好中国故事、传播好中国声音发挥着重要的作用，是我们必须重视的时代课题。江苏素以开放、包容和创新为特色，作为中国文学版图的重要组成部分，江苏文学界多年以来坚持拓展海外文学交流渠道，“文学苏军”努力传播好中国声音，让世界倾听江苏故事、中国故事。进入新时代，江苏作家作品在世界舞台上的发声频率加快，国际影响力明显增强，但还是面临一些困难和问题。为了把情况摸清、把问题找准、把对策提实，我们采取座谈访谈、随机走访、专家调查、统计分析等方式，到凤凰出版传媒集团、南京市文学之都促进中心、苏州大学海外汉学（中国文学）研究中心等单位开展调查研究，现将调研情况报告如下：

一、“文学苏军”海外传播的基本状况

（一）重要举措

1. 建立专门机构和阵地，推动文学翻译事业发展。2013 年，在江苏省委宣传部的支持下，省作协整合省内文学资源和南京大学、南京师范大学、苏州大学等高校力量成立了江苏文学翻译与研究中心，并创立了全英文期刊《中华人文》。刊物以当代江苏作家及其文学创作为重点，每期译介一位主要作家及其作品，并配发评论、访谈或演讲等内容。迄今主推了毕飞宇、黄蓓佳、叶兆言、范小青、苏童、鲁敏、赵本夫、周梅森等 9 位江苏作家，他们的代表性作品均以专辑形式推出。除主推作家作品外，各期还发表了丁捷、朱辉、徐则臣、戴来、朱文颖、王大进、孙频、庞羽、姜琍敏等众多江苏实力作家的作品。

2018 年和 2020 年，江苏文学翻译与研究中心和南师大出版社合作，分两辑出版了一套“当代中国名家双语阅读文库”。2020 年，江苏文学翻译与研究中心、南师大出版社与皇家柯林斯出版集团公司达成协议，在加拿大出版了鲁敏和范小青的短篇小说集（单行本）。除通过与国外出版机构直接合作，翻译中心还承办了“呈现与再现：中华文化走向世界”国际学术研讨会，来自国内外文化研究领域及翻译界的

著名学者、作家、艺术家、翻译家、出版界人士近百人参加了会议，对于有效开展文学翻译工作起到了积极的推动作用。

2023 年 2 月，中国作家协会国际文学交流中心（南京）在江苏南京揭牌，这是中国作协在地方挂牌的首个国际文学交流中心。中心拟通过切实有效的工作部署，充分发挥南京作为“世界文学之都”的独特优势，推进文学作品翻译资助计划、国际文学家驻地计划等常态化项目，组织高质量的国际文学交流活动，提升中国文学的国际影响力和话语权。

此外，江苏文学的最高奖项紫金山文学奖从第二届开始专门设立文学翻译奖，奖励忠实原著、译文生动优美，具有较高推广、借鉴价值的中译外或外译中作品，以及江苏翻译家。

2. 通过对外交流活动，推介江苏作家作品。2017 年至 2019 年，省作协组织了 6 批次出访活动，范小青、毕飞宇、叶兆言、鲁敏等在内的 33 名省内知名作家，先后前往加拿大、美国、澳大利亚、新西兰、巴西、智利、阿根廷、捷克、波兰、日本、韩国等国，与当地作家座谈交流。

中国江苏扬子江作家周是省作协扬子江系列文学品牌活动的重要组成部分，从 2017 年至今，已成功举办三届。作家周的目的之一，是促进出版机构和作家之间的深度合作，推动江苏文学、中国文学更好地走向世界。通过广泛邀请国际、国内知名作家，搭建了高水平的国际性文学交流平台。法国作家勒·克莱齐奥、美国作家菲尔·克莱、英国作家珍妮特·温特森、叙利亚诗人阿多尼斯等著名海外作家，以及余华、韩少功、迟子建、张炜、阿来、格非、毕飞宇、苏童、韩东等重量级国内作家都曾莅临。作家周期间，通过对谈、研讨，尤其是主题论坛等活动，促进了海内外作家进行视野多元、角度新锐的碰撞交流，整体展示了江苏作家的形象，传递了中国作家对世界、对生活、对文学的思考和探索。

省作协还鼓励作家个人积极参加海外文学交流。以鲁敏为例，前几年先后参加了中国作协智利巴西文学交流代表团、阿根廷布宜诺斯艾利斯国际书展，带队出访参加了南亚文学论坛，主持或参加了中意文学论坛、中国与阿拉伯作家对话、中日青年女作家对话、中葡文学论坛等活动，在国际化语境中探讨如何讲好文学故事。

3. 组织出版外译项目，打造对外文学名片。2021 年，凤凰出版传媒集团“江苏文学名家名作”项目正式立项，该项目精选一批江苏名家名作，所有图书采用统一 Logo 和文字标识（Jiangsu Literature），根据海外出版社的不同，采取封面不同、书脊一致的设计形式，项目针对在国内工作生活学习的专家学者、留学生等外籍人士进行推广，策划举办中外专家交流对谈等文化活动，增加其对中国文化的认知和接受度。当年 12 月出版第一期，包括叶兆言《南京传》、黄蓓佳《我要做好孩子》、苏童《另一种妇女生活》3 部作品，涵盖英、俄、泰、越 4 个语种，面向美国、英国、俄罗斯、泰国、越南 5 个国家发行。第二期包括鲁敏《六人晚餐》、黄蓓佳《野蜂飞舞》、徐则臣《莫尔道嘎》、韩东《奇迹》4 种图书，通过海外 6 个语种的翻译，2022 年在英、美、俄、西班牙等国以及拉美地区同步出版。该项目还联合美国《出版人周刊》，就该项目刊发了 4 篇专版报道，取得了较好的宣传效果。其中黄蓓佳的《我要做好孩子》（英文版）入选美国儿童文学协会年度优秀童书译作，获英国儿童文学协会、牙买加出版协会等重点推介，目前该项目正在策划第三期。

（二）主要成果

1. 知名作家海外传播影响力增强。近年来，部分江苏知名作家作品在海外传播的广度和深度都得到进一步增强，影响力得到进一步提升。毕飞宇的《青衣》《玉米》《上海往事》《平原》《推拿》等 10 余部代表作品陆续被翻译成英语、法语、意大利语、西班牙语、荷兰语、德语、墨西哥语、俄语、韩语、印尼语等近 20 种语言出版发行，受到当地读者的喜爱和欢迎，其中部分作品被国外文学评论家、专业书评人所关注和评介，产生了一定的国际影响。早在 20 世纪 90 年代，叶兆言就有作品被译介到国外，并且产生了不错的反响。2020 年，其历史大散文《南京传》版权输出至俄罗斯、越南、泰国、马来西亚和英国 5 国，受到当地读者的欢迎和喜爱，在出版之初，俄文版和泰文版译者即安排自己的学生阅读和讨论。此外，范小青、黄蓓佳、鲁敏、叶弥、丁捷、朱文颖、荆歌等江苏作家的代表作品，相继成为海外译介与研究的重要对象。苏童、格非、徐则臣等江苏籍作家的作品也不断被海外出版机构及批评家所关注和推荐。

2. 网络文学作品受到读者的追捧。据不完全统计，江苏网络文学行业已向海外输出作品超过 1.1 万部，江苏网络文学作品已被翻译成英语、法语、意大利语、西班牙语、越南语、泰语、韩语、俄语等多种语言并在当地出版发行，一些作品在多个海外翻译网站走红，受到海外读者的追捧。据外媒报道，一名叫凯文·卡扎德的美国男子因迷恋江苏网络作家我吃西红柿的代表作《盘龙》一书，竟无意中戒掉了可卡因并成为一名彻头彻尾的中国网络小说迷。

3. 影视作品成为对外传播重要助力。近年来，部分江苏文学作品改编的影视剧已在海外产生重要影响，成为推动江苏文学走出去的重要助力。2016 年，由鲁敏《六人晚餐》改编的同名电影在第 11 届巴黎中国电影节上斩获了评委会大奖和最佳男演员奖两项大奖；2019 年，由范小青《桂香街》改编的同名电影获新西兰中国电影节华语电影金蕨叶奖优秀影片奖；2018 年，由江苏网络作家天下归元作品《凰权》改编的影视剧《天盛长歌》，被海外著名的影视投资公司网飞买断海外独播权，并将其翻译成了十几种语言进行发行。

二、“文学苏军”海外传播面临的主要问题

1. 江苏作家作品在国际上知名度尚低。江苏作为中国当代文学重镇，“文学苏军”始终处于全国第一梯队，众多经典作品影响广泛。改革开放以来，特别是新时代以来，部分“文学苏军”领军人物的作品外译出海，一些作家获得国外知名文学大奖，但大部分优秀的江苏作家及其作品在海外还未获得真正关注和广泛传播，在国际上总体缺乏应有的知名度和影响力。

2. 大多数作品传播渠道、方式单一，影响力有限。由于海外市场体量有限、主流意识形态不一致等原因，国外主流出版机构较少参与中国文学作品的译介与推广，同样江苏文学作品在国外市场的流通渠道整体不畅，传播方式也较单一，因此作家作品影响力有限。据了解，我省输出海外版权的纯文学类图书，常规销量仅500～1 000册。国外一些规模较小的出版机构，虽对中国当代文学的翻译与出版感兴趣，但由于资金有限，很难有大的或系统的翻译出版计划，在很大程度上依赖于我国的出版资助，在发行渠道方面也很少进行开拓。

3. 缺乏专业的翻译力量，翻译质量尚需提高。众所周知，优秀文学作品的海外传播离不开高质量的翻译工作。能够做到“信达雅”的高水平翻译对于作品的读者接受发挥着至关重要的作用。但据了解，目前在对中国文学的译介中，转译比较普遍，对原著精神、意蕴的忠实传达难以保证，在很大程度上影响了译作的审美高度和思想深度。高质量的翻译工作需要高水平的翻译人才，目前我省具有扎实外文和汉语功底、具备雄厚文学修养、拥有强烈的文学创作热忱的文学翻译人才较为匮乏，专业的文学翻译梯队还未形成，文学翻译新人还有很大的成长和进步空间。此外，海外研究江

苏作家作品的文学研究者不多，国内专业的文学批评论文与著作外译数量也较少，都在一定程度上影响着江苏作家作品在海外的传播与接受。

三、推动“文学苏军”海外传播的相关建议

1. 作协、文学期刊、出版机构、国际文学交流中心等加强交流合作，共同加大江苏作家作品的海外推广力度。“文学苏军”海外传播是一项涉及面广、环节众多的系统工程，需要各方共同努力才能达到比较好的结果。因此需要加强统筹协调，凝聚工作合力，在作家、译者、经纪人、出版家之间建立稳定友好的联系，通过建立健全合作机制，充分发挥各自优势，在翻译作品的选择、拟定翻译策略和推广方式等各个步骤环节上加强沟通与研究，推动具有江苏自然和人文特色、代表江苏作家整体实力，讲好江苏故事、中国故事的优秀文学作品真正“出海”。此外，还需要与国内外影响力大、知名度高的出版机构、文学期刊建立长期、有效的合作机制，同时要加深对不同文化传统国家或地区的图书市场、读者的审美期待和阅读习惯的研究，帮助他们了解江苏，认识到江苏优秀作家作品的独特价值，破除其对中国文学作品的固有成见。

2. 充分发挥文学开放性优势，开展丰富多彩的双向交流活动。组织江苏作家代表团赴海外开展形式多样、内容丰富的文学交流活动；邀请国外知名作家开设面向普通文学爱好者的文学讲坛；海外高校的专家学者前往省内知名高校做专题讲座；邀请国外出版社与省内优秀文学类出版社合作，策划互译丛书；举办作家与作家、作家与翻译家、作家与评论家的对谈等，以进一步加深海外作家、读者、出版机构、文学研究者对江苏作家的了解和熟悉，通过深化友谊、加强沟通，不

断扩大江苏作家作品在海外的美誉度和影响力。

3. 开展文学作品的影视剧改编、转化和传播工作，对外推介优秀的网络文学作品。当前，电视、电影等传播媒介占据市场主导地位，比起文字阅读，全球观众都更愿意读图、观影。因此，推动江苏优秀文学作品影视戏剧改编工作，通过影视、舞台剧、话剧的方式会更好更快地帮助江苏文学"破圈"，被国内外观众熟知和喜爱。近年来，中国的网络文学爆红海外，已成为传播中国文化的一支重要力量，因此加强对江苏网络文学，特别是优秀的记录时代、书写当下现实题材网络文学的扶持、推介、评价工作，是推动江苏文学走出去的重要手段和方式。

4. 加强文学翻译队伍建设，推进江苏文学翻译事业的发展。与省内高校、出版社合作，充分发挥江苏文学翻译与研究中心作用，通过召开江苏文学翻译人才培训班、组织江苏文学翻译论坛、邀请国内文学翻译名家集中授课等方式，发现和培养具有潜力的优秀翻译工作者。设立专门的奖金和优秀翻译资助项目，帮助优秀的青年翻译家积极、专心从事江苏文学的翻译工作。不定期组织不同语种翻译家之间的交流活动，通过交流翻译经验，达到相互学习、借鉴的目的。

5. 聚力文学外宣工作，加大对作家作品的对外宣传推介。数字化、信息化和智能化，已经改变了大众媒介的文化形态。快速迭代的技术发展创造了新型出版方式和对外交流合作方式，也为江苏文学的海外传播提供了更多机遇。要大力推动江苏文学数字化工作，借助江苏作家网、江苏文学微信公众号等江苏文学宣传阵地，加强对扬子江系列文学品牌活动、各类文学奖项、名家新作、青年作家作品、文学期刊等的宣传推介工作。要重视优秀视频在对外宣传中的重要作用，通过与省内外知名媒体合作，拍摄录制配有多语种字幕的高质量名家大家、青年作家、网络作家的系列访谈、介绍视频，并在主要短视频平台、热门视频网站定期推送，积极拓展江苏文学外宣工作的新空间。

6. 发挥文学批评人才队伍优势，注重文学评论对文学创作与传播的促进作用。文学创作和文学评论，如车之两轮、鸟之两翼，彼此借力，相互砥砺。文学作品的译介和传播同样离不开专业文学研究和文学评论的“鼓与呼”。要充分发挥江苏文学批评工作者的优势和力量，引导省内外知名文学批评专家在国际会议和国际期刊上更多地推荐江苏作家作品。邀请国外知名汉学家到江苏参加文学活动，并在条件成熟的情况下，在国外著名大学的汉学系组织江苏作家作品研讨会，为“文学苏军”海外传播提供理论和评论的支持与助力。

短篇小说的三种美妙

东　西

东西，1966年出生于广西。著有长篇小说《回响》《耳光响亮》《后悔录》《篡改的命》，中短篇小说《没有语言的生活》《你不知道她有多美》《我们的父亲》《飞来飞去》《天空划过一道白线》等。《没有语言的生活》获首届鲁迅文学奖，《回响》获第十一届茅盾文学奖。作品被译为法语、俄语、瑞典语、英语、越南语、韩语、德语、捷克语、丹麦语、日语、意大利语、希腊语、泰语、柬埔寨语等文字出版。现为广西作家协会主席、广西民族大学教授。

如果阅读也讲“性价比”的话，那么我认为读短篇小说的“性价比”最高。好的短篇小说在内心掀起的狂澜和留下的印记，有时会高过一部不那么出色的或者用套路写成的长篇小说，而阅读它所花去的时间却极少，也就是说读短篇小说是可以不计时间成本和精力成本的。我记得那些长篇小说骗了我的阅读时间，却记不住读那些短篇小说浪费了我的精力。它们是那么得体、精巧，那么地出人意料，仿佛在这个领域从来就没有废品，抑或我只记住了那些美妙的却选择性地忘掉了那些不完美的。

短篇小说的美妙，首先在于它能在有限的篇幅里一把揪住你。这就像一场赌博，谁能用几千字打动你而不是用几十万字？比如莫泊桑的短篇小说《羊脂球》，我在十七岁那年读到它，以为它是一部色情小说，心里满怀期待。但读着读着，色情的期待消失了，取而代之的是内心的五味杂陈和一地鸡毛。毫不避讳，我在阅读它的百分之九十的篇幅里，竟然把情感代入到那群伪君子身上，先是鄙视羊脂球，继而暗暗祈求她，最后她照做了，我也跟着松了一口气。可当她再次坐上马车时，我却无论如何也不情愿跟着那群人嫌弃她，尽管我动用了当时拥有的几乎唯一的道德意识。立场反转，一股巨大的同情心喷涌而出，生平也许是第一次开始对自己的三观进行反思。于是扭头看向窗外，发现世界一抖，突然变得不一样了，就连阳光下的那口池塘以及池塘边的那棵柳树也好像都变了形。反思竟然由一部短篇小说引起，从此我对《羊脂球》充满敬意。这算得上是一次颠覆性的认知更正，因为凭当时所受的教育我是不打算同情她的，幸而我还有天性不泯，否则成不了小说家。也就是说，好的小说能够打开紧束你的裹脚布，让你释放天性，放飞人性。很庆幸，我还没开始写作就阅读到了像《羊脂球》这样搅动人心的小说，以至于把它当成短篇小说的必要标准。多年以后，我创作了短篇小说《我们的父亲》。那个乡下父亲带着一套婴儿服来到我家，等待孙子降生，但因为我老婆受不了父亲抽烟，父亲便住进了做医生的女儿家里。女儿嫌弃父亲不干净，每次吃饭都用酒精给自己的筷条消毒。父亲受不了，去找当警察的大儿子。大儿子工作忙，忽略了父亲的感受。父亲流落街头，被车撞伤。好心人把他送到医院，女儿从他身边走过，竟然没认出他而错过了抢救时间。大儿子没能从几百个字的描述中看出死者是自己的父亲，只在报告上冷漠地签了一句：同意发协查通报。侄儿把父亲埋了，也没认出他是自己的叔叔。就这样，一群后代与父亲擦肩而过并参与了他的死亡过程。我相信这样的构思得益于莫泊桑的潜在启发，当然也得益于我对短篇小说固执的认知。

自由是短篇小说的另一种美妙。它可以是现实的切片，也可以是人生的浓缩或概括；它可以意识流，也可以荒诞；它可以没有人物，也可以只有人物，甚至只有独白……总之，短篇小说怎么写都有道理，但绝不等于没有想法。它的想法太多了，就像卡夫卡的小说，主人公可以变成甲虫，也可以骑着煤桶飞来飞去，还可以把自己关进笼子以证清白，来到一座城堡面前他却永远进不去，父亲判决他死他就咚的一声跳进河里……不知道卡夫卡开启了多少人的写作智慧，反正他开启了我，解放了我对小说尤其是短篇小说的想象。卡夫卡的高明不仅仅是赋予短篇小说自由，而且还让短篇小说在飞起来的时候仍然紧扣现实，并把现实刻画得体无完肤。比如怎么写弱者内心深深的恐惧？卡夫卡就交出了一篇精彩的《地洞》。那是一只小动物，它对抗恐惧的办法是在地下挖一个洞。这个洞有主干道有岔道有后门，仿佛迷宫一般，哪怕有更大的动物入侵它也可以溜之大吉。洞里堆满了食物，如果有谁堵住了洞口它也可以在里面生活很久。即便拥有如此完美的地洞，它也不敢居住，害怕得潜伏到地洞对面的草丛，以观察什么样的动物会来侵犯它。虽然它在正门盖了泥土和细小的植物，可他从来不敢从正门进出，生怕别的动物跟踪。它在正门旁修了一道暗门，可它连暗门也从不使用。一次它想体验走正门的感觉，便开始了它的骚操作——先是往门的方向跑，一边跑一边回望，还假装摔了一个跟斗，然后爬起来继续跑，故意跑过头，看看没有被跟踪再慢慢朝门的方向回来。它做了这么多假动作，最终还是没敢从正门进去。这是何等的恐惧！如果没有卡夫卡的荒诞手法，现实会显得更加荒诞，甚至会让我们在荒诞面前手足无措。我对荒诞手法的使用是从一九九三年冬天开始的，那时我对自己的小说出路感到绝望，对爱情和小说的商品化有了过敏反应。于是我构思了短篇小说《商品》。小说分三部分：第一部分是“工具和原料”，即汉字和爱情故事；第二部分是“作品或者产品”，即我去麻阳了解父亲的死因，上车时我认识一女孩子，下车时我们有了孩子；第三部分是“评论或广告”，即我把这个小说投给各种杂志，编辑对这个小说给予肯定的同时却不敢发表。这些退稿信实际上就是对该小说的变相吹捧。结尾我引用了拉美作家卡彭铁尔的话：“当小说不再像小说的时候，那就可能成为伟大的作品，比如像普鲁斯特、卡夫卡和乔伊斯那样……我们的时代任何一部伟大的小说都是让读者惊讶‘这不是小说’而开始的。”我信奉卡彭铁尔的这句话，并愿意把它再次转赠给写短篇小说的朋友。

超越是短篇小说的第三种美妙。没有任何一种文体会给后来者制造那么多的标高，恐怕只有短篇小说。在这个领域里，卡夫卡和鲁迅等等树立了哲学标高，莫泊桑、契诃夫和沈从文等等树立了人性标高，博尔赫斯、卡尔维诺和欧·亨利等等树立了艺术标高。一个个标高像喜马拉雅山横亘于前，不是让写短篇小说者兴奋，便是让他们绝望，但鹦鹉学舌者和只追求篇数者不在此列。因此，短篇的创作尤其需要突破与创新，否则就不好意思在这个圈子里混。多年前我无意中阅读了巴西作家若昂·吉马朗埃斯·罗萨三千字的短篇小说《河的第三条岸》，认为短篇小说就应该有这种“创世”的精神，等同于科学的发明创造，既短小精悍又新意无穷。什么是河的“第三条岸”？是划行于水中永不靠岸的父亲吗？抑或是站在岸边等到白发染鬓的儿子？反正这条岸不是物质的，而最有可能是心理的。作者把我们固有的两条岸认知提升为三条岸，有变二维为三维四维甚至无穷维的启示。虽然小说有形而上的思考，却没有放弃世俗的形而下的力量，那便是饱含深情的等待与不适应的恐惧。由此我想到了贝克特的荒诞剧《等待戈多》，想到了“等待”这一主题如何在短篇小说里突破？生活中和小说中的“等待”都是直线，甚至大都是单向。能不能把“等待”变成一个圆圈？如果能够，那是不是就是突破？想着想着，我开始了《天空划过一道白线》的创作。小说里，母亲因为这个地方穷，在孩子两岁时偷偷跟人跑了。父亲除了骂她还思念她。儿子长大后说你想她为什么不去找她？父亲得到允许，出发寻找母亲。几年过去，父亲没有回来，儿子担心他出事便去寻找。可儿子远行不久，母亲就因为带她私奔的砖厂老板被杀而回到村庄。她种了许多粮食，等待父子归来。但等了两年多没见他们回来，母亲慌神，出发寻找儿子。母亲出发不久，父亲回来了。村民们都替他喊冤，说你为什么不早点回来？父亲一听，起身就去追母亲。父亲追了数月不见影踪，但孩子回来了……他们就这么轮番地一个寻找一个，离见面或者团聚总是差那么一点，硬生生把等待变成了逃避。写完这个短篇，我有过几天小小的陶醉，得意于这是一次突破。小说的结尾，天上忽地传来一阵歌声——“天空划过一道白线，地面走出许多圈圈……”

假如“天空划过一道白线”是上帝的旨意，那“地面走出许多圈圈”就是我们的宿命；假如“天空划过一道白线”是小说的规定，那“地面走出许多圈圈”会不会就是小说的使命？我以为是。

以文学传播中国的魅力

范　稳

范稳，国家一级作家，现为云南省文联副主席、云南省作家协会主席。中国作家协会小说创作委员会委员。以长篇小说创作为主，已出版各类文学作品约 700 万字。曾获得“中国好书奖”、《人民文学》双年奖、十月文学奖、《当代》文学奖、百花文学奖、《当代》长篇拉力赛总冠军等多个国内文学重要奖项。《水乳大地》入选新中国“70 年 70 部经典”。多部作品被译为英语、法语、德语、意大利语、日语等文字出版。

在当今这个伟大的时代，中国文学在世界文坛应该而且必须拥有与之相匹配的文学地位。讲好中国故事，传播好中国声音，让世界通过中国文学更加了解我们悠久灿烂的华夏文明和当今时代的鲜明特征，是我们作家义不容辞的责任和义务。

我所生活和工作的云南省，是面向东盟的“桥头堡”，是“一带一路”沿线重点省份。云南与东南亚国家越南、缅甸、老挝有着长达 4000 多公里的边境线，有 8 个地州（市）、25 个县（市）与上述 3 个国家比邻而居。同时，在云南的 25 个少数民族中，又有傣族、壮族、苗族、景颇族、哈尼族、阿昌族、德昂族、佤族、拉祜族、怒族、布朗族、独龙族、傈僳族、瑶族、布依族、彝族共16个民族为跨境民族，这让云南与周边国家的人民增添了一层民族亲戚关系，同时也为中国与邻国人民发展友好关系奠定了良好的基础。长久以来，云南边境线两端的人民和平相处、友好往来。边贸往来互通有无、方兴未艾。云南与周边国家的边境贸易为国家与国家之间的相互发展和友谊维系做出了巨大贡献。

云南省作家协会在21世纪初期，利用本省地缘优势，主动与东南亚国家联系。2014年，云南省作家协会作为发起和组织成员之一，正式加盟“湄公河文学论坛”，并在论坛下设立“湄公河文学奖”。自此，云南省作家协会和湄公河流域内国家的作家朋友们就各国的文学事业、作家作品，每年都进行一次深入的交流和巡礼。这个论坛在2020年疫情发生以前，共举办了10届。我们云南作协作为东道主，也举办了两届。同时，每年都应邀派出云南作家参加湄公河流域国家轮流举办的文学论坛和文学颁奖活动。每一届论坛都由各主办国确定不同的主题，如“人文视角：种族和文化多元性”“人类世中的写作：新环境下的一致性”“保持和促进从文学中诞生的团结友谊和兄弟情谊”等等。我们还承办了中国作协在云南主办的东盟国家文学论坛，多次接待到访的东盟国家作家代表团。这些活动远远超越了国家、民族和湄公河流域区域本身，不仅代表着作家间的团结和友谊，也传递着亚洲文学乃至世界文学的一种共同的声音，跨越了国家的疆界以及语言、民族、文化和意识形态的差异。在文学这面大旗下，中国作家和东盟作家双手紧紧地握在了一起，在追求人类共同的文学理想目标上达成一致。不同国家、不同种族、不同地域的作家们就文学梦想切磋交流，探讨技艺。这些国际间的交流合作，极大地开阔了云南作家的视野，同时也向东盟国家及时地传达出了中国文学的新动态和中国改革开放、社会经济发展进步的新面貌。

澜沧江的源头来自中国青海省唐古拉山脉，那是一片比云南更高的高原，藏族人称这条由雪水融化而形成的河流为扎曲。从西藏的昌都开始，它的名字就叫澜沧江，而在它流出中国的国境后，它便又有了一个国际化的名字——湄公河。这条大河将中国云南、越南、泰国、老挝、柬埔寨、缅甸的作家们凝聚在文学旗帜下，在“湄公河文学论坛”上就各自的文学见解和文学理想发表极具地域特色和创作个性的观点，并相互交流各国的文学发展情况。一条大河叙述着不同的历史文化和文学人生，共同的文学追求让我们成为朋友。让我们看到不同国籍、不同种族、不同肤色的人们对本民族文化的坚守，也让我们看到了在这个小小的星球上，民族与民族之间、文化与文化之间相互交流、借鉴、学习的可能。

在云南省，澜沧江流经地区至少生活着数十个民族，包括汉族、藏族、纳西族、白族、彝族、傈僳族、景颇族、阿昌族、佤族、苗族、傣族等。而整个湄公河流域共生活有90多个民族。这么多的民族被同一条江河哺育滋养，我们就不能不把这条伟大的江河看成一条文化的长廊、文明的发祥地。它所代表的自然景观与和人文特色绝非世界上其他江河可以替代和媲美的。对一名作家来说，一条大江，从源头开始，他（她）就应该找到自己创作的源泉，找到不同民族之间由于文化的差异带来的某种推动力。作为一名作家，能够比较不同民族的文化现象，学习不同民族的历史与文明，是一件幸运的事情。

湄公河文学奖是湄公河流域国家共同造就的重要文学奖项，至今已经连续成功举办了10届，在加强湄公河流域各国人民的团结、增进作家们兄弟般的友谊、促进各国文化发展等方面做出了积极的贡献。这完全是湄公河流域各国精心呵护的文化结晶，也是大家共同努力打造的坚实桥梁，它将我们诚挚的心意、共同的梦想连接起来，将我们对未来的期许连接起来，其价值与意义就像源远流长的湄公河水，滋润了我们美丽的家园。

在中国政府大力推进建设“一带一路”的大趋势下，我们相信湄公河流域国家的作家们会进一步加强往来，增进了解，深化合作。云南省文联和云南省作协正在筹划一个更具国际影响力的“澜沧江—湄公河文学奖”（暂名），全方位、多层次、多角度、多语种地展示澜沧江—湄公河流域的文学成就，努力将之打造成一个国际文学交流活动品牌。我们希望全新的“澜沧江—湄公河文学奖”像这条河流滋养沿岸人民一样，给我们的文学带来鲜活的养分、丰沛的激情，以及源源不断的创作灵感，让我们更好地去书写人类彼此之间传递爱意、坚持信仰、共创美好未来的宏阔生活。

杂七杂八谈翻译

——一个发言

韩　东

韩东，1961 年生，诗人、小说家。“第三代诗歌”代表性诗人，“新生代小说”主要作家。曾获鲁迅文学奖、金凤凰奖章等，以及曼氏亚洲文学奖提名。著有包括诗集、长篇小说、中短篇小说集在内的原创文学作品 40 部。

翻译是伟大的事业，可以说，没有翻译就没有普世性的当代文明。翻译并不仅仅体现在“所指”方面，它涉及“能指”，文学性的翻译即是包含了大量能指内容的翻译。换句浅显的话说，工具性、实用性、逻辑性的翻译固然重要，语言自身的特点、习惯和魅力的翻译则更加微妙。一种特定的语言无不蕴藏着民族心理、历史积淀和人性上的密码；语言塑造人群，也塑造具体个人的思想以及如何思想。就此而论，文学性的翻译是非功利的，也最为广博和富饶，按中国人的说法就是无用之用。只有了解使用不同语言的人类的言说方式，我们才能了解他们的过往、现状和置身的世界，按西方人的话说就是“语言即世界”——差不多这也是我们今天的看法。

我受惠于翻译文学，甚至可以说，走上写作之路就是阅读了大量的翻译作品。没有翻译文学就没有我的写作，也没有我们这一代或者几代人的写作。我说过，我们和翻译文学的关系比和中国古典文学更近。古典文学作用于我们几乎是身体性的、潜意识的，因为我们使用中文。翻译文学作用于我们则是“明面”上的。我们今天的写作，无论在趣旨上还是在主题上，以至在方式方法、结构上都很“西化”。这和中国整体上的现代化进程有关，暂且不论。如果没有翻译文学，像我这样不懂外语的人，能写到今天并有所进展是难以想象的。

我还说过更极端的话，我们是在用中文写作西式小说、西式诗歌。虽然极端，但也许有一定道理。并不是说西方的某个具体的作家如何影响了中国的某个具体作家——比如马尔克斯影响了莫言。这一论题应该更为广泛、深入，不局限一对一的关系。中国作家向传统学习、有意识地回归传统又是另一个问题，我们总得向世界贡献一点与众不同的或者具有“根性”的东西。向传统学习，对今天的写作而言是一种丰富和纠偏，而向西方或者翻译文学学习则是“本体性”的。只因为我们身处这样的一个时代。

我们的生活已经不是古人的生活。时代已发生了不可逆转的惊天巨变。试想，翻译文学中主人公住酒店我们也住酒店，对酒店的一切我们完全理解。主人公打电话、开公司、驾车旅行甚至浪漫外遇我们也能理解，因为我们也是这么生活这么干的。但非常“中国”的车马店、驿站、姨太太、生产队，翻译到国外可能就不那么容易理解了，至少也得有一个注释。中外互翻的规模、质量不成比例，除了兴趣和热情投放不一，我觉得还有一个社会进步的速率差异问题。中翻外最热门最高品质的仍然是中国古典，似乎只有古代中国才是中国，或者典型的有“差异”价值的中国才是中国。在这样的背景下，“让世界了解中国”就变得很有意义。我的理解，“让世界了解中国”就是了解今天的中国，通过中国文学、当代中国文学去了解，的确，也没有比当代文学更好更合适的途径了。

本人写作四十年，主要写小说和诗歌，使用的语言为现代汉语。虽然深知翻译的重要性，但并不主动谋求被翻译。当然我也不迷信“越是中国的就越是世界的”。在这个而不是另一个世界里写作，身处一个无可选择的时空断面，使用我熟悉的现代汉语，这就是我意识到的作为一名写作者的基本现实。必须忠实于这样的现实，杜绝任何“僭越”和投机取巧。陆陆续续，我也有一些作品被翻译成各种外语，但我从来都不是被翻译的热门作家。以我的长篇小说《扎根》举例，翻译家韩斌（Nicky Harman）因个人喜欢将其翻译成了英语，且译文还获得了曼氏亚洲文学奖提名，但始终没有出版社愿意出版，直到夏威夷大学出版社接受了该书。事后我才知道，韩斌一共投寄了九家英美出版社。也就是说，《扎根》的翻译并非出版机构预约的，能够得以出版完全是韩斌的个人原因，她热爱这本书！实际上，这也是我对翻译意义的终极理解，写作和阅读是心灵到心灵的道路，翻译则是铺路架桥，如果不同的语种中有一个人发自心底地喜欢你写的书，引发所谓的共鸣，就已经足矣。《知青变形记》的情况也类似，法国姑娘苏菲因为喜欢我的作品，来中国边学习边写关于我作品的博士论文，同时翻译《知青变形记》。法文版《知青变形记》至今没有被法国出版社接受，但苏菲这样的行为（我视为“壮举”）已经说明问题。我的诗歌翻译亦然，完全是被动的。只有今年江苏凤凰文艺出版社出版的《买盐路上的随想》双语版是我主动寻找的译者——史春波、乔直夫妇。类似的情况还有不少，我需要感谢的是那些欣赏我的个人——北岛、尚德兰、柯雷等等，需要感谢的机构则有江苏省作协、江苏凤凰文艺出版社（我的双语短篇小说集正在编辑中）等等。

青年时代，我信奉美国诗人弗罗斯特说的“诗是翻译中丢失的部分”（大意），其实这一说法困扰了我很久。直到我读到博尔赫斯的论断，他说，伟大的作品是经得起印刷错误的（大意）。连印刷错误、漏排错排都不怕，又何惧翻译？只要你写得足够好，足够“强健”，剩下的就是作品自身的命运了。两位宗师都说得好极了，尤其是他们的论点相悖、各执一个极端，这之间就构成了广大甚至是无限的区域。彼此矛盾冲突的说法间回荡着可供写作和翻译的无穷张力。文学之事从来都不是解决逻辑问题，只是呈现对立，因为这意味着活力和新的增长点。

2006 年，我前往德国哥廷根大学驻校访学，当时的中德班学员们搞了一个活动，学生分成两组，一组将我的《扎根》一章翻译成德语，另一组再将被翻译成德语的《扎根》翻回中文（该组没有读《扎根》原文）。我 ·读翻译回来的《扎根》，大吃一惊，和原文比较自然丢失了一些东西，但——这是我要说的重点，竟然多出了一些东西。这些多出的东西非常奇妙，难能可贵，至少令我（原作者）耳目一新。就此，我对翻译的认知又有了变化，翻译绝不是被动的——丢失或者不怕丢失，它还是主动性的创造。这正是此刻我最想说的，翻译毋庸置疑是创造性的活动，尤其是好的翻译，既能忠实于原作的“所指”，又能在另一种语言里再造精妙绝伦的“能指”。好的翻译理应在被翻译的语言里“扎根”，在被翻译的语言里呈现出杰作的品质。是否可以这么说，原创作品是无中生有的创造，而好的翻译是有根有据的创造？多出的东西太重要了。

顺便说一句，一部二流之作完全可能被译成一流之作，当然，一流之作也可能被翻译成二流之作。碰上怎样的译者是作家的运气，就像碰上怎样的作家也是翻译者的运气。说到底，面对浩如烟海的中国当代文学，甄别是一道难题，有关方面组织的推介活动即是针对这一点的。筛选、推介造就某种可供依凭的路标、一个观察中国文学的视角，功德无量，但它不应该成为唯一的路标或者视角。

诗在自己的山水中

胡　弦

胡弦，诗人、散文家，著有诗集《定风波》《葱茏》《水调歌头》，散文集《风的嘴唇》等。曾获鲁迅文学奖，《诗刊》《星星》等杂志年度诗歌奖，花地文学榜年度诗歌奖金奖，十月文学奖，英国剑桥大学银柳叶诗歌奖等。现居南京。

1

我们处在一个城市急剧扩张的年代。城市，人类文明的集合体。但无论它如何发达，它都很难获得我们的诗篇的赞颂，其原因在于城市生活在人与大自然之间设下的阻断。这种阻断，不断把大自然推向梦境。

城市可以阐释，大自然却不可以。在接受理解和探究上，城市，也许永远都是不幸的一方。离开了人为，城市会沦为废墟，而大自然却不需要人为，会自己生生不息。城市与大自然，带有人的精神的两极性：渴望被理解和在被猜测中保持神秘。城市会热衷于自我阐释，而大自然恰恰相反，它永远是无言的。当我们倾听鸟鸣，倾听石头的沉默、树林和江河的声音，会有那种“心悦君兮”的感情发生，但这仍可归类为对不可解的神秘的倾听。

大自然的无穷性，在于它的不变，它是恒定的，没有前途的，我们认为的前途，一般要依赖变化出现，但大自然的雷电雨雪火山海啸，基本都是属于不变的内容，或者说，只有它在艺术中的投影出现了新的形态，才能让我们惊讶。是的，大自然是恒定的，只有它的影子在变化，体现为现实的卓越，而它本身是孤悬的，始终处在我们的猜测中，随时会成为被我们忘记在身后的声音。当它由诗篇重拾，在诗中重新生长，才会转化为我们的心理构图和我们想入非非的声音，大自然是诗歌的机遇，我们不用深究大自然，只要怀疑一首诗就可以了。此中，诗来自我们对大自然的天真阅读——我们也许成功地避开了那些吃力不讨好的智力搜索，并在天赐般的念头里获得了顿悟。这种“无为”般的觉醒曾被归类为“大道”，但我们总是热衷于对大道的阐释，并在阐释中入迷，为智识所困，重回小道。大自然是无穷的，这种无穷含有不近情理的成分，会把人导向虚无——正是来自山林的木头创造了我们手里的斧，我们以此思考，辨析，寻找真理，而那些木头，则被做成了房子、器具，或被作为烧柴燃起烈火。大自然只有进入我们的日常生活，才会从内部分离，呈现出相互对峙的属性——它不再是一体的，它有了不同的形态，那些梁柱、床柜、屏风、桌椅等或粗糙或精美的木作，才会与烈火在对峙中怀抱各自疯狂的理想。

山林之想，是中国人古老的情节，有时，这种情节也会进入表演范畴，带上狡黠的特征，但它本身是真诚的。在社会属性被强化的地方，它会显得遥远而虚幻，只能存在于我们纯粹的精神世界。甚至，当实用主义进一步梳理我们的精神空间，其无用性会被理解为类似欺骗，从而被无情地排除出去。有个熟悉房地产的人曾告诫我，不要到城外的山里买房子，因为不会增值，有悖于当下的市场理念，购房者相当于花钱买了一个梦。这是来自城市的感官和效能期待，无疑忽略了某种本源性的情感需求，或者说，在实用哲学的世界里，情感是有害的，需要被压抑的。但就像最自然的“举头望明月”那样，大自然仍是我们日常生活的反光和影像，淡淡凉意中蕴含着某种持久的温暖。现实生活太明晰了，而大自然的参与，含有我们对含混的期待，所以，任何关于大自然的符号都藏着我们被压抑的渴求，那些自带诗意的象和境，总能成功地引起我们的联想，并在与城市的隐约对抗中提供另外的美，使我们矛盾的心得到片段性的庇护。一首山水诗，即便写作旨意和手法都是简单的，并无多少内置的秘密可言，但在出尘之想和悠然之味的加持中，仍能成功地唤起我们的情感。一首诗可能就艺术观而言没有什么生命力，但关于大自然的情感却具有永不衰竭的生命力。

2

星辉倾泻而下，像一场风暴。但你眨眨眼，一切都是静止的。月亮自水中浮出，像一个石球。所以有时觉得，我对连续性、流动性的追索，其实是个假象。我需要的，是一个被定格的镜头，因为那值得被定格的，正在其对动态的无穷无尽的扯动中。湖边的小路上，不时会有大人物来散步，剧情很大，变幻不定，但句子一直很小。不是风暴，是句子——一句小小的台词，在追逐赶往大世界的飞鸟。

在湖边散步，是微风、小径、柳丝、平静的湖面和鸟鸣，赋予了我平静的语调，同时，它们在眼前，又仿佛来自另外的时间与空间，带着取之不竭的信息，让我学习与庞大、怪异、激烈的东西在一起。

源于散步时的胡思乱想，我发现，湖上滚动的波浪像磨损的齿轮，以及在上面隆隆驰去的光阴，并感到空气、垂向水面的柳条，甚至阵阵微风都忽然变得事关重大。大自然，也不再仅仅是一个眼前的视觉画面、一个地理存在。我体会到，当另外的时间和人物出现，自然的属性只是第二性的。是的，除了浮光掠影的欣赏者之外，大自然也需要被深度注视，以便它来告诉你它一直忠实于的另外的核心。那里，有出人意料的构造，藏着它情感的地理学。所以，湖边的宁静，以及文字间神秘的浮力，都那么让人吃惊，

大自然，会在各个不同的时代（时间）中呈现各异而又稳定的形态（况且，我们看到的往往只是眼前的一瞬），使你很难进行感情投放。这样，你需要的，实际上是个构想出来的大自然。就像一棵树的自我更新那样，你需要它从幼小到苍郁再来一遍，只是，你更希望它长着长着变成了非自然的样子。稳定是个传统状态，是成长的结束，是没有超越限制。而没有超越限制的成长，它呈现的"各异"并不在我们的写作愿望中。而我们更希望这成长是一种崭新的能力，哪怕那能力的尽头蛰伏着一个怪物。

写作者必然是这样的人：面对大自然，如果长久地保持静观心态，早晚会感受到耻辱。它珍藏着源泉，但需要你意识到，并有所发掘——类似夺取某种秘密的快乐。你意识到，它并不是被遗弃在那里，在熟视无睹的世界中，在感觉的边缘，竟然有种异样的存在一直清晰地等候在那里。它像一种你从未聆听过的声音，当你注视到它，它才开始响起……是的，写作一开始，像轻松而自我陶醉的游戏；你有所觉察，一切都处于悬置状态，在那种悬置中，你开始意识到急迫无比的东西；而后，像在一种自虐的感觉中，你为各种小念头殚精竭虑，现实的写作，变得像一种非现实的苦役，甚至你会觉得，那种完美的一挥而就是值得怀疑的，是轻佻的。

寄情于山水时，心底里总有个声音泛起：你为什么不直接说话？在对自然的接纳中，语言仿佛在抗拒，像器官移植中血液的排斥那样，总缺少一种能把它们完美地合而为一的感觉。你已掌握了许多语言工

具，它们怂恿你动手，为你带来使用它们去干点什么的冲动，也许，这是工具的本能吧。当它们活跃的时候，你也会有写作充满活力的假象，甚至，有种能把一件小事说得很重大的本领。但这还不够，甚至是不重要的，像在一个怪圈中，语言总是时不时地成为写作障碍，给“顺利说出”带来磕绊。在工具或曰“诗句”那专制的统治下，你有时会忽然意识到一个盲区：你已不了解，在词语背后，鸟鸣、幽径、花朵，它们到底变成了什么样子。

山水如昨，只有在凝视时，它才是当下的。痛苦的经验在被消化，才会在悄声细语、探幽发微中，植入一种内在的紧张感，从而使其呈现出岌岌可危的属性。它有古老的通行证，并终会送一个人到他想去的地方，并让他目睹我们情感中那令人瞩目的内在景观。山穷水尽，柳暗花明，自然，通过对尘世经验的参与，已把自己安置在无数时间中——也就是一种接近静止的时间中，它平静的表面属性和深存内部的激越，构成了强大张力。写作者要在这张力中生存，感受某种古老的起伏，并制止它们向廉价的感悟转化，以此摸索自己内心的未知领域，从而创造出一种有别于时下写作的情怀。

“侯门深似海”与“红杏出墙来”

金仁顺

金仁顺，1970 年生，现居长春。中国作家协会主席团委员、吉林省作家协会主席。著有长篇小说《春香》，中短篇小说合集《桃花》《松树镇》《僧舞》《纪念我的朋友金枝》等，散文集《白如百合》《众生》《时光的化骨绵掌》等，编剧电影《绿茶》《时尚先生》《基隆》，编剧舞台剧《他人》《良宵》《画皮》等。曾获全国少数民族文学创作“骏马奖”、庄重文文学奖、中国作家出版集团奖、春申原创文学奖、林斤澜短篇小说奖、《人民文学》短篇小说奖、《小说选刊》短篇小说奖、《小说月报》百花奖、十月文学奖等。部分作品被译为英语、韩语、阿拉伯语、日语、俄语、德语、蒙古语等文字出版。

我参加了几次中国作协举办的“国际汉学家会议”，见到了很多有学识的汉学家，听到了作家和翻译家们很多有趣的见解。有时候难免会想换位思考一下，如果我是汉学家，面对中国当下的文学状况，我会是怎样的感受？倘若我要从浩如烟海的作品中选择代表性作品，当以什么标准？

想起一句诗：“侯门一入深似海，从此萧郎是路人。”

中国文学的“侯门”，别说翻译家了，即使是顶着“中国作家”名头的我们，也难免滋生“深似海”的感慨吧？从远古神话开始，《诗经》《楚辞》、汉赋、唐诗、宋词、元曲、明清小说，光是这个主脉络里面的作品，已经让人眼花缭乱了，更别说每个时代其他旁枝细节里面隐含的精华，比如唐传奇、宋话本，随便一个小切口切进去，阐释起来都是浩浩汤汤的大世界。“侯门”里面，几进几出的屋宇院落、内外花园、亭台楼阁，随便一个角落，也有“数枝梅，凌寒独自开”，既有大开大合，又有七窍玲珑。如此“深似海”，最容易说清楚的，还就是物理布局，毕竟这都是“看得见”的；那些“看不见”或者“看不清的”，比如思想、美学、艺术、语言、世情、人心，想要翻译、介绍出去，难度可想而知，翻译家们无异于路人“萧郎”，不是“从此”，而是“本来”“一直”，他们在外面看中国文学固然“深似海”，即使他们走进去，在里面转几圈儿，也仍旧是路人。

这么一想，就很理解翻译家们在向自己的国家介绍中国文学时，在首选的作品中，《红楼梦》占很大的比例。《红楼梦》确实是中国文学“侯门深似海”的最佳代言作品，没有之一。但中国文学毕竟不能总靠着《红楼梦》来代言，虽然中国现代生活中，与《红楼梦》里面的人情、世情逻辑没有本质上的南辕北辙，但新时代新空间新人类，确实一轮一轮带着自己强烈的时代胎记出现在文学作品中。有强烈特征的文学，必然是容易被代表被代言的，就如同芸芸众生中，能“一笑倾人城”的脸孔，总是最先被挑选出来一样。

文学是与历史、地理、国情、政治这些方方面面，共生、共情、共振，千丝万缕，息息相关。历史、地理、政治、国家这些框架，通常构成了文学宏阔、伟大、深远的基底，但文学最了不起的地方不在这些方面，或者说，“不只在”这些方面，而在于，或者“更在于”文学对底层和个体命运的观照，这通常是历史和政治这类粗线条最忽略的部分：一将功成，进入庙堂，享受尊崇；一将背后的万骨，被埋进青山黄土，隐入尘烟。

文学创作的要旨，是要把“万骨”里面的小人物复活出来，强调人类个体的情感变化和内心世界的探索，再冷硬的历史，也是由个体的温度、软度来架构的，这些被结果忽略的群体和部分，他们的情感和世界观，被文学拣拾、整理、收藏，让他们不只是拥有自身的光芒和价值，还会反过来弥补和映照历史的粗放和忽略。但“万骨”之“万”，使得选择的难度增大，翻译家们不可能拥有海量阅读，他们的翻译标准和方向多少要受到某种主流或者某种思潮的影响，“万中选一”的个体很难被选择出来，进而译介出去。路人“萧郎”之于“侯门”，最终能落入他们眼中的，是高墙深院里伸出来的一枝红杏。这株红杏拥有双重性：生在侯门，又立于墙边。

和任何领域一样，传统手段很难叩开的门，互联网通过自己的“天罗地网”，能轻而易举地攻破。先是常规被打破，传统作家们自诩的“殿堂”“高雅”“经典”等高大上的特性，在网文国际化阅读的狂飙突进中，连炮灰都算不上，网文被翻译的速度、传播的广度、受欢迎的程度、市场的“硬度”，都是颠覆性的。当我们集中在一个大会议室里面探讨中国文学的国际传播方式时，网文早已经在外面的世界铺天盖地了。这种情景有点儿像“侯门”内的红杏焦急地生长，盼着自己的枝条能快些长，方向性强地生长，好伸展出墙，被外面的“萧郎”们看到，而实际上，墙外的荒郊野地，早已经姹紫嫣红开遍，繁花似锦。

如何界定网文的价值和地位，这是一个问题，它的勃勃生机固然令人无法忽略，但只要稍微认真打量，它的胡编乱造、粗陋肤浅，令人发指的同质化、毫无底线地迎合市场等诸多短板，也会一目了然。传统作家和资深汉学家们，就如同“贾王史薛”等大家族，眼看着网文代表“刘姥姥”，在大观园里出着洋相，卖疯讨好，要么不屑转脸，要么掩嘴而笑；但“眼看着楼塌了”的时候，大家族里最有心机、最会算计、甜言和铁腕并重的王熙凤，也要对刘姥姥托孤。

中国文学如何走向世界?

中国网文已经走向了世界。

“侯门”壁垒如何打破?

“侯门”壁垒需要被打破吗?

这些问题的答案，或许与文学无关，与科技有关。翻译软件日新月异，每一分钟都在裂变、生长，“外语”已经在被淘汰的路上，“翻译”还会有多远呢?当然文学的“翻译”不仅仅是“直译”，可是，以现在“科技”的学习能力，一旦设定好了程序，它的翻译只怕会更“原汁原味”，更“淋漓尽致”吧?科技将给世界文学装上翅膀，为“他阅读”扫清所有的障碍。

翻译方式的改变，将是世界文学格局的革命，多元性和个体性时代即将到来。就如同“自媒体”颠覆了传统传媒一样，世界文学很快会进入读取自由的时代。随着阅读门槛的消失，文学的评定标准也必然要随之改变。不远的将来，很可能会是泯灭伟大与标志性的时代，没有人能代表谁，除了你自己；没有人需要被影响，读者将像选择商品一样选择自己的阅读口味。“侯门”的高墙不复存在，只需门票，即可参观；而曾经急于生长的红杏，自身也许会陷入深刻的自我怀疑中：“出墙，还是不出?”但这一株红杏，在时代文学的电脑屏幕上，未必有机会微缩成一个微小红点。

坚持当下与历史并重，让文学中的中国故事更全面立体真实

老　藤

老藤，本名滕贞甫，山东即墨人。第十四届全国政协委员、中国作家协会主席团委员。20世纪80年代中期开始发表文学作品，出版长篇小说《刀兵过》《北地》等10部，小说集《熬鹰》等8部，文化随笔集《儒学笔记》等3部，老藤作品典藏（15卷）。曾获东北文学奖、《小说选刊》奖、《北京文学》奖、百花文学奖、丁玲文学奖、中国作家出版集团优秀作家贡献奖等。长篇小说《战国红》《铜行里》先后荣获第十五届、第十六届全国“五个一工程”长篇小说奖。作品被译为10种文字出版。

在北美、北欧访学时，我曾与当地读者进行过交流，发现不少读者对中国的认知没有与时俱进，还停留在色彩单调的半个世纪以前，对当下的中国知之甚少，还有一些读者对当下的中国颇有误解，觉得中国好战斗勇，咄咄逼人，是规矩和秩序的破坏者。这种现象的形成固然有多方面原因，他们其中一些人并没有来过中国，这些错误印象主要来自两个方面，一是新闻宣传，二是文艺作品。新闻宣传被带上

有色眼镜不难理解，至于文艺作品那就怪不得别人了，我们需要思考文艺家们、作家们到底都为海外读者“投喂”了些什么故事，这些故事是否传递了我们文化中的真善美元素，是否做到了全面、立体、真实，是否让中国的形象可信、可爱、可敬。

毋庸置疑，文学作品是故事的载体，如果从时间上划分，中国故事包含历史故事和当下故事两个方面，两者都十分重要，历史替代不了当下，当下会贯穿历史。在历史故事的讲述上，我们的作家和翻译家们做得可圈可点，收效很大，但在当下的故事讲述上，却明显落后于中国社会的发展实践。实事求是地说，在国际上中国文学的窗口展示的大都是黑白老照片、幻灯片，缺少 3D 和 4K 影视，新时代深刻历史变革故事没有很好地得以传播。

那么，文学这个橱窗所展示的中国故事应该是怎样的故事呢？回答当然是多方面的，只要是作家真情实感的文字都可以呈现，不能单一化、类型化，对故事的禁锢不会有出路。但是无论讲什么、怎么讲，客观性的立场还是应该坚持，那就是力求全面、立体、真实、多维，这是对故事本身负责，也是对读者负责。在推动文学走出去这件事关国家软实力的工作上，我觉得应该做足做透这样几点。

一、 尊重真实属性，避免一味迎合

中国当下的社会形态，与半个世纪前发生的一系列历史性变革相比，中国各民族人民的生活状态，以及价值观、审美取向、民风民俗发生的种种变化都是客观存在，可以真实地呈现给海外读者。文学的责任就是忠实地记录历史，现实如此，粉饰和掩饰都没有意义。把一个真实的中国传递给海外读者，这本身就是原汁原味的中国故事。作家不能过于迎合海外阅读习惯，尤其不要根据读者喜好去定制、改写中国故事，导致在审美、语言、情节、故事设计推进等方面都有明显的削足适履倾向，这种做法一方面无法树立属于中国特色的文学范式，另一方面也使中国故事无法做到立体化和全景式，肢解和剪裁破坏了审美，自然也就影响了故事的吸引力。当然，作家的选择可以理解，文学作品毕竟也有商品属性，不能不考虑市场因素，但市场本身具有沥滤作用，有价值的作品会被淘出来的，我们的文学不能跟在别人的身后亦步亦趋。

二、 立足文明互鉴，彰显向善价值

中国渴望崛起，渴望复兴，但这种崛起和复兴主要是内涵发展，不以伤害他国为目的，在向世界讲述中国故事时，我们有必要弘扬传统文化中的“和为贵”和“性本善”价值理念。《道德经》说得非常到位：“师之所处，荆棘生焉。大军之后，必有凶年。”中国人什么时候好战斗勇了？近代以来中华民族的奋起抗争哪一场不是被迫的？中国人骨子里就有“和合”基因。因此民间崇拜里出现了“和合二仙”，这是一种文化，追求的是和平、和谐。善是一种普遍的价值追求，中国人强调“积善成德”“三教虽殊，同归于善”，重教化、尊礼仪，守规矩、守秩序在古代就是全民共识，中国人是国际规矩和秩序的破坏者这个说法是不成立的。由此可见，民族文化中的精粹应该以文学的方式传播出去，让更多的海外读者了解中国。文学不同于新闻宣传，文学中的故事和人物往往更能入脑入心。文明需要互鉴，文学需要交流，用人类命运共同体的价值观来加持中国故事的内核，中国故事就会更加有思想、有境界、有韵味。

三、注重内容生产，提高文本水准

文学作品说到底还是内容为王，尤其作品经过译介后汉语的叙述优势有所递减，而内容却不会有变化，把内容建设好，把文本质量提上去，作品就有了走出去的底气。在内容生产方面，作家要写自己熟悉的、有写作欲望、有想法要表达的题材，这是出精品的重要前提。写最熟悉的，才能写出最好的，走马观花了解一点皮毛就“挥毫万字”，这样的作品连作家自己都打动不了。很多文学作品走出去的范例，都有着独特的内容、新的发现和新的思考，都属于内容建设完成度比较高的作品。

四、壮大翻译力量，加强国际合作

不得不说，中国当代文学要想走出去、走得开，离不开翻译家、汉学家的助力。一名作家能遇到一名懂自己的翻译家，那是极大的幸运。现在，国内翻译力量建设与国外还有差距，这是中国文学对外译介出现逆差的主要因素之一，因此，凝聚和培养翻译人才应该被提到重要的议事日程，需要有效的统筹、组织和引导。同时，要加强与海外出版机构和海外民间文学组织的合作，克服国际上个别国家因意识形态不同所设置的文化壁垒，有计划、有组织地让文学“走出去”，用文学的方式向世界讲好全面、立体、真实的中国故事。

让世界了解中国文学

李　洱

李洱，曾多年任职于中国现代文学馆，现为北京大学文学讲习所教授，北京市作家协会主席。著有长篇小说《花腔》《石榴树上结樱桃》等，出版有《李洱作品集》（八卷）。《应物兄》获第十届茅盾文学奖。主要作品被译为英语、德语、法语、西班牙语、意大利语、韩语等多种文字出版。

很高兴应邀参加第六次汉学家文学翻译国际研讨会。前面五届，我参加过三届，当时的许多情景还历历在目。事先，看到花名册上很多熟悉的翻译家的名字，我顿时产生了一种“渡尽劫波兄弟在”的感觉。还有一些朋友这次没有能够来到南京，我在此祝福他们好运，并期待着能尽快见到他们。我想，此时此刻，我们都有一种共同的感觉，那就是在地缘纷争、文化冲突、社会撕裂日益剧烈的今天，国际文学交流的意义突然被放大了，翻译家和作家肩上的责任更重了。不管你愿意不愿意，我们的交流事实上都将成为一个宏大叙事的一部分。

正如很多翻译家已经感觉到的，中国已经发生、正在发生重大变化，对历史和现实的解释，包括对未来的期待也发生了变化，作家的构成也发生了变化。我从翻译家提供的资料上看到，中国青年一代作家已经进入了翻译家的视野。这当然令人感到欣喜。这是中国作家协会、作家和翻译家共同努力的结果。

我自己的写作深受西方文学的影响，西方文学，尤其是西方现代派、后现代文学，已经成为我的文学血脉的一部分。我对西方文学的最新发展动向也非常清楚，对非洲文学的发展状况也比较了解。最近十几年，我的阅读兴趣开始向中国古典文学倾斜。因为我意识到，中国古典文学，特别是中国古典小说的许多叙事资源，非常值得重视。我在最近十几年的写作，试图完成的一个工作，就是对不同的叙事资源进行整合，并尽力发出自己个人化的声音。这种努力的结果，便是我新近完成的长篇小说《应物兄》。这是一部描写中国当代知识分子生活状况、思想状况的长篇小说。我知道中国作家写出来的这样的小说，在西方并不太受到重视，但完成这样的小说，首先是对我自己的一个交代。

最近两年，我的一些作品正在被翻译成不同的文字。这里我要感谢在场的意大利翻译家李莎女士，十多年前她就准备翻译我的长篇小说《花腔》，今年我们终于共同参加了《花腔》意大利语版的发行仪式。不管从哪方面看，它都不是一本容易翻译的小说。它对20世纪的中国历史进行的独特书写，使这本书在出版20年之后，仍然伴随着不小的争议。据我所知，它的法译本在法国卖得不错，我前几年去法国的时候，在书店看到了它最新的版本。在这里，我也要感谢翻译家林雅翎女士，她的英年早逝使我感到非常悲伤。长篇小说《应物兄》也正在被翻译成英文和意大利文，我期待着它能早一点问世。今年10月，我将前往英国和德国，参加一些文学活动和讲学活动，我想我们可能有机会就这本书展开更进一步的讨论。

文学和文学翻译事关人性的健康发展，事关人类的基本道义，事关我们的下一代到底生活在一个怎样的世界。我想，我们的交流将有助于对这些问题的深入理解。

从“拿来”到“反哺”

——中国小说百年的本土化实践以及创新性尝试

李　浩

李浩，1971 年生于河北省海兴县。河北师范大学文学院教授，河北省作家协会副主席。著有小说集《谁生来是刺客》《侧面的镜子》《蓝试纸》《将军的部队》《父亲，镜子和树》《变形魔术师》《消失在镜子后面的妻子》，长篇小说《如归旅店》《镜子里的父亲》，评论集《在我头顶的星辰》《阅读颂，虚构颂》，诗集《果壳里的国王》等。曾获第四届鲁迅文学奖，第十一届庄重文文学奖，第三届蒲松龄文学奖，第九届人民文学奖，第九届十月文学奖，第一届孙犁文学奖，第一届建安文学奖，第七届《滇池》文学奖，第九、十一、十二届河北文艺振兴奖等。作品被译为英语、法语、德语、日语、俄语、意大利语、韩语等。

尊敬的各位作家朋友：

大家好。按照论坛的主题要求，我们要谈的是“让世界了解中国文学”，我想，中国作协外联部更希望我们这些作家们敞开地谈论属于中国作家的尝试，谈论如何对世界文学之未有和差异提供更多的可能性。是的，作为一名秉承着“世界文学”理念的作家，这样的议题也是我和我们必须思考的，没有任何一个人希望自己是“渺小的后来者”，没有任何一名作家不希望自己的写作能具有人类一切可贵经验的综合并做出自己的独特提供。在中国作协外联部准备召开这个会议之前，我曾写过一篇《从“拿来”到“反哺”——中国小说百年的本土化实践以及创新性尝试》的文字，它发表于《当代作家评论》2023 年的第 2 期，我个人觉得，那篇文字可能与我们今天的主题是契合的，是提前到来的“呼应”。因此，我决定今天的主题发言以原有的那篇文字为基础，谈一谈中国小说的百年实践和它的成绩，以及种种尝试所能达到的和留有遗憾的部分。

若我们对世界文学史、艺术史有一定了解，就会发现世界上绝大多数卓越的文学家、艺术家都是坚定的“拿来主义”者，他们善于向自己的传统借鉴，更善于向人类共有的美好经验进行借鉴，而在后一点上他们更是兴致勃勃——他们总是满怀野心地希望将整个人类的“全部遗产”吸纳在自己的文学创作和艺术创作中，他们总是愿意借用从他者那里“舶来”的经验、形式和差异感来完善自己，补充自己，突破自己，从而达成合理与丰富，“为个人的缪斯画下独特的面部表情”（奥登）。如果匮乏一个世界视野和对“世界文学”的统一性考量，我们的当下地方性写作很可能是无效的，而且它也很可能造成一个被米兰·昆德拉称为“有罪”的后果：这样的写作，会造成一个民族的盲目和短视。作为中国现代小说的实践者和卓越的创造者，鲁迅始终坚持“拿来”，倡导“拿来”，更有意味的一点是鲁迅的文学生涯由翻译始，至翻译终，“没有拿来的，人不能自成为新人，没有拿来的，文艺不能自成为新文艺”。

当然，所有的“拿来”都是为了自我的完成，为了让自我的独特言说更有新意、魅力和深度，而如何完成对世界文学的“反哺”，是每一名强力作家必须要审慎考虑并付诸实践的，所有的创作都将会为做出全新的、具有创造性的、别开生面的独有文本而不断努力。这里的独有文本，针对他的民族来说应是全新的，而针对整个世界文学来说，也应是全新的。是故，我在我的那篇文字中，从不同的角度、不同的中国作家实践谈了我的看法。在这里，我将以简缩勾勒的方式，略谈我认为的“中国作家的某些创举”。在旧有的文本中，我是以举例的方式来完成的，现在我也依然采用这样的方式。

1. 莫言，《生死疲劳》。宏大题材，近百年历史——它必然会面临巨大的叙事难题，就是事件和事件之间、年月和年月之间，必然会有一定的时间“无大事发生”，故事的起伏在这里变得平缓，叙事上也随之出现某种的“疲惫期”——对小说而言，它可能会造成局部的叙事塌陷，给阅读者带来某种的不满足。这种局部叙事疲惫或者局部叙事塌陷，在那些具有经典性的小说中也曾偶尔出现，譬如《静静的顿河》中段，譬如《铁皮鼓》后段（小奥斯卡开始长高之后），譬如《百年孤独》后段（奥雷里亚诺·布恩迪亚上校死后）……尽管它们在结尾的部分再次飞扬再次精彩，但其中的叙事疲惫还是相对明显的。这是叙事中的大难题，而莫言的《生死疲劳》以独特的、极有反哺性的方式解决了它。他找到了“六道轮回”，让故事的主人公西门闹在轮回之中变成驴、牛、猪、狗，而每次“转世”都会有效而有巧合性地降生在时代变化的节点上——这自然给了莫言的叙事以极大的发挥空间，使西门闹的每一次再度降生都能迎来叙事高潮，从而有效地避免了叙事疲惫的空窗期。如果谈对“世界文学”的反哺，莫言的这一叙事难题的个人解决可能是中国百年小说史中最具反哺性的一项，无出其右者。而且这一反哺，恰恰又产生于西方叙事发展最为完备、最具影响力的部分。略有可惜的是，中国作家、中国批评家们对此尚未有充分的认识。

2. 宁肯，《天·藏》。这部书让我想起豪尔赫·路易斯·博尔赫斯在《阿根廷作家与传统》中谈到的那段话：“民族主义者貌似尊重阿根廷头脑的能力，但要把这种头脑的诗歌创作限制在一些贫乏的地方题材之内，仿佛我们阿根廷人只会谈郊区、庄园，不会谈宇宙。”我觉得，宁肯《天·藏》的出现是一个强有力的证据，证明中国作家也可以完成充满智识和哲思意味的“智慧之书”，我们也可以谈宇宙，而且是在独创性的基础和范畴中。它的反哺性在于：第一，思考向度的尝试，从哲学、佛学、生命体验等多角度审视西藏和藏传佛教中的种种褒有，进而审视我们的生存和欲念、我们的此在和未来期许——无疑，它提供了一个崭新的可能，甚至可以说这一提供要比黑塞的《悉达多》更为深入和丰富，它为我们的生存和死亡展开了多个极有思辨意味的视角，而每一种，都可引向无限；第二，文本创新的尝试，宁肯《天·藏》创造性地把小说中的“注释”做大做强，让它变成了一个有着自恰性质的副文本，与主文本之间构成交互、平行和对抗的“复调”关系……在我有限的阅读中，将“注释”如此来用并建立如此效果的，它还是第一本。

3. 余华，《活着》。它的反哺性在于，它创造了一个新人，指认和言说了一种独特的、在另外的文学和民族中未被呈现过的生存态度——“好死不如赖活着”，一种被不断压缩、不断剥夺和不断损失，但始终坚韧地麻木地活下去的生活图景，它的里面几乎透不出半点精神的光来，活着，它的全部含意仅仅剩下了这个空泛的词：活着。在反复的不断压缩、不断剥夺和不断损失当中，富贵和他们逆来顺受地接受着来自生活的重捶，呼吸和吃饭代表了一切，代替了一切，除此之外他和他们再无诉求。这是一种未被充分认识、却是一种普遍存在的生活态度，在欧洲的、俄罗斯的、美国的小说中也偶有涉及，然而如此清晰、放大、深入地展示和解剖这一生活态度，在中国人身上表现得更为明显、集中、清澈的生活态度，是第一次。它提供了人性认知的独特参照，为我们的同情、悲悯和反思提供了可能。

4. 鲁迅，《阿Q正传》。它的支点是“偶阅《通鉴》，乃悟中国人尚是食人民族，因成此篇。此种发现，关系甚大，而知者寥寥也”。——这是小说始终环绕的主旨，而鲁迅对于我们民族DNA的萃取也具有永恒的经典性。但这样的“深刻”在我看来属于同等水准和可以抗衡的，并不能说它构成对世界文学的反哺。当然是“拿来”之后的中国故事，小说的故事结构和推进方式明显受外来小说的影响，虽然它让我们看不出属于“拿来”的生涩痕迹。我以为它对世界文学构成反哺的点在于：塑造了一个完全不同的、异质性的个人。阿Q是独特的、不被混淆的，就我有限的“世界文学”阅读而言，我还真找不出任何一个人能与阿Q相似，这一塑造完全可以与堂吉诃德、K、好兵帅克、何塞·阿尔卡蒂奥·布恩迪亚、爱玛·包法利、于连、拉斯柯尔尼科夫、奥斯卡等人物的塑造相媲美，他是一个有特点的“新人”，主要是他身上的种种携带与之前和之后的人物塑造完全不同。第二点，《阿Q正传》在使用“拿来”的故事结构方法的同时又加入了一些中国化的特点，譬如散点透视法：故事并非沿着一个清晰的时间脉络和故事发展脉络前行，而是片段处理，每一个片段中都有一两处小高潮，它完成的是一处处不太集中的建筑群而非单一楼阁。这一东方化的渗入无疑使旧有的故事结构方式有了小小的新变。

我想，我还想指认，自鲁迅以降，中国小说的写作开始了与世界文学的“接轨”，之后略有中断但轨还是在的。然后是20世纪80年代至今，所有的中国作家无一不经受着来自世界文学和知识谱系的惠泽，他们，我们，都试图在融合、整合的基础上不断向前，而民族性、地方性差异其实也是陌生化的有效保证——我和我们都想写出能融入世界文学谱系并以独特的强光有所照亮的那类文本，它们在这，也将会慢慢地呈现它们应有的光泽。

当下青年写作的几个方向

林　森

林森，《天涯》杂志主编，海南作家协会副主席。作品发表于《人民文学》《诗刊》《钟山》《作家》《芙蓉》《新华文摘》《中国现代文学研究丛刊》《上海文化》《南方文坛》《扬子江文学评论》等刊，入选各类年度选本及文学排行榜等。出版著作有《小镇》《捧一个冰椰子度过漫长夏日》《海风今岁寒》《小镇及其他》《书空录》《海里岸上》《关关雎鸠》《岛》《海岛的忧郁》《乡野之神》等。曾获茅盾文学新人奖、人民文学奖、百花文学奖、华语青年作家奖、北京文学奖、长江文艺双年奖等。

中国的文学现场，青年已经成为绝对主力。我们当然可以说，在长篇小说领域，仍然是50后、60后的主场，但有时我们也会质疑，青年作家在长篇小说创作上不被看到，在某种程度上来讲，与其写得好不好有关系，更与资源的分配有关系——50后、60后作家占有了太多资源，他们的小说一出来，评论立即跟进、出版资源倾斜、活动铺天盖地、访谈天天刷屏、各种项目扶持、各类奖项加持、对外翻译同步……这导致青年作者即使写出了文本过硬的作品，也会被这残酷的筛选机制给淘汰掉。但是，如果我们细细梳理，便会发现，那些年轻的写作者，已经在写作中不断进行探索，不断改变着中国文学的面貌。今天，当我们以"翻译"的名义相聚，除了注目那些已经成名成家的"大咖们"，也要把注意力稍微望向国内的青年写作者，让他们的努力能够被看到。下面，简要地介绍一下我所注意到的当下青年写作者创作的几个方向：

1. 乡土写作，在青年写作者那里，仍旧拥有强大的生命力。如大家所熟知，书写乡土，是中国文学一个强大的传统。近些年，中国在城市化的同时，也一直在呼吁乡村振兴，关于扶贫、"山乡巨变"的文学作品层出不穷。在青年写作者那里，对乡村的书写，更显多元一些：马金莲的关于宁夏的乡土书写，仍旧洋溢着人们熟悉的乡土的那种质朴、坚韧之味；孙一圣笔下的华北平原，在对校园、县城风貌的书写中，呈现了20世纪90年代的流行文化和少年记忆；广东的陈再见，目前生活在深圳，可他笔下的故事，大多是关于广东小镇的书写，可以看到粤港澳大湾区的"前史"；贵州的曹永，其小说的发生地，往往都是一些封闭的山野，在那里，信息闭塞、资源匮乏，人性也极容易在这样的环境中被推到极端；甘肃的王选，在多部长篇非虚构的写作中，记录下人们在城乡之变中的命运起伏；山东的刘星元，把目光注视在县城这一乡村与城市的链接地带，记录种种新变……在众多的青年作家那里，乡土的巨变一直都在，而且跟前辈写作者所面对的那个近乎恒定的乡土是如此的不同，当下乡土的变化是整个中国变化的缩影，这些青年写作者，记录下了当下中国的乡土之变。

2. 城市书写已经强势崛起。中国城市人口已经超过乡村人口，城市书写在近些年强势崛起，尤其对于青年人来讲，与城市的亲密关系是摆脱不了的。早些年，曾有过"逃离北上广"的说法，后来又有"回归北上广"的热潮，城市的热闹、便捷、机会、公共空间等等，对青年人有着天然的吸引力，因此，对城市的书写，已经成为自然而然的一种现象。甚至，在近几年年终的文学排行榜中，还有杂志专门推出“城市文学排行榜”——对城市题材、城市气息的挖掘，在青年写作者那里是自然而然的。在城市性的书写中，像文珍、笛安、周嘉宁等女性青年写作者，有的把城市空间和小说主人公生活相对接，有的把某条街作为故事的重要场所，有的关注时代大事在青年内心中激起的风云激荡，无论是有具体指向的北京、上海，或者带着虚构性质的龙城等，都显示出了新的文学特质，这些城市韵味、城市精神，在老一辈作家那里，很难看到。双雪涛、班宇、郑执等沈阳作家，则在铁西区的工业衰败和父辈的落寞背影中，写出了和女性作家的不一样的城市面貌，在他们笔下的萧条、落寞、冷峻、内敛之中，蕴含着时代的变迁。在更年轻的王占黑那里，城市角落、城市小人物显示出活泼、灵动的一面。身处广东的王威廉，把诸如眼镜设计、制造等经济生活，与人物的命运相结合，展示了粤港澳大湾区的城市新样貌。

3. 地域性得到重新关注。此前的二十余年，凡是分析文学现象与具体文本，往往从代际入手，一个“几零后”好像可以概括所有的文学现象。而近几年来，很多青年作家通过更多切身体验的书写，让地域性的表达得到更多关注。双雪涛、班宇、郑执、杨知寒、淡豹等东北作家，让东北的形象在文学中不断得到强化，也被评论界称为“东北文艺复兴”“新东北作家群”“新东北写作”等。与东北相对应的，则是南方涌现出了“新南方写作”，杨庆祥、王德威、张燕玲、陈培浩等评论家的不断阐述，让充满南方气息的写作越来越受到关注，《三联生活周刊》近期也推出了“讲述南方”专辑，并在封面上，把南方的气息总结为“潮湿、黏腻、隐秘、魔幻、混杂、遮蔽、野生、草根”等，朱山坡、林森、王威廉、陈崇正等来自广西、广东、海南的青年作家，把阳光感、海洋性和蓬勃陌生的气息不断进行书写与强化，也获得了广泛认同。与此同时，“新草原写作”“新北京作家群”等提法也层出不穷，更多的青年写作者跟地域性的关系愈发密切，青年写作者在面对“地方性”的时候，也拥有了更多的自信，可以更加坦然面对地方性经验。当然，这些在青年写作者眼中得到重新关注的地方性，是充满着新意的，这不是画地为牢，不是签字盖章，而是在往外走之后，重新发现了地方性的特殊与价值，这是对自身的重新认识。

4. 具有传统文化韵味的叙事被激活。近些年，在求新求变的文学潮流中，有不少年轻作家不断向传统索求，在题材、语言方面，深得传统韵味。比如说，笛安的长篇《南方有令秧》，把背景放在明朝的万历年间，以当下的目光，观照一位古代烈女的故事，在传统的叙事中，却夹杂着关于女性的视角与思考。周恺的长篇《苔》运用四川乐山方言，把晚清时期的家国兴衰、各种势力的碰撞，写得细致真实，如在眼前。李静睿也在长篇《慎余堂》中把目光放在溥仪退位之后，穿插了很多历史大事，讲述了四川一个盐商家庭的命运。林棹的《潮汐图》，大量运用了粤语方言，以珠江口、澳门为背景，借一只巨蛙之口，从很多冷僻、陈旧的史料中，重现了鸦片战争前后的时代风华。陈春成的短篇集《夜晚的潜水艇》中，诸如《竹峰寺》等篇章，语言典雅、简约，其中对于佛禅的领悟，满溢传统之味。也就是说，很多青年写作者，其求新求变的探索，是朝向四面八方的，传统也是“新变”一个很重要的向度。这些带有传统韵味的叙事，并非求古、复古，并非要讲一个和古典文学并无二致的才子佳人之类的故事，而是以具有时代感的目光来观照、省思，所蕴含的，仍然是时代之思，仍然是当代人的质疑精神。

5. 具有国际视野的写作已经出现。很多青年的写作者，都有着向世界去的雄心，其中不乏颜歌这一类外文极佳、可以直接用英文写作并取得关注的写作者。更多用汉语写作的青年作家，其无论语言、结构、意识等等，都具有一种世界文学的姿态，比如说阿乙，他的多部作品已经被翻译成多国语言，影响极大——从某种程度上来讲，阿乙苦心经营、精雕细琢的语言，本身就充满着某种翻译腔、国际范，为翻译提供了极大便利。更有很多青年作家，不再把故事局限在国内，而把叙事空间放置到了一个世界背景之下，充满了不同国家、不同文化、不同语言之间碰撞的张力。近些年，著名作家邱华栋在《望云而行》《冰岛的尽头》《河马按摩师》《普罗旺斯晚霞》《圣保罗在下雨》《哈瓦那波浪》等中短篇小说中，不断叙述当代中国人在不同国家的遭遇，这带来了某种示范效应。年轻的叶临之也以这样的方式，在《伊斯法罕飞毯》中，讲述了一段跨国的爱恋与惊险，他自己有着跨国工作的经历，写起来细节丰富，极为真实；他还在《中亚的救赎》《我所知道的塔什干往事》《海边的中国客人》等小说中，讲述了中国人在中亚不同国家的悲欢离合。朱山坡在他的短篇集《萨赫勒荒原》里把目光投射到非洲，讲述了援非医生和非洲人之间的动人情谊。陈崇正也在《开门》《开窗》《开播》等小说里讲述了非洲人在广东的故事。不同人群、不同文化的碰撞，让中国的青年写作者，不断拓展着自己的视野和空间。

6. 充满想象力、未来感的写作在风行。近些年，刘慈欣的《三体》所带来的影响是极为巨大的，他几乎凭一己之力，让中国的科幻小说获得了世界性的声誉。尤其是，随着其作品改编的电影陆续上映，也让中国科幻不断“破圈”。近些年，不少年轻的中国科幻小说作者贡献了很多精彩的故事，像陈楸帆、郝景芳、江波、飞氘、宝树等作家，荣获了不少国际科幻文学的奖项。其中，陈楸帆和大咖李开复的合作就别开生面，李开复提供关于未来技术的想象，陈楸帆则把这种技术的可能性推向极致，在小说中构建这种技术可能带来的冲击。小说完成之后，李开复专门针对这一技术和小说做出点评。两人合作的这本书叫《AI未来进行式》，人工智能专家李开复与科幻作家陈楸帆创造性的合作，畅想了数十年后在人工智能等科技影响下的人类世界。当然，这是特别硬核的科幻小说创作，此外还有一些本来是从事传统文学创作的青年写作者，也在不断尝试这种充满想象力的创作。比如王威廉、陈崇正、王海雪等，都把传统文学的人文思考，带入到科幻的创作之中，给科幻文学注入更多的温情。

——青年写作者的兴趣是广博而多样的，他们在各个方向上，都做出了探索和努力，这里只是本人作为一名写作者与文学编辑，在文学现场中的一点点观察，并非严谨的分析与研究，难免挂一漏万，也难免充满偏见。在这里，把个人的这点小观察提出来，也是方便翻译家们对中国的青年写作者有一个大概的印象，也希望翻译家们，能够把多一点目光投射在青年们身上。中国的文学是多元的，关注中国青年的写作，就是关注中国文学的未来。

我家乡的风声里有全世界的声音

刘亮程

刘亮程，1962年生，在新疆北疆沙漠边一个小村庄长大，自小务农，通农事，知节气，会手艺，熟悉草木牲畜，善听风声虫语。著有诗集《晒晒黄沙梁的太阳》，散文集《一个人的村庄》《在新疆》《把地上的事往天上聊》，长篇小说《虚土》《凿空》《捎话》《本巴》及各种选本50余种。2013年入驻新疆木垒县英格堡乡菜籽沟村，创建菜籽沟艺术家村落及木垒书院。现任新疆作家协会主席。曾获鲁迅文学奖、第十一届茅盾文学奖等。作品被译为英语、阿拉伯语、韩语、马其顿语等文字出版。

我小时候生活的村庄在沙漠边，那里经常刮风。我听到最多的是风声。当一场大风刮进村庄，我能从风声中听出它所经地方的各种声音。风吹过草原是一种声音，吹过沙漠戈壁是一种声音，吹过城镇、田地、河流，是不同的声音。我在一场一场的风中，熟悉了我未去过的遥远地方。

当风刮过村庄，吹响草垛、屋檐，一场自天边刮来带着整个大地声响的风，被一座村庄改变了声音。我听见村庄里永远不会发出声音的事物，被风声描述出来：房子和房顶上天空的声音、高高垛起的干草和蓬乱生长的青草的声音、人和牛羊匆忙行走的声音、鸟扇动翅膀的声音，以及迎着风、任风中的草屑和尘沙打在额头上的那个少年，他瘦俏孤单的身体在风中发出的犹如倾诉的呜呜声，他的一只耳朵听到来自远处的风声，另一只耳朵里灌满村庄所有的声音。

风是最伟大的叙述者，它让大地上所有事物发出了声音。

多少年后，当我离开村庄在异乡开始写作时，满脑子响彻的是那个小村庄的风声。我在《一个人的村庄》中写了一场一场的风，我写“风把人刮歪，又把歪长的树刮直”，写“树是一场朝天刮的风”，写刮风的夜里我家那扇院门，“像翅膀一样拼命扇动”，那院房子试飞多少次，没有成功。写从“我家门口榆树上刮走的一片树叶”，多少年后被相反的一场风刮回来，面目全非，它到达我此生都无法走到的荒远处。

风让一切有了生命。我从风声中辨认出曾经被风吹响的许多东西。那片沉默的土地上，连人们的生死都悄无声息，还有更加无声的事物：一根斜躺在墙根的木头、砌进墙基默默风化的石头、寂静地过去又过去的白天黑夜，都没有声音。但是风来了，风找到了万物的声音，风让躺在墙根那根眼看腐朽的木头，发出了一棵参天大树的声音。风找到埋藏在尘土下，已经被遗忘，被岁月模糊了面容的那些丢失之物的声音。风找到如土地般沉默的农人的声音。风刮响天和地，天上的每一块云都被风吹响，每一粒飘到天空的尘土都发出声响，风从天上吹下来，地上万物的声音随之往高远处飘扬，天地之间满是风声。那样的时刻，一个站在风中的人，灵魂如尘埃般通达了天地古今。

我在风声中学会像风一样叙述。每一个字，每一个句子，是一场风，让大地上沉默的事物发出声音。我的长篇小说《捎话》是一场自西域历史深处刮来的大风，《本巴》是从梦中刮到白天，将梦与醒连为一体的长风。我最早的散文集《一个人的村庄》以我家乡为原型创作，在这本畅销二十多年的书中，每一段文字中都有风声。在我书写的所有文字中，风声是最独特的声音。

我在吹过荒野沙漠的风声中获得了这个世界的声音，也听到了我家乡那个小村庄所发出的惊天动地的响声，那些微小如尘埃的事物，都被风声描述出来。

一场一场的风经过了大地，其实只有个别的风被人记住了。土地上的事情，生来就是被遗忘的。文学正是面对遗忘的蓦然回首。当一场一场的风刮停，属于文学的风开始刮起了。每一个词，每一个句子，都是风中的尘埃、沙粒、树叶，带着声音，带着这个世界的无限响动，开始弥漫。起风了，风刮起来了，这就是文学。它回到一场场风刮停的黑暗时间，在那个时空中，所有的事物都没有了声音。写作者带着自己的风声，将寂灭时间里的万物吹醒，让逝去的一切重新回来，所有喑哑的声音再度响起来。就像风中所有的声音成了风。写作，也使作家通过文学的方式，成为被写作者。每一场或长或短的写作，都如一场风，吹拂故事里的人和事，吹醒文字里的万物。在我的文字中，每个人，每个微小生命，每一粒尘土，每个梦，都是一场风。都有属于自己的黑夜和黎明。

我曾在一个偏僻小村庄，领受到整个的世界。我出生的那一刻，世界把所有的一切给了我：空气、阳光、风、白天黑夜，以及先我来到的亲人。这个世界应有的，我的家乡都给了我。家乡因为小，我熟知了它的一切。我知道每天早晨的太阳，从我家东边的柴垛后面升起，傍晚又从我家西边的篱笆墙后面落下，日月星辰斗转星移，都发生在我家的屋顶上面。我领着家乡那枚月亮在世间流浪，我走到世界任何地方，都会遇到我在家乡熟悉的草木，我家乡的蒲公英，在一场一场的风中将种子撒遍大地。我家乡的风声里有全世界的声音。

这个小如一颗种子的家乡，它的土地连接着整个大地，从家乡刮过的每一场风，都刮向遥远世界又刮回来，它的夜空中有在世界任何地方都会看见的所有星辰，它的每一朵花，都朝着远方开放自己，它的一声虫鸣是所有生命的叫声，它的孩子过着人类孩子的童年，它的某一个人老了，是整个人类在老，它的一粒虫子的死亡连接着大地上万千生命的死亡，它的一个黄昏终结了全世界的白天，它的天黑了，就是全世界的天黑了。

我在早年的诗歌中写道：天是从我们村里开始亮的。

是的，每个人的天，都是从他家朝东的窗口开始亮的。一个作家，把家乡的天写亮了，这个世界便亮了。

我有过一个远在沙漠边的小村庄，那个村庄有一场风那么大，有一粒尘土到一颗星辰那么高远，有一年四季和一村庄人的一生那样久长。风像吹绿一片荒野、吹熟一片麦地一样，吹开我头脑中的花朵。后来，我从那个多风的村庄走出时，身后跟着一场风，这场来自我童年的风，一直跟随我到了城市，到了此后我去的所有地方。每当我写作时，脑子里响起的是那个地方的风声。

一个作家，会逐渐地活成一个地方，活成一场风，活成这个地方的白天黑夜，活成漫天繁星中每夜都睁开眼睛注视着地上的一颗星星。活成一群蚂蚁中的一只，知道蚂蚁洞穴里的阴暗潮湿，和一群蚂蚁发出的酸楚味道。活成一只鸟，在天上打量我们地上的生活。活成一棵沧桑老树，它皴裂的树皮上有我们的老态，新发枝叶上有我们的青春。活成一粒被风刮到天空，孤独地睁开眼睛的尘土。活成一个地方的厚土，埋葬祖先又生长草木庄稼。活成一个地方的气候，而不仅仅是在一个地方的气候中。他将一个地方的古老历史活成自己鲜活的心灵往事，把一个地方书写成了世界。

让世界了解中国文学

（根据现场演讲整理）

刘震云

刘震云，河南延津人，北京大学中文系毕业，中国人民大学文学院教授。曾创作长篇小说《故乡天下黄花》《故乡相处流传》《一腔废话》《我叫刘跃进》《一句顶一万句》《我不是潘金莲》《吃瓜时代的儿女们》《一日三秋》和《故乡面和花朵》（四卷）等；中短篇小说《塔铺》《新兵连》《单位》《一地鸡毛》《温故一九四二》等。2011 年，《一句顶一万句》获得茅盾文学奖。2018 年，获得法国文学与艺术骑士勋章。作品被翻译成英语、法语、德语、意大利语、西班牙语、瑞典语、捷克语、荷兰语、俄语、匈牙利语、塞尔维亚语、土耳其语、罗马尼亚语、波兰语、希伯来语、波斯语、阿拉伯语、日语、韩语、越南语、泰语、哈萨克语等多种文字。根据其作品改编的电影，也在国际上多次获奖。

我和很多与会的翻译家都是好朋友，从他们那里学到很多东西。翻译家肯定比一个作者要更有学问，一个作者会一种语言就行，翻译家至少要会两种语言。但是只会两种语言的翻译家一定不是好的翻译家，他们还要懂两种语言的文学。只懂文学也不是一个好的翻译家，他们要懂两个民族的生活，还要懂两个民族的历史、哲学、风俗习惯和饮食。对于一个作者来说，和翻译家以及使用其他语言的读者交流，是非常重要的。因为这些不同语种的翻译家对这个世界的理解，对一部作品的理解，对作者的理解，对作者、文学与生活之间关系的理解都是不一样的。他们的相同点就是不同，这个不同对于一个作者是非常有滋养的。

我的《一句顶一万句》，写的是一堆不大爱说话的人。但是不爱说话并不等于是没有话，关键是说话不占地方。不占地方的话就变成了自言自语，接着就咽到肚子里，变成了心事。这些万千的心事汇成洪流，就改变了这个世界。无声的洪流一定会改变有声的世界。在《一句顶一万句》这些不大爱说话的人里头，有杀猪的、剃头的、磨豆腐的……还有一个人就是20世纪初从意大利米兰来中国河南传教的。关于意大利人名字的学问，我请教过意大利汉学家李莎老师。我发现意大利人的名字确实比中国人的名字要啰唆，会包含长辈的名字，有时候能写出两行，叫名字就得叫3分钟。这个神父来传教，开场说我叫詹姆斯……我们说您不用再往下说了，名字第一个字是詹，那就叫老詹。老詹在我们河南延津待了40年，来的时候眼睛是蓝的，但是黄河水喝多了就变黄了。来的时候鼻子是高的，但是老吃羊肉烩面就变成了面坨儿形状。来的时候不会说中国话，但是40年过去，不仅会说中国话，还会说河南话、延津话。从背后看过去，70多岁的老詹和一个卖葱的老头儿没有区别。他在40多年里，就发展了8个信徒，但还在锲而不舍地传教。他在黄河边碰到杀猪匠，他就问“你信主吗?”杀猪匠按照中国人为人处事的习惯，就问信主有什么好处。老詹说信主你就会知道自己从哪儿来、要到哪儿去。杀猪匠说“我不信我也知道啊，我从曾家庄来，到各村去杀猪”。老詹说你说的也对。老詹在延津的教堂被县政府征用变成了学堂，他只好住在一座废弃的寺庙里。他每天晚上要给菩萨上炷香，请求菩萨保佑自己能再发展一个天主教教徒。老詹对教义的理解非常深刻但却无处诉说，他只好用意大利语给在米兰的妹妹的儿子写信，把他对教义的理解通过信件来表达。所以老詹的外甥认为舅舅是世界上最伟大的传教士，在世界东方的中心拥有起码几千万的信徒。老詹去世的时候，杀猪匠给他办后事，就在他的床头发现一张图纸。图纸上画的是像米兰大教堂一样的一座雄伟的教堂。这时候杀猪匠也知道了，老詹确实是世界上最伟大的传教士，他虽然没把教传给别人，但他传给了自己。世界上什么地方最适合传教？不信教的地方最适合传教。《一句顶一万句》法语版发行的时候，我去巴黎七大交流。活动上一个教授问我知不知道书中的外甥现在在干什么。我答不知道，他在书中的角色就是一个收信人。教授告诉我，这个外甥现在是米兰大教堂的大主教。这个对话给了我特别大的震撼。我感到我在创作《一句顶一万句》的时候缺少一种格局。如果我有格局，这本书写的就是一个更加完整的故事：一位意大利传教士来河南传教，教最终传回了远在意大利米兰的外甥，这个外甥又成长为米兰大教堂的大主教。

《我不是潘金莲》这本书写的是一个爱说话的人。这个人要用 20 年的功夫来纠正世界对她的认识，证明自己不是一个坏女人。这本书的荷兰语版出版的时候，我去荷兰做活动帮助卖书。一位女读者在交流时说：“我从来没去过中国，对中国的了解都来自 CNN 或者 BBC 这些媒体渠道。我对中国人的印象就是他们不怎么笑，也没什么思想。但是我看了这本书改变了这种印象。我不知道中国人这么幽默，刘震云你肯定是中国最幽默的人。”我回答说：“您关键是没去过我们村，我是我们村最不幽默的人。”她说：“看整部书我都在笑，但是看到一点我哭了。就是当书里的主人公李雪莲说的话全人类都不信的时候，她开始对着家里一头牛说。她说‘你是我从小养大的，你应该知道我是不是一个坏女人’。当这头牛在听李雪莲说话的时候，我知道这个世界上还有一头牛也在听，那就是这本书的作者。”她的发言也给了我很大的震撼，我明白了作者就是一头牛，倾听也是一种力量。

《一日三秋》说的是一个笑话，讲的是一个人、一群人、一个民族和一个地域之间的关系。世界上百分之九十的现实中的人活了一辈子把自己活成了笑话。另外有这么一个人，已经活了三千多年，还是一个特别貌美的姑娘。她是靠每天夜里到人的梦里去吃笑话获取滋养，得以青春永驻。这本书是一本笑书，也是一本哭书，还是一本血书。许多人用生命堆出来的笑话还不是血书吗？这本日文版出版以后，我看到一篇书评，也给我特别大的震撼。它说这是一本哑书，一本无声的书。无声的书震耳欲聋。

《温故 1942》讲的是在我们河南发生的一场由旱灾引发的饥荒，饿死了 300 万人。这是什么概念呢？二战期间，纳粹在奥斯威辛集中营迫害致死的犹太人是 110 万人。而 1942 年河南旱灾的死亡人数，相当于有 3 个奥斯威辛集中营。这本书是一本纪实体小说，报告文学《唐山大地震》作者钱钢想创作一个 20 世纪百年灾害史。他是一位特别有责任心、有历史使命感的人。他当时派给我的任务就是写 1942 年这场饿死 300 万人的饥荒，给莫言派的是写山东的蝗虫灾害。为了写这个，我回到河南做田野调查，采访了经历这场灾害的当事人——我的外祖母。我说：“姥姥，我们说说 1942 年吧。”姥姥说：“1942 年是哪一年？”我说：“就是饿死很多人的那一年。”姥姥说：“饿死人的年头可太多了，你到底说的是哪一年。”这就是激发我写《温故 1942》的特别重要的一个动力——遗忘。遗忘可能比存在的事实要普遍。我当时翻阅了 1942 年的报纸，发现死了 300 万人这件事在任何报纸，包括《纽约时报》《泰晤士报》《华盛顿邮报》上都没有记录，刊登的内容都是关于斯大林格勒大血战、甘地绝食、丘吉尔感冒……我发现记录这场灾难太重要了，因为它不仅被我外祖母遗忘了，它还被全世界遗忘了。所以《温故 1942》这本书写了在抗日战争时期，河南发生灾情，一个一个的人在逃荒的路上死掉了。比描写这些更重要的事是，这些饿死的河南人对个体的生命的看法，他们是如何看待死亡的。他们是否会像哈姆雷特一样在临死前提出很多疑问——是谁把我饿死的？我是一个纳税人，为什么要把我饿死？为什么赈灾不见成效？事实证明我们河南人没有这些疑问，他们是在临死的时候给这个世界留下了最后一次幽默。比如说，老刘要饿死了，但他在临死前想起来自己的好朋友老李几天前就饿死了，自己比他多活 3 天，值了。为什么他这么幽默，那是因为就像我外祖母说的，灾难发生的频率太多了。这种时候，如果用严谨来对待严肃的话，那么严肃会变成一块铁，鸡蛋碰石头。但如果用幽默对待严肃，那么严肃就是一块冰，掉入幽默的大海，融化。这本书德语版出版的时候，我去德国、奥地利交流。在图书馆的一场活动上，一位读者对我说了一句话，如果我早听到这句话，这本书我可能会写的更好一些。他说，这场灾难不是死了 300 万人，而是死了 1 个人，重复了 300 万次。我自己的认识能力不够，但是能够通过另外一种民族的文化、读者的目光获得触动，为我下一部作品的创作收获启发。

所以有记者问我觉得哪一部作品写得最好的时候，我总回答写的都不好。写作的当下总是想把它们写到最好，但是回头看的话还是有很多缺陷。那为什么当时不克服这些缺陷呢，因为当时没有这个能力。所以我要感谢所有在场的翻译家好朋友，也感谢不同民族的读者对我的启发。谢谢大家！

成熟的版权代理队伍与中国文学的走出去

鲁 敏

鲁敏，1998年开始小说写作，代表作有《金色河流》《奔月》《六人晚餐》《梦境收割者》《虚构家族》《荷尔蒙夜谈》《墙上的父亲》等。曾获鲁迅文学奖、庄重文文学奖、冯牧文学奖、人民文学奖、十月文学奖、汪曾祺文学奖、《小说选刊》读者最喜爱小说奖、《小说月报》百花奖等。小说被译为英语、德语、法语、瑞典语、西班牙语、匈牙利语、意大利语、荷兰语、日语、俄语、阿拉伯语、土耳其语等17种文字。

中外文学交流走到今天，已探索并积累了许多经验，推出了一大批走向国际的优秀汉语作家，这过程中也诞生、养成了老中青几代出色的汉学家，同时也培养了一支高效精干、具有强大活力的版权代理队伍。我这些年20个单行本、16个语种的输出，主要就得力于版代队伍与汉学家们的合力推动。结合一些具体作品，我分享一些感受。

面对面地洽谈交流

全球的各大重要书展上，中国文学与中国作家的面孔与声音现在是越来越多了，这不仅仅是一种亮相与展现，事实上，如果版代公司准备充分的话，确实会有力带动中国文学的走出去。尽管网络交流与电子邮件可以达成大部分的工作，但文学的精神部分、柔软部分、广袤部分，还是需要中国作家走到现场，去与外国同行、出版界、读者进行面对面交流。

在 2019 年 4 月的布宜诺斯艾利斯书展上，除了常规的书展活动与参观外，人文社还专门包下一家餐吧给我的长篇小说《六人晚餐》做了一场小型分享酒会，邀请了几家西语出版社、媒体人士、当地作家、译者等共同参与，在热烈轻松的气氛之下，我和版代人鲁南即兴做了两段作家与作品的陈述推广，效果挺不错。次日，鲁南又带着我与 AH 社总编费比安进行深入面谈，进行更多关于小说主题的交流。我们回国后不久，AH 即签下此书。

这个输出过程是比较典型的、也是较为常见的方式：前期电子资料推送、版代带作家参加当地书展、面对面接洽交流。从这个角度而言，每年中国版代机构带领中国作家到国际书展一线参与交流推广是十分必要的。我们可以通过更多“量身定做”的作品分享、见面洽谈等环节，灵活、生动地与当地媒体、译者和出版人进行深入探讨，希望今后在这一方面做得更好。

落地出版社的选择

中国文学在走出去的过程中，有时出于时间急迫等原因，可能会无暇仔细考察和比较落地出版社的综合情况，好在越来越成熟的版代机构开始有了更专业的眼光和判断。

匈牙利语的《此情无法投递》于2022年由诺兰社（Noran Libro）出版，这家出版社在本地侧重于纯文学作品，同时也关注各国文学，推出过莫言、余华、苏童等前辈的书，这让我感到可以信任。事实也证明，此书翻译完成后，虽然遭遇到欧洲的能源危机与物价上涨，但这个社还是很出色地、带着热情地如期推出了此书，做了线下图书分享，还推出图书评论等。前不久，我还收到匈牙利帕兹玛尼大学中文系主任邵莱特教授在当地媒体上为此书所写的评论。

出版《六人晚餐》的AH社已有二十多年历史，诺奖得主勒·克莱齐奥和彼得·汉德克的西语作品也是他们社出的。2015年出版过《当代中国短篇小说》，还出过格非和阿乙的单行本。AH公司的发行做得很不错，覆盖南美洲和欧洲的各个西语国家。据译者艾玛跟踪反馈，《六人晚餐》新书出版两个月后，不仅铺货到阿根廷全国100家书店、西班牙全国300多家书店，同时也到达了巴西、秘鲁、哥伦比亚、智利的主要书店，计划中还有乌拉圭、墨西哥、委内瑞拉、厄瓜多尔等国。

当然，出版社也不是越大就越好。瑞典语《六人晚餐》是在瑞典万之书屋出版社（Bokförlaget Wanzhi）出的，不算大，但在中国文学出版上很权威，获得当地读者比较高的信任。《六人晚餐》后来入选瑞典文化部2020年度好书（文学类），此前，贾平凹《极花》、刘震云《我不是潘金莲》也入选过，这意味着瑞典政府会通过采购渠道给各地公共图书馆每馆一本，从而进入当地市民的借阅系统。

再比如英语版《六人晚餐》落地选择上，译林社版代在比较多家出版社后，最终所选择的若意出版社（Balestier Press）规模也不大，但发行推广颇为用心。2022年12月新书上市时还有疫情，他们除了在美、英、澳三国亚马逊网站线上同步推出外，还通过脸书（Facebook）、推特（Twitter）等平台多方推送，并邀请到《纽约时报》畅销书作家保罗·弗伦奇（Paul French）、耶鲁大学教授瓦莱里亚·汉森（Valerie Hansen）等做了图书推荐，在《出版人周刊》（Publishers Weekly）上大版面介绍图书。当年此书入选了英中贸易协会2022最佳中国小说首选名单、利兹大学华语文学中心的月度作家等。

综上可见，落地出版社的考察与选择最好要注意三个方面：一是在本国出版界具有较好文学品位，二是有引进世界各国文学的视野与眼光，三是对后期图书推广有较强的能力和经验。

“硬核”环节的翻译者

翻译这一环节的重要性，无论怎么强调都不为过。这里的重要性，不仅仅是专业造诣和经验积累，更重要的是对中国文学持久的爱，以及与中国作家深层次的精神相通与勉力同行。只有这样，翻译者才能承受孤独中的劳作及并不丰厚的翻译稿费。在整个版代环节，他们是最重要的“硬核”环节。

翻译《六人晚餐》英文版的两位译者是一对好友：韩斌（Nicky Harman）与海伦（Helen Wang）。韩斌有20多年翻译经验，我们在贵州汉学家大会上初识，海伦则在多年前就译过我的短篇、散文等。这次译林社邀请到她们二位来共同翻译《六人晚餐》，我感受到她们的认真劲儿。我们不仅在微信上多次交流，初稿译成后，她们又专门发来一系列需要确认的问题，尤其关于小说中的主要场景的地理分布，为了准确，还让我画了书中“十字街”草图发去。种种细节，让我感受到她们对中国文学的热爱与一腔热情。

汉学家的代际成长与接力传承，也值得一说。《此情无法投递》的译者埃丽卡就是初代匈牙利汉学家姑兰的学生。姑兰是1938年生人，译作有《西游记》《道德经》《孽海花》《老残游记》等，还包括鲁迅、老舍、莫言等现当代作家的作品，曾在 2018 年获得第 12 届中华图书特殊贡献奖。而今，学生埃丽卡已接过姑兰的这根长跑接力棒，也开始翻译我们这一代作家了。还有克拉拉，她是姑兰的另一位高足，也是一位十分出色的新一代匈语翻译家。

再比如荷兰语译者施露，译有余华和曹文轩等的作品，拥有丰富经验，可以说是承上启下的中间代。我的小说集《荷尔蒙夜谈》就是由她负责的一个翻译项目，借此机会，她带了四五位年轻的荷兰语译者，每人分领 1 至 2 篇小说，共同合作完成。翻译过程中，我与所有译者还开过一次线上答疑交流会，探讨翻译中碰到的问题。这样的模式我觉得挺好，由一位资深译者带领，用小说集的方式，从一个个短篇开始着手，这会有助于一批年轻译者的翻译实践。

年轻一代的译者已然成长。比如土语译者吉来、西语译者艾玛、英国译者杰克、美国译者丁迈等，都是眼光开阔、生机勃勃的年轻一代，与他们的合作，让我对未来中国文学的走出去更加充满信心。

作为封面的直观效应

最后再简单说下译本封面，这一点可能比较感性，但我还是觉得，作为最终的视觉呈现，在先于文本内容之前，给异国读者的第一印象，译本封面也是版权输出过程中应当加以重视的环节。中国作品的译本封面，常会有东方元素的集中呈现，这当然令人印象深刻，但还可以做得更好一些。除了版代公司，作家本人与译者，在可能的情况下，也可对译本封面设计有适当参与。

《六人晚餐》封面，瑞典语、塞尔维亚语、英语等译本都用了筷子的元素。瑞典语的是用筷子挟起书名，很有现代感；英语的是蓝印花布的桌面加蓝色瓷盘的餐桌，得到很多读者喜爱；土耳其语的是同名电影的剧照；最有创意的是西语封面，选择了跟人物命运相关的“练习簿”“杯中物”“手电筒”等老物件，制作成一个精心的摄影作品；德语版则邀请一位画家创作了素描图，两个大人和四个孩子围绕着餐桌共同进食，弥漫着伤感动人的温情氛围，正是我想象中的“六人晚餐”。

同样是《此情无法投递》，西蒙与舒斯特（Simon & Schuster）出版的英文版封面只是一片冰天雪地，比较“缺乏信息”；而卡努特公司的土耳其语版，用简洁的淡墨人物像传达出书中少女的脆弱与伤痛，非常富有情绪上的感染力。后来我跟泰语、匈语、意语等语种谈封面时，常会用卡努特公司的优秀设计跟他们做进一步沟通。最近我跟这家公司签约《金色河流》时，他们告诉我，《此情无法投递》卖得很不错，最近已经加印了，我想，这里一定有着这个封面的作用。

2023 年上半年，人民文学出版社在北京国际图书博览会期间做过一个输出图书封面展，从这个展览也可以明显感到，中国文学图书的译本封面越来越具有多元的审美，有现代性元素，有时代感的细节，并且跟小说内容有更紧密的关联，我真是非常乐于看到这样的进步。

素食与烧纸

路　内

路内，1973年生。作品有长篇小说《雾行者》《少年巴比伦》《慈悲》《关于告别的一切》等。作品被译为英语、德语、法语、意大利语、韩语、波斯语等文字，部分作品被改编成电影、电视剧。

这次的主题是“让世界了解中国”，我拟了个小标题，如上。

大约十年前有一位欧洲的译者到上海来看我，她已经翻译了我的长篇小说《少年巴比伦》，纯属独立翻译，一直没找到出版商。我过意不去，请她到衡山路吃饭。上海的衡山路大家都知道，外国人挺多的，房子也都是欧式。到那儿她忽然说，自己吃素食。我是个吃荤的人，写长篇尤其需要蛋白质，当场就傻眼了。这样的话我不得不在记忆中搜寻上海的素菜馆子，十年前的手机还没这么智能，全靠脑子记，最后想到的是功德林。我还向这位译者介绍佛教的素食，比如说做得很像虾仁的豆腐干，像鱼翅的粉丝，总之是中国饮食文化的一部分。我们离开了衡山路，但功德林太远了，最后找了一家很不起眼的素菜馆子，我算是松了口气，也饿了。我告诉她，这里绝无荤腥，连油都是菜油。译者说，她不是佛教的那种素食，而是“素食主义者”。当时年代，我对素食主义者非常陌生，问她到底什么意思，她说，长脸的动物都不吃。我心想要这样的话，我带你去西餐馆子给你点盆沙拉就行了，何必跑我们中国的素菜馆子。素食主义者的标准与我所认知的吃素大相径庭，最基本的，我姑妈初一十五吃素时候，桌面上是不能有荤菜的，我们做小孩的也得陪着她吃素。然而她每个月，也就这两天戒荤，要让她天天吃沙拉，办不到。

这顿饭就吃了下去。我当然还是介绍中国文化，比如说在我小时候，也就是 70 年代末，饭桌上荤菜是少见的。我妈算是个能操持家务的女人，公用大厨房看一眼隔壁邻居就知道，不会操持的家庭一星期都没根肉丝，最多有个鸡蛋汤。如此一来，吃荤的是少数派，吃素的是大多数，在人群中吃荤的人极易相认，大多面带油水，肤色健康，活动能力也比较强点。我看着这位译者，她也很健康，一点没有三高迹象，这让我想到时过境迁，素食者已经成为少数派。至于素食主义，既然称之为主义，我想全世界的主义者必然有着共同的纲领，也易于相认，看着碟子里的菜就能认出同类。这不免让我悲观，尽管我们对文学有着共同追求，有时也不免混淆，讲不清道不明，说不出个好坏，因为语言不通，各自的鉴赏力也不是很整齐。

这顿饭之后，素食主义在中国也流行起来。有一次作家协会招待几位外国记者，把我喊去陪坐，进了饭馆有位女记者说自己吃素食，这馆子不是素菜馆，这么一大群人也不可能换地方了。主办方见识过世面，没慌，当场点了十几种蘑菇。托这位女记者的福，我吃了一辈子单餐最多的蘑菇品种。要招待当代国际素食主义者还是有办法的，比招待中国式的斋戒容易多了。

2022 年，我的长篇小说《慈悲》在德国出版，其后不久，一位德国汉学家给我发邮件，提到小说里烧纸的一节。内容大概是一对小夫妻在特殊时期，由于社会上反对迷信，因此不能给亲人烧纸，他们便收集了烟盒里的锡纸，折成纸钱在清明节烧了。顺便说一句，70 年代，带锡纸的香烟不多见。我向德国教授推荐了一本汉学研究著作《烧纸钱：中国人生活世界中的物质精神》（江苏人民出版社，2019），其后谈起，很显然，纸是中国人发明的，最初的纸很粗糙，可能不太好写文字，用来画符倒是不错，然后烧掉。这个起源于汉朝的风俗，或者可以说是最具有中国原生态的风俗。无论如何，素食是受佛教或者摩尼教的影响，音乐绘画文学更不用说，甚至我们今天的坐姿和汉朝人也完全不同。

接着往下讨论，无疑，火药和纸都发明于中国，今天在大众媒体上看到的最具中国化的形象是放鞭炮，喜庆、吉祥。相比之下，很难看到传媒上出现一个烧纸的中国人，尽管我们仍然在烧纸，以此祭奠祖先和亲人。说实话，真的要推广一个国家的形象，鞭炮是好的，烧纸确实不那么好看，但我不免会想，在文学中，除了一群喜庆的放鞭炮的中国人的形象可供书写，有时我们也难免会讲到一个烧纸的中国人，那个人在黑夜中看着明灭起伏的火光，怀念着，祈祷着，带有敬意。回到主题，如果说世界可以通过文学了解中国，我更大的期待是除了面目之外，还有内心的沟通。

关于文学命题之大与个体创作之小的几点认识

马金莲

马金莲，回族，宁夏人。中国作家协会全委会委员。著有小说集《长河》《1987的浆水和酸菜》《我的母亲喜进花》《爱情蓬勃如春》等15部，长篇小说《马兰花开》《孤独树》等4部。小说集《长河》、长篇小说《马兰花开》分别被译为英语、阿拉伯语在海外出版。获鲁迅文学奖、全国少数民族文学创作“骏马奖”、全国“五个一工程”奖、中华优秀出版物奖图书奖、首届茅盾文学新人奖、郁达夫奖、华语青年作家奖、《小说选刊》年度奖、《民族文学》年度奖、《长江文艺》双年奖、《朔方》文学奖、飞天十年奖、六盘山文学奖、西北文学奖等。

我最近痴迷于古诗词背诵，尤其偏好李白和苏轼，背诵多了，不经意间有些句子就浮现在眼前，轻轻吟诵，慢慢回味，有一股清澈绵长的香味在弥散，同时，许多的感慨便穿透了时间的墙壁，像带着铜锈的箭镞，从久远的朝代直接射向今日我之心脏。“少年不识愁滋味，爱上层楼，爱上层楼，为赋新词强说愁。”“少年听雨歌楼上。红烛昏罗帐。”古人的慨叹自然有理，因为活过青少年时期，在中年和老年的道路上大踏步前行的时候，人已经很容易失去主动权，被一种加速度的力量强推着奔跑，这个过程里，回望再也回不去的青少年时光，青春难再、韶华易逝的悲凉感油然而生。“而今识尽愁滋味，欲说还休，欲说还休。却道天凉好个秋。”“壮年听雨客舟中，江阔云低，断雁叫西风。”生命进程中，每个人的时间线路都是差不多的，只有往前，无法逆行（至少目前科技水平还没达到），悲凉由此产生。

这是人类群体的大概率事件，也就是说，大多数人，在特定的状态下，会产生这样的情绪、情愫、情感。而作为写作者，沉浸文学二十年之久的个体，我似乎越来越需要面对和跨越更多的内心障碍。这源于写作题材范围的不断扩大和素材收集的积累。以前基本上都在以自我为中心取材，现在完全转为向他者和外在获取写作内容，这样的转变是必需的，是突破自我的小，向更大的可能性努力的必走之路。文学讲究大，大主题、大故事、大场面、大情感、大人物、大命运……但，这大而堂皇的殿宇，不是凭空而起，凌空独立，得靠实实在在的东西做支撑，具体到作者个体，就是创作中的自我需要面对的一切。个体是大海里的一滴水，是沙漠里的一粒沙，是空气里的一分子，小，但灵性全备。如何用个体的小，支撑头顶的大？相信这会反复纠缠和考验每一个创作者，不分中外，也不分古今，是千古难题。

现在该说到我自己的创作上来。当然我首先要面对的是大和小的问题。大，是我所写的题材的范围，基本上全属于乡土，这个命题当然很大，大到有中国千百年来的农耕文明做沃土。我曾这样写过：“这些年我一直在写乡土。一边写，一边审视，警惕着可能出现的惯性和陈旧，我认为这是乡土写作中最容易犯的错误。当然，坚守诗意，是乡土题材的出路，也是价值和魅力所在，这一点不能丢，这里头怎么去平衡，需要下大功夫解决。解决之道在于生活本身，深入到乡村生活当中，生活本身会给出最好的答案。乡土变迁的脚步从来没有停止过，文学面对的课题也得不停地刷新。我们要勇敢面对当下，不回避，不远离，不隔靴搔痒，也不躲在书斋里只做想象。生活滔滔如汪洋，一刻不停，从八十年代初包产到户时热火朝天的乡村，到九十年代改革热潮冲击下彷徨摇摆的乡村，到后来在变与守中艰难守望的乡村，再到如今乡村振兴阶段的乡村，无论是表层之上的生与死，盛与衰，枯与荣，还是更深层面下的乡村精神、内核、秩序的断裂与续接、流传、继承，都在一刻不停地演绎。我们应该回到生活的现场和内部，秉守生活本身的逻辑，沉入生活的水面之下，长久地蛰伏，深入地挖掘，用心地书写。”

但是，我还得面对自己的小。这个小，在写作和阅读的间隙我偶尔会如此思考：在飞速前行且更迭的日常表象之下，会不会有那么一样东西，是缓慢流淌且收住脚步让我们瞩目的？肯定会有的，比如内心和内心的情感，以及由此滋生的疼痛。牵动内心柔软部分的，一定是情感和疼痛。人类的情感复杂多样，爱情、亲情、怜悯之情、同情之心、善感之心、良善之心、公共良知和道义，以及守护这些情感时产生的疼痛。我想，作为一个写作者，首先应该是一个内心丰富并且充满各种情感交汇的个体。在他人遗忘的地方捡拾起那些往事中闪烁和隐退的血痕和苦痛，挖掘出人心和人性皱褶里残存的暖意，用来慰藉世人内心的那些奔突。我梳理过几个本土实际发生的刑事案件，共性是，枝干都简单，事件比较清晰，看似简单明了，其实背后埋藏着丰富的促生事件生长的土壤和养分。我扒拉着这些东西，反复审视着，试图寻找埋藏在土壤里的根系和飘在枝叶上的暖意。说到底，文学作品就是启迪人心，在纷繁的人世中怀着暖意去关照世界。

早在2000年，我所就读的中等师范学校的文学社指导老师，也就是后来我文学路上的引路人——马正虎恩师，他在文学社的活动上告诉我们，民族的就是世界的。后来，我不止一次听到有人在使用这句话，激励自己，也鼓励他人，即“民族的也是世界的”，也就说是，你踏踏实实把民族的地域的个体的东西写好，写深，写扎实，写出高度，你的作品自然就具备了世界性。这句话有含金量，在西海固作家当中起到了很好的作用。

西海固文学发展到今天，围绕着这面旗帜还在坚持业余文学创作的作家，有五六百人，国家级作协会员 30 多人，自治区级会员 100 多人，市级作协会员 280 人，对于一个只有 115 万常住人口的地级市来说，已经是一个很令人吃惊的比例了，就是放在全国考量，也是罕见的。这里头我们集体面对一个大与小的困境——世界和人类共同文学主题之大，西海固地域之小，和每个西海固作家本身的各种局限性，以及需要突破的方方面面，这其中不仅有个体的局限，还有西海固文学整体对每个作家个体的固化影响形成的局限。

如今我们大家说起西海固文学，习惯性掰着指头从石舒清、郭文斌、马金莲等人说起，他们分别凭借作品《清水里的刀子》《吉祥如意》《1987 年的浆水和酸菜》获得过鲁迅文学奖，所以获奖作家的作品常常被大家当作范本读，甚至被参考和模仿，但我对这个是保持警惕的。这个大群体，如何将文学的路走得更好，走出新的高度，是需要每个作家认真思考的命题。疫情三年，让我重新拾起了静心读书的早期习惯，如今每天都要抽空读，说状态如饥似渴一点也不夸大，阅读过程里，我在极力寻找不一样，或者说突破。这里有重读经典，也有广泛阅读当下外国文学，两方面的路径，两种不一样的方法，归根结底，都为提高。所以我在各种场合都提醒西海固的作家们，尤其是还没有被所谓的固定风格所框定的有潜力的作者，我告诫他们不要只盯着石舒清、郭文斌、马金莲读，最好是不看他们的作品，看谁？看曹雪芹、卡尔维诺、托尔斯泰、陀思妥耶夫斯基、门罗、莫里森、毛姆、川端康成、莫言、阿赫玛托娃、刘慈欣、刘震云、刘醒龙、张炜、张承志、毕飞宇、蔡骏、阿乙、鲁敏、刘亮程、红柯、李敬泽、李修文、李元胜、西娃、何建明、徐剑、张二棍、刘年、周晓枫、李娟、余秀华、王威廉、林森……视野里不能只有文学类，功夫在诗外，眼界更要远超出文学范畴，历史、哲学、地理、心理学、犯罪学、教育学、绘画、音乐、语言学、社会学、信息技术、建筑学、医学，尤其是中医学……能涉猎多广就涉猎多广，能读到什么程度就读到什么程度，在可能的基础上，就选定的领域做深入了解，这样才能写好专门领域的故事。

为了把留守题材的长篇小说《孤独树》写出我所预期的深度，我花 1 年时间观察寄养在乡下婆婆处的儿子，做观察日记，结合一个留守儿童调研活动，多次深入西海固四县一区，采取大数据收集整理和个体长期联络的方法，在掌握大量第一手资料的基础上，才开始构思创作。刚完成的长篇小说《骨肉》，是前后深入基层观察和思考 5 年之后才动笔的。这其中还是在面对大和小的问题：时代之大，内心之小；群体之大，个体之小。《孤独树》这部长篇 80 万字的体量，我是一个字、一句话，从最细微最基本处入手写起。可以预想，作品出版面世后，摆在读者眼前的肯定是上下两册或者上中下三册的模样，别人也许会惊叹于体量之大，而创作背后一丝一缕的苦涩和艰辛，只属于作者个人，这也许正是一个作家之所以为作家的特殊之处吧。

回味李白、杜甫、李商隐、苏东坡和李清照的佳作名句，写眼前的万丈红尘，向往古人的洒脱不羁，时代的风雨得经历，生活的琐碎要承担，青春的美好可留恋，中年的考验得接住。少年时代读谌容的《人到中年》，印象最深的是主人公的中年疲惫，那时候无法感同身受地理解，如今回想，恍如一梦，自己却已经走进中年的梦，成了梦中之人。因为有不曾停步的阅读和思考，有 23 年如一日的构思和写作，我似乎有更足的底气迎接我的中年。

兴致来了，发一发少年狂劲，有了“银鞍照白马，飒踏如流星”的洒脱，也有“安能摧眉折腰事权贵，使我不得开心颜”的豁达，更会涌上“江山如画，一时多少豪杰”的豪迈。千古风流人物早就归于尘土，他们留下的文明精髓还在给我们滋养，养肌肉，壮骨骼，抚慰灵魂，更托举理想。思虑至此，内心甚安。文学命题的大，和个体创作面临的小，似乎不再是矛盾，早就化而为一，你中有我，我中有你。

那个从未谋面的校音人

庞余亮

庞余亮，1967年3月生。现任扬州大学文学院客座教授，泰州市文联主席、作协主席。著有长篇小说《薄荷》《丑孩》《有的人》《小不点的大象课》《神童左右左》《看我七十三变》《我们都爱丁大圣》和散文集《半个父亲在疼》《小先生》《小虫子》《顽童驯师记》《纸上的忧伤》等。曾获柔刚诗歌奖、汉语双年诗歌奖、万松浦文学奖等。散文集《小先生》获第八届鲁迅文学奖。部分作品被译介到海外。

孩子的第一口粮食是非常重要的。

成为一个作家同样是。

1984年，我17岁，刚升入大二，同时也是一个狂热的做梦者。

我在做着我的文学梦。

这个梦于我，有点好高骛远。没有多少阅读积累，没有多少创作经验，当然，也没有任何文学导师在身边。

还是不甘心。

于是，就疯狂找书，找能够“辅导”我的书。

1984年，学院图书馆里的书实在太陈旧了。我把目光盯住了扬州新华书店。

扬州新华书店在扬州最老的一条路国庆路上。

我去国庆路新华书店总是步行着去。买书的钱都是从自己牙缝里挤出来的。

然后，和写作一样。我的阅读同样没有“导师”。我还没有学会阅读的辨别，只知道热爱，只要是诗与散文的新书我都要想方设法地买下来。

在扬州国庆路新华书店，盲目的我买了一大堆价格不高同时也良莠不齐的书。

幸运的是，在窘迫的盲目的购书中，我误打误撞选中了一本上海外语教育出版社出版的书《俄苏名家散文选》。

这本薄薄的也即将成为我文学校音者的散文选的封面相当朴素，上面仅有两株白桦，青春的白桦。封底上仅仅署“0.31”元。

打开这本书，我掉进了炫目的宇宙里了。

这本仅有79页的散文集一共收入8位作家18篇灿烂的散文——当时我们读多了类似杨朔的散文、类似刘白羽的散文——我一下子有点目眩。这是一片多么蔚蓝的天空，蓝得连我怯弱的影子都被融掉了。

我像一朵羞怯的矢车菊一样，在这蔚蓝的王国里，被其中的诗歌火焰缓缓吹动，摇曳不已……

你好啊，屠格涅夫！你好啊，蒲宁！你好啊，普里什文！你好啊，契诃夫！你好啊，帕乌托夫斯基！还有托尔斯泰、柯罗连柯，还有《海燕》之外的高尔基。

我过去的关于“起承转合”的散文写作方式一下子被冲垮了……我学习（或者叫模仿）着写下了我的第一行诗《雾》，想想多稚嫩——“雾走了，留下了一颗颗水晶心”——多年以后，我只记住了这一句。而再看看普里什文的《林中水滴》，我觉得了我的矫情，但我跨出了我面前最关键的一步，我从我的身体中不由自主地跨了出去——由于这蔚蓝的王国里一朵矢车菊的诱惑：“去年，为了在伐木地点做一个标记，我们砍断了一棵小白桦树；几乎只有一根狭狭的树皮条还把树声和树根连在一起。今年我找到了这个地方，令人不胜惊讶的是：这棵砍断的小白桦还是碧绿碧绿的，显然是因为树皮条在向挂着的枝丫提供养分。”

这是普里什文说的。

普里什文和万事万物平起平坐的目光像雨露一样浇灌着我的文字。

我就有了和过去不一样的文学嗓音，这嗓音后来也在获得鲁迅文学奖的散文集《小先生》中。

其实还不止普里什文。

还有柯罗连柯的《灯光》、屠格涅夫的《鸽子》、契诃夫的《河上》、蒲宁的《“希望号”》、高尔基的《早晨》、帕乌斯托夫斯基的《黄色的光》。

多少疲倦的夜晚里，我和它在使劲地划桨……不过，在前面毕竟有着——灯光！……是的，前面仍然有着灯光，有着一片蔚蓝的天空。

“蔚蓝的王国啊！我看见过你……在梦中。”这是屠格涅夫说的，我一直记得。

我一直没有丢弃这本书。我经历了多次搬书的经历。从扬州到黄邳，又从黄邳到沙沟，在沙沟又经历了几次，再到我现在居住的长江边的小城靖江，但这本薄薄的《俄苏名家散文选》，它是跟着我时间最长的书。

是时候说出这本书的翻译家了。

张草纫。

我的文学嗓音最值得感谢的人。

或者说，他就是我文学嗓音的塑造者。

“当代翻译家。上海市人。又名张超人。1949 年在上海沪江大学肄业。后入上海俄文专科学校学习俄文。1951 年毕业后留校，边编教材边教课。1957 年主持《汉俄词典》编辑室业务工作并从事翻译，后任编辑室副主任、副教授。”这是仅可以查到的资料。

没有多少人知道张草纫，好在我陆续买到了张草纫先生翻译的书：《浆果处处》《老人》《俄罗斯抒情诗选》《人类幸福论》。

我还是最喜欢薄薄的《俄苏名家散文选》。

当年印刷了 30 000 册的好书。

后来，有了孔夫子旧书网，我用了搜查功能。查阅的结果令我大吃一惊。张草纫先生不仅是出色的俄文翻译家，他还是一位古代文学的大家。

《纳兰词笺注》《黄仲则选集》《二晏词笺注》……

我赶紧下单买回。

这是一个深不可测的校音者。

我终于明白了我为什么喜欢张草纫的嗓音，我的嗓音为什么不可避免地模仿并学习了张草纫的嗓音，因为张草纫先生在翻译的同时已把优秀的汉语化为乳汁哺育给我了。

多么了不起！

17 岁的我“遇到”了这样的大翻译家。

我决定继续寻找张草纫。

有人告诉我，张草纫先生后来去了上海外国语大学。

应该是俄文教授。

我很想当面向这位无意中给了我文学嗓音的翻译家致敬。

我拜托了上海同学。上海同学一番寻找之后，没有任何下文。

1949 年大学肄业，估计 20 岁左右。

20 世纪 20 年代生人。

现在，快 100 岁了。

一位年轻的翻译家知道了我寻找张草纫的事。他给我讲述了他为什么从事翻译这个行业的动力。他的动力就是一个被改装的成语：

凿壁运光。

翻译就是凿壁。

把有光的隔壁用翻译之笔凿开来，然后把光运给寻找光源的人们。

张草纫先生就是这样一个凿壁运光的人。

这世上许多翻译家都是凿壁运光的人。

中国文学的光。外国文学的光。

听了这段话之后，我再捧起《俄苏名家散文选》时，就觉得捧住了一盏明亮的灯。灯光深处，端坐着那个给我校准了文学嗓音的张草纫先生。

《宝水》故事

乔　叶

乔叶，1972年生，籍贯河南省修武县。现为北京老舍文学院一级作家，北京作家协会副主席。出版小说《最慢的是活着》《认罪书》《藏珠记》《宝水》，散文集《深夜醒来》《走神》等多部作品。获茅盾文学奖、鲁迅文学奖、人民文学奖、北京文学奖、郁达夫小说奖、杜甫文学奖、《小说选刊》年度大奖、百花文学奖等多个文学奖项。多部作品被译介到俄罗斯、西班牙、意大利、德国等国家。

很荣幸参加本次中国文学国际传播论坛暨第六次汉学家文学翻译国际研讨会，接到邀约时，我自然而然地就想到了上次参加会议时我准备的发言稿，题目叫《翻山越岭送一碗水》，就这个题目做一个简要解释。我其实是用某位作家朋友的话来比喻翻译的过程，恰如翻山越岭送一碗水，这一路千里迢迢，水一定会洒，可是有什么关系呢？天上会下雨，一路上也有河。所以不用太担心，等到这碗水送到喝水人那里时，碗里的水不会少，甚至还会多，水里的成分也会更复杂。水虽然不再是原来的水，但复杂的水也有着复杂的营养成分。运气好的话，水还会成为酒呢。

这次论坛的主题是“让世界了解中国文学”，我想，那就还顺着水的主题来说吧，我的手里正好有一碗水——我去年完成的长篇小说，名字就叫《宝水》。

小说中的宝水村位于太行山深处，正由传统型乡村转型为文旅型乡村，是一个处于“变”中的乡村。与宝水同属怀川县域的有一个平原乡村，叫福田庄，女主人公青萍从小在这里跟着奶奶长大，上初中时才回到象城的小家庭读书。在福田庄构建的温暖、亲密、自由的原乡记忆，到了象城却成了少女青萍最想洗去的乡村印记。青萍的奶奶名叫王玉兰，她一辈子遵循乡村伦理与处事法则，却又以剪不断的人情往来牵缚着青萍在象城的小家庭。青萍的父亲负担沉重，青萍的母亲深受困扰。后来，青萍的父亲还是为了给老家人办事，在回乡的途中意外车祸而亡，这也导致了青萍和奶奶间难以化解的剧烈冲突和情感创伤，青萍从此患上了顽固的失眠症。奶奶和丈夫去世后，青萍被越来越严重的失眠症所困，便提前退休，从象城来到宝水村帮朋友老原经营民宿。在宝水生活的一年间，青萍犹如一个乡村漫游者，遍览宝水的山形水势与风土掌故。因受村书记大英的委托，她在经营民宿的同时，也承担起了义务筹办“村史馆”的任务，参与并见证了宝水村的人们，如何从世代辛劳的传统农业转型到经营“农家乐”餐馆和民宿的过程。在宝水参与乡村事务和村民共同经营民宿的过程中，她在贴近村庄内部的观察位置，关注和倾听村中人事，切实地面对农村生活中的具体问题甚至大小摩擦，不断调动着幼年从奶奶、父亲和福田庄获得的经验与知识，深入乡村的现实结构与情感结构的隐秘，重新理解乡村世界的行为逻辑，进而重构了人与我、城与乡之间的关系，自己的心理创伤也终获得了疗愈。

这是我写得最长的一部小说：字数最长，时间跨度也最长。从2014年起意写这部小说，到2022年终于完成，这部小说的写作跨度有七八年时间。之所以用这么长时间，是因为对我来说太难了。评论家贺绍俊先生说《宝水》是“最日常的乡土叙述，最诚实的乡村情感，最地道的乡村精神，最新的乡村故事”——这肯定是溢美之词，但确实也是我写作时努力抵达的方向。

难度在于这部小说与中国的当下乡村密切相关。举个有意思的例子：4 月 12 日《光明日报》发了我关于《宝水》的创作谈——《精神原乡的返程》，这天的《光明日报》综合新闻版正好刊发了我修武老家的消息——《河南修武：春回云台旅游旺》，和创作谈简直是遥相呼应的美好邂逅。新闻里的数据，云台山镇“发展民宿和家庭宾馆 373 家，民宿集聚程度在全省首屈一指”。这些人家里想来都有些《宝水》故事，《宝水》的创作就源自诸如此类人家的故事。这就是这个大时代背景下的中国乡村里很典型也很广泛的故事。所谓的“乡土中国”，“乡土”是一直是中国的重要定语。小说中的宝水村在行政级别上属于神经末梢般的小山村，却有着当下中国乡村的典型样态——传统性和现代性交织，新风尚与旧气息杂糅，村里发生的很多小事，都映照着大时代的影子。其中的鲜活和丰饶，让我非常沉醉，充满了写作的欲望。

但可能正因为我和这些故事的距离太过贴近，也由此造成了各种写作难度。所以我说这也是我写得最有耐心的作品，因为不得不耐心。难的类型有很多种：动笔前的资料准备和驻村体察，进行中的感性沉浸和理性自审，初稿完成后的大局调整和细部精修，还有在前辈的乡村叙事传统中如何确立自己的点等等。这都是难度，且各有各的难度。可以说，纵也是难，横也是难，朝里是难，朝外也是难。还真是不好比出一个最大的。或者说，每一个都是最大的。因为克服不了这一个，可能就没办法往下进行。

比如说结构之难。我在小说里设置了多重结构，有心理结构、地理结构、故事结构、时间结构等。心理结构就是以女主人公青萍的心理为主线，地理结构则是故事发生地宝水村的文学地理规划，包括它要分几个自然片，要有多少户人家，哪个片是核心区，核心区里住着哪些人家，谁家和谁家挨着住，以及村子周边有什么人文景点，游客来要走什么动线等等，都需要反复斟酌。时间结构上，我想写乡村的一年，大致背景是2016至2019年间，抖音已在流行，大疫尚未来临，乡村的诸多利好政策也正推行实施。而这一年如一个横切面，横切面意味着各种元素兼备：历史的、政治的、经济的、社会学的、人类学的、植物学的等等，乡村题材必然携带着这些。我希望切出的这一面足够宽阔和复杂。

比如说，对这个题材的总体认识也很难。为什么说写当下难？因为这个当下的点正在跃动弹跳，难以捕捉。也因为很少有现成的创作经验可做参考。对这些难度，除了耐心去面对，我没有什么更好的办法。我真就是一个笨人，所谓的经验都是笨的经验。那就是：听凭自己的本心和素心，尽量不给自己预设，只是到生活现场去耐心地倾听和记录，再对素材进行整理拣择，然后保持诚实的写作态度，遵从内心感受去表达。

难的还有语言。当我决定写这小说的时候，这小说本身的一切就决定着它已有了自己的语言调性：语言的主体必须是来自于民间大地。而这民间大地落实到我这里，最具体可感的就是我老家豫北的方言。从小浸泡在这语言里，我现在和老家人聊天依然且必然是这种语言。但方言使用起来也很复杂，要经过精心挑拣和改良才能进入到小说中。除了方言，其他语言有女主人公青萍的内心独白和老原间的情侣私语、不同级别官员使用的行政腔、媒体惯用的播音腔、支教大学生的学生腔，游客们来自五湖四海，语言也是八面来风，有商人的、知识分子的、小市民的等等，我希望层次和样貌能尽量丰富。山村本身极其鲜明的自然性决定了散文笔法的细密悠缓，匹配整个叙述节奏，因此就选择了散文笔法。“质胜文则野，文胜质则史，文质彬彬，然后君子。”我在其中反复调和着文和质的比例关系，经常能愉悦地捕捉到可心的时刻。虽然或许还没有抵达理想境界，我也只能安慰自己说：难免遗憾，尽力就好。

说到语言，为了准备这篇文章，我这两天又翻看了一下《宝水》，很多评论家都表扬过《宝水》的语言，尤其是里面的方言土语。《文学报》总编辑陆梅女士说："正是这些滤去了社会化、概念化和约定俗成标签的带着全然陌生甚至是生僻的方言土语，激活了阅读者的感官和审美神经。"我突然想，如果说本土的专业读者都觉得这些语言陌生甚至生僻，汉学家们的阅读难度岂不是更大？我为此困惑了一会儿，但很快就释然了，因为我领悟到，汉学家们做的原本就是这样一件神奇的事，那就是从此到彼——从一个语种行进到另一个语种的难度，和在语种内部克服障碍，这都是同样的事。我所认为的问题，对他们而言不是什么根本性问题。

在几部作品被译介的过程中，我和一些汉学家有过深入交流。他们的探讨和提问总是能鲜明地提醒我，我们习以为常的母语有多么绚丽多姿、意蕴无穷。每一个古老的汉字背后，都有着悠长的回声。这回声如果只去意会无须言传，那就很曼妙。如果硬要将回声解析后再转达，这简直就是在行不可行之事，当然障碍多多，困境重重。但正如同小说家们的写作一样，难度往往也意味着价值。有多难，就能走多远。所以有苛刻者说，语言的河流能把人渡多悠远，就能把墙砌多高厚。翻译出多少，就会流失多少。——但是，我越来越深刻地领悟到：如果没有这些艰难困苦的过程，就什么也留不下。也因此，虽然从不知道自己的小说会被翻成什么腔调，但我对所有的翻译都怀抱由衷的敬意。他们肩负着几乎是不可能完成的任务，却一直在完成着。

期待更多的佳作经由汉学家们翻山越岭地相送，成为文学的美酒。谢谢！

从思南读书会看中外文化的交流

孙甘露

孙甘露，上海市文联副主席、上海市作家协会副主席、华东师范大学中国创意写作研究院院长、上海文史研究馆馆员。1986 年开始发表作品。1994 年加入中国作家协会。著有长篇小说《千里江山图》《呼吸》，中短篇小说集《时间玩偶：孙甘露中短篇小说编年》，随笔集《我又听到了郊区的声音》《时光硬币的两面》，访谈录《被折叠的时间》，纪录片《此地是他乡》等。曾获第十一届茅盾文学奖、第十六届“五个一工程”奖、第三届上海青年文学奖。作品被译为英语、法语、日语、俄语、韩语等多种文字。

转眼近十年，思南读书会创办之初的那个晴朗的冬日犹在眼前，而时间更往前，则是不经意间的无数细微的小事，使今日备受关注的这一切逐渐呈现出来……

2005 年夏末，我有幸随上海作家出版家代表团赴台北，参加由台湾联经出版有限公司主办的台北上海书展。此行由王安忆和孙颙带队，上海的作家、出版家计 30 余人。此行有幸结识了林载爵、阚宁辉、陈征诸位。

及至2008年，阚宁辉先生调任出版局负责上海书展工作，由台北之行开始的友谊算是回到了书展本身。

上海世博会次年，2011年，上海书展开始与各出版社合作，邀请全球不同国家和地区的作家、学者出席上海书展新设的国际文学周活动。两年之后的2013年，基于完善国际文学周活动现场效果的考虑，经思南公馆的领导钱军先生、刘申先生、李海宇先生的安排，将文学周活动频次最密的作家对话放在了思南公馆举办。这是国有企业支持大型社会公共文学活动的有益尝试。上海市新闻出版局、上海市作家协会、上海市黄浦区委宣传部及思南公馆为活动专门设立了“思南文学之家”，孙颙先生、祝君波先生、李崟先生、程霄玉女士等各方领导出席了揭牌仪式，刚刚获得诺贝尔文学奖不久的著名作家莫言欣然应允为“思南文学之家”题写了匾牌。

每年上海书展·上海国际文学周的活动虽然只有一周时间，但是活动带来的影响却是深远的。比如英国作家大卫·米切尔把在上海国际文学周期间的经历写进了他的长篇小说《骨钟》，此书的中文版已由上海文艺出版社出版。而《泰晤士报·文学增刊》的小说编辑托比·利希蒂希和西娅·莱纳尔杜齐来上海参加活动之后，高度赞赏和认同上海国际文学周的举办，更是与文学周策划团队的年轻人盛韵、彭伦、石剑锋等结下了友谊，此后，《泰晤士报·文学增刊》连续两年为上海国际文学周免费刊登形象广告，宣传上海书展·上海国际文学周。这次《泰晤士报·文学增刊》也会在《思南文学选刊》创刊之际，刊登选刊的形象广告，进一步加深中英文学的交流。这些点滴交往多少可以看作是上海书展在对外文化交流方面取得的切实的成果。而在2016年的上海书展期间，上海国际文学周与“伦敦书展·影像与银幕周”签署了合作协议，自2016年起每年互派作家，并为对方在书展期间安排宣传和交流活动，为进一步增进中国作家与世界其他国家和地区间的了解，宣传中国文学，起到积极的推动作用。

而为了使作家间的对话以及与读者的交流更加切实有效，把大部分活动从热闹的书展现场搬到幽静的思南文学之家，不仅使来宾在上海炎热的夏季有了更好的交流场所，也使来自世界各地的作家、读者、出版人对上海这座城市所给予的礼遇印象深刻。

2014 年 2 月 15 日下午两点，首期思南读书会以“让过去告诉未来”为主题举行，嘉宾是孙颙和王安忆。近百个座位满足不了大家的热情，思南文学之家里站满了闻讯赶来的读者，就这样，思南读书会开始了与读者之间每周六风雨无阻的约会。

上海，曾是中国出版和报业重镇，是中国现当代文学的繁荣地，有着深厚的文学传统。而思南读书会举办所在地的思南公馆曾是东西文化交汇之所。当年，梅兰芳、柳亚子都曾在此居住。曾朴、曾虚白、徐志摩、田汉、郁达夫、张若谷、叶圣陶、陈望道等，在这里满怀激情，交流东西方文化。

2019 年 10 月 10 日，瑞典文学院宣布将 2019 年诺贝尔文学奖授予彼得·汉德克（Peter Handke）。就在 3 年前——2016 年 10 月 16 日下午，首次来华的彼得·汉德克做客第 145 期思南读书会，和现场读者分享他的思想和创作。截止到目前，思南读书会、思南文学之家一共有 5 位诺贝尔文学奖得主前来担任嘉宾：2001 年得主维·苏·奈保尔、2008 年得主勒·克莱齐奥、2012 年得主莫言、2015 年得主 S. A. 阿列克谢耶维奇、2019 年得主彼得·汉德克，以及其他重要的国际奖项的获奖作家曾前来。读书会嘉宾还包括茅盾文学奖、鲁迅文学奖、英国布克奖、美国普利策奖、美国国家图书奖、法国龚古尔奖、爱尔兰文学奖、日本芥川奖和奥斯卡奖的得主。

在开展的中外作家交流活动中，嘉宾还包括杰罗姆·塞林格之子马特·塞林格、爱尔兰作家科林·巴雷特、意大利导演保罗·杰诺维塞、英国推理作家协会主席马丁·爱德华兹。这里还曾举办中俄青年作家交流论坛、爱尔兰布鲁姆日等活动。

2019年，由北京市文联主办的“2019北京青年文艺评论人才读书研讨班”的20余名来自文学、戏剧、电影、电视等多个艺术领域的资深专家与青年文艺评论人才，在北京市文联党组书记、专职副主席陈宁带队下来到思南读书会，与读书会主办方、承办方以及策划团队成员进行面对面深入交流，后者详细介绍了思南读书会活动品牌的创意策划过程、成功运作经验，以及取得的良好口碑与社会效益。

同时开展与台湾地区文化交流。在上海市台办的支持下，2018年和2019年连续举办两期“远见在思南”主题活动，台湾中华新文化发展协会理事长杨渡等出版人、学者，与上海的作家、文化学者进行了交流。

2019年10月17日上午，思南读书会法兰克福专场在法兰克福书展现场举行。思南读书会走出上海与国门，成为登陆国际主流书展的第一个中国本土读书会品牌。在上海市政府新闻办“中华文化走出去”项目的大力支持下，这是上海知名阅读推广品牌“走出去”的一次重大突破，也是致力于讲好中国故事、传播上海精彩的全新尝试。

“从上海到法兰克福——全球视野下的文学交流与阅读推广”，是思南读书会总策划孙甘露为本次海外专场精心策划的主题，德国歌德学院（中国）原院长米歇尔·康·阿克曼和思南读书会策划团队成员李伟长共同主持。与会嘉宾分别以先锋派作家、网络人气作家、学者、阅读推广人的身份，通过现场致辞、讲述、对谈的方式，围绕“当代中国文学创作、出版与阅读推广的现状”“中国文学‘走出去’及与世界文学的借鉴、融合”“上海城市文化景观：新型阅读文化空间与读书会”和“上海网络文学创作、阅读的活力与海外影响”等相关话题展开讨论。

在活动现场，思南读书会主办方代表向法兰克福书展副主席托马斯·明库斯赠送了文化思南画册、《阅读思南》最新版图书等。托马斯提到，当他知道思南读书会来到法兰克福书展做第一次海外专场活动时，他简直欣喜若狂。阅读推广非常重要，在北美、欧洲以及全世界都是这样，读书会是最美妙的阅读推广方式，可以更好地认识作者，互通有无。他去上海参观过思南读书会和思南书局，对阅读的热烈氛围至今记忆犹新。他感谢思南读书会的主办方和世纪出版集团对阅读推广的坚持，期望思南读书会能走到世界的每一个角落。

在对话中，汉学家、翻译家阿克曼先生认为，正如当年先锋小说带给了中国文学“革命性”的改变，思南读书会同样是文学阅读推广的“革命性”活动，网络文学也是中国写作和数字传播的“革命性”形态。思南读书会在运营模式方面，特别是国企思南公馆对其的持续支持，积累了很多经验，为全球的阅读推广做出了示范性的探索。该活动引发了海内外广泛关注，有 60 余家国外媒体推送或报道，涵盖欧洲德语区的主流媒体和新媒体。

思南读书会以上海市新闻出版局和上海市作家协会为主导，充分集合了上海文学、作家、媒体、出版、艺术等多方文化资源，广泛调动了社会机构的参与热情。除了出版机构，思南读书会先后和上海市歌剧院、上海市昆剧团、巴金故居纪念馆、上海幼儿文学奖、短篇小说双年奖、世界英语短篇小说大会、海外华文文学上海论坛、中俄青年作家论坛、爱尔兰驻上海领事馆、市台办等机构合作。上海也是一座红色文化的城市，思南读书会先后举办过“永恒的经典——《白毛女》七十年”“纪念抗战胜利七十周年——南京大屠杀真相与思考”“风吹芦苇荡——文学中的红色记忆”“马克思的智慧之光——纪念马克思诞辰二百周年”“管理大上海的智慧——《战上海》读者见面会”“一个时代的文学记忆——《红旗谱》《红岩》《红日》《创业史》《青春之歌》《山乡巨变》《保卫延安》《林海雪原》纵横谈”等红色主题活动。

近十年来，活动中最令人难忘的是上海乃至来自全国各地的读者：有在父亲的陪护下特地从外地赶来的青年学生；也有在零下 5 摄氏度的严寒中，裹着大衣记笔记的读者；有将思南读书会视作大学课堂的退休老人；也有马振骋先生这样著名的文学翻译家以及其他一些作家、学者；当然，其中也不乏期望着作家签名的文学爱好者，他们或在盛夏的雨中排队，或在读者众多时席地而坐。这个巨大的城市有多少种人，上海书展·上海国际文学周的活动就会出现他们静坐的身影和晃动的面孔。

近十年来，思南这个小小的读书会已经举办了 430 多期，嘉宾有 1300 多位，读者逾 10 万人次。上海书展·上海国际文学周的主体活动也已经在思南文学之家连续举办了多年。期间，思南读书会联合上海社联的望道读书会、上海师范大学的光启读书会，文史哲联动，进一步拓展读书会的活动内容和品质。同时，每年还组织年度读者的评选，褒奖热爱阅读、关心阅读的普通读者，为读书会营造良好的阅读氛围，许多读者和作家建立了联系，互相交流读书体会，增进了彼此之间的友谊。

在此期间，曾经关心并亲临思南读书会的各方领导有的已经去到新的工作岗位；但来自读书会策划推广团队的李伟长、王若虚、郭浏、隋文、陈思等年轻人依然夜以继日地辛勤工作着；思南书集也升级为思南书局，并举办了文学的、电影的等多期主题快闪店；思南公馆的年轻员工更是不辞辛劳地全年维护着国际文学周和读书会现场的安全和秩序。来自世界各地的作家、学者带走了记忆，也为上海和思南留下了他们珍贵的形象、声音和见解。2018 年，思南读书会在国家新闻出版署指导主办的全民阅读年会上，被授予了“全国十佳阅读推广机构”等荣誉称号。

2005 年，在台湾联经出版有限公司举办的台北上海书展上结识的林载爵先生，也在十年之后的 2015 年上海书展期间，带领《联合文学》杂志的同仁和台湾的青年作家，来到思南文学之家，参加书展的活动。而上海的出版机构如世纪出版集团及全国各地的多家出版社，与思南读书会合作举办了大量的阅读推广活动，思南读书会则在创办一周年之际编辑出版了思南读书会嘉宾的演讲录——《在思南阅读世界》，目前第六辑已在编辑之中。

基于对思南这一文化品牌的延伸、拓展的考虑，在上海市新闻出版局和上海市黄浦区委宣传部的关心支持下，由上海市作家协会主管、主办，黄浦区永业集团、思南公馆倾力支持的大型文学双月刊《思南文学选刊》于 2017 年 2 月创刊问世。这一全面关注中文世界文学创作、翻译和研究的选刊，既填补了上海没有文学选刊的空缺，也为在新的媒体环境下探索社会化办刊做出了有益的尝试，同时，为思南这一文化品牌注入新的活力，为更深入地推动上海这座城市的文学和阅读生活起到积极的作用。

这是上海乃至全国各地的出版人、作家、媒体、企业等方方面面的爱书人一起，这些年间合力为阅读推广、为建设书香社会所做的无数事情中的一件。

思南读书会创办之初，拟定了三句话，作为对读书会的展望和期许，它就是：接续传统，理解当下，想象未来！

超越性的维度

孙惠芬

孙惠芬，中国作家协会全委会委员、辽宁省作家协会副主席。出版孙惠芬中短篇小说文集七卷，《歇马山庄》《上塘书》《寻找张展》等长篇小说七部，童话一部。曾获第四届曹雪芹长篇小说奖、第二届和第三届中国女性文学奖。2002 年获冯牧文学奖文学新人奖。中篇小说《歇马山庄的两个女人》获第三届鲁迅文学奖。童话《多年蚁后》获 2022 年桂冠童书奖等。部分作品被译介海外。

这是有关奶奶和父亲的场景。在我十来岁的时候，双目失明的父亲和奶奶一样，每天只能悠闲地坐着。父亲看不见，需要借助奶奶的眼睛了解家里每天发生的事情，奶奶耳聋，需要借助父亲的声音了解家人都说了什么，于是他们就成了一对分不开的母子，奶奶坐在炕头，父亲就坐在炕稍，奶奶去了房后小树林，父亲就跟到房后小树林。可就因为这样，他们的晚年，遭遇了难以想象的困境。跟奶奶说话，父亲声音必须很大，一遍听不清还要再三重复，那时我的家里已经有了三个嫂子，她们轮班做饭，苦于劳累的她们总免不了脸色难看，而奶奶人老尊严不老，又心明眼亮，看不惯年轻人的脸色，就要唠叨评价。

可父亲虽看不见，却能够听到家人的脚步声，如果奶奶的话被儿媳听见，就会影响家庭和睦，于是有时不得不以离开奶奶来阻止，如此一来，一对母子内心的撕扯就每天都要发生……

由于对奶奶和父亲的生存境遇有着细微体察，1991 年——那时奶奶、父亲都已去世，我写了一篇题为《天高地远》的短篇小说。在那篇小说里，我虚构了一对母子，他们和我的奶奶、父亲有着同样的境遇，但不同的是，他们因为生活在偏僻乡村，家境贫穷，相互的撕扯由纯粹的精神让位给了物质，他们渴望拥有一门好亲事，他们每日的盼望就是家境好的女儿回来送点鸡蛋和糕点，而一个鸡蛋由谁来吃、一盒糕点由谁来保管，是他们经常要面对的难题。当有一天他们承受不住彼此由物质带来的精神撕扯，儿子冲动之下，将母亲一搡，搡倒在菜地里，导致母亲死亡。小说发表在《海燕》杂志 1991 年第 7 期，被《小说月报》11 期转载。就是这篇小说，让深爱我的五叔对号入座，他认为奶奶最后的去世与我的父亲有关，当他给我写来一封长信说出这种猜疑后，痛苦的我没有给五叔回信。

我的五叔，1955 年考入沈阳鲁迅美术专科学校（后来的鲁美）版画系，毕业后以优异的成绩分到北京外文出版社。可五叔命运多舛，1957 年被发配到北大荒，平反后回到哈尔滨工艺美术研究所，60 年代中期又因战犯舅舅牵连，被关进牛棚，1978 年平反，才又回到北京外文出版社。不管五叔命运如何，他一直都是我崇拜的偶像，在我刚刚认字的时候，读五叔的家信是我最兴奋最幸福的时光，虽然常常有字不认识，但通过读认识的字串联起来的字句，总能让我热血沸腾，我的在恐惧和忧伤里沉浮的小心脏总会怦怦直跳，因为他在书信中常常提到惠特曼的诗、莎士比亚的十四行诗，经他描述的外面世界，总有着滚烫的温度，让你每每有种被燃烧的感觉。我不知道我的写作是不是有五叔的熏陶，但他的家信，每一封都是一篇充满激情的诗文。我是说，1991 年，当我收到五叔的来信，我被五叔的对号入座震惊了，惊到不知说什么好了。但不幸的是，几个月后，五叔被检查出肺癌晚期，当我惊悉这一消息给他打去电话，五叔的第一句话是："惠芬，如果不是我有病，你能跟我联系吗？"

一个月之后我去北京，叔叔已经去世。

与一篇小说有关的生离死别，让我很长一段时间都不能释怀，我的不能释怀，并不是后悔没给五叔回信，而是我一万次地去想，都想不明白五叔为什么会对号入座。五叔是艺术家，有深厚的艺术修养，他懂得生活和艺术之间的关系，在知道我的作品发表的年月后，每次见面，他都教我如何观察生活。我的痛苦在于，即使事情可以重来，也还是不知如何回信。

然而，十几年后的一天，我有了完全不同的看法。这得感谢一次特殊经历。

那是2011年，我和做纪录片的丈夫一起参加了大连医科大学心理学教授贾树华先生的一个国家自然基金项目——农村自杀遗族调查访谈。在那次访谈中，我们倾听了数十位自杀遗族的心碎讲述：一个新媳妇因婆婆不允许在秋收时节看电脑就喝了农药；一个母亲因儿媳骂儿子无能就跳了水库；一个男人帮邻居拆房子被砸断脊梁，老婆一股火得病死了，15岁的女儿因买不起运动鞋也服了毒……当那个死了妻子又失去女儿的男人诘问苍天，"老天你在哪里，你的眼睛看到了吗？我到底造了什么孽你要对我这样？"站在旁边的我，不由得感到彻骨的苍凉与无助……

那是一次触目惊心的调查访谈，我因此写下长篇小说《生死十日谈》。就在写这部小说的日子里，有一天我做了个梦，我梦见了坐在炕上的奶奶和父亲，就是前边说过的那个场景。当我从梦中醒来，突然想起了当年那篇小说，想起了在小说中对号入座的五叔。记得当时正赶上传统祭日，以为梦见他们是祭日的感应，可坐上丈夫的车，一路驶离城市奔向乡野，跟丈夫说出梦里的情境以及当年的小说，丈夫一番问话让我猝不及防。

当年五叔给我来信，丈夫是看过的，不给五叔回信，也是他的想法，那时我刚刚远离病魔不到五年，他怕我写信时激起情绪。可是此刻他却问我，可知道他现在怎么想。

我说我知道你怎么想，你觉得五叔当年遭遇流放，被批斗，又婚姻解体，晚年时怀疑一切，我们应该理解五叔的病态心理。

他说有这一点，但这不是主要的，他是想，当年五叔写信提出怀疑，没准儿是希望和我就这个问题进行一次有关艺术与生活关系的交流，五叔平反后每次从北京回来，都谈版画设计，他就听过好几次。

我说你是说他晚年一个人太孤独了，怀疑，只是为了挑起话题？

他说不是，他是想，当五叔知道我从现实的奶奶和父亲那儿获得灵感，五叔也许想告诉你，在人性的恶上，我的想象力是丰富的，而关于人性的善，我还了解得不够。

我愣住了，这话似乎在一些文学评论文章里看到过，但我不觉得有什么道理，写恶，正基于善，笔下的阳光照到正面不是温暖，只有探进人性的脆弱与黑暗，才是真正的温暖。所谓存在的合理，是基于同情心才能发现。可是我没把这话说出来。

见我沉默，丈夫继续说："我也说不大好，反正这次自杀调查，我有一些朦胧的想法。你想想，如果那些深陷灾难的人一味地抱怨，一味地不甘，他们还怎么活下去？我是想，五叔经历过苦难，他是不是看到过那个在苦难中超越性的维度……"

超越性的维度？

我没有接话，但我的思维似乎豁然开朗：十三岁就骑自行车在江湖上做生意的父亲，五十岁双目失明，就饭来张口衣来伸手，他一日日坐在天高地远的乡下，终日与年迈的母亲面对，他会想些什么？一辈子叱咤风云，在哈尔滨、沈阳、北京等大城市住过的奶奶，晚年坐在故乡炕头，每天都眼看着失明的儿子，她的精神世界里会发生什么？

他们会抱怨命运吗？他们会不会问这究竟是为什么，自己造了什么孽要遭此报应？如果问了，反省自己的一生，他们会不会忏悔，会不会由忏悔而想到赎罪，由赎罪而获得活下去的动力和支撑，从而获得灵魂的安详？

也就是说，在五叔的晚年，他是不是由自己的追问和忏悔，体会到了奶奶与父亲的追问和忏悔，从而想告诉我在人性的现实里，还有另一部分现实，就是前边说的超越性的维度——灵魂的安详。

多年前读托尔斯泰《复活》时，那使聂赫留朵夫由兽性的人变成精神的人的力量我无从感知，可有了那次调查，我似乎可以走进聂赫留朵夫发生了“灵魂的扫除”这类心理活动的微妙瞬间。

20 世纪 90 年代初，辽南北部山区一个村庄，一个三十多岁都没娶上媳妇的农民工突然从城里领回一个女子回家结婚，因为没有房子，住进了堂哥家，堂哥一向为人厚道，与他又有着情同手足的感情，结果，三个月后，不幸发生，在附近矿山打工的堂弟，有一天半夜回家，发现老婆和堂哥拥抱在木匠铺的工棚里，激愤之下，他喝了农药，结果，在县医院抢救半个月无效，回到堂哥家等待死亡……

三个当事人在一个屋子里过了七天。

这仍然是在那次调查访谈中遇到的故事，当时听村里的人们从不同角度讲述黑暗的七天，特别震撼，我无法想象那是怎样的时光，一个生命垂危的人如何面对背叛自己的女人和堂哥？两个肇事者又如何接受道德的审判？关键是讲述者的口吻无一不是对两个肇事者的声讨、诅咒和批判，可你明显感到，无论是小黑屋里的三个人还是屋外的声讨者，都有可能就是我们自己。

在这个夏天之前的一年半时光里，我把自己关进了小黑屋，去体会有着特殊关系的三个人，去体会屋外的村庄。走进三个人深陷沼泽的情感纹理或许并不难，寻找将屋里屋外的人隔开的壁垒或许也不难，难的是怎么才能把困顿的灵魂从小黑屋里解救出来，让他们获得重生；

如何把壁垒推倒，让同是孤苦的灵魂彼此相认。书写悲剧，并非因为悲剧有力量，而是我看到了太多从悲剧中活过来的人们，他们都是最普通的底层人，他们从不知道人类知识里还有“哲学”“真理”这样的词，可是在他们一地鸡毛的生活废墟里，从不缺少形而上的光辉，哪怕仅仅是一些斑驳的碎片。他们用古老的智慧对抗不幸，在诘问苍天与大地时，找到了人与自然万物的依托，在追问“我是谁、我从哪里来”时，找到人与自我本体的和谐，从而生出信仰的力量……

乡村的现代化，从来都不是一蹴而就，需要承受一次又一次文明的洗礼。虽然不管经历怎样的洗礼，人性中的某些东西都永恒不变，比如嫉妒、嗔恨、脆弱、贪婪，然而在我的现实经验中，我还看到了人性中超越性的维度，它发生在中国北方黑土地上的一个角落，但我相信它是世界性的普遍存在。

东方式的沉静与绚烂

孙　频

孙频，江苏省作家协会专业作家，发表中短篇小说四百余万字，出版小说集《以鸟兽之名》《海边魔术师》《鲛在水中央》及《疼》《盐》《裂》等。

在近些年的写作中，我越来越注重那些东方式的文学意象与艺术想象，这种意识几乎是自发的，但我想，也与一个写作者的年龄与阅历有着很大的关系。我在文学启蒙的那个阶段里，读到的基本都是世界名著，像《安娜·卡列尼娜》《复活》《基督山伯爵》《简·爱》《红与黑》等，也就是说，最初的文学熏陶并不是偏东方的，但在后来的阅读生涯中，渐渐开始读到中国的古典小说，也渐渐开始感受到那些古典小说中的东方之美。不止于阅读，事实上，很多东方之美，我都是在后来才一点一点体会到的，这需要时间，也需要阅历，是一个人成长的一部分。

比如中国园林里的东方美学，在我更小的时候，就以为，那只是一些亭台楼阁的建筑，最多还有一面湖水，我是在后来才体会到了中国园林中的韵味。园林其实是为中国古代士大夫们的独立人格找到了一个栖身之所，园林作为诗画艺术的载体，是园主、诗画家和匠师们共同合作的艺术结晶。他们将自己的社会理想、宇宙观、审美观、人格价值等精神文化信息纳入这一方小小的园林当中，借助有限的景观组成了无限的艺术空间，构建出精神上的无限天地，而园林主人们将自己的情操、理想与艺术修为全部都隐藏在了这些园林的一草一木、一砖一瓦当中。或是老庄的返璞归真，与自然共处的“带长隼，倚茂林”；或是竹林名士的风神与悲慨的殉道精神；或忧郁愤懑或风流娴雅；或是向外发现了自然，向内发现了自己的深情，于是山水虚灵化了，也情致化了；再或者是佛道糅合而成的玄学，在社会心理失衡时给文人士子们以新的心理支撑，对山水的欣赏也由目寓到神游，于审美中见宇宙之大，见万物之生生不息。也是在这个欣赏园林的过程中，我感知到了中国古典园林与中国古典文学之间的内在关联，或者说，这本就是同一种文化，只是谁兼容了谁，谁化掉了谁。也是在这种感悟之下，我写出了小说《游园》，写一个江南园林和生活在园林里的那些艺术家，帘幕无重数，方能庭院深深，隔帘看月，隔水看花，才是东方式的美学。不过，造园如作诗文，本就可以互相借鉴，造园中的曲折有法、前后呼应，深山无人、流水花开的空幽，皆可借入小说当中。

再比如中国古代的器物，在我更小的时候，对它们并无兴趣，自然也不会把这些古器物与文学挂钩，我是在时光中慢慢感觉到了物对人亦有着神秘莫测的影响和渡化，这也是我后来对文物产生了兴趣的原因。文物虽是物，却实在是有生命有魂魄的，在那么几个瞬间里，我甚至觉得它们是可以开口说话的，只不过用的不是我们人类的语言，它们用的应当是另一个世界另一重空间里的语言，人类的语言在万千语言里不过是其中之一种，也许，草木、鸟兽、鲸鱼也都有它们的语言，甚至连星座、飓风之间也有着它们的语言。有一次，翻看一本关于古玉的书，我忽然发现每一块古玉都有一段悠长的身世，都承载着关于历史和文化的灿烂记忆，这些古玉代表着人类早期的文明，是古老社会制度留下的见证，蕴涵着国家形成、朝代更迭、教化始成的漫长历史。而几千年之后，正是借助古玉这一媒介，我方有机会与几千年前的古老历史和文化相遇，就像无意中走进了一条时光隧道，隧道的尽头竟是远古的人类文明。你看着那些古玉就仿佛看到了古人们从前的生活，看到他们虔诚地敬畏着天地，看到他们身上佩戴着叮叮咚咚的玉器，以保持高洁与君子之风，看到他们在玉器上刻出长翅膀的羽人，刻出凶悍的神兽来保护他们，看到他们把装放仙丹的玉罐刻成熊的形状，还在熊的头顶上放一只鹰，就是为了让熊和鹰帮他们保护好仙丹，不被人盗走。古人的可爱与精致全都体现在这些玉器中了。大都古玉不仅有绚烂和优美的特质，还有黑暗神秘的一面，那就是，大多数古玉都出自墓葬，甚至有些古玉不止一次地出入过地下，就是因为几番出入过地下，在它们身上才能留下罕见的珍贵的沁色。在它们的身上，积淀着漫长的几千年时光，积淀着厚重的文化与历史的光芒，以至于站在它们面前的时候，人会不由得觉出自己的渺小与粗浅。

毫无疑问，人活着就是一个越活越有敬畏感的过程，这敬畏感不是针对人类无法主宰的神秘力量，也不仅仅是出于对命运的敬畏，更准确地说，这敬畏大约是愈来愈感觉到了人在天地间的渺小和转瞬即逝。一棵树、一块石头、一件器物，都可能比人类久远得多，它们静默地看着一个人出生，从烂漫的孩童渐渐长为成人，又渐渐老去，最后它们又慈悲地看着他死去，看着他像颗种子一样被埋入泥土中，最终化为灰烬，滋养万物。在它们面前，人类甚至没有资格说沧海桑田之类的话，如同我在高高的山顶忽然发现了贝类的化石，方才明白，这高高的山顶在亿万年前曾是深深的海底，在时间的造化中，海底最终变成了高山，却依然静默无语，俯瞰着人类的悲喜与生死。这也是我后来写《天物墟》的原因。

也因为年龄的渐长，我开始对人境喧嚣兴趣渐淡，却转而对那些寂静的山林、浩瀚的海洋、颓败的村庄有了更多兴趣，大约是因为，在这些古老的正走向消失的村庄里，可以触摸到岁月的痕迹、人类不断向前演变的肌理，还有文明的更迭。在这个过程里，站在那段已经枯朽的和新鲜的时间里，看着那些几千年前留下来的时间的脚步，人会忽然被这来自宇宙间的巨大力量击中，仿佛是触摸到了一只巨兽的鼻息，苍茫辽阔而温柔，人会忽然觉得自己与脚下的那片落叶其实没有多少区别。如此一来，那些不甘，那些悲怆，所有那些难以用言语表达的情感，竟都烟消云散了，心境里多了几分澄明与豁达，生出几分清华之气，如月光皎皎，悬于心上。

村庄对人的意义同样如此，在这个城市化进程越来越加速的时代里，已经没有太多人去缅怀村庄对于人类的巨大意义。而事实上，村庄同样是历史与文明的载体，它记录了人类如何从远古时代一步一步跋涉到了今天，它们就是关于文明的活化石。我老家的大山里藏着很多古老的村庄，它们像珍珠一样散落在大山里，我曾经一个村庄一个村庄地走访，去了解这些村庄的历史。在这些村庄里，有的与新石器时代同龄，有几千年的历史。有的村庄在最高的山顶上，没有人会想到这里最早的居民居然是靠打鱼为生的，也就是说，这个村庄曾经在海边。有的村庄曾是烧瓷的官窑，那些破碎的瓷片至今铺满整个村庄，像盛开的花朵，又像一种神秘的语言，讲述着这里曾经的秘密。在这些村庄面前，我除了震撼就是感动，感动所有的岁月、所有文明的痕迹是不会彻底从这个世界上消失的，它们会通过自己的媒介，通过这些古老的村庄，通过那些优美神秘的器物，把这些文明的痕迹留在天地间，留给后来的人们。这些村庄本身就是文化的一种，当我意识到这一点之后，它们便也滋养了我和我的小说。

除此之外，还有那些古典而优美的东方意象，无一不代表着最美好的东方古典精神——高洁、忠诚、一诺千金、生死相约、舍生取义，在一个词语里，精神的意义远超越肉身的意义，正是这种超越使得中国人思维当中一直流传着一个无限开阔也无限古老的空间。《我们骑鲸而去》这篇小说正是传承了中国古典的“骑鲸”这一意象，我想象，隐居在孤岛上的艺术家最后以这一高洁的方式结束了自己的生命，这是中国传统文人血液里流动着的东西，也是我尝试着把东方之美阐释进文学作品里的途径之一。再比如，我的另一篇小说《棣棠之约》，正是取自于《诗经》与《楚辞》中动人而古老的诗句，而从《以鸟兽之名》《天物墟》《骑白马者》这些题目里就能看出一个写作者对中国古典文学的致敬。

这种致敬和传承并非刻意的，它随着一个作家的成长和成熟，自然而然地出现在了作品中的，也许是因为，作家本身就是在一方土地、一种文化的浸润和滋养中慢慢成长起来的，所有滋养过他（她）的养分，有一天都会换种形式出现在他（她）的文学作品当中，而这些东方式的绚烂，也会在沉静与含蓄中慢慢走向世界。

中国文学走进拉美的实践与体会

孙新堂

孙新堂，北京语言大学拉丁美洲研究中心主任、世界汉学中心拉美汉学与文化中心主任、阿根廷国会大学教授。主编“中国当代文学精品”西班牙语版丛书及多部中国当代文学选集，译有《中国经济》《林中鸟》《星相》《琥珀里的昆虫》等。曾获智利外交部“智中建交五十周年”奖章、“人民文学奖”翻译贡献奖等。

自“文学爆炸”译介伊始，拉丁美洲作家和作品就在中国产生了深远影响，而近年来中国当代文学越来越多地走进拉美，产生了新的化学反应。目前，中国和拉丁美洲之间的文学交流与互鉴正加速跨越山海，追赶时间，笔者是这一过程的见证者、参与者、推动者，也期盼中拉文学形成真正的双向奔赴。

中国当代文学在拉美的热度持续上升

20 世纪 70 年代，中国现当代文学开始走进拉美，比如鲁迅、老舍等的作品被翻译成西班牙语在智利、阿根廷出版。而近十几年的时间，中国当代文学在拉美热度明显上升，被翻译成西班牙语并在拉美出版的中国文学作品越来越多；有更多的汉学家和青年译者加入译介中国文学的队伍；拉美的出版社开始关注中国图书，甚至成立中国图书编辑室出版中国丛书，对出版中国文学作品有了系统性考虑和长期规划。

这主要来自三方面原因：第一，中国在拉美的影响力增长，特别是双方在经贸和投资领域关系越来越紧密；第二，在此背景下，学习中文或者对中国文化产生兴趣的人的数量也在增加；第三，由于大型文学交流活动的推动，作家、批评家以及拉丁美洲的文学杂志和媒体对中国文学的关注度不断上升，比如，聂鲁达基金会诗歌杂志《笔记本》在拉丁美洲有着广泛的影响力，2020 年 8 月出版“中国当代诗歌”专刊，收录了 20 位当代中国诗人作品。

诚然，中国出版的拉丁美洲作品和拉美地区出版的中国作品在数量上还有很大差距，其中一个重要原因在于拉美汉学家和中文译者的数量还非常有限。同时，拉美缺少真正了解中国文学的专家、编辑和出版人。而拉美人民对真实的中国知之甚少，译介当代文学作品是当务之急，因为中国文学作品是他们认知中国文化、理解中国现实的一个重要途径。

为了推动中国作家与拉美读者的深入交流，一方面我们在邀请作家时会选择已经在当地翻译出版过相关作品的作者，并提前进行预热。随后与当地大学、文学机构联合举办中国作家讲座、对话等，另一方面通过更为丰富的活动增进了解，比如参与布宜诺斯艾利斯国际书展、墨西哥瓜达拉哈拉国际书展、布宜诺斯艾利斯国际文学节、墨西哥城国际诗歌节、麦德林国际诗歌节等当地大型活动，集中展示和推介中国作家与其文学作品。

中拉诗歌互动频繁，效果超出预期

2020—2021 年疫情期间，中国当代诗人、鲁迅文学奖诗歌奖得主胡弦线上参加哥斯达黎加国际诗歌节，在当地引起轰动，引发一系列中国当代诗歌在拉美传播的现象级事件。

2020 年 11 月第十九届哥斯达黎加国际诗歌节期间，当地诗人胡丽埃塔·罗布莱斯发言说，能与胡弦对话十分荣幸，读到世界一流的诗歌让人倍感振奋。胡弦的诗歌融合了古典诗传统和现代诗手法，汇入中国历史、地理和人物的意象，吸引了广大哥斯达黎加读者和诗人的关注。

胡弦诗集中西双语版《星象》在哥斯达黎加出版后，诗歌节组委会联合哥斯达黎加教育部向 600 所全国公立中小学捐赠此书，并开展“全国中学生读胡弦”活动，组织学生通过随笔、诗歌、绘画等方式表达读后感并结集成册。哥斯达黎加政府还邀请了歌手将胡弦的两首诗歌谱成曲、伴着吉他演唱作为推广。这一事件表明中国诗歌在拉美西语国家达到了前所未有的传播盛况，让包括胡弦本人在内的中国诗歌界倍感兴奋。

中国诗人之所以能够在拉美觅得知音，是因为中拉民众有着天然的亲近感。中拉诗歌交流基于相似的口语习惯。比如墨西哥的纳瓦特尔语、秘鲁的阿伊马拉语和智利的马普切语等拉美原住民语言虽然遗失了文字符号，但仍保留着口语吟唱的传统。而在大洋彼岸的中国，自《诗经》《楚辞》到西汉乐府诗乃至宋词曲牌，亦形成了唱诗为歌的文化习惯。与此同时，拉美民族随性浪漫的性格特点与中国人忠诚内敛的品格形成了互补。拉美人热爱生活，音乐响起来肢体动作就得跟上，高兴了就马上要朗诵一首诗歌。

拉美文学，特别是拉美的“文学爆炸”，对中国当代文学影响巨大。中国作家在拉美做讲座或演讲时，开场他们总会提到拉美文学对自己写作的正面影响。比如阿来以“聂鲁达召唤我来到拉丁美洲”“我就是略萨笔下的‘阿尔贝托’”为题目，在智利和秘鲁进行了两场演讲。此外，马尔克斯之于莫言、博尔赫斯之于麦家、波拉尼奥之于张悦然、富恩特斯之于陈鹏……中国作家都或多或少会谈及拉美文学对他们的影响。

中国当代文学对于拉美的影响刚刚起步，不成气候。拉美作家在中国汲取的养分，主要还是体现在古代文学，特别是庄子、唐诗、宋词上。墨西哥诗人奎亚尔此前出版的一部以中国为主题的诗集《竹马》，书名就取自李白的诗句。随着拉美读者阅读的中国文学越来越多，相信这个影响会逐步呈现在作品中。

中拉文学交流的新纪录不断产生

作家徐则臣近年来的文学视野越来越宽广，对跨文化书写兴致盎然。2022 年起，他发表了拉美主题的系列小说，其中《玛雅人面具》尤其引人注目。而这篇作品正是源于笔者 2015 年邀请他第一次到访拉美的经历。他曾提到，对到访的几个国家印象非常深刻，一直想以小说的方式呈现所见到的、感受到的、想象中的中拉文化和生活。这一系列小说正是他付诸笔端的优秀创作成果。

徐则臣写拉美的这几篇作品让笔者感到亲切，颇具阅读的“现场感”。作家独辟蹊径，把自己在拉美的经历、观察、思考和对拉美的想象通过完美的故事融在一起，链接了中国和拉美的文化、历史、传奇与现实，勾勒出一个全新的世界，开卷引人入胜，掩卷回味无穷。笔者读了《玛雅人面具》后立即推荐给了墨西哥汉学家莉亚娜·阿索夫斯卡，她第二天就表示要将它翻译成西班牙文，一周后就发给笔者译文，笔者审校后发给智利文学网的主编、作家迭戈，他表示马上刊发。

由于反响热烈，迭戈很快组织了拉美读者分享会。可以说《玛雅人面具》创造了中国当代小说在拉美传播的两个纪录：拉美读者在中文版发表一个月后读到译文，两个月后与作者、译者、评论家等共享阅读体验。

在《玛雅人面具》分享会上，智利作家迭戈说，他从第一行开始，就怀着一种特别的心情和期待往下读，“故事行云流水，愈深入愈有趣”；智利安德烈斯贝略大学教授雷耶斯·马塔表示，这是一个开创性文本，“徐则臣站在拉美大陆释放自己的想象力，从沉浸在玛雅世界的故事出发，推进一个与他的祖国的想象和信仰相结合的故事”；智利评论家蒙特斯认为，《玛雅人面具》“是一次相距遥远又截然不同的中国文化和墨西哥文化富有成效的对话，是一场不同历史视野和心神遐想的邂逅，小说中不同的文化、书写和世界观艺术地相互反馈与反哺，使人们体验到一种普遍性，感受到对他者的认知和接受”；而墨西哥汉学家莉亚娜打趣道，她下次去奇琴伊察一定替作者继续寻找故事里的胡安。

《玛雅人面具》在拉美的翻译和传播，证明了团体协作的有效性。在作品翻译领域，致力于追求译介分工合作，如拉美译者与中国西班牙语学者的合作翻译方式；在推广领域，注重与本地区具有重要影响力的文化机构，比如聂鲁达基金会、智利作家协会、阿根廷作家协会、麦德林普罗米修斯基金会、哥斯达黎加诗歌之家基金会、墨西哥学院等，建立广泛、持续的合作关系；在大型文学活动领域，推进中国作家参与拉美多国诗歌节、文学节和书展；在作品出版领域，过去拉美主流出版社忽视中国当代文学作品当代情况目前得到了根本改变，如墨西哥二十一世纪出版社至今已经出版了 10 部中国当代文学作品，古巴南方出版社出版了 8 部，智利罗姆出版社出版了 9 部，秘鲁天主教大学制定了每年推出两部的“中国文学丛书”计划……总之，有了前所未有的突破。

“路灯”照亮中拉文学交流之路

2022年5月，由著名汉学家、墨西哥学院教授莉亚娜和笔者共同主编、主译的《隔离期的阅读——中国短篇小说选》在墨西哥出版发行。相隔大洋两端，我们线上组织起一批青年译者，将40余篇不同代际、不同流派、不同风格的中国当代短篇小说译介到拉美，让当地读者了解中国文坛的最新动态。

此外，墨西哥学院亚非研究中心的研究生也参与到本书的翻译，多次在线上与汉学家、中国作家切磋交流。莉亚娜表示，拉美学生借此更加了解中国当代文学和中国文化，增进了中拉学者间的沟通，传递了美好的情谊。

除了增进中拉作家间的对话，笔者还向拉美各国的出版社和文学杂志推介中国文学作品。拉美发行量最大的诗歌杂志《笔记本》、智利作家协会主办的文学杂志《辛普森七号》、阿根廷著名文化刊物《当代》相继推出或正在推出中国文学专刊，均为刊物历史上第一次。

中国唯一在拉美出版的文学杂志、中国标杆性文学期刊《人民文学》的西班牙文版 *Farolas*（路灯）近年在墨西哥和智利等国家落地开花，颇受读者欢迎，在墨西哥出刊3个月即告售罄。曾经让笔者长久思索的问题或许在实践中找到了答案：中国当代文学是中国文化发展的优秀成果，具有促进民心相通、跨越文化隔阂的力量，是了解当代中国的最好镜面，因此，我们需要呈现出最新的、立体的、综合的文学视野，通过与拉美作家对话与交流，继续提高拉美文坛对于中国当代文学的兴趣，推动阅读、想象和研究，同时也要积极培养和扩大致力于中国文学翻译和传播的汉学家、实干家队伍，架设更多的“路灯”，把中拉文学交流之路照亮。

笔者十多年前投身中国当代文学海外传播事业，恰逢中国文学出海进入快车道。当时中国当代文学在亚洲、欧洲和北美的译介表现出良好的态势和强劲的势头，但在拉美地区不得不说是慢了一拍，仍处于起步发动的初期阶段，整个拉美还很少见到中国作家的身影，每年平均甚至出版不到一部中国当代文学作品。而今中国作家参加拉美文学活动已经成为常态，每年有近 10 部中国当代文学作品在拉美翻译出版。可以说，中国文学在拉美形成了一个立体的传播模式。现在回头再看这段历史，让人备感欣慰。

请别为文学忧愁

索南才让

索南才让，蒙古族，小说家，现居青海。青海省海北州作家协会主席。著有长篇小说《野色失痕》，中短篇小说集《荒原上》《巡山队》《找信号》，儿童小说《哈桑的岛屿》《小牧马人》等。曾获鲁迅文学奖、华语青年作家奖、“《钟山》之星”文学奖、青海青年文学奖、青铜葵花儿童文学奖、陈伯吹国际儿童文学奖等。

那是2005年的秋天，地点是在中国西部的祁连山南麓群山之中。登上稍微高一点的山头，可以看见青海湖完整面貌。我一个人骑着马，在牧人的营地越来越少的群山中已经走了两天时间。两个夜晚都是借宿在牧人家里面。第一个夜晚，我和那家的男主人聊到很晚——后来他很年轻便去世了——但我们聊了很多。主要是他在说，我在听。

他回忆30多年前，也就是他七八岁时候的往事，话匣子一旦打开，一个人的一生便娓娓道来了。当时我并不写小说，但我却觉得这个故事，和征服过我的文学作品一样经典。而且我也不必为了文学的前途而忧愁，因为它活得比我想象的更有生命力。他说起生命里的艰难跋涉，心灵和肉体像一双腿一样始终让他有力量踏出下一步。在为爱情活着的那些年，他得以窥知无论发生什么，不隐瞒真情实感是对爱情的尊敬。他说到孩子。他的孩子常年不在牧区，他把孩子们送去最好的学校，即便放寒暑假也被安排满了各种补习班和兴趣班。他花费了巨大的代价却不确定这样做是否真的是有意义的。他说，这一辈子最大的遗憾，莫过于没有进过学校的大门，没有坐过一天教室，没听过一句老师讲课，所以后代必不能如此，他可以为孩子提供最好的学习环境。说这些时，他焕发出万丈豪情，再艰苦的游牧生活，于此而言，都是甜蜜的。

后半夜，我被六七只狗的狂吠惊醒，听到某个山头狼嚎的回音。帐篷旁边的羊群全部惊恐地站着，最依赖人的时候，它们显得楚楚可怜。

第二个夜晚，我借宿在几十公里外的另一户牧民家。他是一个上门女婿，18 岁来到草原的时候孑然一身，没有送亲的人，没有宴席，没有任何东西。他来到一个牧民家住了 3 天，变成了这个人家的一员。半年后，他和怀着孕的妻子去登记结婚，一生平平淡淡就这样过来了。现在他已年逾六旬，却依然硬朗。几十年的草原生活让他练就了一口纯粹地道的蒙古语。他说他一年时间几乎也说不了几次汉语，但我觉得他有些夸张，他的普通话说得令人吃惊的标准。在那个简易却干净的帐篷中，他和老妻生活得十分惬意。简陋的居住、简单的食物、忙碌的工作充实了他幸福的生活。

我发现他有几本书，有《三国演义》《水浒传》《西游记》和《红楼梦》，已经被他翻得残败不堪。说起这些文学作品，他立刻表现出一副卖弄的、多年读书却没有交流者倾诉的样子，他熟读典故，又能从中获取镜像来映照自己的生活。他就是草原上那种经验惊人得丰富、又有一定学识的人。这种人是草原上最受尊敬的人。我们大谈文学，相见恨晚。并且我们一致认定，在全世界范围内，有无数个类似的场景上演着文学的传奇。

第三天夜里，我没有找到能够借宿的地方，在一个半凹陷的勉强算是山洞的地方，我过了一宿。生了火堆，拿出褡裢里的食物，就着山洞外魅黑的星空，我吃了晚饭，思考明天的行程……

类似这样的经历，在十几年前我经历了很多很多。每一次，当我又要出发，去寻找那些独自离开牛群不知去向的成年公牛，当我在某一个人迹罕至的深山峡谷中发现它们，它们孤独忧伤的神情总是让我想起历尽岁月沧桑的老人，想要逃避尘世地狱，找一个虽然短暂却是安宁的地方。这就好像我们用阅读、用文学的世界来对抗现实，在文学中，天虽然还没有亮，但已经不是夜晚了。我们期待着用文学从身上拯救出一些东西，或者，装进去一些东西。

我越来越了解那些独自离开群体的牛和马，我仿佛能够感受它们的心境，我几乎以为我已经可以和它们交流了。我认为它们在寻找一种洁净。而这种洁净我已经在文学中得到，也同样在文学中失去。我很遗憾它们没有文学，因此它们更显得落魄和忧伤。我同情它们，不能再以一个主宰者的身份去管理它们。我放任它们离开，寻找得心不在焉。我不再愿意去杀害它们，因为害怕那颗射出去的子弹，穿越所有，最终又会回到我身上。所以我一次次走进文学，用其洁净，清洗我的罪孽。

而现在，当我莫名其妙地成为一个写小说的人，在文字的疆域里游牧、邂逅它们的时候，我总会想起过去的那些经历。我才意识到，它们有多么宝贵。原来从那么早的时候开始，原来从我第一次开始放牧，骑着即将临产的大肚子白牡马，展开我游牧生活之时，我就已经在写作旅途上了。并且开始阅读。我阅读生活中的混沌和精微，阅读山木间的起落、石头与生灵的摩擦，阅读河水每一天不同的流动……然后我书写存在的丰饶。我不断地用世界的庞杂充实自己，又不断地清空，去接受文学之纯厚与空白的填充，再接收牧场无垠的夜空那丝丝不绝、沁透力十足的寒意。那么多个风雨中的前行和寻找，已经足以让我变成一个成熟的牧人。虽然到了今天，因为过去的那些奔波，让我过早地患上了关节炎、类风湿等各种因为潮湿寒冷和作息不规律而产生的疾病，但这是草原的一页书，是生活的一部分，如同空气和水。

我书写草原和游牧，无数漫游的孤独的牧人从我文字中走过，如同穿越一片草原。他们带着传奇的特质模糊在天地中，他们向我展示出世纪旅人的样子，那就是带着自己，即便人生艰苦，也要过得果敢、豁达而浪漫。

我书写草原的记忆，书写记忆中的想象。我一直在做的事情，是把游牧的样子，写成一个个故事，写成一本本书。我需要跳入本民族的历史长河中，起起伏伏，随波逐流。我和过去同行，那些被改造、被升级和神奇了的记忆宛如生物繁殖，总是在挑战和推翻我固有的认知。因而我常常觉得，我写作的色彩，并没有我想象的那样浓郁。我在书写中所做出的尝试，也没有我想象的那么鲜活。但我依然要坚持下去，尤其是突然一天，我发现自己的作品要去面对更多的读者时，我一边担忧其产生的影响，一边也在努力调整自己的态度。有读者是一件好事情，我希望我的读者越来越多，因为读者越多就意味着批评越多，能在读者的阅读和批评中让我的作品变得更有意义，这是我乐见其成的。写出结实的、牢固的、稳稳站立的文字才是好作家。然而，我也不得不说，在文学的疆域中，我寻找得越远，我露宿的次数越多，我在文学的星空中看到的景象变化越多，我越感到迷茫。我觉得我正在经历一个给文学以负重到精减的过程，我明白这个过程对我的重要性。我想我要做到的是不必停靠站台或者港湾才能装载或丢卸，而是随时随地都能这样做。也许这就是文学和作家最真实的状态。我不想当一个过于依赖文字的作家，甚至我不想以作家的身份去掌控文字。我是一个旁观者、一个亲历者，而不是裁决者。

所以，今后的创作，我期待我的作品能够被翻译成不同的语言，展现出不同的样貌。我赞同翻译是二次创作这个说法，一个优秀的翻译家总能让作品更上一层楼，让阅读的目光看得更清楚。今天是汉学家翻译家大会，但比较遗憾和不好意思的是，我的作品至今还没有被翻译成除蒙古语和藏语之外的语言。所以我很期待有那样一位优秀的翻译家走到我面前跟我说，我很喜欢你的作品，我想把它翻译成某某语。

谢谢大家！

收集词语的人

汤成难

汤成难，著有长篇小说《一个人的抗战》《只有一个乳房的女人》，短篇集《月光宝盒》《一棵大树想要飞》《J先生》《寻找张三》《飘浮于万有引力中的房屋》。小说散见于《人民文学》《钟山》《十月》《作家》等，多次被《小说选刊》《小说月报》《中篇小说选刊》《新华文摘》等选刊转载，并多次入选各种年度选本及文学排行榜。曾获百花文学奖、华语青年作家奖、紫金山文学奖、汪曾祺文学奖、《作家》金短篇奖等。

有的词语天生就是钻石，璀璨、绚丽、熠熠生辉。常常想起一个词语，这个词语就靠拢过来，缠住了，怎么也不能让人定下心。去年的夏天和秋天，我重新认识了很多词语，比如“麻麻亮”，比如“霞光”，比如“破晓”，比如“暮霭”……它们变得生动和亲切，我把它们记在备忘录里，像一个收集词语的人。

我在纸上写下“麻麻亮”，并轻声读出来，人们在念这个词时总是轻声轻语，还从没见过谁大吵大嚷地念出这个词语。两片嘴唇由闭而开，需要一点慵懒的力气，像早晨微微掀起的窗帘。天麻麻亮时，启明星还低垂在大地上空，空气里像掺入了细密的珍珠粒一样，每呼吸一口都像泉水一样洁净。“麻麻亮”之后，便是“霞光”，“霞光”之后，就是“破晓”了。麻麻亮、霞光、破晓，时光就是在三个词之间悄悄变换着的。

有一段时间，我习惯每天早晨跑步，在麻麻亮、霞光、破晓中迎接日光的到来。这是三个记录日光的词语。我绕着一块漂亮的花圃转圈，每天跑十圈，怕记不住，便每跑一圈捡一片树叶放角落里。地里锄草的大妈看见了，歪着头对着树叶琢磨半天，大概以为我摆的八卦阵什么的，对我充满好奇和崇拜。十片树叶代表跑步十圈，用的是古人结绳记事的方法。

一天下午，我带着小狗去到一个僻静处。其实，这儿到处都是僻静的。落叶满空山。发现一个石碾子，好像在等我到来，于是坐在上面虚度半日，感觉甚好。看着树叶、枝条、浅岸、花苞、婆娑纳……无数的词语向我涌来。小狗到处闻闻，咬两口植物，像神农那样尝百草。有时突然冲到我身边躲起来，吓我一跳——每当遇到可怕事物时，它都会藏到我身后。我原谅了它，毕竟它是条母狗。有一阵小狗不见了，不知钻到哪儿去了，当它再出现时，身上沾满苍耳、鬼针草、狗牙根，还有我说不上名字的草籽儿。小狗带回来很多词语。

将这些“词语”从小狗身上捻下来。苍耳，因为它的籽儿如耳硝，得“耳”之名，熟后色青黑，即苍色，故名“苍耳”。鬼针草，因为一旦从它旁边走过，它就会神不知鬼不觉地粘在我们衣服上，当我们走到别处，它便趁机掉落下来，就可以繁殖生长了呀。狗牙根，因其根茎形状长得像狗的牙齿而得此名……

我之所以长篇累牍说这么多，是想表达在我认识汉字三十多年后，又对它们充满好奇和感激。这个由汉字构成的世界，它是广阔的、辽远的、繁复的、简意的，它盘根交错，又悠然自得。中华五千年文明史，也是文字组合表意史。比如，每当看到“卜”字，就会想到流传千百年的龟甲占卜术——用一根烧红的木棍灼烧龟甲，龟甲受到高温而会开裂，再根据龟甲上的裂纹与斑点推测人事凶吉。试想龟甲被火灼烧，开裂的那刻发出了“卜”的一声，卜，音和义都有了。中国汉字集音、形、义于一体，有视觉，有听觉，有意义。古往今来的骚人墨客，正是巧妙地利用了汉字的特点，创作了数不胜数的形象生动、高雅益智的文学作品，这也是汉字和中国文学与其他各国文字和文学相比较所独有的神奇魅力吧。

汉字的起源有多种说法，其中最广为流传的则是仓颉造字。仓颉，“龙颜四目，生有睿德”，相传为中国原始社会后期黄帝的左史官，仓颉仰观奎星环曲走势，俯看龟背纹理、鸟兽爪痕、山川形貌和手掌指纹，从中受到启迪，根据事物形状创造了象形文字。这是汉字的最早模样。在几千年的岁月长河中，汉字早已发生变化，但仍然能从一些字形里分辨出最初的意象。

中国文学作品讲究的是“气”“风”“神”“韵”“味”，很难用西方理论说透。这种可意会而不可言达的东西，越细分似乎越不得要领。反思的结果，最终还是要回归到文字上来、思维上来，回到表音与表意文字基本属性的差异上来。

在近来的学科划分中，汉字研究当属语言学，抒情叙事属于文学，它们处于不同的学科分类。可是在古时候，文字学和文学并没有分得如此清楚：四言诗、五言诗、七言诗都是从文字说的；“古文经学”“今文经学”也是以文字相区分。这是到了20世纪，我们才将语文分成语言学与文学两大学科，越分越细，又越分越远。当然，细分的结果是二者相互边缘化。然而，我们的思维仍然凝聚于汉字的结构里，汉文学特有的魅力来自神秘的汉字。若不将文字学和文学撮合在一起，很多问题无法从根本上得到解决，不可能有完全脱离了汉字意义的文学。

汉字从某个角度上也诠释着中国。换个角度来看，中国几千年的发展造就了汉语言文字，同时其自身的文学也受到了相应的影响，两者相辅相成、相互呼应，已经形成了难以分割的整体。

全世界有几千种语言有文字，而汉字是使用时间最久、使用空间最广、使用人数最多的文字之一，据说联合国六种文字的官方文件中，最薄的一本是汉语，可见汉语的精确性。文学的基础是汉字，汉字是文学的表达形式，它们从无到有，从少到多，通过表意组合，已经浩如烟海。外国学者研究中国文学是无法跳过中国汉字的，首先得从汉字开始，认识汉字的音、形、义，才能理解汉语文学的气、风、神、韵、味。

作为一个写作者，我常常感叹自己使用的是汉语写作。写着写着，常为面前这一个个方块字而动情，无数种奇妙的组合，便有了无穷无尽的变化，它们如诗，如谜，或挺拔如峰，或清亮如溪，或浩瀚似海。除了生发出遣使汉字的快乐，甚至在语义之外，寻求汉字对人类思维和感官的想象力。

有意思的是，去年我卖掉城里房子搬到乡下，准确地说，是乡下的一个商品房住宅区。一天，我从城里打车回村，司机多走了一百米，我下车往回走，这才发现村口有个巨大的石碑，碑上刻有“造字鼻祖，仓颉故里”。而这里是扬州，仓颉故里在河南，明知此处的“故里”是个冒牌货，但仍然令我感到惊喜——至少与仓颉牵强附会地沾上一点边吧。从此我便自称“仓颉村民”。我在仓颉村无须从鸟兽爪痕、山川形貌中创造文字，却在浩渺的汉字世界里，成为一个收集词语的人。

从“文学出海”到“抗翻译写作”

王威廉

王威廉，文学博士，中山大学中文系副教授、创意写作教研室主任，广州市作家协会副主席。出版小说《野未来》《内脸》《非法入住》《听盐生长的声音》《倒立生活》等，文论随笔集《无法游牧的悲伤》等。部分作品被译为英语、韩语、日语、意大利语、匈牙利语等文字在海外出版。曾获首届“紫金·人民文学之星”文学奖、十月文学奖、花城文学奖、茅盾文学新人奖、华语科幻文学大赛金奖、中华优秀出版物奖等文学奖项。

我刚刚写作的时候，尽管不同国度的文学作品跟中国作家前辈一道构成了我的文学视野，但从未想到自己的作品有一天会被翻译成中文以外的语言。

2015 年，花城出版社推出了我的小说集《听盐生长的声音》，诗人、评论家杨庆祥找到我，说他正在编一本中国“80 后”的短篇小说选，要在美国翻译出版，他打算收入短篇小说《听盐生长的声音》。第二年，这本小说选顺利面世，《听盐生长的声音》也成为全书的书名。它有两个版本，一个是外语教学与研究出版社出版的双语版，另一本是美国夏威夷大学出版社的纯英文版本。虽然我也学了好多年英语，但我依然没有把握这译文究竟好不好，我心里也在琢磨：它对我作品的呈现究竟在一个怎样的水平上？很快，我去天津滨海参加一个国际写作营，认识了美国作家乔纳森，我把译文拿给他看，乔纳森告诉我翻译得非常好，他对这篇小说的评价也蛮高。这让我感到欣喜。

没多久，又传来好消息，花城出版社的责编文珍老师说一家韩国出版社购买了这本书的版权，于是我认识了我的韩国翻译家金宅圭老师。金老师在一篇讲座稿里面专门提到他是如何发现这本书的。他说来中国逛书展，随意拿起这本书翻看了一下，却被吸引了，他决定在韩国翻译出版这本书。书海茫茫，参观过书展的人都被那无尽的图书震撼过，在其中遇见一本自己喜欢的书是带有很大偶然性的，我相信，是某种跨越语言和国家的相似的文学气质，把我和金老师连接在了一起。

2018 年，这本书由韩国首尔的文坛出版社推出，并改名为《书鱼》，也是小说集中另一篇小说的题目。金老师在邮件中说，目前在韩国年轻人中间特别流行猫的形象，书的封面便是一只黑色的小猫在抓鱼。那年特别幸运的是，我跟随中国作家协会主席铁凝老师以及著名作家苏童、邱华栋、雷平阳、徐坤等老师出访韩国，参加在首尔举办的中朝日东亚文学论坛，由此在该书刚刚出版的鲜活时刻见到了金宅圭老师。他带着我去《朝鲜日报》做了一个专访，这也让我得以从一种更加内在的视角来观察韩国的文化机制。

那天晚上，我跟金老师还有文坛出版社的姜代表等共进晚餐。他们先是请我吃了一顿韩餐，热情洋溢地向我推荐了人参鸡，确实很好吃。我们聊了很多话题，我说起对韩国电影的喜爱，尤其是金基德、李沧东等导演作品。姜代表若有所思地说：“我大概知道你的爱好了。”我不确定他有没有真的知道我的爱好，但是那一刻我们的心是很近的，仿佛我们可以不通过金老师的翻译也能够直接交流。韩国人的热情让我印象深刻，这顿饭刚刚结束，他们又拉着我去吃第二场。我一下子猝不及防，赶紧推辞，但他们说不行，一定要去尝尝正宗的韩国炸鸡。没办法，又跟他们吃韩国炸鸡，确实很美味，可肚子也相当饱。现在回想起来，那真是一个愉快的夜晚。

金宅圭老师第二年来中国，跟韩国另外一位出版人赵先生一起到广州看我，我带着他们坐在珠江的游船上欣赏两岸灯火璀璨的夜景，大家吹着风，聊着天，那位出版人聊着聊着太累了，竟然在船上打起盹睡着了。但金老师一直神采奕奕，他的中文非常好，我们之间交流没有任何障碍，但我记得当时我们的话题就弥漫着些许的无奈与伤感。那是疫情前的时光。仅仅几个月后，新冠病毒便肆虐全球，这种紧密的联系暂时中断了。而且，一断就是三年。在这期间我跟金老师偶尔有邮件来往，他每天还是雷打不动地去咖啡馆工作。

小说集《书鱼》在韩国取得了不错的反响，金老师经常会发来一些反馈。有著名主持人朗诵作品，也有很多不知名的年轻人在网上贴出他们的阅读感受。在他们的印象中，中国只有莫言、余华等作家，作品也大体以乡村为主，所以对我这个晚辈所写的当下中国故事感觉新奇。2019 年，在朴宰雨教授的主持下，韩国外国语大学召开了《书鱼》的研讨会。次年，我收到了韩国外大沈叡禛同学寄来的硕士论文《王威廉中短篇小说研究》，幸亏文末附有一个中文摘要，我才大概知道她是如何理解我的小说的。原本这一年在首尔举办的国际文学节也要邀请我再访韩国，可惜因为疫情改为了线上。

2021 年，我在中信出版社出版了小说集《野未来》，这是一本在现实层面上略带科幻色彩的小说作品，探讨了人类在目前高科技语境下的一种生存状态。这本书的出版也得到了不少海外翻译家的兴趣。其中，意大利翻译家、作家费沃里·皮克跟我签署了翻译出版协议。她的中文名叫雪莲，雪莲老师此前在广东省作家协会组织的广东作家作品的翻译中，曾经翻译过我的中篇小说《第二人》，她很喜欢这个不乏恐怖色彩的小说，她还推荐这篇小说参加意大利的一个图书节。2023年初，她翻译完成并在意大利花达西亚出版社推出。因为“野”字如果直译为“野蛮或狂野”会失去这个字的丰富内涵，于是，我们商定将小说集的名字改为《行星与记忆》。迄今半年时间，作品也得到了意大利作家和评论家的一些反响。作家劳拉· 西亚莱撰写书评道：“不要把《行星与记忆》看成是一本‘反乌托邦’小说，因为作者是个深邃的行家，他巧妙地将人性的转变追溯到人类与这个智能时代的‘新关系’。他没有忽视人类关系的多样性，而是充分反映了人类和其他存在的变化状态。这就是本书的独创性所在：以文学的方式为人类世界提供了新的价值。”

以上就是我在海外出版单行本的故事。此外，我还有一些单篇作品被译介到海外。上文提到的《听盐生长的声音》在日本翻译出版后，名字变成了简单的『盐の花』。在英国剑桥出版社推出的中国小说选《这个城市属于我》中选择了我的短篇小说《父亲的报复》。这本书的目录上显示我的名字为 William Wang，在内文里边又用了 Wang Weilian，这也许意味着我的名字给他们也造成了一点点困扰。我的名字是祖父借用《官箴》中的“公生明，廉生威”所起，所以我觉得后者更符合实际情况。

在俄罗斯翻译出版的中国广东作家小说选《世道》也选译了我的中篇小说《第二人》。翻译家罗季奥诺夫是俄罗斯圣彼得堡大学东亚系的教授，曾带着他的夫人以及两个可爱的女儿来广州。他的俩女儿身材很纤细，一看就是跳芭蕾舞的好苗子。我们在广州市图书馆一起举办了新书发布会。可我拿到《世道》的样书，连我的名字都找不到。罗教授说俄文书的目录在最后，我翻到最后还是没看到我的名字。我按照惯性在找 W 开头的名字。罗教授的指头落在了字母“B”上，说这个字母在俄文中发“V”的音。这再次让我想到，我的名字翻译成什么样都不重要了，它完全就是个符号。

《第二人》还被翻译成了匈牙利文。2019 年初，我到匈牙利布达佩斯探望好友余泽民先生，他是优秀的作家和翻译家，长期致力于将匈牙利的优秀文学作品翻译到中国。余老师带着我去拜访匈中友好协会主席克拉拉老师，她也是《第二人》的翻译者。在克拉拉老师家，我看到了贾平凹等中国著名作家的书画作品，觉得特别亲切。

我的海外翻译作品并不算多，今年（2023 年）9 月 4 日到 8 日在南京召开的“汉学家文学翻译国际研讨会”的主办方嘱我写一些自己在这方面的经历，我不得不从命，但其实是很惭愧的。不过，我回忆起这些事情的时候觉得很温暖也很有意义。我深深觉得自己的作品拥有国界线以外的读者是非常重要的，那些遥远的想象中的读者给我提供了一个更加开阔的写作语境。我们的写作不能仅仅是在简体中文的语境中写作，因为我们的生活是真真切切处在一个全球化时代的历史进程当中。文学可以超越具体语言、超越单个民族、超越特殊文化，但文学又携带着具体语言、单个民族与特殊文化的深刻烙印。它的奇妙之处就在于这种悖论。它可以带着藩篱又跨越藩篱，让人们理解人类文明是独特与普遍的共生。

因此，我很早就提出在今天写作要有一种“抗翻译写作”的意识，就是说我们的文学作品要经得起翻译的检验。美国诗人弗罗斯特曾经有个很极端的说法：“诗歌就是翻译中丢失的部分。”但是，每一个写作者深知，我们受惠于异文化的灵感有时大过本地文化，因为文化的差异往往能带来新的生机。比如庞德的意象派诗歌就得益于中国的古诗，而中国先锋派文学则得益于许多拉美作家作品。用比较文学去仔细研究，会发现这种跨文化借鉴中有着大量的误读。但这并不重要，重要的是创造。正读还是误读，在文学和艺术的疆域上有另外的评判标准，那就是创造才是第一位的。

从历史的发展来看，我们今天越来越共享同一套文化背景，因而修辞意义上的翻译损耗越来越小，这也是 AI 智能翻译越来越准确的原因之一。“抗翻译写作”不是抵抗文学被翻译，而是取“抗”字的“对等、匹敌”的意思。这并非要取消写作的地方特色，而是逼迫着我们的写作要更加言之有物，去除很多华而不实的花招。

比如说方言写作的问题，方言是非常重要的写作资源，但假如只是在一句话里面添加几个语气助词，让它显得更像是某个地方的方言，虽然也是生动的，但并不是最重要的。这些语气助词一旦在一个更大的范围内来审视的话，它的意义是非常稀薄的，甚至是接近于“0”的。没了花架子，作品中的故事与思想便暴露无遗。那么只有找到关键性的东西，才能让方言迸发出精神的火花。比如韩少功先生的小说《马桥词典》写了马桥这个地方的很多方言俚语，原本是最难翻译的，但是他所要表达的是地方文化跟国家文化碰撞的过程当中，人们在生存语境中词语所产生的变化，这是对人的存在的一种触及与审视。所以，《马桥词典》被翻译成不同的语言之后，并不影响小说的精神和思想的内核，一样能够得到很高的评价。

目前的世界状态并不安静，堪称暗潮汹涌，各种极端言论兴起，甚至俄乌还处于战争状态，但我们还是要面对人类的普遍问题。我们只有通过文学，我们才会真正相信历史大势所具备的那种宽厚和深邃的容纳能力。写作可以帮助我们超越这一时一地的具体语境，从而在一个更有共识和共情的心灵层面上对话。这是文学在这个时代的责任所在，也是我通过写作所意识到的一种精神启蒙。文学翻译、传播与交流对话则让这种精神启蒙变成一种真正的文化实践，让所有被文学光芒所照亮的人们感受到更加恒定与温暖的希望。

向“后”看齐

徐则臣

徐则臣，江苏东海人，毕业于北京大学中文系，现为《人民文学》杂志副主编。著有长篇小说《北上》《耶路撒冷》《王城如海》，小说集《跑步穿过中关村》《如果大雪封门》《北京西郊故事集》等。曾获鲁迅文学奖、老舍文学奖、中国好书奖等。2019 年长篇小说《北上》获第十届茅盾文学奖。部分作品被译为英语、法语、德语、意大利语等 20 种文字出版。

前些年，我在绍兴参加过一个文学论坛，主题是“中国文脉与当下写作”。到了青年作家与批评家、学者、教授对话环节，教授们谈中国文脉都是源远流长，诗经、楚辞以降，直到陶渊明、李白、杜甫、苏东坡、曹雪芹、蒲松龄、鲁迅，他们语重心长，希望青年作家们能在这条延长线上写作。轮到青年作家们发言，谈起自己的文学万神殿和心目中的经典，竟无例外，殿堂里端坐的全是欧美 20 世纪以来的著名作家，各自的经典名单也高度趋同，无非是《包法利夫人》《尤利西斯》以来的西方现代小说经典。我厕身青年作家之间，在那场对话中没有发言，但我的文学大神和经典名录，与他们大同小异。显而易见，对话不在一个频道上，于是有识之士便提起1998年时，南京作家韩东、朱文他们搞的“断裂”事件，那时候他们也都是一群30多岁的青年作家，认为自己的写作跟传统和前辈作家有一个断裂，他们是“喝狼奶长大的”。狼奶是什么？就是欧美的文学经典。十几年过去，又有新的一拨“喝狼奶”的年轻人在鲁迅先生的故乡“数典忘祖”。

会后我和一位学者交流。我真诚地告诉他，同龄的作家们在历数偶像与经典时同样真诚，对我们来说，欧美20世纪以来的经典作家和作品的确塑造了我们对现代小说的认知，他们也的确给我们提供了可供处理当下现实的叙事资源和方法论。工欲善其事，必先利其器。一句话：他们给我们提供了最称手的工具。

此后我经常想起这次论坛，一来梳理我从西方经典作家和作品汲取的养分，二来不断地反问自己：非如此不可吗？我的意思是，这“狼奶”必须一直喝下去吗？倘若换了“母乳”呢？照理说，对自家的身体，“母乳”应该更有营养。就这么时常想起，也止于时常想起。

这两年在日常表达和写作中，我常有外人察觉不到的窘迫横扫心头，总觉得话都被人说过了，出口即是陈言，下笔也越发艰难，写下的每个字似乎都是旧的。语言之庸常寡淡得几乎让我不堪忍受。在我的语言池塘里，扑腾来扑腾去都是这一潭浑浊的死水。问渠那得清如许？为有源头活水来。对现代汉语来说，源头在哪儿，活水就在哪儿。那么源头在哪儿？毋庸置疑，在文言。当那些语言的精华经由解析逐渐融入当下的日常生活，就像盐溶于水，一种新鲜的、活泛的、独特和有弹性的现代汉语才可能生长出来。为求陈言之务去，我开始大规模地增加古典文学的阅读。

那里面都是“旧”的东西。其实再年轻一点的时候，我喜欢新潮和现代。衣服必须利落，西装配领带，最不济也得一身运动服；房子要在半空，西北有高楼，窗明几净的那种，抬头看见玻璃幕墙闪着尖锐的光，那最好；喝的，咖啡最宜人，不济也得是可乐，喝茶太麻烦，尤其功夫茶，那几乎是闲来无事的老同志才干的腐朽排场；音乐要西洋的才够范儿，看话剧、歌剧、舞剧，不懂也得硬看，受不了京剧、越剧和昆曲，一句话咿咿呀呀要唱上五分钟，还有那花红柳绿繁复的戏装，一个字，土；到了国外坚决不吃中餐，明知道伏特加被茅台甩了几千公里，还是捏着鼻子喝那锋利陡峭的俄罗斯二锅头。我不认为此类薄此后彼是年轻时的虚荣心在作祟，我也并非完全信服所谓的新潮与现代，亲近它们，一定程度上是基于对自身传统的某种拒斥。这种拒斥，既有对传统文化和生活中平庸陈腐的那部分的由衷反抗，也有语焉不详的心理预设，由此常常“株连”了无辜。

加速度奔向40岁时，突然某一天发现自己变了。音乐收藏夹里存下的，竟然大半是传统器乐和戏曲，一首二胡曲《江河水》和随便一折黄梅戏，我可以单曲循环听上一天。对住处的高度期待开始慢慢接近地平线，直到有一天逛进一座四合院，看见人家每一间平房都流口水。啊，还有独立的大院子！我背着手站在门楼前左观右瞧，发现自己身体里原来还住着一个老地主。饮食不用说了，早几年写作总用咖啡顶着，胃喝出了问题，可乐也甜得发腻，离它越来越远，五斗橱上慢慢积累了红茶、绿茶、普洱和肉桂，一壶下来，身心妥帖。出国开始找中餐馆，被人笑话也在所不惜，出门在外，对肠胃必须忠诚。衣服也想开了，西装当然不拒，但私下里还真偷偷想过，要是穿上件唐装或者长袍马褂，会不会更像自己呢。总之，在变，一丝一毫地在变，一寸一寸地在变，顺其自然、水到渠成地在变。从内在的情绪和理趣，到外在的形式，当我意识到在变时，已经跟过去的自己相去甚远。

大约正是因为日常生活之变，才有了写作之变；或者说，正是基于日常生活之变，我才更深刻地意识到文学之变的紧迫与切要。

从长篇小说《耶路撒冷》开始，我在小说中越来越多地涉及历史。《耶路撒冷》写到半个世纪前，到《北上》，故事必须从一百年前讲起，自然而然地就把笔伸到了过去。“过去”不单单是一个个遥远的时间点，它是全套的历史，是全方位的过往的生活。它关系到你如何看待祖先们的生死哀乐、困惑与疑难，如何看取时光中一代代人、一茬茬的事；你知道，他们正迎面向你走来，然后走成了你，走成了你的生活。

——亲近历史的举动，说到底源于你探寻自我的冲动：你想知道你是谁，从哪里来，要到哪里去。一个完整的个体，仅靠当下是无法自证的，必须有足够漫长的历史贯通了，你才行。1994 年诺贝尔文学奖得主、日本作家大江健三郎说（大意）：一个作家，人到四十，你就会产生面对历史的冲动，在写作中实现你的寻根问祖。我悚然一惊。那时候我正在越过半个世纪往一百年前写。

也就是说，一个人终究摆脱不了历史，个人的、家族的、民族的、国家的。你摆脱不了那些实实在在的事，你也摆脱不了那些看似缥缈实则确切、看似抽象实则具体的文化与气息。那么一个作家，你也终究要与你的文化传统对接，你要续上你的文脉。

但说真话，这几年逐渐增多的古典文学阅读，首先是气息的融洽。过去我也读，对喜欢的作家诗人作品甚至翻来覆去读，《史记》、古诗十九首、《红楼梦》《聊斋志异》，李白、杜甫、陶渊明、苏东坡、黄仲则、龚自珍，但偏食。现在放开来读，突然发现胃口好了，什么佶屈聱牙的句子都吞得下去了，见了竖排的繁体字虽不至像见了亲戚，起码化敌为友了。自自然然就接受了，甚而甘之如饴，对自己抱着竖排经卷的形象还挺满意，莫名地觉得有那么一点可以骄傲的范儿了。我深知自己正在跟某种早该亲近的东西达成了和解。我享受这种融洽与和谐。当然，在理性上，我更清楚这种亲近与抵达的重要性，也因此不断提醒自己，勤奋点，再勤奋点。我希望能从祖先的遗产中找到点石成金的要诀。

不必讳言，很多年里中国的文学在世界上都很边缘，为了多快好省地“走出去”，我们不得不最大限度地追求一个公约数，因为只有通约，才使交流和接受成为可能。为求一个最大公约数，我们有些创作免不了削足适履，有意无意地迎合欧美式的“东方想象”和“中国想象”。我们努力创作出他们一眼就懂的作品。我们忽略了一个问题：他们是他们，我们是我们，固然通约方使双方交流成为可能，但交流的必要性在哪里？

交流之必要，正因为通约的同时我们存在着更大的差异。差异性才使得交流成为必要。中国文学要真正成为世界文学不可或缺的一部分，在无限趋同的全球化的今天，差异性可能比通约性更为重要。我们必须保证我们是我们，而不是他们。如何保证？我们又何以成为自己？因为我们现在是这个样子，还因为我们原来是那个样子，独一无二的“那个样子”，从根本上造就了现在的“这个样子”。那么，“那个样子”究竟是什么“样子”，“那个样子”如何成就了“这个样子”，又如何从“那个样子”中汲取有效且充分的营养，以实现一个更完善更独特的“这个样子”，在我看来，这大约是当下文学创作中亟须面对的问题。

这就涉及传统文化和文学资源的现代性转化。现代性是个舶来品，毋庸讳言，在中国传统文化和文学中这一特质相对稀缺。在古典文学作品中，我们有全世界最磅礴浩大的世俗生活，也有全世界最繁盛的烟火人生，红尘滚滚、活色生香、善恶美丑、喜怒哀乐，三千大世界，十万小世界，一应俱全，但对于一个现代人在现代社会如何自处、自洽，如何质疑、反思，寻找到一条“向上”的路，确实无法提供足够的、可资借鉴的样板与路径。这大约就是作家们舍“母乳”而汲“狼奶”的原因，也是很多学者和作家多年来孜孜以寻找借鉴与转化之道的原因。前者如台湾学者林毓生的理论著作《中国传统的创造性转化》，后者如作家莫言和格非与传统文学资源对接的创作实践。“狼奶”固然营养，可堪茁壮身心，长此以往怕免不了要南辕北辙，让我们距离“自己”越来越远。究其根本，不明来路，何谈去程。

文学和文化关乎精神、关乎内心，关乎人之为“人”、我之为“我”。亚里士多德所谓“是其所是”是也。文化与文学之血脉谓之文脉，我们源远流长的那根型号匹配的血管在哪里?

——转身，向“后”看齐。

这当然是一个逆行以寻根问祖的艰难旅程，这也更是一个点石成金、化腐朽为神奇的巨大工程。仅靠一人、数人之力办不到，它要循序渐进，群策群力，需要理论研究和创作实践精诚合作、左右开弓，需要保有与传统握手言和之冲动和愿望的人协同努力，一茬茬人，一代代人，多多益善。

关于文学交流与城市发展的几点思考

姚建彬

姚建彬，文学博士，北京师范大学文学院教授、博士生导师，研究领域包括中西比较文学、欧美文学、西方马克思主义、乌托邦文学、乌托邦思想史、中国文学海外传播研究等。曾担任北京师范大学文学院副院长（2010—2016）、美国塔夫茨大学孔子学院首任中方院长（2016—2019）。现任北京师范大学文理学院中文系主任、中国文学海外传播研究中心主任等职。主编并出版《中国文学海外发展报告（2018）》《中国当代文学海外传播研究》等学术著作。

各位专家、各位同道：

非常感谢中国作家协会外联部邀请我来南京参加这次盛会，让我有机会向大家学习，同大家交流。特别感谢江苏省作协、南京市作协为承办此次会议所做的精心准备，使得我们能够在这样一个优雅乃至奢华的环境中，就“中国文学国际传播”这一重要议题展开交流与对话，聆听来自 24 个国家的 32 位汉学家和 40 余位国内知名作家，围绕“让世界了解中国文学”这一重要课题展开多层次、多角度的探讨与谋划。

十三年来，我的一部分研究兴趣聚焦于中国文学的海外传播，我既关注本领域的理论探索，也对本领域的实践活动保持了解的兴趣。十三年来，我围绕中国文学海外传播研究相关问题，先后发表了十多篇文章，主编并且出版了《中国当代文学海外传播研究》《中国文学海外发展报告（2018）》等学术著作。令人高兴的是，我和我的团队所做的这些工作，得到了学界和业界的关注与鼓励。我也有幸多次参与中国文学走出去相关项目的评审或成果鉴定。我在获邀来参加这次会议时，本来准备围绕中国文学海外传播研究的理论探索提交一篇文章。但是，一个多星期前，我看到会议日程初稿上把我安排在了“文学交流与城市发展”这个讨论组。于是，我临时做了调整，努力围绕这个分议题来谈谈自己一些不成熟的思考。

从人类文明史、文化史的发展演变来看，无论中外，城市的萌芽、兴衰同文学的发展演变都存在着千丝万缕的联系。国内外学界已经围绕这项既有趣味又价值颇大的课题做了不少研究。但是，相较而言，文学交流与城市的发展之间的关系，则不那么受关注，也没有得到足够的研究。之所以如此，完全不是因为这个课题不重要，而是因其价值还在不断凸显的过程中。换句话说，文学交流与城市发展的关系，是一个有待重新召唤的重要命题。我想从以下三个方面来谈谈自己一些粗浅的认识和理解，以此来向大家请教。

首先，我们需要明确，我们是针对什么样的城市来讨论其文学交流与其发展之间的关系。换句话说，城市的发展与文学交流的关系二者之间的关系，既不是不证自明的，也不是凝固不变的。对不同城市的发展来说，文学交流具有不同的内涵和价值。对城市的划分，可以有不同的标准。如果标准不同，那么所获得的分类结果就存在区别。比如，在中国，我们往往会按照城市的行政功能、地理空间、建设规模、人口规模、就业环境、收入及消费水平、GDP 总量、交通运输条件、文化设施、教育资源和教育水平、人均可获得的公园及绿地面积、宜居程度等许多参考要素来划分成不同层级的城市。如果按照行政功能来划分，就有首都、直辖市、省会、地级市、县级市、乡镇及街道这样的序列。不过，在日常交往中，我们现在用得最多的恐怕是超大规模城市、一线城市[①]、二线城市[②]、三线城市[③]、四线城市、五线城市……以至无线城市这样的分级分类概念。

按照我国以往的城市排名，这次会议的举办地南京市，无疑属于二线城市。但是，最晚从 2013 年以来，出现了“新一线城市”的评选[④]，南京当仁不让地入选其中。作为东部地区重要的中心城市、全国重要的科研教育基地和综合交通枢纽、长江三角洲的特大城市和辐射带动中西部地区发展的重要门户城市、首批国家历史文化名城和全国重点风景旅游城市，南京当选“新一线城市”，当然是实至名归的美好事件。

大家都知道，历史上的金陵、建业、建康、秦淮、石头城、秣陵、白下、应天、江宁、天京等等都是指今天的南京。2019 年 10 月 31 日，南京入选联合国教科文组织“创意城市网络”，成为中国首个世界“文学之都”。这一荣誉称号，赋予了南京独特的内涵和魅力，“文都”的雅誉不胫而走。

如果从具有世界性影响的标准来看，海外可以比肩中国一线城市的，大家很快能够想到的城市名单可能是法国的巴黎、美国的纽约、英国的伦敦、巴西的圣保罗、匈牙利的布达佩斯、德国的柏林、俄罗斯的莫斯科、西班牙的马德里、葡萄牙的里斯本、意大利的罗马、丹

---

① 在我国一般指北（京）、上（海）、广（州）、深（圳）这几大城市。

② 二线城市（Second-tier City），在我国指发展较为活跃的省会城市、东部地区的经济强市或经济发达地区的区域性中心城市。

③ 三线城市（Third-tier City），是根据我国城市建成区规模、城市人口数量、经济发展水平和 GDP 总量等多个指标综合评估的具有战略意义、经济较发达、经济总量较大的大中城市。

④ 这是《财经周刊》根据商业资源集聚度、城市枢纽性、城市人活跃度、生活方式多样性和未来可塑性指标综合评比后划分的名单。

麦的哥本哈根、阿根廷的布宜诺斯艾利斯、澳大利亚的悉尼、加拿大的多伦多，以及新加坡这个独特的城市与国家一体的地方等等。

从国内、国外来看，或许大多数人都会同意，由于超大规模城市、一线城市和世界级都市，在文学交流中扮演着其他层级的城市无可替代的引领功能，因而对这些城市的发展来说，其文学交流就天然地具有世界性的要求，而其他层级的城市，则不必刻意凸显并追求其文学交流的国际性、世界性。需要特别说明的是，我之所以提出这样的主张，绝没有任何歧视其他城市的色彩，只不过是从方便理解、方便讨论的角度而做出的一种权宜划分。

其次，我想谈谈文学交流的具体内涵。从本次大会的议题来看，我们显然不是要讨论一个城市内部的文学交流，而是这个城市与国际视域中的同一水平、同一层次的城市之间的跨语言、跨文化、跨时空的文学交流。不同的城市，尤其是一线及以上的城市，所具有的文学传统、文学资源并不是一样的。我国的一线城市，都是既具有悠久的城市文学发展历史，也有丰富而厚重的文学传统。如果从城市的文学史和文学传统这两方面来衡量，上文提到的世界多个超大及一线城市，也不遑多让。与此同时，我也注意到，美国的纽约、巴西的圣保罗、新加坡，以及中国的深圳和香港，相比前面提到的其他城市，各自的城市文学发展历史要明显短暂，文学传统还谈不上足够厚重。但即便如此，把这些城市放在整个世界范围内考察，其文学史、文学传统、文学资源已经是相当可观的了。在此前提下，我觉得有必要进一步阐明文学交流的内涵，从而有助于更好地认识、理解和处理文学交流同城市发展之间的关系。

如果按照年代标准，可以大致将一个城市的文学分为古代的、现代的和当代的；如果以文体为标准，可以把一个城市的文学划分为小说、诗歌、戏剧、散文等；如果按照等级标准，那么大体上可以把一个城市的文学划分为高级文学和低级文学；如果以审美趣味为标准，那么大体上可以把一个城市的文学划分为高雅文学和通俗文学；如果以创作主体为标准，还可以把一个城市的文学划分为文人文学和市民文学。[①] 毫无疑问，对于城市发展来说，不同类别的文学，都可以成为文学交流的载体和有机组成部分。但是，从城市发展的需要以及文学交流的意义和价值来说，则需要对文学交流进行有意识的分类引导与推动。

放眼国际，我们不难发现，最为活跃、最受人关注的文学交流，主要是指当代文学的交流。这主要是由三方面原因所决定的。第一，当代文学是各个超级城市与一线城市的文学创作与批评、文学生活最重要的组成部分。这个基本事实，决定了当代文学必然成为当代城市发展的文学交流中最为活跃、最为重要、最为抢眼的组成部分。第二，当代文学天然地具有跨语言、跨文化、跨时空交流的特质。这是因为自近代以来，全球文学观念明显地受到欧美主要文学大国的影响或者说宰制。特别值得注意的是，自西方现代主义文学各种流派兴起以来，非欧美区域的文学总体上都受到了西方现代主义文学思潮、文学观念、文学手法、文学趣味的影响。世界文学的这种发展趋势，目前似乎并没有出现明显的转折。这一方面促进了各国、各民族文学之间进行交流、对话、沟通的可能性，另一方面也框定了不同城市之间的文学交流的基本面貌和走向。第三，当代世界文学的创作者中有不少作家、诗人是在世的、活生生的个体，是有血有肉的独立生命。他们的在世生存，为城市间的文学交流提供了无可替代的便利和背书。

需要指出的是，古代文学始终都是城市间文学交流的奠基石，这是我们在讨论文学交流和城市发展时永远也不要忘记的基本前提。至于现代文学，则恰如其分地把古典文学和当代文学链接起来、交织起来，自觉地担当起城市间文学交流的中间者的角色。从这个意义上说，

---

① 按照一般的文学研究的理论和方法，还可以搬出创作主体的身份、性别，作品的题材、主题、风格等不同的标准来对城市的文学进行分类，从而会获得更多不同的分类结果。

正是由于古代文学、现代文学和当代文学的融汇、交织，互相依存、互为补充，才成就了城市发展中文学交流最鲜活、最美丽的图景。在这最美的文学交流图景中，高雅文学长期占据着中心位置①。与此同时，我们还应该注意，通俗文学、类型文学近年来在文学交流场域中日趋活跃②，从而构成了它与高雅文学、严肃文学争奇斗艳、各显神通的积极竞争态势，丰富了文学交流的内涵。

再次，在界定了文学交流的城市的层级和文学交流的内涵之后，就可以顺理成章地讨论文学交流对城市发展的作用了。对这个问题，有而且应该有各种各样的回答。对这个问题的回答，既取决于人们对文学交流本体的学理思考，也可能取决于回答者的职业、身份、教育背景、性别、年龄、文化基因，乃至立场等多种因素的差异。假如你是一个城市的首脑，也许你更愿意考虑的是你麾下这个城市的科学技术的发展、GDP 的增长、市场的繁荣等硬性的维度、刚性的指标，而很少可能是文学交流的热闹与虚空。假如你是一个有人文情怀、注重精神生活的人，甚至本身就是一个作家或诗人，你对文学交流所表现出的期盼与热情，以及你愿意为此而付出的时间和精力，都很有可能超出你周围对文学交流抱持漠然或者无所谓态度的人。

从一般的意义来说，文学交流是晚于城市而出现的。但是，作为城市发展的产物，文学交流对其发挥着无可替代的塑造和建构作用。文学交流固然是依赖城市的空间、文化底蕴、文学资源而得以出场和持续的；但是，在文学交流不断延展的过程中，它逐渐成为城市建构自己的主体性，彰显自己的气质、温度和灵魂的最有价值内涵的重要渠道和载体。

在以往的研究中，尤其是在有关城市发展史的研究方面，学界的

---

① 就是口语流行的“C 位”。

② 2014 年刮起的“麦旋风”，2015 年刘慈欣的《三体》第一部荣获美国科幻小说雨果奖的长篇小说奖，以及近年来中国网络文学的大规模出海，都是近在手边的明证。

眼光更多的是关注城市的居住功能、防卫功能、联络功能，而对于城市的文化、文学生产与交流功能的研究，则颇显不足。

从中外城市发展史和文学发展史来看，但凡一个城市的发展同这个城市的文学交流之间出现过双向决定、双向升华、双向丰富的关系，那么，这个城市鲜有不名闻遐迩而又在文学的世界中被赋予多重生命、多种光泽的。不必说唐都长安，也不必说东都洛阳，更不必说六朝古都南京，单单说诗词里的扬州，现代文学里的上海或北京，都是近在手边的例证。至于古希腊的雅典、亚历山大时代的亚历山大港、意大利的罗马、拜占庭时代的君士坦丁堡、歌德时代的魏玛、艾略特时代的伦敦、二战时期的巴黎、二战后的纽约、博尔赫斯时代的布宜诺斯艾利斯、泰戈尔时代的加尔各答，这些城市的熠熠夺目都是因为在其崛起和发展历程中，曾经与这个城市的文学交流之间出现过双向决定、双向升华、双向丰富的关系。

具体而言，文学交流对城市发展所具有的作用和价值，至少应该包括如下三个方面。第一，文学交流可以不断扩充一个城市的精神资源，并由此而丰富这个城市居民的精神生活和心灵世界。虽然就其本质而言，人是一切社会关系的总和，但是就人的在世生存而言，人毕竟是情感的动物，同时还是宇宙中唯一拥有精神生活的动物。作为书写和表达人类情感的重要载体的文学，天然地获得了跨语言、跨文化、跨地域的文学交流的护身符，从而为丰富城市读者的精神生活、心灵世界、情感世界提供了“源头活水”。第二，文学交流对城市的发展所具有的意义和价值往往是多元而复杂的。它既可以彰显一个城市的光明、美丽与富足，也能够暴露一个城市的丑陋、污秽和黑暗；它既可能让一个卑微的城市变得高大伟岸，也可能让一个贫瘠的城市变得富足丰裕。第三，文学交流对城市的发展除了有上述文化层面、精神层面的意义和价值外，还往往可能扮演为城市的发展牵线搭桥的角色，从而为参与交流的双边或多边城市，在经济、科技、商贸等领域开展交流与合作发挥敲边鼓、增内涵等作用。

文学交流与城市发展的关系是否密切，取决于城市自身的品格和内涵，也取决于城市自身可供支配的文学资源。一个可以引领一座城市文学交流的卓越作家，既决定着这个时代的文学高度，也决定着这个城市的内涵与魅力。说到这一点，我很难不想到歌德同魏玛的关系。在歌德担任枢密顾问的那个年代，所谓的魏玛公国，不过是个人口不足十万的城市。恩格斯在剖析歌德性格中的矛盾性时，曾经犀利地批评过歌德甘于担任魏玛的臣子。[①] 作为魏玛枢密顾问的歌德，在政治上的建树基本不见于后世的记载；但是，魏玛这个卑微的小城市，却因为歌德把它变成了那个时代欧洲各国文学交流的圣地而闻名遐迩，就如同伯尔尼有伏尔泰、绍兴和上海有鲁迅、斯特拉特福镇有莎士比亚、都柏林有乔伊斯、阿尔卡拉小镇有塞万提斯、阿德罗格有博尔赫斯、布拉格有卡夫卡、阿拉卡塔有马尔克斯、佛罗伦萨有但丁、加尔各答有泰戈尔、普希金镇有普希金……

在文明互鉴已经成为全球共识的今天，文学交流与城市的发展之间的关系不仅日趋密切，而且其价值和重要性也日趋上升。从这个意义上说，中国作协、江苏省委省政府、江苏省作协和南京市作协等部门着力将南京打造成为世界文学之都，这不仅是自觉地发掘、光大南

① 恩格斯在《诗歌和散文中的德国社会主义》中评价歌德：在他（指歌德——引者注）心中经常进行着天才诗人和法兰克福市议员的谨慎的儿子、可敬的魏玛的枢密顾问之间的斗争；前者厌恶周围环境的鄙俗气，而后者却不得不对这种鄙俗气妥协、迁就。因此，歌德有时非常伟大，有时极为渺小；有时是叛逆的、爱嘲笑的、鄙视世界的天才，有时则是谨小慎微、事事知足、胸襟狭隘的庸人。连歌德也无力战胜德国的鄙俗气；相反，倒是鄙俗气战胜了他；他的气质、他的精力、他的全部精神意向都把他推向现实生活，而他所接触的实际生活却是很可怜的。他的生活环境是他应该鄙视的，但是他又始终被困在这个他所能活动的唯一的生活环境里。歌德总是面临着这种进退维谷的境地，而且愈到晚年，这个伟大的诗人就愈是 de guerre lasse（疲于斗争），愈是向平庸的魏玛大臣让步。我们并不是责备他做过宫臣，而是嫌他在拿破仑清扫德国这个庞大的奥吉亚斯牛圈的时候，竟能郑重其事地替德意志的一个微不足道的小宫廷做些毫无意义的事情和寻找 menus plaisirs（小小的乐趣）。恩格斯特别申明："我们绝不是用道德的、党派的观点来责备歌德，而只是从美学和历史的观点责备他。"在恩格斯看来，"歌德在德国文学中的出现是由这个历史结构所安排好了的"。

京深厚丰富的文化内涵、悠久文脉的大手笔，而且是自觉站在时代潮头，为促进中外文明互鉴、推动中国文学海外传播、向国际社会讲好中国故事，塑造可爱、可亲、可敬的中国形象的积极作为。我相信，对南京这样一个富有文化底蕴和历史积淀的既古老又年轻、既宁静又活泼的城市来说，对这座“特别适合文学‘生长’的城市”来说，“她”一定会在中外作家、诗人、翻译家、汉学家的双向奔赴、情感共鸣、精神共振的关注、关爱和开掘下，成长为具有典范性、引领性的“文学之都”。

世界文学的时代

育　邦

育邦，著有《少年游》《潜行者》《附庸风雅》《从乔伊斯到马尔克斯》《吴敬梓》《忆故人》《伐桐》《止酒》等十多部作品。诗歌入选《新华文摘》《大学语文》及《扬子江文学评论》年度文学排行榜。曾获紫金山文学奖、三毛散文奖、扬子江诗学奖、诗刊社2021年度陈子昂诗歌奖等。入选“新世纪文学二十年·青年诗人20家”，为当代中国70后代表诗人之一。

众所周知，歌德最初提出的“世界文学”概念，他说“现在，民族文学已经不是十分重要，世界文学的时代已经来临，每个人都必须为加速这一时代而努力”。这是他的浪漫主义情怀的论断，充满了理想主义的色彩。而事实也证明了，随着文学传播在全世界范围内更为便捷、更为广泛，“世界文学”已成为人类对于全世界优秀文学作品的一个恰如其分的称呼。

世界文学的输入对于中国文学的发展产生至关重要的影响。我们都说，中国作家是喝“狼奶”长大的。在我们的阅读视野中，中国最好的作家都是阅读了大量的世界文学作品的。改革开放以来，大量的翻译作品为中国作家呈现了最为重要的文学精神和文学资源，为中国文学真正走向世界提供了最好的路径。

我觉得提“世界文学”这一概念，意味着寻求文学精神中的自由开放、兼容并蓄，包含着共享融合之意，并能在此基础上创造出更多可供全世界人们共同欣赏的文学杰作。

中国文学也是世界文学的一部分。庞德由于发现了中国古典诗歌资源，从而领导和推动了英美声势浩大的意象派诗歌运动，对 20 世纪西方诗歌界产生不可估量的影响。加里·斯奈德自谓，他的诗歌环境是“冷静、锋刃和有弹性的精英主义”，但是有一天他接触到中国的古典诗歌，并把诗僧寒山的诗歌翻译成英文，对他自己和英语世界的诗歌界都产生了巨大的影响。博尔赫斯也喜欢中国文学，他有一根来自中国的手杖，在《长城与书》《卡夫卡及其先驱》《交叉小径的花园》等作品中，随处弥漫着中国文学的气息，他挚爱中国的幻想文学《聊斋志异》。哦，可以把博尔赫斯看作“世界文学”的代言人，他的写作实践向我们展示世界文学与作者深刻的交互关系。

谈到世界文学与民族文学的关系，法国作家安德烈·纪德认为：“世界文学必定产生于民族文学；民族文学一定产生于地方文学。地方文学是民族文学的根源；民族文学又是世界文学的根源。”世界文学的源头当然是各种优秀的民族文学，但是民族文学需要贡献自己深刻的洞见与思想、独特的艺术形式，才可能成为人类共同的文学遗产。

虚无的巴别塔

张　楚

张楚，出版小说集《樱桃记》《七根孔雀羽毛》《夜是怎样黑下来的》《野象小姐》《中年妇女恋爱史》《过香河》等。现为天津市作家协会副主席、文学院院长。曾获鲁迅文学奖、郁达夫小说奖、茅盾文学新人奖、孙犁文学奖、林斤澜短篇小说奖、华语青年作家奖、《人民文学》短篇小说奖、《北京文学》奖、十月文学奖、《小说月报》百花奖、《作家》金短篇奖、《小说选刊》奖等。被《人民文学》和《南方文坛》评为"年度青年作家"。作品被译为英语、德语、西班牙语、意大利语、俄语、日语、韩语、阿拉伯语等多种文字发表。

我还记得，读到的第一本外国小说是玛格丽特·米切尔的《飘》，第二本是陀思妥耶夫斯基的《罪与罚》，第三本是卢梭的《忏悔录》。那时候还上高中，读也是昏黄台灯下囫囵吞枣地读，对斯嘉丽和瑞德的爱情、拉斯科尔尼科夫孱弱癫狂的灵魂和卢梭不幸的人生并没有太多的感悟。然而，一个小镇少年的确懵懂地领略到了无法言说的文学之美：那些活色生香的人们，不管是美的，还是庸常的；不管是高尚的，还是邪恶的，都在台灯熄灭的瞬间变成了屋顶上飘浮的影子。他们，那些被作家创造出来的奇特灵魂，让我久久不能入眠。

1994 年冬天，刚上大学没多久，我跟同学去海边。冬天的海边没有什么人，海鸥低飞，仿佛随时要被并不汹涌的灰色海浪淹没。海面上也没有什么船，只在海天一线处，浮动着若干黑色斑点，那肯定是出海捕捞的渔船。我们都很沉默，后来，坐着有轨电车回学校。铁道在黄昏中默默地伸向城市的深处，不晓得哪里是尽头。然后，在东北财经大学门外的那家小书亭，我一眼瞅见了那套《约翰·克利斯朵夫》。我之所以对这套书如此熟悉，是因为高考前半个月，我偷偷读完了借来的第一册，是安徽文艺出版社出版的，傅雷先生翻译，白色封面缀着些浅黄暗花。我至今还记得看到这套书时的感受：它瞬息就将我内心的晦暗、不安和忧闷一扫而光，宛如初春的狂风卷走了最后的冰雪……我当即买了一套，抱在怀里，怕雪霰打湿了封面。这时旁边的一位先生，推了推鼻子上的眼镜对我说，哎，这些书我早就不读了。他说话的语气有些疲惫，还有些小小的讥讽。我注视着他，不知道说些什么。回学校的路上，我将书藏在了夹克里面，我能感觉到自己的心脏在跳动，犹如鼓槌般轻轻击打着散发着墨香的书脊。等我在灯光下用香皂洗完的手指缓缓翻开洁白的扉页时，美妙的句子和段落淹没了我，然后，我消失了，消失在一个理想主义者跌宕起伏的人生旅途中。我现在还记得小说的结尾，弥留之际的克利斯朵夫到了彼岸，他问孩子："你究竟是谁呢?"孩子回答说："我是即将到来的日子。"

我疯狂地爱上了阅读。我学的专业是财务会计，但并不想日后当一名天天跟数字打交道的会计。我对自己的未来没有什么谋划，对文学书籍的热爱更像是一种自在的天性。那段时光，除了中国古典和当代文学，我还读了福克纳的《喧哗与骚动》，霍桑的《红字》，三岛由纪夫的《春雪》，米兰·昆德拉的《玩笑》《生命不能承受之轻》《生活在别处》《被背叛的遗嘱》，卡夫卡的《城堡》《审判》《变形记》，博尔赫斯的短篇小说，王尔德的《道林·格雷的画像》……或许可以说，外国现当代文学在某种程度上奠定了我对小说的审美，激发了我的小说创作热情。那时候我肆无忌惮地写着想象中的小说，幻想着它们能发表，也幻想着，有一天它们能变成外国的文字，让外国的读者看到。

我第一篇被翻译成外文的小说是短篇《曲别针》，收录在李敬泽先生编辑的《中国城市小说》英文版里，当我收到厚厚的样书时，不禁打开属于自己的那页——*The Paper Clips*。隔膜多年的英文让我在瞬间有种羞涩的感觉：会有多少外国读者读到它呢？他们会对这篇小说有如何的感受呢？……第二篇被翻译的小说是《骆驼到底有几个驼峰》，是韩文的，我还记得书是口袋书，里面还有一张光盘，据说是中韩双语，可以让韩国读者跟着学汉语……

后来，更多的小说被陆续译介成外文，我必须感谢《人民文学》外文版《路灯》，《草莓冰山》《野象小姐》《良宵》《苹果的香味》《曲别针》被我从未谋面的翻译们陆续译成德文、西班牙文、英文、韩文、意大利文等。2017 年，我受《人民文学》委托，带着 30 多本德文版《路灯》，只身去参加法兰克福书展。那是一次奇妙的旅程，一个只会说汉语的人，在一座陌生城市里穿梭，内心除了恐惧，更多的是幸福感——我见识了法兰克福书展的庞大宏伟，也见识了来自世界各地的读者们的疯狂——感觉比小时候去县城赶集还热闹。那几年，中国的网络阅读已经成为主流，但是欧洲的读者似乎更喜欢纸质书籍，那些排出去动辄五六百米等着买签名本小说的年轻人让我好奇，也让我感动。在书展上，我跟汉学家们就“古典文学和当代文学的关系”进行了探讨交流。当我把带来的《路灯》杂志放在阅览位置时，马上被观众一抢而光。当晚，我跟一帮汉学家在一家中餐馆吃饭，他们还得意地拿出了一瓶二锅头，说这是最难忘的酒，原来，他们在 20 世纪六七十年代，都曾在中国留过学。

翌日，李夏德教授邀请我到维也纳大学，为汉语系学生讲授我的短篇小说《草莓冰山》。教室里坐了六七十位学生，让我惊讶的是，坐在最前排的是两位老人：一位是 70 多岁的男士，花白胡须，西装革履；一位是银发女士，笑眯眯望着我。他们用简单的中文跟我交流，而我只能用复杂的汉语回答，李夏德教授再翻译成德语。《圣经·旧约·创世记》篇章记载，人类曾经联合起来，妄图兴建能够通往天堂的高塔。为了阻止人类的计划，上帝让人类开始说不同的语言，使他们相互之间不能畅通交流，巴别塔计划因此失败，人类从此各散东西。如今，这座塔已经在无形中建立，并不是所有的生灵都渴望与神明交流，毫无疑问的是，大部分的生灵都拥有渴望与他者沟通倾诉的欲望。授课后，当地诗人马丁邀请我去他家做客。打开门时，一个漂亮的小女孩用流利的汉语跟我打招呼。原来，马丁和妻子、孩子曾经在北京生活居住过十年。他的妻子知道我是《草莓冰山》的作者时，还跟我讨论起这篇小说。她说，这是一篇让人悲伤的小说。

随着作品被翻译，我陆陆续续参加了一些国际文学论坛。2016 年，我随中国代表团去匈牙利参加第一届中东欧—中国文学论坛，与 16 个中东欧国家的作家和文化官员进行文学交流，并做了题为“文学与新媒体技术”的演讲。2017 年 5 月，我参加了“中国·湄公河国家文学论坛”，与柬埔寨、老挝、缅甸、泰国、越南 5 国作家进行文学交流，并做了“我的创作源泉”的主题发言。2019 年 4 月，我参加了中日作家恳谈会，与日本众多知名作家围绕“传统与现代”等题目开展文学交流，并做了“现实与文学”的主题演讲。在中波建交 70 周年于华沙举办的《品读中国》系列文学活动上，我做了“我的创作”的主题演讲。

2019 年，我的小说集《野象小姐》被翻译成阿拉伯文。2020 年，罗马尼亚学者宝拉开始翻译我的小说《野象小姐》《良宵》和《在云落》。我们就里面的俗语、俚语进行过将近千条的微信语音交流。她是位特别认真负责的翻译，其中有一个问题让我至今难忘。《野象小姐》里，我曾经用金庸小说《倚天屠龙记》里“灭绝师太”做过比喻，形容人头发少。宝拉很认真地说，“灭绝师太”是道姑，不是尼姑，是有头发的。我言之凿凿地说，“灭绝师太”是尼姑。后来我去搜索了一下，网友众说纷纭，我也拿捏不准了。2020 年，这部小说在罗马尼亚出版，本来要去那边做交流活动，因为疫情原因不了了之，也是憾事。

写作 20 多年，只是一个人黑夜里默然赶路，我从不敢想，能够与他人达成如何的共鸣，更不敢奢望，那些国外的读者能够与我小说里的人物相遇。不过，如果真的相遇了，也挺好。翻译家们拆除了藩篱，让不同种族、不同民族、不同国度里灵魂切近的人相遇，感受彼此的呼吸与脉搏、灵魂的悸动与追寻，真是一件神奇、幸运的事。

坐标系或者微量元素

朱　辉

朱辉，江苏省作家协会副主席，《雨花》杂志主编。已发表长篇小说《我的表情》《白驹》《牛角梳》《天知道》《万川归》，出版小说集十余部。有《朱辉文集》（十卷）出版。曾获鲁迅文学奖、紫金山文学奖、汪曾祺文学奖、《作家》金短篇奖、高晓声文学奖、《小说选刊》年度小说奖、百花文学奖等。

每个汉语写作者，都读过外国文学作品，中学语文课本里都有。

我年少时读过的大部头的外国作品，主要是苏联的，如《钢铁是怎样炼成的》，高尔基的自传体三部曲——《童年》《在人间》《我的大学》，等等。《钢铁是怎样炼成的》特别令我着迷，看了很多遍。里面还有一段文字我印象深刻：“在黑暗中，他闻到了冬妮娅的发香，又似乎看到了她温情的双眼。”哪怕已经几十年没有再读，我至今仍然记得这段文字在哪一页。

阅读对一个人的写作影响深远，来自异域的文字更有特别的意义，它们可能是文学沃土里的微量元素。“文革”结束后，父亲去新华书店买来了《羊脂球》等好几本小 32 开的书，我看得惊心动魄。我知道了妓女也是人，是可怜人，还可能是更高尚、勇敢的人。与“三言二拍”里的《杜十娘怒沉百宝箱》相对照，更有意味。多年以后，我发表于《作家》2012 年第 8 期的《阿青与小白》，就写了一个洗头房女子。

我还读过一本《金蔷薇》，是俄罗斯的巴乌斯托夫斯基写的，都是一些与写作有关的故事，非常精彩。记得其中有一个穷困的金匠暗恋一个女郎，却拿不出像样的礼物，最后他扫起天长日久、脱落在地上的金屑打造了一朵花，送给了心上人……书很旧了，封面修补过，父亲告诉我，这个故事说的作家如何搜集素材。我在离写作还很远的年龄，就读到了一本关于写作的书，这很幸运。

在书籍匮乏的年代，我是得到什么就读什么，没有系统性，完全谈不上“学习”。我曾说过，我如果不当作家，一定能成为一个好侦探。这话引来我的中学同学、公安厅的探案专家的呵呵一笑，他笑得非常宽厚，我也知道自己是在吹牛。但我吹这个牛也有原因，我素来对侦探小说很有兴趣。少年时代，我读过所有能找到的外国侦探小说，包括爱伦·坡的、柯南·道尔的《福尔摩斯》、埃勒里·奎因的《希腊棺材之谜》和《法国粉末之谜》等等，当然也包括阿加莎·克里斯蒂的。追根究底，对侦探的兴趣，还是我十多岁时，知青当中流传的一本《月亮宝石》引起的。我记得是作家英国威廉·柯林斯写的，书是父母亲借回来的，他们看得如饥似渴，我好奇心大起，拿到手就看得心惊肉跳又欲罢不能。插图也很阴森，记得有一张是一个女仆，她端着灯，插图下的文字记不全了，但肯定有一句“她崎岖的肩膀”，因为在逆光下，女仆的肩膀是左右不平的。

听故事，听悬疑故事，追寻谜底，这是人类的天性。现实生活中，大量的案例从古至今都是人们口耳相传、津津乐道的话题。即使“谁是凶手”已经揭谜，案件的过程也大可探究，悬念迭起。从着迷于悬念这样的角度来看，侦探小说永远有它的读者。

读得多了，一不留神也会去写。我那时看过的侦探小说，它们通常对犯案的动机不多费笔墨，默认为要么是钱，要么是情，要么是仇恨，而把更多的笔墨花在犯案和探案的过程中。这是类型小说的局限。于是我就写了一部长篇小说《天知道》，我有意识地更多地关注犯案的心理。我写了一个崇高或自认为崇高的杀人犯，他为了拯救人类而杀人。

后来我读到了东野圭吾的小说，联想起陀思妥耶夫斯基的某些小说，这才知道对犯罪心理的探究和刻画，别人早已干过了。不过《天知道》里的犯罪动机，也还是独特的，这是我的发现，不会被覆盖。

开始写作以后，所有的阅读都升级了，深入了。纳博科夫的《黑暗中的笑声》，并不是他的代表作，也不是他最好的作品，但它依然令人惊叹。它让我明白，俗气的故事也可以写出优异的作品。

小说讲述了 20 世纪 30 年代的柏林，一个心怀明星梦想的电影院女引座员（玛戈），诱惑了一个有着高雅品位的中产阶级已婚男子（欧比纳斯），然后勾结她的旧情人一步步欺骗、控制男子。男子后来失明，被愚弄后报复，却因为眼瞎，最终死于自己枪下。

这确实是个俗气甚至狗血的故事，但大师可以点石成金。最令人惊叹的是小说开始后不久，第三章《平静中的不安》描写了玛戈来欧比纳斯家幽会。油腻男欧比纳斯打发走了老婆孩子，好不容易才在家里迎来了玛戈。经过一系列的撩拨挑逗，正要入港，玛戈却一转身，从卧室跑了出去，不知钻到家里哪个房间去了。要命的是，她还顺手把卧室门反锁了，欧比纳斯出不去。就在这时，他小舅子先回来了，接着，老婆孩子也回来了。欧比纳斯十分担心藏在家中的玛戈被发现。他强压惊恐，贼急生智，找个理由圆了自己被关在卧室的尴尬。晚上，他躺在同床异梦的床上，心乱如麻。他借口还有个合同要处理，悄悄走到了书房，因为他感觉到那里是玛戈最可能的藏身之处。沙发后面，他隐约看见了一片红色，他的心狂跳起来。

玛戈是穿着红衣到他家的。他担惊受怕，时刻想着把她放出去。

但此刻淡淡的灯光下，他看清了，那不是玛戈，不是红衣，而是掉在地上的沙发靠垫。玛戈早已在女主人回来前就跑掉了。

读到这里，我必须停下来，问：玛戈为什么穿红衣？黑色不诱惑吗？白色薄纱不更撩人吗？可是作家指令她穿上了红色，因为沙发靠垫通常是这个颜色。这很重要，很关键。这件红衣，是作家的权力。纳博科夫是导演。

红衣与沙发靠垫之间，是别出心裁的艺术空间，近一万字的篇幅，如此自然，又如此丰富，这一段笔墨惊心动魄、跌宕起伏，好色的欧比纳斯足以在里面心痒难熬、忧心如焚，最后又如释重负。

作家创造了一个惊悚，要够了，才微笑着把它戳破。他用一个道具，创设了一个“无中生有”的巨大艺术空间。

这里涉及道具的运用，红衣和沙发靠垫都是道具。结构和空间，常常与巧妙的道具紧密相连。大师的技能令人惊叹，同时也成为写作者的标尺。哪怕是阅读，一般的泛读，也有坐标系立在我心里。

大师不可模仿，但可以学习。我的长篇小说《万川归》发表后，有论者著文《物的叙事学：以朱辉〈万川归〉为例》，里面就特别指出了印章和城砖的作用。

2022 年，ChatGPT 横空出世，这难免引起写作者的恐慌和反思。我想起了马尔克斯的小说《霍乱时期的爱情》中的一个细节：男主人公弗洛伦蒂诺·阿里萨在初恋情人费尔米娜·达萨与名医乌尔比诺成婚后，一直深情地注视着这对夫妻的生活。有一天他们在餐厅偶遇了，弗洛伦蒂诺·阿里萨不敢造次，不敢无礼地直视人家，可他时刻关心着初恋情人夫妇的一举一动。如果小说只写到这里，还算不上特别高级，我们作为读者随之看到的是，弗洛伦蒂诺·阿里萨待那对夫妇离开后，找到餐厅经理，他提出要买下墙角的那一面镜子。那是一面破旧的古董镜子，他对买镜子的理由支支吾吾，真实的原因其实是：他在整个吃饭的过程中，一直通过这面镜子的反射注视着那对夫妇，镜子里似乎还驻留着那对夫妇的身影。

这是情感，只有人类才具有的细腻情感。这样的情感，应该是挡在人工智能前面的一个个难以逾越的坑。我在长篇小说《万川归》的创作谈里，诚实地说："在写作和修改这本书的两年里，我一直只读几本书，反复地读。我喜欢它的语调和节律，还有它们熠熠生辉的文学性。我用它们排斥干扰。我慢慢写，不着急说故事，也不急于塑造人物。"——我反复阅读的这几本书里，就有《霍乱时代的爱情》。

《霍乱时代的爱情》，我有过几个译本，现在手上只有一个。译本是重要的，有的时候，不同的译本简直不像源自同一本书。语言之间的翻译是个大问题，"信、达、雅"，说起来简单，做到很难；这三个字，有的时候互相抵触，哪一个最要紧，恐怕也是莫衷一是。

我学过英语，还有个"二外"是法语，学了一年，但现在连字母都认不全了。大多数中国作家外语都不够好，这是事实。对外交流，只能依靠翻译。有一次开会，一个老外小伙子坐在我身边，我当时并不知道他翻译过我的小说，直到他上台发言。他举的例子是我的小说《要你好看》的标题翻译。小说写的是一对男女，那男人因为已确定无法与女人结婚，狠心骤起，趁女人熟睡之机，把她的头发全剃光了，自己悄悄离开。"要你好看"这四个字，语意含混暧昧，要翻译成英文，真不容易。不过这个叫 Mike Day 的小伙子干得不错。

现在的年轻作者外语比我们好多了。也许因为深知语言的难以翻译，有些年轻人在写作时不太讲究语言，只在乎故事和情节。他们可能很聪明地知道，反正对外输出时也翻不出来。我现在当编辑，实实在在感觉到语言是个大问题。但写作首先是一种思维和语言活动，不讲究语言是不可以的。我们写作，首先面对的是汉语读者，写作者应该把汉语的优长发挥到极致。